W0295610

Boston TERAN

SATAN DANS LE DÉSERT

Traduit de l'anglais (États-Unis) par Éric Holweck,
revu par Caroline Souillot

ÉDITIONS DU MASQUE
17 rue Jacob, 75006 PARIS

© BOSTON TERAN
ET ÉDITIONS DU MASQUE - HACHETTE LIVRE, 2004
Tous droits de traduction, de reproduction, d'adaptation, de représentation réservés pour tous pays

À ma mère et à mon père

L'un est mort avant le commencement

L'autre est tombé en cours de route

Je suis toujours nous

Selon les légendes aztèques, Huitzilopochtl, le dieu du Soleil, repoussait les ténèbres, la lune et les étoiles, au début de chaque jour. Mais pour cela, il lui fallait être fort, et il devait se nourrir de sang humain.

Archeology Today

Le sang et la famille
Les ténèbres et la mort
La dépravation absolue
Calibre .44

Écrit au dos d'une enveloppe contenant une lettre envoyée par le Fils de Sam à Jimmy Breslin

Dieu et Satan ne sont pas différents du gouvernement ou de McDonald's. Seulement des franchises permettant de garantir un afflux d'argent en proposant aux autochtones un service dont ils ont besoin.

Edward Constanza, « Lettre au rédacteur en chef », Los Angeles Herald Examiner, *1984*

LA PERLE

1

AUTOMNE 1970

Dimanche. Il est 7 h 23 lorsque le bureau du shérif de Clay, Californie, reçoit un coup de téléphone l'informant du meurtre d'une femme. Le garçon appelle d'une cabine située à l'entrée de l'autoroute. Son vélo tout-terrain gît à trois mètres de lui, au bord de la chaussée. Le vent souffle du sable entre les rayons de la roue, qui tourne encore lentement. Il doit couvrir son oreille pour entendre les questions du policier malgré le vacarme des camions. Il relate une série d'images insoutenables, raccroche, s'assied par terre et se met à pleurer.

Deux voitures de police remontent rapidement la Route 138, Palmdale Boulevard, puis la 15 en direction du nord-est. Sirène muette, elles traversent Barstow puis la ville minière fantôme de Calico, amas de tôles et de bardeaux au nord de l'autoroute.

Deux adjoints dans le premier véhicule, un sergent dans le second. Silence de mort à bord. Après tout, on est ici au pays de Charles Manson et de la sorcellerie, de The Process[1] et de Sunset Boulevard. Un pays qui a engendré des expressions telles que « Tu tueras » ou « Chaos et confusion ».

À la sortie de Calico Road, ils trouvent le garçon près de son vélo. Maigre à faire peur pour ses douze ans, il s'accroche au sergent qui l'emmène vers la voiture. Il leur indique le nord, montrant le chemin de Paradise Springs.

1. Nom d'une secte satanique ayant existé en Californie du Sud, dans les années 1960. *(N.d.T.)*

Le vent forcit, charriant toujours plus de chlorures et de carbonates en provenance du comté d'Inyo et de China Lake. Remontant par le désert du Mojave, ils passent devant le site archéologique du premier homme de Calico, où reposent les plus anciens vestiges humains d'Amérique du Nord, autour de Coyote Lake désormais asséché. Des archéologues solitaires y ont découvert des outils rudimentaires en pierre, mais aussi des flèches à l'empennage fossilisé et des fragments de cruches d'argile transformées en puzzle. Signes distinctifs du commerce, et de la guerre.

Les voitures de patrouille abandonnent la route principale pour un sentier erratique courant le long d'une plaine oubliée des hommes comprise entre les monts Calico et la chaîne de Paradise. Elles tanguent et cognent sur la pente douce des dunes.

La main du garçon se lève et désigne encore. Ses jambes sont repliées sur le siège, en position foetale. Droit devant, le sergent John Lee Bacon aperçoit l'antique caravane argentée dans laquelle vit la femme ; elle brille tristement au travers de la poussière. Les véhicules s'arrêtent et, en mettant pied à terre, les trois policiers ouvrent leur holster.

Sur leur peau, le sable souffle du verre pilé. La caravane se dresse devant eux, délimitée par un véritable jardin d'art moderne : stalagmites de bouteilles vides cimentées, châssis rouillés, chaises défoncées et vieux panneaux routiers, le tout au milieu d'un labyrinthe de créosote et autres plantes désertiques, que la maîtresse des lieux fait pousser pour leurs propriétés curatives ou vénéneuses.

Le sergent Bacon n'a que vingt-quatre ans, mais son visage émacié montre déjà les signes avant-coureurs de la décrépitude. Il ordonne à l'un de ses hommes de faire le tour de la caravane ; l'autre le suivra pour le couvrir.

Le peu qu'ils savent de la femme, ils le tiennent du garçon, qui venait parfois jusque-là en vélo pour lui soutirer un soda, et de ce qu'ils ont entendu sur leurs radios. Ceux qui la connaissent l'appellent Hannah. Pas de nom de famille ni de permis de conduire. De mémoire d'homme, elle a toujours vécu ici. Sa peau noire a des reflets de miel, ses cheveux blancs descendent en boucles hirsutes presque jusqu'à sa taille. Sans craindre les serpents, elle marche pieds nus sur des kilomètres en chantant à tue-tête et ramasse les détritus qu'elle trouve dans le désert. D'aucuns prétendent qu'elle est folle ; d'autres, plus charitables, la disent excentrique mais pas méchante. On la voit parfois dans une église du coin, occupée à boire de la bière au goulot et à se moquer des croyants.

En approchant de la porte grillagée, ils entendent quelques téléphones mobiles hurler au loin, son sec et décalé à côté du chœur naturel du crépuscule. John Lee sent la sueur couler entre son pouce et le chien de son pistolet.

Ils entrent prudemment. Les fenêtres et aérations du plafond sont toutes ouvertes ; le sable tourbillonne autour des meubles usés et de la vaisselle sale. La brise soulève les coins de photographies scotchées au mur, clichés de passants qui se sont un jour aventurés sur cette étendue désolée pour finir capturés par l'appareil de la femme. Un mélange confus de visages qui remonte sur plusieurs générations, auquel s'ajoutent articles découpés dans des magazines, livres de cuisine, entre quelques poèmes et des dessins humoristiques. Le vent en arrache quelques-uns pour les envoyer flotter au loin. Mais les policiers sont d'abord et avant tout saisis par la puanteur.

— Sergent ?

John Lee lance un coup d'œil à son adjoint, qui tend le doigt vers le sol. Le sergent s'approche et s'agenouille. Remarque une ligne de sang séché, couleur de vin bon marché et parsemée de sable, qui court jusqu'à un drap tendu à l'entrée de la chambre. Celui-ci se soulève, s'enroule sur lui-même comme une apparition, retombe mollement. Un lis et une rose ont été peints dessus. À la main.

John Lee se lève et va vers la chambre. Son adjoint suit. Ils évitent les flaques de sang qui se sont formées dans les creux du plancher.

Ils écartent le drap. La chambre est pareille à une petite grotte emplie de coquillages et de fossiles. L'air vicié regorge de mouches et les deux hommes ont aussitôt le nez qui les brûle ; l'odeur de chair putréfiée est partout. Puis ils la voient, étendue sur le côté au pied du lit.

Cet instant restera éternellement gravé dans les rêves de John Lee. Il le reverra encore et encore, succession de fragments dissociés. Le cadavre boursouflé par les gaz. La peau qui a éclaté et les plaies ouvertes pleines de vers blancs suçant les muscles roses. L'impact de balle sur la tempe, qui a projeté sur le mur les ailes déployées d'un oiseau prêt à s'envoler : éclats de boîte crânienne, hémoglobine et matière grise. Les yeux, chassés de leurs orbites par le choc. Les lacérations au dos et à la poitrine, qui parent le pull marin blanc de chevrons sanguinolents. La peau aux marques étranges, faisant penser à un vague rituel. Et, dans un repli des vêtements grossiers, une perle unique.

Tout cela deviendra une part indélébile de son subconscient.

Jusqu'au bout de la nuit, les hommes de la criminelle et de la scientifique traquent les indices, mais le sable, arrivé le premier, a écrasé toutes les traces qui auraient pu exister.

On tient peut-être une maigre piste. Un fils nommé Cyrus. Hannah s'occupait d'un garçon qu'elle avait retrouvé, abandonné, sur la route de Fort Dixon. Grand, il avait de larges mains et des yeux tristes de couleur vert-jaune. Au fil du temps, il s'est de plus en plus comporté comme s'il faisait partie d'une secte. Deux fois déjà, il a été déféré devant le tribunal pour adolescents de Los Angeles, pour agression et possession de stupéfiants. Mais la piste débouche sur une impasse. Le gamin a fugué trois ans plus tôt, à l'âge de dix-sept ans, et plus personne ne l'a revu depuis.

Le lendemain matin, les journalistes ont vent de l'affaire et se ruent dans le désert à bord de leurs Jeep et 4x4. Ils sont avides d'histoires sordides, et celle-ci empeste le gros titre à plein nez.

En se promenant dans les environs, l'un d'eux découvre le lit d'un ruisseau asséché. Là, une sorte de totem : des blocs de granit et de calcaire taillés et empilés forment une manière de four primitif. Des symboles préhistoriques sont gravés dans la pierre. Un oiseau. Un taureau. Un arbre. Signes de la terre et de l'air, du feu et de l'eau. Et, au centre, un serpent qui se mord la queue. Ourabouris. Le signe se retrouve, lors de l'autopsie, tatoué sur l'épaule de Hannah. Les journaux s'en donnent à cœur joie et l'affaire est baptisée « Meurtre rituel à Furnace Creek ». Furnace Creek, le ruisseau du Four.

LE JUGEMENT

2

Novembre 1995

Les hurlements de Case lacèrent ses propres os et fracassent le couloir de son petit appartement du centre de désintoxication. Elle se tient agenouillée dans la salle de bains, devant la cuvette des toilettes. Elle n'a que vingt-neuf ans, mais sa rechute à deux cents dollars par jour ne lui a plus laissé que la peau sur les os. Le teint jaunâtre et les bras ornés de traces violettes. Deux jours sans came. Le troisième, c'est toujours le trou noir. Quelques instants d'enfer absolu avant la résurrection.

Son estomac se soulève dans un spasme. Une expiration gutturale. Tremblant de peur, sa voisine appelle Anne.

Anne traverse en trombe le séjour obscur en direction du pinceau de lumière de la porte entrouverte. Elle trouve Case qui racle les carreaux blancs, comme pour les arracher avec ses ongles rongés.

Anne s'accroupit et tente de prendre Case dans ses bras, la tête de Case s'abat, secouée par une houle brutale.

Elle est redevenue une petite fille. Dix ans, tout au plus. Une fugueuse aux petits seins pointus. Ils la transportent à quatre, nue, telle une vierge vestale. On la fait entrer de force dans la cage thoracique évidée d'une vache morte. Du sang partout. Les côtes gluantes en forme de sablier qui compriment les siennes. Le poids du thorax qui l'empêche de respirer. Sûre qu'elle va étouffer, elle sent la nausée monter.

Elle vomit avant d'atteindre la cuvette. Anne essaye de lui glisser vingt milligrammes de Robaxine dans la main, mais une convulsion de Case lui fait lâcher les pilules, qui roulent sur le carrelage.

— Je veux tout encaisser jusqu'au bout.

— Quoi ?

— Je veux...

— Mais pourquoi ? Pourquoi souffrir quand tu es en manque ?

Case se balance d'avant en arrière.

— Pas de risque que je te dise « c'est pas de ma faute », ou « je peux pas m'empêcher d'être une camée », ou « c'est pas si terrible que ça ». Je veux en baver, fait-elle, le souffle court. Tu piges ? Je veux en chier à mort, pour savoir vraiment...

Anne la dévisage, terrifiée. Case lui prend la tête à deux mains et entortille ses doigts dans ses nattes.

— Je veux que ça me découpe en lanières, explique-t-elle. Comme ça, je saurai.

Cyrus l'arrache à la carcasse sanguinolente en l'agrippant par la chatte et le cul. Il la prend dans ses bras, passe la main dans le sang qui macule le sol. L'essuie sur la bouche de la gamine, puis l'embrasse en lui enfonçant sa langue. Elle a un haut-le-cœur et il lui tire les cheveux en arrière pour mieux murmurer à son oreille : « Te voilà ressuscitée. »

Saloperie ! Son estomac se rebelle rien qu'à entendre ces mots. Incapable de résister, elle se sent emportée par un kaléidoscope de souvenirs. *Te voilà ressuscitée.* Trois images à la seconde. Des fragments de sa vie, comme si elle y était. Gutter, Lena et Granny Boy. Flash, avance rapide. Sinistre, émouvant et tragique. Des bribes de cauchemar jungien à la sauce MTV. Pipes taillées en noir et blanc, coïts furtifs dans les parkings à camions. Ses seins qui poussent sous les néons bleutés et les mains moites des hommes d'affaires et des bourgeoises délaissées par leurs maris. Un trou sans fond et une croix inversée. *Te voilà ressuscitée.* Agenouillée devant les slogans graffités du Sentier gaucher. Servant celui qui prétendait être le seul vrai fils du mouvement. Surinant les dealers pour leur piquer leur came dans les parkings sombres les nuits sans lune. Dévalisant les stations-service striées de néons pour quelques dollars ou sur un coup de tête. S'essuyant les bottes sur un commerçant que Cyrus avait entendu dire qu'il croyait en Jésus.

Te voilà ressuscitée.

Elle s'accroche aux supports du lavabo. Les deux barreaux de sa cage. Ou les deux piliers arrachés par Samson pour faire s'écrouler le temple. Risque pas. Rêve.

Te voilà ressuscitée au sein du Sentier gaucher.

Qu'est-ce qu'elle ne donnerait pas pour un peu de came. Juste assez pour...

Te voilà...

Elle se force à endurer de nouveau l'ultime passage à tabac, quand elle a quitté Cyrus. Les coups de pied qui ont fracturé son sternum, défoncé son crâne, le goût du...

Elle se sent partir en morceaux.

— Je ne craquerai pas...

Elle a fini de surfer sur une dose de Mach Un et ses dents claquent si fort qu'on dirait une voyante agitant ses osselets dans sa coupe avant de les lancer sur la table. Pas de sommeil à espérer après avoir plané. Non. Rien que la nausée, la diarrhée, les suées glacées et les mots qui refusent de sortir.

— Je ne craquerai pas...

Anne se saisit d'une serviette et essuie la crinière taillée en brosse de Case, épis bruts graisseux et trempés de sueur. Essuie le nez et le menton de la jeune femme.

La rage familière revêt son masque de loup. Le sol carrelé devient un autel de pierre blanche n'attendant plus que le cadavre de Case. Elle se replie en position foetale. Son T-shirt poisseux lui colle au dos et le carrelage froid la tétanise.

Anne file chercher une couverture dans la chambre et l'en couvre.

— Je ne craquerai pas. Je ne... je... je ne... non. Va te faire foutre, Cyrus. Va te faire foutre. Je ne craquerai pas...

Elle répète la même phrase, encore et encore. Un mantra illusoire qu'elle ancre au plus profond de son être.

— Je ne craquerai pas. Je ne... craquerai pas. Je ne...

Un long filet de bave s'écoule de la commissure de ses lèvres.

Le bruit aigu d'une sirène enfle sur Hollywood Boulevard, hurle avant de s'évanouir dans Western Avenue. Case se met à pleurer. Du plus profond de son être. Pleure pour la pauvre petite fille destinée à être abandonnée.

3

Noël 1995

Un petit moulin en bois se dresse sur une boîte à lettres à l'entrée d'un chemin de terre qui serpente le long de la colline jusqu'à un terre-plein pierreux, avant de s'arrêter devant un ranch style années 1950. Alors que ses ailes tordues grincent dans le vent, cinq silhouettes jaillissent des broussailles telles des sorcières engendrées par la terre noire.

Jeans et blousons de cuir. Bottes aux semelles éculées et gilets festonnés de chaînes sur des T-shirts crasseux. Un gamin nommé Gutter a la lèvre inférieure embrochée par une épingle de nourrice. Lena porte ses cheveux gominés en arrière, teints comme un arc-en-ciel. Leur visage et leurs bras sont tatoués de motifs anarchistes. Pistolets et couteaux sont glissés dans leur ceinturon et leurs bottes. Ils se déploient dans l'obscurité, revenants post-apocalyptiques version rock and roll.

Cyrus les arrête à une cinquantaine de mètres de la maison pour inspecter les environs. Les massifs proches de la porte s'ornent de guirlandes électriques qui ondulent dans le vent tels des fantômes illuminés. Il se retourne vers la route. Via Princessa n'est qu'une voie de ténèbres silencieuses permettant de rejoindre l'autoroute. Il tend l'oreille et attend, prêt à capter le moindre son. Rien d'autre que le moulin, dont les ailes rouillées tournent lentement. Cyrus donne ses ordres en silence, d'un simple geste de son fusil au canon bleuté.

Il envoie Granny Boy et Wood faire le tour de la maison par

une petite ravine et leur indique de se poster près de la remise et de l'enclos où le cheval de la gamine est parqué. Lena est envoyée vers une rangée de cyprès situés sur le côté le plus proche de la demeure, face à l'autoroute d'Antelope. Elle doit surveiller la baie vitrée donnant du salon sur la piscine. Gutter reste en arrière, au cas où une voiture arrivant par Via Princessa s'engagerait dans l'allée. Il n'approchera que lorsque Cyrus lui aura signifié que l'heure de la Faucheuse a sonné.

Assise sur le rebord de la fenêtre, Gabi écoute un CD en regardant les phares des voitures qui défilent sur l'autoroute. Elle prend plaisir à imaginer l'existence des gens cachés derrière ces lumières surgissant de la nuit pour disparaître en direction de Canyon. À quatorze ans, elle est persuadée que tout le monde a des choses intéressantes à faire, sauf elle. Une volonté et des rêves piégés dans un corps d'enfant.

La porte de sa chambre est entrouverte. Elle entend vaguement la dispute qui oppose sa mère à son beau-père.

Elle se lève, traverse la chambre, se glisse dans le couloir. Jette un coup d'œil au bout, voit la cuisine en surbrillance derrière le salon éteint. Sa mère entre dans son champ de vision. Elle se frotte nerveusement le dos de chaque main ; la droite puis la gauche, la gauche puis la droite. C'est un tic que Gabi ne connaît que trop bien ; il annonce que sa mère s'apprête à pleurer ou à laisser libre cours à sa colère. Des fois, elle fait les deux en même temps.

La conversation parvient clairement aux oreilles de l'adolescente, comme si le couloir était un gigantesque haut-parleur.

— Parle-moi, Sam.

— De quoi ?

— Oh, Sam...

— C'est rien.

Le ton de son beau-père est fermé, comme souvent depuis quelque temps.

Sa mère disparaît et la cuisine devient une scène vide d'acteurs : des éléments blancs suspendus dans le vide.

— Sam, tu ne te rends pas compte que quand tu parles de cette manière, c'est déjà presque un aveu.

— Mais enfin, Sarah, puisque je te dis que...

— Arrête, rétorque-t-elle méchamment. Je refuse que tu te caches derrière une porte close. C'est pour cette raison que j'ai quitté Bob.

Gabi déteste entendre le nom de son père cité comme exemple à ne pas suivre. Ça la rend malade et furieuse. Elle se sent d'autant plus seule. C'est ça, le pire. Avoir l'impression de n'être que la somme d'une séparation.

Chaque mot lui fait mal, alors elle retourne dans sa chambre et referme la porte d'un geste boudeur. Son chien n'a pas perdu de temps pour s'installer sur le rebord de la fenêtre, là où elle avait chauffé le bois. Elle s'assoit à côté de lui et enfouit les pieds sous le ventre de l'animal.

— Fais-moi une petite place, Poncho.

C'est un pur bâtard : mi-cocker, mi-point d'interrogation. Les oreilles tombantes et les yeux humides de l'un, le poil court et les longues pattes de l'autre. Le père de Gabi le lui a offert pour son anniversaire. Une façon de rester proche d'elle.

Elle regarde au-dehors et la fenêtre lui renvoie son reflet triste. Un visage allongé, une peau cuivrée et des yeux enfoncés dans leurs orbites. Le verre brouille légèrement ses traits, mais le doute n'est pas permis. Elle ressemble chaque jour un peu plus à sa mère. Et même si elle l'aime, à cet instant précis, elle la hait d'avoir une telle influence sur elle.

Elle jette un œil au réveil de sa table de chevet. C'est bientôt l'heure.

Son père et elle ont mis ce rituel au point tous les mardis et jeudis, jours où il travaille tard. À 22 h 30 précises, il passe devant la maison sur l'autoroute, ralentit et met le gyrophare de sa voiture de patrouille en marche. Elle lui répond en éteignant et en rallumant la lumière de sa chambre. C'est leur manière secrète de se souhaiter bonne nuit.

Au travers l'entrelacs de *manzanitas*[1] qui bordent l'à-pic, Cyrus regarde ce blaireau de négro et sa femme de porcelaine s'engueuler dans la cuisine. S'ils savaient que le grand livre de la vie va bientôt se refermer sur eux...

Lena vient le rejoindre en se cachant derrière les hautes herbes pour ne pas se faire repérer à la clarté de la lune. Elle se glisse derrière Cyrus et s'appuie contre lui.

Les années de pilules et de drogues ont donné à Lena un visage qui semble perpétuellement hésiter entre la vie et la mort. Elle tend la main vers la maison. Sur plusieurs de ses doigts, un tatouage : la date d'une exécution à laquelle elle a pris part.

— Il y a une troisième porte en plus de la principale et de celle qui donne sur le patio, chuchote-t-elle. L'entrée de service, derrière la cuisine. Là, sur le mur du fond. J'ai pas vu de système d'alarme.

— Et à l'intérieur ? Le négro et sa nichée, c'est tout ?

Elle hoche la tête.

— J'ai rampé jusqu'à la maison et j'ai vu personne d'autre. Ils ont un chien, mais on pourrait se le faire rien qu'avec les dents.

— Donne-moi la seringue.

Elle sort une petite boîte noire de sa poche revolver et la tend à Cyrus. Il l'ouvre. Une aiguille, deux fioles de liquide transparent. Plus qu'assez pour s'éclater. Il referme et glisse le tout dans la poche de sa veste en daim élimée.

— Parfait. Allons souhaiter un joyeux Noël au blaireau.

— Pourquoi est-ce que je ne t'attire plus sexuellement ?

Incapable de répondre, Sam s'appuie contre le poêle. Sarah saisit une photo fixée au frigo par un petit aimant et la lui met sous les yeux.

— C'est tout ce que nous sommes, maintenant ?

Il fixe le cliché pris par Gabi : Maureen et John Lee au dernier barbecue de famille. Deux personnes mal assorties à l'extrême, assises côte à côte à la table de pique-nique. Maureen un peu trop

1. Arbuste de la famille de la bruyère. *(N.d.T.)*

saoule pour se rendre compte que son mari se moque d'elle. Sam garde le silence, mais il n'arrive pas à croire que Sarah ait choisi cette photo parmi toutes celles à sa disposition Comme si elle était médium...

— Je ne sais pas de quoi tu parles, Sarah.

— Est-ce que nous sommes devenus comme eux ? Est-ce que notre mariage en est réduit à ça ? Une supercherie. Une relation que l'on supporte tant que l'on n'a pas trouvé ce que l'on veut vraiment. Et si jamais on ne trouve pas, il suffit de garder ce qu'on a dans l'attente de quelque chose de meilleur. C'est ça ? Un compromis qui arrange tout le monde ?

Sam sent la migraine qui monte.

— Putain, mais je te dis que je sais pas de quoi tu parles.

Sarah ferme violemment la porte de la cuisine.

— Ne me parle pas comme ça. Pas dans cette maison.

Il lève les mains au ciel.

— Tu sais ce que c'est que le mariage ?

— Bon Dieu, Sarah...

— Ce n'est pas juste une idée ou un divertissement à temps partiel. C'est un mode de vie.

Elle jette la photo sur la table de la cuisine et se campe devant lui, bras croisés.

— Est-ce que tu as une maîtresse ?

Elle l'observe attentivement. Il passe à quelques centimètres d'elle pour atteindre le frigo. Prend une bière et la décapsule. Tout cela avec une expression de malaise teintée d'ennui.

Il s'assoit au moment où le cheval de Gabi hennit nerveusement dans son enclos. Un son aigu et apeuré.

Gabi est toujours à regarder dehors quand une silhouette frêle se découpe sur le dallage éclairé au bord de la piscine. Elle s'appuie contre la fenêtre et se protège les yeux pour mieux voir. L'herbe se courbe avec violence, comme si elle luttait contre une force invisible. Un coyote ou un chien sauvage, peut-être. Ou un chevreuil. Parfois, ils descendent du parc national d'Angeles, qui borde l'arrière de la propriété. Quelle blague. Un chevreuil qui vient leur rendre visite à quelques jours de Noël. Sauf qu'un objet métallique renvoie soudain une lueur glacée entre les arbres. Une fois. Deux. Comme un fragment d'étoile brisée. Et puis, plus rien.

Gabi commence à se sentir inquiète. Ce ne serait pas la première fois que quelqu'un s'aventurerait sur leur colline.

Elle ressort dans le couloir. La porte de la cuisine est fermée, mais sa mère et son beau-père n'ont pas fini de s'expliquer. Elle les entend clairement.

Poncho la suit jusqu'au salon.

Pas d'autre lumière que la guirlande clignotante du sapin, qui projette des ombres morcelées au plafond. Gabi s'arrête au milieu de la pièce et regarde les fenêtres l'une après l'autre. Seulement vêtue d'un T-shirt et d'un short, elle a soudain froid. Ses yeux se posent sur la porte-fenêtre du patio. Entrouverte. De quelques centimètres seulement, mais cela suffit pour laisser entrer l'air nocturne. Pourtant, sa mère s'assure toujours qu'elle est bien close. Peut-être Sam et elle sont-ils sortis un moment et ont-ils oublié de la refermer derrière eux.

Elle va réparer cet oubli quand quelque chose prend forme derrière elle. Une ombre démesurément allongée bondit au plafond.

Elle parvient à lâcher un cri. Un seul, avant qu'une main énorme n'éteigne sa voix. Les événements se précipitent. Ouverte à la volée, la porte de la cuisine va heurter le mur. Sa mère terrorisée l'appelle au moment où Gabi est soulevée de terre malgré les coups de pied qu'elle donne dans le vide. Le sapin se renverse, entraînant les étoiles multicolores dans sa chute. Gabi griffe la main qui l'empêche de respirer tandis qu'on la fait tourner sur elle-même. Elle se retrouve face à deux yeux morts, au-dessus de joues ornées d'éclairs d'encre. Des éclairs gouttant de sang. Un nouveau cri, suivi d'une décharge de fusil de chasse. La maison tout entière s'emplit de l'écho de la détonation et de l'odeur âcre de la poudre.

Bob Hightower roule tranquillement sur l'autoroute d'Antelope en dressant mentalement la liste des déceptions auxquelles il peut s'attendre pour Noël. Encore des vacances passées seul, sans

Gabi, sans Sarah. L'histoire de sa vie : trente-huit ans, des mauvais souvenirs plein les bottes, désespérément accroché à un boulot qui constitue son ultime bouée de sauvetage.

Le 25 au matin, il se lèvera, se rasera, mettra un costume, ira à l'église et sera l'invité de trop, soit chez Arthur, soit chez John Lee et Maureen. On lui servira de la dinde avant de lui offrir les cadeaux de circonstance en répétant les banalités d'usage, puis il rentrera chez lui à la nuit tombée. Assis dans le séjour, le séjour sans sapin, il pourra alors se saouler et laisser venir les larmes.

Il se regarde dans le rétroviseur et essaye d'évaluer qui il est vraiment. Il cherche l'homme qui dégageait autrefois un tel optimisme. Le visage est resté le même, mais les aspirations ont changé. Avec des résultats à la baisse...

Il n'aurait jamais dû accepter de subir l'influence de son beau-père. Non, le terme est mal choisi. Disons plutôt qu'il a succombé. Au plan concocté par Arthur, qui a manipulé John Lee pour que Bob se retrouve derrière un bureau. Succombé à l'absence de risques et aux possibilités d'avancement. Tout ça pour Sarah. Pour qu'elle ne finisse pas veuve de shérif. Mais ne l'a-t-il fait que pour elle ? Les yeux rivés au rétroviseur, il tente de déceler cette partie de lui qui n'avait pas envie des avantages que présentait ce job. Mais qu'est-ce qu'il possède, désormais ? Il passe ses journées à chauffer sa chaise au Q.G. Un bouche-trou pour les horaires de nuit. Et Sarah est partie.

Au moins, il lui reste sa foi. Le roc sur lequel il peut s'appuyer au sein d'un univers qui manque sérieusement de miracles, depuis quelque temps.

Droit devant, entre les ombres noires des montagnes, Via Princessa. Il ralentit et allume son gyrophare. Les pinceaux de rouge peignent le capot de la voiture. Il lève les yeux vers la maison.

Tout est éteint. La demeure est sombre et silencieuse. Une silhouette qui se découpe à peine sur le canyon balayé par la lune. Maussade comme le cœur de Bob. Il s'arrête sur le bas-côté. Peut-être sont-ils allés au restaurant. À moins qu'elle ne se soit endormie.

Comment un détail aussi insignifiant que l'absence d'une

lumière peut-il le démoraliser à ce point ? Il attend. L'intérieur du véhicule s'emplit de rouge sang au fil des révolutions du gyrophare.

4

John Lee Bacon est perché sur une excroissance rocheuse en limite de la chaîne des Ombres. Il y a suffisamment de mégots pour remplir un cendrier dans le sable autour de ses bottes, et une flasque de bourbon dans sa poche revolver. À moitié ivre pour se protéger du froid, il contemple sans la moindre expression le panorama qui l'entoure. Boit une nouvelle rasade et jure par rafales nerveuses.

Sur les pentes à degrés des monts des Ombres, un soudain jeu de lumières. Des phares de voiture. Il se lève et se rend au bord de la route. Un vieux fourgon blanc apparaît, dérape légèrement sur le côté et s'arrête à quelques mètres de lui. Les portières s'ouvrent. Cyrus descend, suivi par trois autres. Il passe devant les phares et approche de John Lee. Ses éperons cliquètent contre le sol rocailleux. La poussière qu'il soulève flotte autour de lui.

— Eh bien, regardez de quoi le désert vient d'accoucher.

— Commence pas tes conneries, l'avertit John Lee. Dis-moi seulement...

— Ton mec a fait le grand voyage.

Quelques secondes de silence. L'irrévocable est accompli.

John Lee hoche la tête. Sort une enveloppe pliée de sa poche revolver et la jette à Cyrus.

— Le livre est refermé, dit-il.

— Oh, que non, rétorque Cyrus.

John Lee se sent soudain nerveux.

— Comment ça ?

Sans daigner répondre, Cyrus compte les billets contenus dans l'enveloppe.

John Lee surveille les autres. Gutter est accroupi à côté de l'un des phares. Assise sur le pare-chocs, Lena fume une cigarette.

Granny Boy, lui, fait les cent pas en parlant tout seul. Il n'est pas redescendu après la dose qu'il a prise avant le massacre.

— Comment ça ? insiste John Lee.

— Comment ça ? Comment ça ? répète Granny Boy d'un ton railleur.

John Lee le fixe pour le forcer à détourner le regard, mais l'autre tend négligemment la main et étire ses doigts dans son gant tout déchiré.

— Me mate pas comme ça, capitaine. L'odeur du sang m'a échauffé et la nuit n'est pas finie. Je ferais bien quelques gammes de plus.

John Lee cède le premier, mais pas trop vite, pour que le petit con ne se rende pas compte qu'il le met mal à l'aise.

— Est-ce que le négro a souffert ? demande-t-il à Cyrus.

— J'ai fait comme tu l'aurais fait toi-même, si tu avais eu les couilles.

— Tu sais, je te préférais quand tu n'étais qu'un petit drogué minable.

Cyrus se rapproche brusquement de lui. Leurs deux visages se frôlent presque.

— Quand je bossais pour toi, tu veux dire ? Le cul en l'air, à te donner du « Oui, chef » ou du « Non, chef » ? Ça, c'est de l'histoire ancienne, mec.

Toujours installé derrière le volant de la camionnette, Wood se penche par la portière ouverte.

— Si tu me laissais secouer le fion de ce connard ?

John Lee ne bouge pas mais, du coin de l'œil, il remarque que Gutter vient de dégainer un couteau de chasse maculé de sang. Le dingue passe la lame dans le sable pour la nettoyer. La main de John Lee descend lentement vers le revolver caché sous son blouson.

— Au fait, je me suis payé sa petite poupée de porcelaine blanche.

John Lee se fige, comme si le couteau de Gutter venait de se planter entre ses omoplates.

— Tu te fous de ma gueule, là ?

— Elle a bien essayé de se tirer, mais elle allait pas assez vite, explique Granny Boy.

John Lee passe en revue leurs visages. Plus fermés et inquiétants les uns que les autres.

Cyrus se glisse derrière lui et colle sa bouche contre l'oreille du policier.

— Et je me suis gardé la petite poulette pour la bonne bouche, susurre-t-il.

John Lee panique.

— Gabi ?

— Je lui ai pas demandé son nom.

— C'est un grand nerveux, fredonne Granny Boy. L'a emmené la petite Gabi à la fête de fin d'année...

Le cœur de John Lee bat la chamade. Il fait le tour de la camionnette en courant.

— ... un grand, grand nerveux...

Il arrache la porte plus qu'il ne l'ouvre. Gabi gît, inconsciente. Ligotée, bâillonnée et vêtue de son seul short. Son T-shirt relevé lui entoure la tête. John Lee claque la porte, inspire profondément et chancelle.

— Pourquoi ?

— ... rentrer chez lui au bout de dix ans... c'est juste un grand nerveux...

Cyrus et sa meute entourent John Lee.

— Pourquoi ? Vous allez tout faire f...

— Tu croyais que tu contrôlais tout, hein ?

— ... creusé la tombe de la fille et construit une cage avec ses os... c'est un si grand nerveux...

— Mais tu faisais que donner les ordres. Tu comprends la différence ? hurle Cyrus. Alors, la grande vision est pas encore arrivée ? Elle a pas déchiré ce mensonge que tu vis au quotidien ?

— ... un si grand nerveux...

— C'est Furnace Creek qui recommence, capitaine !

Cyrus s'approche en voyant John Lee devenir écarlate.

— Tu ne sais pas à quel point tu as merdé, capitaine.

— Tu ne crois tout de même pas...

— À ton avis, qu'est-ce que j'avais en tête, toutes ces années où j'ai bossé pour toi, hein ? beugle Cyrus avant de prendre un ton d'esclave. Oui, chef. Je vais aller vendre cette came que vous avez subtilisée lors de votre descente. Oui, capitaine. Je vous trouverai un petit garçon pour que vous puissiez tourner vos films de cul avec vos autres pédés de copains de flics. Ben voyons. Du moment que j'ai ma dose.

Un chœur de murmures diaboliques se moque de John Lee, l'insulte. Les sbires de Cyrus sont tout excités de voir le flic se faire démolir.

— Mais j'attendais mon heure, capitaine. Vengeance. Rétribution. Revanche. Vendetta. Ces mots vous font rentrer les couilles dans le bas-ventre, pas vrai ? Tu te rappelles ce que tu me faisais faire quand j'avais besoin de ma piquouse ? Comment tu me forçais à lever mon cul bien haut et à jouer la salope pour tes copains de poulets ? Pourquoi tu crois que j'ai gardé le contact toutes ces années après m'en être sorti ? Pour le Sentier, sombre connard. Je suis resté collé au viseur, ça oui. Je savais qu'un jour, tu me demanderais un truc qui me permettrait de vous enculer bien profond, le Gros et toi. Un truc pour lequel tout le fric que vous avez amassé ne vous permettrait pas de combler le trou que je vais creuser dans votre pathétique existence.

Cyrus brandit l'argent que John Lee vient de lui donner. Le jette par terre.

Gutter s'approche et crache sur les billets. Granny Boy dégrafe son pantalon en cuir et les arrose copieusement.

— On a laissé la dinde sur place, pleine de sang partout et farcie de plomb pour Noël, reprend Cyrus. Quant à la petite mignonne, je vais la prendre avec moi pour la baiser et la charger de came. Après, je laisserai mes jeunes loups inventer des jeux pour sa petite chatte. On va la violer et la filmer. Et peut-être que je vous enverrai la cassette, à toi et au Gros.

Wood dessine de ses mains des arabesques contre la carrosserie de la camionnette, comme s'il avait envie de monter à l'arrière sans perdre de temps. John Lee détourne les yeux.

— Qu'est-ce que tu veux ? demande-t-il.

Pas de réponse.

— Qu'est-ce que tu veux ? hurle John Lee, à bout.

— *We Want the World and we Want it... Yeah*[1], plagie Cyrus. Ça va être marrant, de vous voir vous étriper, le Gros et toi. Attends qu'il apprenne. T'as sans doute intérêt à t'ouvrir les veines tout de suite. Peut-être que je vous renverrai la poulette, un jour. Dans un sac. À moins que je la poste au FBI dans une boîte de bouffe pour chien, avec une petite note agrafée au clito pour dire aux fédéraux de venir te trouver. Qu'est-ce que t'en dis, capitaine ? Le suicide devient de plus en plus tentant, pas vrai ? Mais tu préfères peut-être qu'on te fasse la peau nous-mêmes ?

La main de John Lee tremble légèrement en se rapprochant de sa ceinture.

— Oublie ça, capitaine. Si on voulait te tuer, on l'aurait fait sans que tu nous entendes arriver.

La main s'immobilise.

Cyrus avance d'un pas. Ses doigts frôlent la cuisse de John Lee, s'attardent quelques secondes sur sa queue et se glissent sous le blouson. Il sort le revolver. Ôte la sécurité, ouvre le barillet et laisse les balles tomber une à une dans le sable.

John Lee reste pétrifié. Le regard rivé à ces visages de monstres qui le fixent dans le noir.

Toutes les balles jonchent le sol, sauf une. Cyrus la rattrape, la tient entre deux doigts et la présente à John Lee. Puis il la glisse dans sa bouche et déglutit.

— Je suis le ventre de la bête, maintenant, capitaine. Quel effet ça fait de se retrouver avalé ?

1. The Doors : *The End. (N.d.T.)*

5

La pancarte peinte à la main indique : PROJET DE RECONSTRUCTION DE LA PREMIERE ÉGLISE DE JÉSUS ET DU CENTRE DE LA COMMUNAUTÉ CHRÉTIENNE. En dessous, on a rajouté à l'encre bleue et en lettres déliées : *Les chrétiens de Clay bougent !*

Un bulldozer massacre l'ancienne église tandis que les ouvriers nettoient à grande eau un vieux mastaba en lattes de bois et crépi à la flèche effondrée, pour empêcher la formation de nuages de poussière.

Vestige de l'époque bénie où l'on bâtissait sans prendre garde aux tremblements de terre, le lieu de culte est devenu une gêne sur une parcelle dont on ne peut plus rien tirer. Sans parking, pièces isolées dans lesquelles conseiller les fidèles, salles de détente ou de catéchisme et fonds de la communauté des croyants, l'église ne pouvait que souffrir le martyre. Fort heureusement, elle a reçu en héritage un hectare supplémentaire et une forte somme. Tout cela offert par un pécheur auquel la mort a inspiré les plus nobles intentions et qui a pensé acheter l'éternité en faisant reconstruire l'église à son nom.

Arthur Naci a été chargé de superviser ce projet. Premier architecte de Clay, il s'est mis au travail avec une efficacité toute napoléonienne. Quelques mois de service religieux dans une longue existence de services rendus au public. Il se considère comme l'un des nombreux fantassins du Christ vivant à l'ombre de Los Angeles, dont il tente de stopper la progression à grand renfort de croix, fondations et autres bulldozers.

Appuyé sur le capot de son break, il livre sa façon de penser à trois ingénieurs regroupés autour de lui. Bob se gare, sort de son pick-up et attend. Arthur est en train de taper du poing sur le plan étalé devant lui quand il l'aperçoit. Interrompant sa diatribe, il replie la carte et la jette à ses hommes, qu'il chasse d'un geste de la main après un dernier avertissement.

Puis il va voir Bob en secouant la tête.

— Je dois même surveiller mes propres employés, tu te rends

compte ? Les fils de garce. Ils ont voulu gratter sur les fondations sans me le dire. On a une bonne trentaine de mètres de sable, là, et... enfin, faut surveiller tout le monde, c'est moi qui te le dis.

— Ouais.

Au ton de Bob, Arthur comprend que quelque chose ne va pas.

— Un problème ?

— Je ne sais pas si c'est grave, mais j'essaye de joindre Gabi depuis ce matin. Je devais l'emmener au restaurant à midi et lui offrir ses cadeaux. La ligne est sans cesse occupée.

— Pas étonnant, entre ma fille et Gabi.

— Non, tu ne comprends pas. J'ai vérifié. Apparemment, elle est en dérangement.

— Peut-être que le combiné a été mal raccroché. Ou que le chien l'a fait tomber...

— Arthur, Gabi sait que nous devons déjeuner ensemble. Elle aurait dû m'appeler à sept heures pour me dire où elle veut aller, et à neuf pour m'annoncer qu'elle avait changé d'avis. Je connais ma fille et je... je me fais du souci.

Arthur devient nerveux à son tour.

— Tu as appelé Sam ?

— Oui.

— Au travail ?

— Il ne s'y trouve pas.

— Mmmmmmm.

— En fait, il n'est pas allé travailler aujourd'hui. Il n'a même pas appelé.

Arthur reste un instant pensif tandis qu'un bulldozer passe derrière lui dans un vacarme à vous moudre les viscères. Il jette un coup d'œil à sa montre. Bientôt midi. Il lutte contre la crise d'angoisse injustifiée que ce genre de situation a tendance à générer. Bob le regarde observer les six hommes qui transportent la vieille croix de l'église jusqu'à un camion à plateau. Elle sera stockée à l'abri en attendant que le nouveau bâtiment puisse l'accueillir. Les porteurs avancent lentement en raison de la poussière soulevée par les engins de construction.

— Que faut-il faire, à ton avis ?

Bob hausse les épaules.

— J'irais bien faire un tour là-bas, mais tu sais comment Sarah risque de réagir si je me pointe seul.

Arthur ne peut retenir une grimace. Les contretemps ne cessent de s'accumuler.

— Quelle merde, ces divorces. Bon, allons-y avant que mon ulcère ne commence à me jouer des tours.

La voiture s'engage dans l'allée peu après midi. Le soleil tape, pour un mois de décembre. Derrière la maison, les arbres décomposent la lumière. Une quiétude qui confine à la perfection.

— On dirait qu'il n'y a personne, commente Arthur.

Bob ne répond pas. Mais une fois le dernier virage négocié, il voit que les voitures de Sam et de Sarah sont garées à leur place. Le flic qui sommeille en lui évalue les possibilités. Il laisse Arthur descendre en premier, puis extrait un semi-automatique de la boîte à gants.

Pendant quelques secondes, il se sent ridicule. Tout va bien, tente-t-il de se rassurer. Le père et le policier engagent une lutte silencieuse. L'émotion contre la logique. Le premier l'emporte et le second doit céder. Il glisse le pistolet dans la ceinture de son pantalon et laisse pendre sa chemise afin qu'on ne voie pas l'arme, au cas où il se serait trompé.

Ils atteignent la porte d'entrée. Arthur sonne.

Pas de réaction.

Il recommence.

Rien.

Bob remarque que l'enclos est vide. Où se trouve le cheval de Gabi ?

Arthur persiste.

Toujours rien.

— Pourquoi est-ce que Poncho n'aboie pas ?

Arthur marche dans un massif de tulipes pour regarder par la fenêtre du couloir, mais le rideau l'empêche de distinguer quoi que ce soit.

— Faisons le tour, suggère Bob.

Ils passent par les places de stationnement extérieures et Arthur remarque enfin que les voitures sont là. Il s'affole pour de bon.

— Tu crois qu'ils auraient pu avoir un accident avec le gaz ?

Bob met la main sur l'épaule de son ex-beau-père pour le faire taire. Lui indique la porte de service qui donne sur la buanderie. Entrouverte.

Ils grimpent les deux marches en béton et s'immobilisent dans le cône de lumière qui frôle le lave-linge et sèche-linge en direction de la cuisine.

— Gabi ? appelle Bob. Sarah ? Sam ?

Silence.

— Gabi ? Sarah ? essaye à son tour Arthur. C'est Papi...

Rien d'autre que les placards blancs de la cuisine et la porte ouverte sur le noir.

Bob sort le semi-automatique.

— Il vaut mieux que tu restes ici, fait-il.

— Seigneur. Tu ne crois tout de même pas que...

— Du calme, chuchote Bob. O.K. ? O.K. ?

Arthur hoche la tête. Regarde Bob pénétrer dans la cuisine, puis dans la salle à manger. Enjamber une chaise renversée. Arthur s'entend prier. Ses mains tremblent et il a l'estomac tout retourné. Sans réfléchir, il entre dans la cuisine, même s'il a reçu pour instruction de n'en rien faire.

Dans le couloir, Bob sent une odeur de poudre. Il arrive à la salle de bains de Gabi. Porte close. Il appuie sur la poignée à l'aide du canon de son pistolet. La pièce lui apparaît peu à peu et il aperçoit ce qui a l'air d'une serpillière sale tassée dans les toilettes.

Wood attrape le chien au moment où ce dernier lui saute dessus. Le prend par la gorge. Sans se préoccuper des griffes qui le lacèrent, il l'enfonce dans la cuvette et...

Bob entend un cri atroce avant de comprendre ce qu'il vient de voir. Il bondit dans le couloir, traverse en courant le séjour au sapin abattu et aux arabesques de sang menant sur la terrasse. Nouveau couloir. Il poursuit les hurlements, heurtant les murs et provoquant une avalanche de photos, dont les cadres se brisent sur le sol. Trouve Arthur à genoux dans l'encadrement de la porte du salon, comme un taureau abattu. L'architecte n'en finit pas de vomir, même si ce n'est plus que de la bile. Bob l'enjambe et tombe nez à nez avec Sam.

La mort l'immobilise de ses doigts glacés. Sam est assis contre le mur, nu. Ligoté comme un cochon avant la saignée. Il a été éviscéré et ce qui reste de sa langue pend monstrueusement, maintenu par un coupe-papier planté dans ses lèvres. Bob fait le premier pas qui lui permettra d'échapper à l'horreur menaçant de l'engloutir. Ses poumons pétrifiés refusent d'inspirer et il entend Arthur qui marmonne quelque chose d'inintelligible en remarquant, agrafée à la poitrine de Sam et maculée de sang, ce qui ressemble à une carte à jouer.

6

Case passe le réveillon de Noël, comme presque toutes les nuits depuis qu'elle ne se drogue plus, à déambuler sur Hollywood Boulevard. Les camés ne dorment jamais bien, et encore moins quand ils cherchent à décrocher. C'est à la nuit tombée que le monde réel se referme sur eux et qu'ils doivent faire face à l'ennui et à la démence qui accompagnent la vie de tous les jours.

Pour se débarrasser des idées noires que ce moment lui inspire, Case bat le pavé entre Western Street et La Brea. Ce faisant, elle remarque les fugueurs qui s'en prennent aux cabines téléphoniques et aux tout-terrains garés derrière les restos de Cherokee Street. Les flics qui menacent les putes pour se faire sucer gratis. Elle remonte le quartier chinois où des proies faciles telles que Monsieur Costard-de-l'Iowa et Madame Cuisine-équipée-du-Kentucky se font vider les poches par des mains sans visage, ou racketter par d'agressifs rastas pieds nus. Elle croise des camés de tout bord et de toute couleur, qui ont tous ce même regard de chevalier errant en quête d'un fix. Un parc à thèmes voué aux vices de l'humanité, caché sous l'étiquette de « civilisation ».

Elle avale une pleine dose de cette lassitude et de cette folie du quotidien pour voir quel goût elles ont. Et si elle peut les supporter sans gerber. Est-elle vraiment capable de s'intégrer à la société sans se tatouer les bras à l'aide de sa seringue ? Chaque pâté de maisons constitue une nouvelle épreuve. Chaque étoile de star sur laquelle elle marche est une petite distance parcourue, même si elle ignore encore quelle sera sa destination finale. Elle ne répond jamais à ceux qui lui adressent la parole et prend bien garde de ne pas regarder les vitrines, de peur d'y croiser son reflet. Mais ce soir, la rue n'est qu'un espace lumineux l'empêchant de réfléchir à quoi que ce soit d'autre que cette gamine enlevée à Clay. Faut-il écrire aux autorités ?

Case est assise, seule dans le noir, à la petite table en Formica de sa cuisine sans fenêtre. Le faisceau de sa lampe torche suit la peinture écaillée du plafond parcheminé, redescend le long du mur graisseux jusqu'à la cuisinière. Tel un projecteur de prison, il effectue la jonction avec le frigo, s'immobilisant un instant sur un article évoquant la confiance en soi ou un aphorisme qu'elle a recopié. Une idée pseudo-philosophique à laquelle elle peut se raccrocher, elle-même retenue par un aimant représentant un chevalier et sa belle, acheté par jeu dans une braderie.

Trois fois déjà, elle a tenté d'arrêter, et deux fois elle a replongé. Mais on dit que la troisième est la bonne, pas vrai ? Débarrasse-t'en maintenant, bébé, parce que tes veines ne tiendront pas dix ans à ce rythme.

Elle se penche, une cigarette sans filtre pendant au coin de la bouche, et éclaire les gros titres en noir et blanc étalés sur la table : MEURTRE RITUEL À CLAY... UN COUPLE MASSACRÉ... UNE ADOLESCENTE ENLEVÉE... LE PIRE CARNAGE DEPUIS MANSON...

Les journaux et leur cynisme morbide. Toujours à voir jusqu'où ils peuvent aller dans l'horreur sans sortir du registre du politiquement correct. Inconscients de la vérité, qui ne les intéresse pas, d'ailleurs. Seules comptent leurs accroches à sensation.

On frappe à la porte.

— C'est ouvert, dit-elle.

Anne entre, mais elle n'y voit rien entre le séjour éteint et les stores tirés. Elle se fige.

— Case ?

La lumière ondule pour la guider. La silhouette d'Anne se faufile entre les meubles. Elle entre dans la cuisine, effectue un rapide tour d'horizon et s'adosse au mur.

— Pourquoi tu restes assise dans le noir ?

— Je réfléchis.

— À quoi ?

Case laisse la lumière retomber sur les journaux.

— Ah, oui. Je les ai lus, moi aussi. Mais pourquoi tu as éteint ?

Case appuie sa nuque contre le mur.

— Je respire mieux dans le noir. Je sais pas pourquoi, mais c'est comme ça. L'anxiété, peut-être. Je te l'avais déjà dit ?

— Non.

— Maintenant, tu le sais. Et la lampe torche... des fois, elle me donne l'impression que je contrôle l'obscurité.

Elle aspire une longue bouffée. Ses yeux reviennent se poser sur les gros titres. Elle remonte la lumière le long du mur et la laisse dériver sur le plafond miteux qui lui fait office de ciel.

— Cette petite est si jeune, commente Anne.

— Jeune, répète Case.

Une histoire de souffrance dans un seul mot.

— Case ?

— Ouais...

— Tu crois que... la fille... elle est toujours vivante ?

Case éclaire son propre visage par en dessous. Sa mâchoire et ses yeux n'ont plus l'air humains.

— Possible, répond-elle. Possible. Mais si c'est le cas, Anne, elle subit des trucs tels qu'aucun de ces blaireaux de Clay ne peut les imaginer. À voir ses parents, je dirais qu'ils ont été flingués par ce qu'on appelle des « guerriers ». Des jeunes qui ne recherchent que le sang, pour s'éclater. Le sang, oui, le sang, Anne. Chaos et confusion à la pelle.

Elle éteint la lampe torche, la pose sur la table, continue de fumer en silence. Elle bouge la tête comme si elle avait quelque chose à ajouter, puis se ravise.

— Si tu descendais avec nous ? propose Anne. Deux ou trois filles vont fêter Noël avec leurs gosses. L'une d'elles a acheté un kilo de biscuits. Allez, viens, on va écouter des chants de Noël en s'empiffrant de sucre. Ça te fera du bien.

Case fait rouler sa cigarette entre son pouce et son index.

— Quand j'étais à San Diego en 1992... tu sais, la deuxième fois où j'ai essayé de m'en sortir... la directrice du programme s'appelait Liz. Bref, c'est l'époque où ces bergers allemands se sont fait buter de manière rituelle. On les avait pendus, puis éventrés et vidés de leur sang...

Elle baisse le ton et sa voix se fait plus distante, comme si l'histoire se répétait sous son crâne.

— Liz a dit aux flics de venir me trouver. Au début, ça les a pas vraiment branchés. Après tout, j'étais juste une camée tatouée qui avait autrefois fait partie d'une secte. J'ai bien vu comment ils me regardaient. Pas la peine que je te fasse un dessin.

Elle souffle sur le bout incandescent de sa cigarette, qui flashe rouge vif.

— J'ai déjà vu ces conneries. Les parties du corps et le sang volés sont utilisés pour des potions, tu le savais ? On les boit, ces saloperies. Elles sont censées donner des pouvoirs magiques. Je le sais, je l'ai fait. Tu le crois, ça ?

— Case...

— Les flics comprenaient pas de quoi je leur parlais. Pour eux, c'était de l'hébreu. Il m'a fallu une journée pour apprendre où ces types avaient trouvé les chiens. Un jour, pas plus. Et tu sais comment ? J'ai fait le tour des chenils. À pied. J'ai pas dit un mot, à personne. Je faisais croire que je cherchais un chien. Mais, tout ce temps, je surveillais les employés. Parce que je sais les repérer, moi.

Elle indique ses bras, tatoués de l'épaule au poignet.

— Les membres du Sentier gaucher arborent tous le même signe. Suffit de savoir regarder.

Anne dévisage Case. La main de cette dernière commence à trembler. Elle pose sa cigarette.

— Après ça, j'ai aidé les flics. Même si j'étais qu'une abomination, pour eux. Pas de pitié pour les gens pitoyables. En amour comme à la guerre, tout est permis, pas vrai ?

Anne prend la main de Case dans les siennes.

— C'est quand j'ai vu ces chiens, après avoir décroché, que j'ai compris ce que j'avais fait autrefois. J'en ai trouvé un accroché à un arbre. Il était encore vivant, mais il en avait plus pour longtemps. Et ses yeux...

Elle a la gorge trop sèche pour continuer. Mais dans le noir, le blanc de ses yeux crie son désespoir et sa détresse.

— Ne reste pas seule. Descends avec nous.

— La troisième fois est la bonne.

— Allez, viens. Tu te fais du mal.

Case presse ses doigts contre ses tempes. Dans la prison qu'est son existence, résonne un bruit atroce de chairs que l'on déchire.

— Je me disais que ce serait pas mal que j'écrive au bureau du shérif de Clay.

7

Serrés sur les toits de leurs camionnettes, les fouille-merde règlent leurs objectifs pour apercevoir nettement le cimetière de Bouquet Canyon et mitrailler le sommet de la colline où Sam et Sarah sont enterrés, deux jours après Noël.

Le regard de Bob quitte un instant les cercueils pour se poser sur les véhicules rangés en enfilade. Trois jours — la durée moyenne d'une crucifixion et d'une résurrection —, c'est tout ce qui aura été nécessaire pour détruire une poignée de vies et les réécrire au travers des mots et images distillés par ce cirque que l'on nomme complaisamment « presse libre et indépendante ».

Selon le *Valley News*, faisant état de la fortune d'Arthur Naci et des préparatifs minutieux du crime, John Lee Bacon, shérif de Clay, pense qu'il est possible que cette affaire soit à la base un simple enlèvement qui aurait peut-être dérapé et été maquillé en crime satanique.

BETA, la chaîne câblée des gens de couleur, a suggéré dans un éditorial que les meurtres auraient une connotation raciale, expliquant qu'on se trouvait là dans la vallée du Nord, l'un des derniers bastions dont la devise pourrait être : « Les noirs de peau, on en veut zéro. » L'éditorialiste a jugé bon de préciser qu'à cinquante kilomètres à l'ouest, dans la vallée de Simi, un jury composé de bons chrétiens blancs venait d'acquitter les policiers qui avaient passé Rodney King à tabac. Enfin, il s'est demandé si l'on ne pouvait voir là un acte de vengeance contre un jury plus objectif qui, cinquante kilomètres au sud, a acquitté O.J. Simpson, cette idole de l'Amérique, du meurtre de son ex-femme.

Le *L.A. Times* et le *National Enquirer* ont eux aussi suivi une piste similaire. Un coup de téléphone anonyme leur aurait suggéré que le double meurtre a été commis pour atteindre Bob Hightower. Aussitôt, ils ont mené leur enquête sur ce dernier. Est-ce un policier intègre qui paye le fait d'avoir mis un malfrat en prison ? Ou, comme tant d'autres flics véreux, vient-il de recevoir un avertissement lui indiquant qu'il y a une limite à ne pas franchir ?

Les photographes s'étaient cachés dans les arbres tout autour de chez lui. Il lui a fallu passer au travers d'un véritable mur de caméras pour sortir.

Malheureusement, le tuyau se révèle percé. Bob Hightower travaille derrière un bureau. Un bon flic qui passe ses journées le cul vissé sur sa chaise. Un bouche-trou portant l'insigne. Qui ne part en patrouille que lorsqu'un de ses collègues se fait porter pâle.

Les journaux sont même allés jusqu'à suggérer qu'il est « protégé ». Que deux raisons expliquent qu'il n'ait pas été viré. Premièrement, son ancien beau-père est le meilleur ami du shérif, John Lee Bacon. Deuxièmement, l'épouse de Bacon, Maureen, femme d'affaires prospère associée à Arthur Naci, n'est autre que la marraine de l'adolescente disparue.

Tout cela dans le cadre d'un spectacle à l'échelle nationale, l'invasion collective de l'intimité et du deuil d'autrui.

Bob regarde Arthur au moment où celui-ci commence l'élégie. D'une voix rauque. Il s'exprime lentement et paraît bien plus que ses cinquante-trois ans. Il est là, debout entre John Lee et Maureen. Le premier a les mains serrées, la seconde touche le coude d'Arthur pour le soutenir. Un triptyque dédié à l'amitié et à la douleur partagée sur fond de soleil. Leurs traits sont indistincts à contre-jour et leurs ombres allongées s'étendent sur les deux cercueils en acajou qui vont bientôt s'enfoncer dans les entrailles de la terre.

Bob contemple le trou béant et se met à pleurer.

Les funérailles achevées, amis et parents des défunts se réunissent chez Arthur. Le crépuscule avance sur le canyon et les ombres se font de plus en plus noires sur les demeures de Paradise Hills. Des plats ont été servis et Maureen tient le bar. Un petit groupe s'est constitué autour de John Lee. On lui pose des questions concernant l'affaire. Il commence bien évidemment par déclarer qu'il ne peut communiquer certains détails, connus seulement de la police et du FBI. Mais, au fil de ses réponses, il devient vite évident qu'aucune piste sérieuse n'a encore été découverte. Pas encore. Mais cela viendra. La conviction de John Lee ne peut que rassurer ses auditeurs. Il est sincère comme le sont ceux qui ont été honnêtes toute leur vie. Ou qui sont habitués à ce que l'on croie leurs mensonges.

Pris de nausée, Arthur est allé s'allonger dans le salon. Bob lui apporte un oreiller, tire les stores et ferme les tentures. Arthur lui prend la main.

— Nous devons nous serrer les coudes, désormais.

— Je sais, Arthur.

— Il ne nous reste plus que nous.

— Oui.

— Il faut la retrouver.

— On y arrivera. Repose-toi.
— C'est vrai, dis ?
— Oui.
— J'ai peur, fils.
— Moi aussi.
— Tu ne crois pas qu'elle...
— Ne dis rien. Je t'en prie...

Bob sort seul, sans but. Il contemple la ligne des collines, où les maisons bien rangées s'échelonnent vers l'horizon. Les lumières ont commencé à s'allumer dans les cuisines et les salons, tels des feux lointains sur un âtre de pierre. Au-delà, il perçoit le bourdonnement sourd de l'autoroute, voitures et camions traversant le Mojave à tombeau ouvert en direction des déserts du Nevada ou de l'Arizona. Le monde lui paraît soudain infini, privé de perspective. Hors d'atteinte. Sans pouvoir s'en empêcher, il se dit que la Terre a la capacité d'effacer le souvenir de tout ce qui a été. Tout. Et il prend peur.

Il va s'asseoir au bord de la piscine. À la surface de l'eau qui ondule doucement, les dernières lueurs du jour sont pareilles à une marée sanglante, et il se rappelle brusquement comment il a trouvé Sarah, flottant...

— Je t'ai apporté un verre, lui dit Maureen.

Il se tourne vers elle. Il a le teint pâle et les lèvres retroussées sous le coup de la douleur.

— Tu tiens le coup ? veut-elle savoir.

— Pas vraiment.

Il accepte le verre de whisky qu'elle lui tend. Elle prend une chaise et s'installe à côté de lui.

— Je peux faire quelque chose ?

— Ramène l'horloge cinq ans en arrière.

— Si je le pouvais, j'irais même plus loin, avoue-t-elle tristement.

Il hoche la tête sans conviction. Maureen a un bref regard pour le salon, où John Lee se pavane, entouré de sa cour.

— S'ils savaient ce que ce connard me fait subir.

— Pas ce soir, Maureen.

— Tu as raison. Pardon.

Ils restent là en silence. Elle l'observe chaque fois qu'elle en a l'occasion. Lui trouve une certaine séduction dont la plupart des gens n'ont pas conscience.

Elle est assise au bord du lit dans la lumière chancelante de la fin d'après-midi. Elle cherchait des terrains de l'autre côté de Lancaster le jour où elle a découvert ce motel reculé, le Ramona. C'était un de ces établissements à la mode des années 1940, une série de bungalows à porte-fenêtres et façade crépie, à un pâté de maisons de l'autoroute de la Sierra. À cet endroit, la ville n'est qu'un prétexte pour planter une station-service et un petit restaurant au bord de la route. Quant aux chambres, rien à en dire, sinon que tous les meubles usuels se trouvent à leur place et qu'ils sont périodiquement lavés, ou du moins désinfectés.

Elle aspire une bouffée de son joint. Elle voudrait bien éprouver de la honte dans ces instants, non pas pour brider son plaisir et l'inciter à arrêter, mais parce que cela ne pourrait que rajouter à sa délectation. Un peu de culpabilité bien chrétienne, qui rendrait l'acte tellement plus excitant. La douche cesse de couler. Quelques instants plus tard, Sam sort de la salle de bains. Nu, il vient se camper devant elle. Les cuisses pressées contre les épaules de Maureen.

— J'ai une idée, fait-elle.

Bob est ailleurs, mais il relève tout de même la tête.

— J'ai longuement parlé avec Arthur. Nous sommes d'accord, tous les deux. Je sais que le moment est peut-être mal choisi mais... nous aimerions que tu viennes travailler avec nous.

Trop fatigué pour être surpris par quoi que ce soit, il opine d'un léger signe de la tête pour signifier qu'il a capté le message.

— Penses-y. Parlons un peu. Tu n'as pas besoin de rester...

— ... « le cul vissé sur ma chaise ». C'est bien ce que disent ces torchons, non ?

— Nous ne te faisons pas cette offre parce qu'une feuille de chou a jugé bon de pondre un titre à sensation. C'est juste...

— La vérité, la coupe Bob. Ouais. Et tu le sais, toi aussi. J'ai laissé Arthur convaincre John Lee de me trouver une voie de garage et je n'ai jamais remis le moteur en marche.

— C'est faux.

— Oh, je t'en prie. Toutes ces années, toute cette expérience foutues parce que je n'ai pas su... lutter contre ces visions de promotion et d'avenir doré qui dansaient sous mon crâne. Je devais croire que je valais mieux que ça.

— Tu l'as fait pour Sarah.

— En y ajoutant quelques pincées d'égoïsme pour ce bon vieux Bob Hightower.

Il s'interrompt et secoue la tête, comme s'il venait d'entendre quelque chose qu'il aurait dû comprendre bien des années plus tôt.

— Après le divorce, j'aurais dû demander, non, exiger de retourner sur le terrain. Mais je plongeais, partagé entre le désespoir et la haine de moi-même, et je n'avais nulle envie de stopper ma chute. Je vais refuser ton offre, Maureen. Je te remercie, mais c'est non. Sauf si je me retrouve sans boulot, bien sûr. Dans ce cas, on verra.

Elle se penche vers lui et pose la main sur sa cuisse.

— De rien. On se disait qu'un peu de changement te ferait du bien.

John Lee s'est levé. Il se tient à la porte-fenêtre, d'où il les regarde parler, tous les deux. Il fixe la main de sa femme. Ce n'est pas la première fois qu'il remarque un tel geste d'amitié pudique de sa part.

8

De Noël à la Saint-Valentin, en passant par le jour de l'An et l'Épiphanie, Bob coche les jours sur le calendrier avec un découragement croissant. Le bureau du shérif et le FBI n'ont toujours rien. Les indices, tous plus minces les uns que les autres, disparaissent aussi vite que les tourbillons de sable dans le désert.

John Lee joue le rôle du roc sur lequel on peut s'appuyer, mais ses tripes se nouent lors des réunions où l'on évoque la moindre piste pouvant permettre de remonter jusqu'à Cyrus.

Tous les matins, Bob va prier à l'église. Puis, au bureau, il examine des montagnes de paperasse dans l'espoir d'y déceler un fait nouveau que les autres auraient laissé passer. Le week-end, il sillonne le sud de la Californie, interrogeant les inspecteurs et médecins légistes les plus respectés de l'État. Sa voiture devient un coffre géant, bourré à craquer de dossiers, photos et notes. La nuit, dans la cuisine de la maison qu'il partageait autrefois avec Gabi et Sarah, bouteilles de bière vides et mégots de cigarettes s'empilent tandis qu'il décortique chaque appel, chaque lettre, chaque fax reçu par le bureau du shérif, même les plus invraisemblables.

Son univers obéit désormais à la géométrie si particulière des ultra-méticuleux et des délinquants. Des paranoïaques et autres férus de conspirations. Des fanas d'informatique communiquant leurs prétendus indices par Internet et des femmes qui lui envoient leurs regrets assortis de leur photographie et d'une demande en mariage.

Sur le réseau, divers sites présentent comme une litanie les témoignages de gens ayant aperçu « Gabi » et les chrétiens lui transmettent des fax de soutien contre « l'amorale vilenie que ce crime met en lumière ». Pour d'autres, le coupable est différent : les médias, la pornographie, ou encore la drogue. Quelques-uns sont prêts à se sacrifier en échange de la libération de Gabi, pour peu qu'on vienne les chercher, ou du moins qu'on leur paye le bus jusqu'à Los Angeles.

Tout cela inonde la table de la cuisine, déborde des placards et des cartons. Des stalagmites de papier s'élèvent du sol, masquant les notes et fragments d'indices punaisés aux murs.

À minuit, il sort, ivre, et déambule derrière la maison, les bottes crissant sur le gravier. Les branches dénudées lui frôlent le visage alors qu'il tente de s'extirper de cette folie furieuse.

À la mi-février, ses recherches l'ont conduit à la lie de la société. Le courrier qu'il décortique provient de meurtriers incarcérés, qui ont entendu dire que... d'anciens détenus relâchés qui, pour quelques billets verts... d'êtres pitoyables internés dans des institutions psychiatriques, persuadés que les tueurs vivent à l'autre bout du couloir et retiennent sa fille enfermée dans une cantine militaire...

C'est à ce moment seulement qu'il tombe sur la lettre de Case.

9

Le 27 février au soir, on frappe à la porte de Case. L'ancienne religieuse accro aux analgésiques qui loge à côté de l'ascenseur lui annonce qu'on l'appelle sur le téléphone à pièces.

Appuyée contre le mur, Case écoute Bob se présenter. La voix de l'homme est grave et râpeuse, ses questions sont directes et précises. Alors qu'il lui parle de la lettre, elle observe une fille-mère assise au bout du couloir, sur l'escalier d'incendie. La frêle adolescente tient sa petite fille sur les genoux. Elle est assise à même le métal, contemplant le ciel qui s'abandonne par vagues pourpres aux assauts de la nuit.

Case n'en revient pas qu'il ait appelé après tout ce temps. Il lui pose quelques questions sur son passé et le silence s'installe quand elle a fini de répondre. Elle est persuadée qu'il va raccrocher, mais il lui demande s'il peut venir la voir le lendemain soir pour discuter avec elle et lui montrer des dossiers et des photos.

Faut-il qu'il soit désespéré pour s'adresser à elle. Après avoir reposé le combiné, Case regarde la jeune mère et sa fille se faire avaler par les ténèbres grandissantes. Elle reste là, près du mur, à penser à l'homme et à son enfant, jusqu'à ce qu'il ne reste plus qu'un halo de lumière en provenance de l'ampoule nue du bout du couloir, une nuit couleur d'acier et la pluie qui s'annonce.

Le 28, c'est le déluge. Des rafales violentes, presque à l'horizontale. Bob arrive à L.A. après la tombée de la nuit. L'autoroute n'est qu'une ligne déchiquetée de véhicules avançant péniblement entre les collines pour rejoindre un vague triangle lumineux.

Le trajet d'une heure s'effectue dans le silence le plus complet. Rien que lui et le vide bleuté à l'intérieur de la voiture, zébré par les rigoles de pluie coulant le long des vitres. Tandis que le mirage effiloché qu'est la cité s'étend devant ses yeux, il tente de cerner la personnalité de cette Case Hardin sans s'arrêter à ce que lui a dit la police de San Diego.

Il prend l'autoroute de Hollywood jusqu'à Gower, remonte Franklin Boulevard en direction de l'ouest, vers Garfield. Le bloc 1700 est situé entre Franklin Boulevard et Hollywood Boulevard. Il réunit pêle-mêle immeubles d'appartements miteux, maisons crépies à deux étages avec terrasse, et quelques demeures issues d'un autre âge dont le petit chic s'est écaillé avec la peinture. Certains des appartements arborent des pancartes annonçant en arménien qu'ils sont à louer.

Il trouve le foyer cinq numéros avant Hollywood Boulevard. Un vieil immeuble asthmatique de trois étages dont les briques ont poussivement survécu aux vingt dernières années.

Case surveille la rue, assise sur le rebord de la fenêtre fermée. Derrière elle, le minuscule salon est plongé dans l'obscurité. Nerveuse, elle fume. Voyant un conducteur ralentir pour lire le numéro des immeubles, elle se dit que c'est peut-être lui. La voiture effectue un demi-tour et trouve une place devant une épicerie barricadée de planches.

Case se penche. La vitre sale lui renvoie le reflet de ses yeux et du bout incandescent de la cigarette qui tremble de nervosité. Elle ne voit rien d'autre jusqu'à ce qu'un homme vêtu d'un imperméable noir, les traits cachés par une capuche, sorte de l'ombre des arbres. Il avance le long du trottoir, une mallette en cuir marron à la main. S'engage dans l'allée sans perdre de temps, soulevant une gerbe d'eau à chacun de ses pas.

Ça doit être lui.

Elle tente de se saisir de l'instant présent.

— Je suis ici... maintenant, murmure-t-elle en écrasant son mégot sur une canette de Coca Light. Je suis ici... maintenant.

Le rez-de-chaussée de l'immeuble a été transformé en réception et salle d'attente. Bivouac constitué de bureaux métalliques bon marché et de divans en similicuir, affaissés par le poids des ans. Un agent de sécurité à barbiche garde le fortin, assis derrière son bureau. Il détourne les yeux de la sitcom qu'il est en train de regarder. Assis en arrière, les bras repliés sur la poitrine, il semble attendre la moindre provocation.

— Oui, monsieur ? En quoi pouvons-nous vous être utile ? demande-t-il en mettant l'accent sur le « nous ».

— Case Hardin. Je suis venu lui parler. J'ai rendez-vous.

— Nom ?

— Agent..., commence-t-il avant de se reprendre : Monsieur Bob Hightower.

En entendant le mot « agent », les femmes installées sur les canapés se tournent vers Bob. Elles le dévisagent longuement. Il comprend aussitôt qu'elles craignent le pire et que, tels des partisans en temps de guerre, leur loyauté va naturellement à leur congénère.

— Laissez-moi m'occuper de M. Hightower, fait une voix dans son dos.

Il regarde derrière lui. Anne sort de son bureau et lui tend la main.

— Je suis Anne Dvore, la responsable du foyer.

Ils se serrent la main.

— Permettez-moi de vous conduire à l'ascenseur, fait-elle en indiquant la direction à suivre.

Ils empruntent le long couloir à la moquette élimée. Tous deux gardent le silence. Bob inspecte les environs, jetant un coup d'œil par chaque porte entrouverte. Anne en profite pour évaluer le visiteur.

— Au fait, je tenais à vous dire combien je suis désolée de ce qui est arrivé à votre ex-femme et à votre fille.

Bob hoche la tête, stoïque.

Ils atteignent l'ascenseur. Anne appuie sur le bouton. Bob se retourne. Une des femmes de la salle d'attente le regarde.

— Toutes ces femmes sont en désintox ?

Anne a déjà entendu ce ton de voix ; un jugement déguisé en curiosité.

— Le foyer accueille également les femmes battues. C'est pour cela que nous avons un garde à l'entrée.

— Je me demandais quelle était la raison de sa présence.

Il passe la mallette dans sa main droite, ouvre et ferme la gauche à plusieurs reprises pour faciliter la circulation du sang.

— J'imagine que vous devez être un genre de médecin, en tant que responsable.

— Un genre, oui, répond-elle en souriant.

— Puis-je vous poser quelques questions au sujet de cette femme ?

Encore ce ton, sur « cette femme »...

— Pourquoi ne pas les lui poser, à elle ?

— Écoutez, depuis le meurtre, j'ai eu affaire à des tas de gens qui essayent de m'offrir un... espoir. La plupart d'entre eux me racontent n'importe quoi. Ça, je peux le supporter. C'est décevant, mais je l'accepte. Je n'ai aucune autorité légale pour ce qui concerne cette affaire. Mais j'ai également rencontré certaines personnes...

Ignorant la relation qui lie cette femme à Case, il ne sait comment amener ce qu'il cherche à dire.

— En qui vous ne pouvez pas avoir confiance, finit-elle à sa place. Et qui pourraient se révéler dangereuses. J'imagine que cette mallette contient des dossiers à ne pas mettre entre toutes les mains.

— Je n'aurais pas dit mieux.

— Vous n'avez rien dit du tout.

Bob a la gorge serrée.

— Je ne voudrais pas partir sur un mauvais pied.

— Alors, restez objectif avant de porter le moindre jugement sur Case. Je suis sûre que vous avez parlé d'elle avec la police de San Diego.

Il hausse les sourcils avec un manque d'enthousiasme évident.

— Elle a fait partie d'une secte pendant dix-sept ans. C'est une droguée à la cocaïne qui est en train d'en sortir. Voilà qui elle est.

— Est-elle digne de confiance ?

— Ce n'est pas une sainte, mais elle n'est pas non plus membre du Congrès.

L'ascenseur arrive. Anne ouvre la porte métallique.

— Salle 333. À droite en sortant de l'ascenseur, dernière porte sur la gauche au fond du couloir. Bonne chance, monsieur Hightower.

— Elle a fait partie d'une secte, putain de dieu ! s'emporte John Lee.

Prenant sur le bureau le dossier envoyé par les flics de San Diego, il l'agite pour donner davantage de poids à ses paroles.

— Attaque à main armée. Couteau. Six mois pour complicité de vente d'héroïne. Tu crois vraiment qu'elle est digne de confiance ?

— Je vais juste lui poser quelques questions.

— Tu veux l'interroger ? Très bien. Fais-la venir ici.

— Elle est à L.A., dans un centre de désintoxication.

— Je lui paye son putain de taxi.

— Les gens comme elle ne se sentent pas à l'aise quand on leur demande de venir discuter au commissariat. Je veux essayer de...

— Tu parles, qu'ils sont pas à l'aise !

— C'est elle qui nous a contactés.

— Et moi, je voudrais bien savoir pourquoi. Qu'est-ce qu'elle veut ? Amène-la ici. Qu'elle vienne s'asseoir en face de nous, cette droguée...

— Notre enquête ne mène nulle part. Ça fait déjà six semaines, et qui sait ce que Gabi peut subir en ce moment ? Si elle est encore en vie...

Les paroles de Bob tombent comme un coup de massue. Les deux hommes se fixent droit dans les yeux.

— D'accord, elle était dans une secte. C'est une droguée. Mais elle sait de quoi elle parle. À voir son profil...

— Temps mort, Bob, d'accord ? Temps mort.

Bob se laisse aller contre le dossier de son siège. Il se tait, bien que l'envie le démange de continuer.

— Je t'ai laissé prendre ces dossiers et suivre toutes les pistes. Il fallait que ce soit fait, et j'ai bien voulu que ce soit toi... toi... qui t'en charges parce que je n'aurais pas voulu que ça se passe autrement si j'étais à ta place. Mais ça... Cette nana est une ex-camée qui a appartenu à une secte. Qui sait si elle ne t'a pas écrit dans un but bien précis ? Peut-être qu'elle en a marre de la méthadone et qu'elle cherche à se réapprovisionner. Qu'elle pense pouvoir t'arracher quelques renseignements qu'elle revendra par la suite. Qui peut savoir ce qui se passe dans le crâne de ces toxicos ? Si tu étais habitué à traiter avec ce genre de client, ce ne serait pas la même chose. Mais toi, t'es un cow-boy de bureau.

Impassible, Bob se laisse traiter d'incapable sans réagir. Du moins, est-ce ce qu'il comprend.

— Tu veux la questionner, tu l'amènes ici. Si elle refuse, oublie-la et donne son nom au FBI. Pigé ?

— Oui, chef.

Bob hésite en sortant de l'ascenseur. Il sait qu'il a renié sa parole. Mais le pire, c'est qu'il ignore s'il a fait cela pour Gabi ou parce qu'il éprouve le besoin de prouver sa compétence.

Est-ce son orgueil qui le pousse à agir ainsi ? Une atroce odeur de brûlé plane dans le couloir. Il entend des rires, des portes qui se ferment. Nouvelles exclamations d'hilarité, qui s'atténuent peu à peu, comme emportées par le vent.

Oui, c'est bien l'orgueil. La porte du fond s'ouvre et la lumière lui révèle une femme. De loin, elle ressemble à une gamine. Maigre, nerveuse, vêtue d'un jean délavé et de bottes noires, les cheveux ras comme un Marine.

Elle fait un pas dans le couloir.

— Hightower ? Monsieur Hightower ? demande-t-elle d'une voix faisant penser au craquement de feuilles mortes.

— Oui.

Il avance vers elle. Quelques longues secondes et ils se trouvent face à face.

— Case Hardin ?

— Ouais, c'est moi.

Elle porte un T-shirt sans manches et Bob note que ses bras nus sont couverts de tatouages, succession de dessins fiévreux qui s'enchaînent du poignet à l'épaule.

— Vous voulez entrer ?

— Oui.

— Vous avez trouvé sans problème ?

— Ç'a été, oui.

Incertaine, elle fait un pas en arrière et il la suit. Elle s'écarte pour le laisser passer.

— Allons dans la cuisine. Il y a une table ; on pourra s'asseoir pour parler.

Il pose la mallette sur le canapé pour enlever son imperméable. Elle regarde fixement la petite sacoche, convaincue qu'elle renferme l'horreur qui gouverne son existence à lui.

— Je voulais vous dire d'emblée combien je suis désolée. J'ai tout vu à la télé, et je... je suis désolée. Votre femme... votre ex-femme, elle avait l'air...

— Merci, la coupe-t-il maladroitement.

— ... gentille...

— Merci.

Il finit d'ôter l'imperméable.

— Où puis-je l'accrocher ?

— Mettez-le où vous voulez.

— Il est trempé.

— Pas grave.

— Peut-être qu'il vaudrait mieux..., insiste-t-il en indiquant la penderie.

Elle se sent trop nerveuse pour affronter le rituel d'aller jusque-là, de chercher un cintre, d'y suspendre le vêtement.

— Laissez-le là. Sérieusement. C'est pas le Ritz, vous savez.

Elle essaye de sourire. Pliant son imper, il le dépose méticuleusement sur le dossier d'une chaise posée devant un bureau en bois branlant.

Nouveau regard de Case vers la mallette, puis vers Bob. Il est plus grand qu'elle se l'était imaginé après l'avoir vu aux actualités.

Il la suit dans la cuisine, sans un mot, la sacoche sous le bras. Inspecte les pièces miteuses.

— Asseyez-vous. Du café ? Moi, j'en ai besoin.

— Oui, ça me fera du bien. Je suis debout depuis six heures.

— Je vous offrirais bien une bière, mais j'ai pas le droit de boire d'alcool pendant les quarante ou cinquante années qui viennent.

Case prend un paquet de café et déchire l'emballage plastique avec ses dents. Elle se tourne vers lui.

— Ce café est à chier. Je l'ai eu gratuitement, par la poste.

— Ne vous en faites pas, je ne suis pas un connaisseur.

— Si vous voulez fumer, vous gênez pas. Prenez ce que vous voulez comme cendrier.

Bob fume une cigarette en la regardant préparer le café. Silence. Les mains de Case tremblent. Ses gestes sont brusques et nerveux, comme ceux d'un pantin chargé aux amphétamines mais incapable d'échapper au marionnettiste. Son visage triste a l'air bienveillant, avec son large front et sa mâchoire proéminente comme l'épine dorsale d'un oiseau. Ses yeux sont sombres, presque noirs, et la pâleur de sa peau les rend plus noirs encore.

Ils s'assoient et discutent. Bob ouvre sa sacoche et en tire son bloc-notes de service. Il commence par poser des questions sur la vie de Case, le temps qu'elle a passé dans sa secte et à San Diego, la façon dont elle est tombée sous l'emprise de la drogue. Fait quelques détours pour s'intéresser aux activités illégales de la jeune femme et à son état actuel. Ses yeux font sans cesse la navette entre Case et les notes qu'il a griffonnées. Elle reste là, assise, à répondre à ses questions. Elle fume et se tord les mains, jusqu'à sentir le poison qui enfle en elle au fil de l'interrogatoire.

— Je peux vous demander quelque chose ?

Il relève la tête.

— Vous ne me faites pas confiance, n'est-ce pas ?

— Que voulez-vous dire ?

— Que vous m'avez passée sur le gril comme un nazi, en me demandant à peu près tout sauf la taille de tampon que j'utilise et si j'aime qu'on me la mette dans le cul. Bordel de merde, qu'est-ce que vous croyez que...

Bob referme son bloc-notes sans montrer la moindre surprise. Case se laisse aller contre le dossier de sa chaise et met le pied contre le rebord de la table.

— Si je vous avais demandé de venir au bureau du shérif de Clay, auriez-vous accepté ?

Elle le dévisage longuement, les dents serrées. Écarte les bras sur le dossier de la chaise, tel un faucon près à se battre ou à s'envoler.

— Je vous connais, lieutenant, dit-elle. À moins que ce soit sergent ? Ou patron ? Ou encore... monsieur le rond-de-cuir ?

Furieux, il range le bloc-notes dans la mallette. La referme, se lève. Sort de la pièce sans un mot, sans un regard en arrière. Case salue le dos qui s'éloigne d'un majeur dressé.

Mais quelque chose le fait changer d'avis à l'entrée et il s'arrête. La pluie ruisselle le long du toit pour s'engouffrer dans les gouttières rouillées. Case le regarde se découper dans l'encadrement de la porte, enfermé dans une cage tel un personnage évoluant sur une étrange scène d'ombres.

La voix de Bob est presque inaudible de l'autre côté de la pièce, mais elle perçoit entre deux inspirations la douleur qu'il dégage.

— J'ai perdu ma femme. J'ai perdu ma fille. J'ignore si elle est vivante ou morte, et si je pourrai un jour la retrouver. Je suis désespéré et tout près d'abandonner. Mais je suis venu ici. Peut-être que je ne vous ai pas approchée comme il aurait fallu... Vous ne pouvez pas m'aider un tout petit peu ?

Case pose les coudes sur la table et se penche en avant pour enfoncer ses pouces entre ses yeux et ses sourcils.

— Je suis une toxico, explique-t-elle, et les gens comme moi ont du mal à faire preuve de patience et de bonnes manières quand ils reviennent à la réalité. Je me bats sans cesse contre moi-même, je ne dors plus, je tremble de partout et je déteste presque tout ce que je vois. J'aurais pas dû dire ça. J'aurais dû me faire tatouer « Connasse » en travers de la bouche.

Elle relève la tête.

— S'il vous plaît, revenez vous asseoir.

Bob laisse tomber sur la table une pile de chemises en papier kraft.

— Vous vous considérez comme une experte en cultes sataniques ?

Elle voit que les deux premières sont remplies d'enveloppes.

— Il n'y a pas d'experts. Juste des survivants.

Il réfléchit à la réponse de la jeune femme, en tapotant du bout des doigts le bord du dossier du dessus.

— Oui, je vois ce que vous voulez dire. Des survivants...

Case remarque qu'il porte un bracelet de perles indien au poignet gauche. Le bijou semble déplacé. Trop fin pour lui. Et pourtant...

— Je pense qu'il s'agit d'un meurtre satanique, explique-t-il. Pas d'une façade destinée à couvrir un enlèvement, un cambriolage ou les autres conneries qu'on raconte à la télé ou dans les journaux. J'ai des photos de ce qui s'est passé cette nuit-là. Croyez-vous être capable de les regarder et de me dire ce que vous en pensez ?

Case fixe froidement la pile de dossiers. Allume une cigarette. La décision qu'elle doit prendre est aussi terrible qu'absolue et, plus que jamais, elle regrette d'avoir écrit. Tiraillée à l'intérieur, elle refuse de le laisser paraître. Tend le bras vers la première chemise comme si elle plongeait la main dans les flammes pour se saisir d'une braise incandescente.

— Je tiendrai le choc.

— Ce que je fais là, je n'y suis pas habilité.

— Oh ?

— Vous comprenez ma position ?

Elle y réfléchit en pensant à ses propres faiblesses.

— Dans ce cas, peut-être que vous ne devriez pas, répond-elle.

Elle se demande s'il va récupérer ses dossiers, mais il se contente de sortir un paquet de cigarettes de sa poche de poitrine et d'en allumer une. Puis il étudie les traits de Case en inspirant la fumée à pleins poumons. D'un calme olympien, il ne semble pas éprouver le moindre remords.

Elle attire les chemises vers elle. Ouvre celle du dessus. Constate qu'elle est remplie de photos. Sarah et Sam, Gabi chevauchant à cru à l'extérieur de l'enclos, Poncho pris la main dans le sac, en train d'engloutir une entrecôte à la porte de la cuisine. Case étale les photos sur la table. Se confectionne un collage de famille modèle, la classe moyenne et tout son tralala. Sur un des clichés, elle remarque que Gabi porte un bracelet indien semblable à celui de Bob.

— Je peux vous poser quelques questions ? demande-t-elle.

— Bien sûr.

— Gabi se droguait ?

— Pas du tout.

— Pas même un tout petit peu ?

— Non !

— Vous en êtes sûr ?

— Certain.

— Elle traînait avec des camés ?

— Des camés ? Non.

— Ses amis faisaient dans le satanisme ?

— Regardez ces photos. Regardez-les, dit-il en en poussant une, puis deux, vers Case. Est-ce qu'elle a l'air d'une adolescente qui se drogue ou qui fréquente les énergumènes que vous me décrivez ? Allons, je connais ma fille. Et nous vivons dans une petite communauté chrétienne, où rien n'est plus important que la famille. Il n'y a pas d'individus anormaux chez n...

Il s'interrompt brusquement.

— C'est pas grave, assure-t-elle. On vient tous d'une de ces petites communautés, de toute façon. Même moi.

Elle ouvre le deuxième dossier et se retrouve face aux vestiges de cette nuit d'horreur.

Sarah trébuche ou pense le faire. Elle ignore qu'une décharge de fusil vient de sectionner une veine reliant son épaule à son cou. Le couloir est un tunnel de noirceur d'où jaillit une véritable cacophonie.

Elle referme la main dans le vide, comme pour se saisir des cris de sa fille. De la fumée, un autre coup de feu et il lui semble voir un garçon au crâne rasé et couvert de pointes métalliques qui lui font comme une crête de coq sauter par-dessus elle en poussant un cri de dément.

La véranda, l'œil de la lune et les lumières clignotantes de la piscine se mêlent, fusionnent en un étrange fondu enchaîné brouillé qui semble engloutir Sarah, puis une nouvelle décharge la cueille en plein dans le dos alors qu'elle vient de franchir la porte-fenêtre.

Case prend la photo de Sarah flottant dans la piscine et la retourne face contre table. Elle lève les yeux vers Bob, qui lui fait l'effet d'un mur de rage silencieuse.

Il se met debout en s'appuyant sur la table, se détourne. Va jusqu'au plan de travail, pose les mains sur le bord de l'évier. Le regard perdu dans la peinture jaune pisseux du mur, qui s'écaille par plaques.

Case passe d'un cliché à l'autre. D'abord, le chien, abattu puis enfoncé dans la cuvette des toilettes, le sang répandu en pluie sur l'émail et le carrelage. Puis le cheval, mort dans son box, les yeux arrachés et les parties génitales tranchées, bas-ventre sombre et luisant.

Elle passe à la photo de ce qui était autrefois le visage d'un homme.

Cyrus donne un coup de genou à Sam. Noue les doigts autour du fil de fer qui ligote son prisonnier comme un animal allant à l'abattoir. Le projette violemment contre le mur. Lui prend la queue d'une main tandis que, de l'autre, il fait jouer la lame d'un coupe-papier contre les dents de Sam.

— T'aimes bien mettre ta langue là où il faut pas et te servir de ta bite de nègre, hein ?

La pointe du coupe-papier s'insinue entre les molaires blanches alors que Cyrus se penche pour mieux chuchoter à l'oreille de Sam.

— C'est le soir du grand voyage, monsieur la Trique. Et tu vas le sentir passer. Plutôt trois fois qu'une...

Case se perd dans les yeux du mort. Une foule d'horreurs se bouscule dans son estomac. La sorcière camée et les revenants. Une lame en argent pour éventrer la proie et prélever un trophée sanglant. Les apôtres hurlants, voûtés et difformes, au moment où les organes sont barbotés. Pleins feux sur le boulevard des souvenirs.

Les photos montrent à présent Sam allongé sur la table d'autopsie. Il a été nettoyé et ses yeux fixes sont deux demi-lunes, comme s'il dormait. Les clichés suivants s'attardent sur chaque blessure, puis une série se concentre sur le bras droit, de plus en plus rapproché jusqu'au gros plan d'un bleu au niveau de plusieurs veines de l'avant-bras.

— Sam se droguait ?

Bob se retourne vers elle.

— Non.

— C'est une marque de piqûre.

— Vraiment ?

À sa façon de poser la question, elle se dit qu'il connaît déjà la réponse et qu'il la mène par le bout du nez.

— C'est une de mes spécialités. Alors, il se droguait ?

Bob ne répond pas.

Elle repose les photos. Il la conduit où il veut et elle en a conscience. La douzaine de clichés suivants lui causent un choc. Sam après son exécution.

Le goût âcre de la bile remonte dans la gorge de Case. Pourtant, elle a déjà vu des morts de près. Et même participé, une fois, en jouant les rabatteuses pour Cyrus. Mais malgré cela, les photos cliniques en deux dimensions ne parviennent pas à neutraliser la fureur totale et illimitée avec laquelle Sam a été charcuté, marqué au fer rouge, disséqué.

Elle écarte lentement chaque cliché du bout des doigts. Sa vision se brouille. Les cendres de sa cigarette tombent par terre.

Bob remarque son léger changement d'expression.

— Quoi ? fait-il.

Elle secoue la tête, un geste bizarre, pas clair.

— Quoi ? répète-t-il en s'approchant d'elle.

Elle lève les yeux vers lui et il regarde la photo de la poitrine de Sam. Là, plantée dans son cœur à l'aide d'un poignard et maculée de sang, une carte à jouer. Ou du moins, quelque chose qui y ressemble, de loin.

— Il existe un agrandissement de cette carte ?

— Pourquoi ?

— Il y en a un, oui ou non ?

Elle voit la lame ouvrir la poitrine de ce connard de dentiste à la BMW blanche, à la maison en crépi blanc, aux chaussures de golf blanches, aux dents refaites blanches. Le sang poisse sa chemise en jets frénétiques, chaque coup de couteau ouvre une nouvelle plaie et un nouveau geyser de fluide vital fuse dans les airs avec un léger sifflement. Très vite, il ne reste plus sur la chemise que quelques mouchetures immaculées et, bien que la comparaison lui semble complètement tordue, elle ne peut s'empêcher de penser qu'il s'agit d'orchidées blanches ornant une robe rouge. Et alors qu'un dernier souffle suinte des multiples blessures, Cyrus brandit la carte devant les yeux vitreux de l'homme...

— Vous n'avez pas répondu à ma question.

— Et vous, vous n'avez pas répondu à la mienne.

— Le Jugement...

— Qu'est-ce que c'est que ça ?

— Le vingtième arcane du tarot. L'ange qui annonce...

— Le Jugement...

Bob se penche, empêchant Case de respirer en posant une main sur le dossier de sa chaise et l'autre, à moitié refermée, sur la photo.

— Pourquoi vous êtes-vous arrêtée à celle-là ?

Les yeux de Case reviennent au bras de Sam.

— Pourquoi vous êtes-vous arrêtée à celle-là ? répète-t-il d'un ton froid, presque détaché. Le ton du flic.

Cyrus sort le boîtier de sa poche. L'ouvrant avec précaution, il en tire une seringue, faisant durer l'instant. Plusieurs coups de feu résonnent dans le couloir, puis le jappement déchirant de Poncho. Granny Boy se met à quatre pattes à côté de Sam, qui se débat contre le fil de fer qui l'immobilise. Granny Boy lui montre la photo de Gabi et lui susurre les obscénités qu'il va faire subir à la gamine. Cyrus emplit la seringue d'un liquide translucide contenu dans un petit flacon et Sam se met à crier d'une voix rauque, le souffle coupé par ses entraves. Cyrus élève la seringue devant les yeux de sa victime et laisse quelques gouttes de fluide couler sur l'aiguille argentée, avant-goût de la torture qui se prépare.

— *Ah, pauvre Prométhée, sans le moindre rocher derrière lequel te cacher.*

Case fouille dans les photos de l'autopsie jusqu'à retrouver le bras de Sam.

— Est-ce qu'on lui a injecté une substance paralysante ?

Bob rapproche son visage de celui de la jeune femme.

— Alors ? insiste-t-elle.

Il la saisit par les bras.

— Vous me posez des questions bien étranges...

— Alors ?

— Qu'est-ce que vous savez, au juste ?

Les yeux écarquillés, elle fixe le linoléum craquelé et taché. Il la sent trembler.

— Allez-vous-en.

— Ce n'est pas une réponse.

— Allez-vous-en.

— Je vous en prie...

— Je ne peux pas... pas maintenant. Non...

— Que savez-vous ?

— Je n'en suis pas sûre.

— Je pourrais vous forcer à me parler jusqu'à ce que vous le soyez.

Elle se dégage et repousse violemment la table. Plusieurs photos tombent par terre lorsqu'elle se lève. Bob marche dessus en l'attrapant de nouveau.

— Vous ne voulez rien me dire, c'est ça ? Rien ?

Elle lui échappe et fait un pas en arrière.

— Qu'est-ce que vous savez ? Dites-le-moi ! Qu'est-ce que vous me cachez ?

Elle le regarde fixement.

— Qui essayez-vous de couvrir ?

— Il faut que je réfléchisse. Partez !

Il avance vers elle et elle pousse un cri terrible.

— Je vous ai dit de vous casser ! Il faut... il faut que j'y réfléchisse. Laissez-moi seule pour mettre un peu d'ordre dans tout ça !

LE RITE DE SÉPARATION

10

Case est assise sur le toit, silhouette rabougrie sous la pluie, mains glissées sous la chemise pour les protéger. Elle regarde la voiture de Bob démarrer dans un nuage de gaz d'échappement. Ses phares forment deux halos de lumière dans l'obscurité de la rue glacée. Ils ralentissent en passant devant l'immeuble. Elle se penche en arrière, utilisant la brume gris pâle comme un manteau pour se cacher de lui tandis qu'elle tente vainement d'y voir au travers du pare-brise. Le visage furibond de Bob ne cessera plus de la hanter, désormais.

Sur le toit de goudron noir, la pluie génère une multitude de ruisseaux irréguliers qui s'évacuent vers les gouttières oxydées. Mais elle ne lave rien. Elle ne l'a jamais fait. La crasse qui est le lot quotidien de chacun est bien trop importante.

Le Passeur tient un joint entre les griffes de sa prothèse. Regarde Cyrus tabasser Case sans réagir le moins du monde. Il est assis sur un divan en velours infesté de puces, protégé du soleil par un auvent en toile qu'il a tendu à l'extrémité du clapier cinq pièces en contreplaqué qu'il s'est constitué autour d'une vieille remorque.

Case tente de se relever mais le pied de Cyrus la cueille au niveau de l'estomac.

— Tu veux me défier, hein ? Tu veux me défier ?

Lena observe la scène en bordure de l'auvent, grimaçant à chaque nouveau coup. Elle crie à plusieurs reprises, tente de s'exprimer, mais le vent étouffe ses paroles en faisant claquer la toile telle une bannière guerrière.

Les chiens du Passeur aboient et décrivent des cercles à la lisière du combat. Toute la meute est là.

Case s'est mise à genoux. Cyrus continue de l'abreuver d'injures, mais elle lève une main tremblante pour lui signifier ce qu'elle pense, majeur tendu.

Il lui répond d'un coup de botte au visage. La touche de plein fouet. Une dent se casse comme une tasse bon marché et du sang jaillit des narines de Case.

Elle tombe à la renverse.

— Tu me cherches, salope ?

Elle reste là, hébétée, les bras écartés formant des angles étranges, telle une étoile de mer.

— J'ai une autre botte, si tu veux.

Les chiens reniflent Case qui rampe à même le sable. Quand l'odeur du sang leur monte à la tête, ils se mettent à aboyer puis se retournent les uns contre les autres, babines retroussées, pour conserver leur place au sein de la meute.

De l'autre côté de la cour parsemée de déchets, Gutter se tient derrière un vieux poêle Wedgwood sans porte. Il en joue comme d'un tambour des rues, chantant « La liberté est juste un autre mot pour... ».

Lena se jette sur lui toutes griffes dehors, tente de le faire cesser par tous les moyens, crachant, donnant des coups de pied et jetant de la terre. Mais il continue implacablement, tueur à visage d'enfant sorti tout droit des Contes *de Grimm.*

Le Passeur est toujours assis tranquillement, son joint serré entre ses ersatz de doigts argentés, quand Cyrus attrape Case par le dos de son blouson de cuir et la traîne sur le sol décoloré, l'obligeant à passer par-dessus un amas de bouteilles vides et un tas de vieilles planches. Lena se précipite derrière. D'une voix geignarde, elle plaide la cause de son amante. Les chiens qui la suivent en file indienne ressemblent à une procession allant assister à une exécution.

Le Passeur se penche sur le côté et s'appuie sur sa jambe valide afin de pouvoir se mettre debout. Il traverse la zone d'ombre, avançant par saccades à cause de sa prothèse, pour enfin atteindre une commode placée le long d'un mur. Il s'en sert pour ranger ses armes en pièces détachées. Le premier tiroir renferme un Bijan calibre .38 sur mesure, pris en contrepartie d'un demi-kilo d'héroïne volatilisé.

Lena continue de suivre Cyrus jusqu'à ce que ce dernier en ait marre et se retourne vers elle. Sans lâcher Case, il donne un violent coup de pied dans la hanche de Lena et l'envoie bouler comme une dinde au milieu des chiens.

Puis il force Case à se relever. La tient en place suffisamment longtemps pour qu'elle recouvre ses esprits. Elle chancelle. Sa vision redevient claire. Elle crache un peu de sang.

Cyrus la pousse.

— Tu veux te tirer ?

Elle inspire profondément ; sa cage thoracique enfle, se dégonfle. Il la pousse de nouveau.

— Alors, fais-le ! Tire-toi !

Les chiens les ont enfin rejoints. Ils s'agglutinent autour des jambes de Case. Lappent les taches sombres de sang coagulé dans le sable.

Le Passeur tire trois coups en l'air et une série d'échos résonnent sur la plaine.

Les yeux de Cyrus se tournent vers lui, mais l'ombre de l'auvent lui cache l'expression de l'Africain.

— Les chiens me rendaient dingue, explique ce dernier.

Cyrus n'exprime rien, mais le Passeur ne bouge pas. Il reste de longues secondes immobile, ponctue la scène en amenant le joint à ses lèvres et en aspirant une bouffée.

Cyrus tire Case vers lui. Le sang et la sueur lui font un masque de poussière sur le visage. Elle ressemble à une poupée aborigène en boue séchée.

— Choisis ta forme de démence, ma fille, lui dit-il, parce que les chiens sont lâchés.

11

C'est la première nuit chaude de la saison à venir. La lune entre dans un nouveau quartier au-dessus de l'horizon désertique. Parure de neige éclatante sur fond de ciel noir.

Dans la cour, le Passeur est assis sur un tabouret bas à côté de Lena, prothèse allongée devant lui. Penché pour profiter au maximum de l'halogène, il ne quitte pas un instant l'aiguille des yeux alors qu'il finit d'inscrire une date sur l'annulaire de Lena : 21/12/95.

Ce n'est pas la première fois qu'il entérine ainsi un meurtre.

Installée dans une chaise longue, Lena a la tête appuyée sur une couverture poussiéreuse roulée en boule. Elle est camée à l'héroïne et ses paupières ont du mal à rester ouvertes.

Par les haut-parleurs fixés à l'avant-toit de la caravane, la musique se déverse sur la plaine. Gutter est à l'intérieur, scotché devant une rediffusion de *Star Trek*, une pipe pleine de crack entre les lèvres. Wood est là aussi. Complètement défoncé. Chargé de speed, il raconte le massacre au Passeur en accéléré, décrivant la nuit en question comme un Hérodote à la tête dodelinante ayant du mal à trouver ses mots.

— T'aurais dû nous voir... Cyrus nous a amenés chez ces yuppies de chrétiens, et on... on a mangé leur bouffe... on a bu leur vin de sang... on a violé leurs gonzesses... on a... on a... (Brandissant un pistolet imaginaire, il presse la détente, revoyant ce sale cabot poilu qui se débat dans les chiottes.) Une stèle de plus pour le Sentier. Ouais... on leur a amené le chaos. Du sang et des poils, bébé... (Il a du feu dans les yeux.) C'est comme ça que ça s'est passé, tu vois... (Ses doigts s'entrelacent et il ramène les mains devant les yeux en les tordant dans une parodie de prière.) Tire, bouge, tire, bouge, tire, tire, tire, bouge... Une putain d'harmonie, ouais, et Gutter qui chante pendant qu'il vide son chargeur dans la chambre à coucher, et Granny Boy qui saute par-dessus cette connasse de bourge blanche, et...

Montant de la camionnette, les pleurs de Gabi mettent un terme au récit de Wood. Pas de vrais sanglots, non, plutôt un gémissement pathétique vite interrompu.

— Ils doivent être en train de lui faire connaître la magie, commente Wood.

Sans se préoccuper de rien, le Passeur applique la dernière

touche à son œuvre. Se penche pour lécher le dos de la main de Lena.

— Terminé, petite.

Les paupières de Lena papillonnent et elle regarde son doigt. Une nouvelle source de fierté pour une tordue comme elle. Agitant faiblement la tête, elle indique qu'elle est satisfaite du résultat.

Alors que le Passeur range son aiguille et son encre, la musique emplit le crâne de Lena d'une épaisse fumée. Une femme chante la nuit profonde de l'âme.

— Case me manque, fait Lena.

Le Passeur se fond dans l'ombre.

— Je regrette le temps où on dormait ensemble à l'arrière de la camionnette. Où on s'embrassait les bras après avoir pris notre dose. J'étais la tortue, et elle l'oiseau. C'était ça, entre nous.

Le Passeur garde le silence.

— Je me demande où elle est, maintenant. Dans un centre de désintox, sûrement, à se tenir à carreau jusqu'à ce qu'elle retrouve de la dope, poursuit Lena en détournant le regard. Elle me manque. Pas toi ?

— Personne me manque.

Lena lève les yeux vers la lune. On dirait un clin d'œil filtrant d'une porte entrouverte.

— Je flirte qu'avec les vivants, précise le Passeur.

— J'espère qu'elle a pas rejoint les blaireaux, souffle Lena.

À l'intérieur de la camionnette, la fille recommence à sangloter.

À minuit, Cyrus déambule sur la crête qui zigzague au nord de la crèche du Passeur. Il se déplace d'une zone d'ombre à l'autre, le poncho gonflé par le vent. Ses yeux se posent sur une cavité comprise entre les monts de Calico et ceux de Paradise. Le site oublié de sa jeunesse, où la vieille Hannah a essayé de l'élever à son image.

Il descend dans la vallée par une coulée de rochers glissants. Rien ne bouge alentour et il ne laisse pas la moindre trace sur le sol plat et caillouteux. Il traverse un lit de cours d'eau à sec pour atteindre l'éperon rocheux lancé à l'assaut du ciel tel l'aileron d'un grand requin des sables.

La vie d'antan lui revient. Le jour de mort dont tout est parti. Il gratte une allumette et l'approche des pierres. Les peintures d'Hannah sont toujours là. L'air et la terre, l'eau et le feu. Et Ourabouris, le serpent qui se mord la queue, dont la gueule verte, béante, engloutit le corps orange.

Ce sont les yeux d'Hannah qu'il voit dans la tête du serpent. Des bijoux de beauté et de savoir païen, comme elle disait en essayant d'inciter Cyrus à penser ainsi qu'elle le souhaitait. Et elle savait boire, cette vieille garce ! Tout ce qu'elle ingurgitait ne l'empêchait pas de parler. Une véritable artiste devant l'Éternel dès qu'il s'agissait de débiter des conneries.

Il souffle la flamme. Tend la main jusqu'à toucher les cailloux incrustés entre deux rochers. Trouve un petit fragment de calcaire issu de la grande nageoire rocheuse et l'avale. Au bout du compte, le monde entier finira dans son ventre.

Cyrus s'enfonce plus profondément dans la large *playa*[1]. L'épave de la caravane d'Hannah est toujours là. Vestiges des parpaings et stalagmites de verre du mur du jardin.

La boucle est bouclée, à présent que sa volonté s'est exprimée, Via Princessa. Laissant les années s'enrouler autour de lui comme la poussière soulevée par le vent, il revoit les chapitres de son existence.

Aujourd'hui encore, il sent la chaleur de cette journée où il est devenu orphelin, jeté d'une voiture par sa mère et son militaire de petit ami. Déjà, à l'époque, il était sur la liste noire des gens qui l'entouraient. Le psychiatre de la base le décrivait comme un sociopathe, un criminel potentiel, pendant que sa mère se piquait à l'héroïne entre les orteils dans la salle de bains et que le sergent Joey, portefeuille humain auquel elle s'était accrochée, s'imbibait de Jack Daniel's au bar, en se vantant du nombre de bridés qu'il avait descendus pendant la guerre de Corée.

Qu'ils aillent tous se faire foutre. Cyrus n'a pas attendu pour

1. En espagnol, désigne le lit d'un lac asséché. *(N.d.T.)*

comprendre que la vie est un défilé de faux-semblants perpétuellement renouvelés. Et que les seuls vrais démons qui méritent d'être craints sont ceux qui se font passer pour des gens bien. John Lee et le Gros en sont la preuve.

Il regarde la poussière traverser la carcasse rouillée de la caravane. Hannah était une sacrée bonne femme. La grand-mère du temps, crachant ses perles de sagesse terrestre par la chatte qui lui faisait office de bouche. Il la supportait en échange d'un peu de pain et d'eau, et de ce qu'il pouvait voler ou escroquer. Il s'est fait baiser en essayant d'aider John Lee à boucler cette affaire. Mais il a fini par être récompensé. Il a transformé beaucoup de rêves en fumée, Via Princessa. Sa chapelle Sixtine à lui.

Il se force à revivre les années spectrales d'avant le Sentier, afin d'étayer sa force intérieure. Depuis les couloirs des prisons pour enfants jusqu'aux allées sombres de l'adolescence et la voie de l'héro. Tout ce temps, il les a regardés se bâtir leur paradis pendant que lui taillait des pipes et allait de bastonnades en lacérations, jusqu'au jour où il a commencé à se battre pour prendre le dessus sur la came qui lui volait sa volonté.

C'est là, dans cette caravane, alors qu'il luttait contre le manque, qu'il a compris l'architecture du monde moderne. L'essence qui soutient le Fils de Sam, le chaos et la confusion, Joseph Goebbels et l'Oncle Sam, le pape et le Ku Klux Klan, le système capitaliste et la majorité silencieuse. Là qu'il a découvert le seul, l'unique fils de l'homme, qui n'a rien à voir avec un connard nommé Jésus. Le bâtisseur qui rend possible le grand jeu du néant et toutes ses dépravations. Qui connaît la beauté du sang, baptême par le chaos ultime. Qui comprend qu'il vaut mieux régner dans les extrêmes, en danger constant, que de faire son temps dans la peur. La peur qu'il n'y ait rien au bout de la piste, sauf pour ceux qui dégotent un jugement en appel après une existence passée à couper au plus court.

Au milieu de la mer de sable enflammée par le vent nocturne, Cyrus et sa bande de jeunes loups disparates sont assis tels des guerriers indiens venant de traverser ensemble une nouvelle journée où la mort a frappé. Il vante leurs mérites. Leur rappelle qu'ils sont des chiens de meute s'attaquant à une société de mensonges. Des porteurs d'un message qui est aussi une grande peste. Les atrocités qu'ils ont commises jusqu'à ce jour, et qui ont connu leur apothéose avec le massacre de Via Princessa, constituent une histoire en soi. Une histoire horrible, obsédante. Au sujet de laquelle les cœurs tendres ne pourront que s'interroger. Mais dont ils devront bien reconnaître la véracité, et qui finira par être idéalisée.

La plupart d'entre eux ont ingurgité de l'héroïne, de l'ecstasy mêlée d'acide de batterie ou de la cocaïne qu'ils ont fait passer à grand renfort de tequila. Mais, plus que toute autre drogue, ce sont leurs exploits sanglants qui leur montent à la tête. Ils revivent la fureur qui s'est déchaînée dans la maison sur la colline. Cyrus leur raconte l'enchaînement de scènes comme un mythe, faisant preuve d'un sens du découpage digne d'un metteur en scène accompli. Transformant les crimes en un acte ultime de mépris, de refus du conformisme, de sacrifice, de liberté, de joie... et de service rendu à autrui. C'est, dit-il, un point fixe d'infamie dans un paradis de lumières défectueuses, et leurs noms seront un jour aussi importants pour leur dieu que les saints le sont pour le Christ, ce porc.

Ils se voient tous en Cyrus. La nuit culmine par l'intronisation dans le cercle restreint des tueurs de Wood, dont c'était la première vraie chasse. Chaque membre de la tribu arbore un insigne bien à lui : Gutter, une épingle de sûreté dans la narine, Lena, la date de chaque crime tatouée sur ses doigts. Cyrus offre à Wood plusieurs morceaux de tissu rouge, sur lesquels il a peint en blanc le « A » des anarchistes. Le symbole de leur combat. Quand Wood demande à Cyrus où il doit porter son signe, il s'entend répondre sur la partie la plus importante de son existence, sa ligne de vie.

12

Deux jours durant, Bob essaye d'appeler Case. Une interminable série de voix différentes lui répond sans cesse la même chose, avec de nombreuses variations : « Elle n'est pas là », « Je n'arrive pas à la trouver », « Personne ne répond quand on frappe ». Même Anne est incapable de l'aider, à moins qu'elle ne s'y refuse.

Au dîner, il raconte à Arthur comment l'entrevue s'est passée. Arthur est dégoûté à l'idée que quelqu'un, non, quelque chose comme Case puisse en savoir davantage que Bob sur « sa » Gabi. Le reste du repas se déroule en silence, Arthur contemplant sa nourriture sans daigner répondre aux maigres tentatives que fait Bob pour relancer la conversation.

Assise derrière son bureau, Anne craint le pire pour Case.

— Donner des conseils à quelqu'un est une chose, mais vouloir retrouver la fille toi-même...

Pieds nus devant la fenêtre, Case fixe une flaque de lumière dans la rue.

— Si tu étais plus forte, plus...

— Je ne pense pas devenir un jour « plus »... et je ne crois pas non plus que la gamine puisse attendre que je sois suffisamment forte.

— Si c'est bien lui qui l'a enlevée.

— C'est lui.

— Tu ne peux pas en être sûre.

Case se retourne, la certitude lui donne un air désespéré.

— Tu ne peux pas en être sûre, répète Anne.

— Je connais les signes de sang de mes frères.

— Quelle sorte de langage est-ce là ?

— Marginal, vicieux, mais authentique.

— Tu ne sais même pas si elle est encore en vie.

Le rideau bouge comme si un léger courant d'air venait d'entrer par la fenêtre.

— Je sais lire les signes laissés par mes frères, persiste Case.

— Mais qu'est-ce que tu racontes ?

— Oh, Seigneur ! Il m'a montré les photos du crime. Ce flic, là, Hightower. Le fils de pute qui s'est fait flinguer avait une carte épinglée sur la poitrine... le Jugement, le vingtième arcane du tarot. La marque de Cyrus. Sa signature. C'est lui, le semeur de mort. Le preneur d'âmes. Comme pour mieux tourner la carte en ridicule. C'est bien lui qui a fait ça, Anne. Et je vais te dire autre chose. Ça, c'était le châtiment max. Un grand « Va te faire foutre » lancé à la gueule de quelqu'un.

Les yeux de Case sont attirés vers le bureau, où elle a posé la photo de Gabi que Bob a glissée sous la porte pour lui rappeler « subtilement » la raison de sa venue, après qu'elle l'eut mis dehors. Elle s'approche et triture nerveusement le cliché.

— Cyrus disait souvent qu'une fois toutes les conneries enlevées, on retrouve ce qui était là au départ.

Anne la voit regarder ses bras, là où les cloques laissées par les seringues sont devenues des empreintes noires marquant la voie de la guérison.

— La rédemption a de nombreux visages, dit-elle. Tu n'as pas besoin de la chercher en...

Une expression farouche défigure Case.

— Je veux pas entendre ça. N'essaye pas de me laver le cerveau en transformant ce truc en histoire de rédemption. Ça pue trop le sermon sur la montagne, et ça vaut pas mieux que quand Cyrus nous sortait ses délires sur le Sentier. On était d'accord avec lui juste parce qu'il nous fallait des trucs à se planter dans le bras. Mais l'idée qui te trotte dans la tête n'apporte rien à mes veines.

— Dans ce cas, pourquoi ?

Case se penche sur le bureau.

— Est-ce que tu as la moindre idée de ce qui va arriver à cette gamine ?

Anne tente d'imaginer ce qui, pour Case, est une succession de souvenirs.

— C'est moi à la puissance sept. Il va charger cette petite mignonne et, bien vite, elle se retrouvera à quatre pattes dans un bouge, à se faire enculer par un camé sidaïque. Il prendra des photos, ou peut-être qu'il filmera tout ça. Il la forcera à le sucer pendant qu'il lui montrera le film. Il s'amusera avec elle tout le temps de la projection et, quand le générique de fin défilera, il parachèvera son œuvre en la pendant par les pieds et en l'ouvrant du clito au...

Case ne peut en dire davantage. Et Anne est trop choquée pour parler.

— Tu me demandes pourquoi, reprend Case. Peut-être que ce putain de goût du sang me manque. Ou peut-être que le moment est venu de se venger un peu. Oui, peut-être qu'il est enfin venu...

Interdite, Anne cherche dans son sac à malices de psy une réponse toute faite, mais la situation exige une honnêteté sans détour, qui n'est pas incluse dans le descriptif de son boulot.

— Ils ne la trouveront jamais, murmure Case. Jamais. Moi, j'ai une chance. Je pourrai peut-être m'en approcher. C'est toujours possible, quand on sait comment ramper. Si j'y arrive, peut-être que je parviendrai à la récupérer. Ou au moins à les forcer à la tuer rapidement. Au moins ça...

13

Case aperçoit la pancarte PARADISE HILLS dès qu'elle quitte la route de Soledad Canyon. Les lettres de bronze gravées dans les colonnes de fausse pierre qui bordent l'entrée sont éclairées par des lumières bleues.

Chouette putain de nom, pense-t-elle. Super argument de vente pour les couples de consommateurs effrénés dotés de deux ou trois gosses.

Elle parcourt les rues identiques, à la recherche de l'adresse de Bob. Elle s'est toujours sentie désagréablement affectée par ces lotissements construits dans les creux ou à flanc de colline, sans doute à cause de la marque morbide qu'ils apposent sur l'esprit de la nature. Elle n'a pas appelé et Bob n'est pas là quand elle arrive. Elle attend, assise sur l'aile de sa camionnette et fumant cigarette sur cigarette. Voit passer un jeune couple accompagné d'un labrador, puis une femme plus âgée aux cheveux bleutés, qui court en survêtement. Tous la dévisagent en silence, la jugeant à l'aune de leur échelle de valeurs familiales.

Bob remarque tout d'abord la camionnette garée dans son allée. Depuis le meurtre, tout ce qui est différent éveille ses soupçons et il tend la main vers la boîte à gants, où il range son pistolet.

Il vient se garer lentement, en s'arrangeant pour que ses phares illuminent la vitre arrière du véhicule inconnu. Puis il attend que quelqu'un bouge. Inspecte le devant de sa maison. Coupe enfin le moteur et se retrouve seul dans le silence, seul avec la lumière projetée par ses phares. Constate que son cœur bat plus vite.

Quelques instants plus tard, il voit une main se profiler au-dessus de la banquette de la camionnette. Une silhouette portant une veste en peau défraîchie se hisse sur le siège. La tête se tourne vers lui. Case, une cigarette non allumée coincée entre les lèvres. Elle se protège les yeux de la main pour ne pas être éblouie.

Bob éprouve un soudain pincement d'anticipation. Un point d'espoir picotant faiblement au fond de son estomac. Mais il n'ose pas bouger.

Case descend et vient jusqu'à lui. Se penche à la vitre.

— Salut, lui dit-elle avant de remarquer le pistolet qu'il tient sur ses genoux. J'espère que vous n'allez pas me flinguer.

— Je n'avais pas reconnu votre camionnette. Et depuis le meurtre...

— Faut qu'on cause.

Bob l'examine attentivement. Pour la première fois, il lit de la concentration dans les larges pupilles noires. Il sort de la voiture en rangeant son arme dans la poche de sa veste. Repère, de l'autre côté de la rue, un rideau de cuisine qui se referme.

— J'imagine que vous êtes là depuis un moment.

— Assez pour que les autochtones se soient donné le mot.

— Entrez, je vais nous faire du café, propose-t-il en s'engageant dans l'allée.

— Non, merci.

Il s'arrête, se retourne. Mal à l'aise, elle lui montre la rue du doigt.

— Marchons plutôt.

Ils traversent la chaussée. La maison de Bob est située au bout d'une impasse, sur l'arrière du lotissement. En bas de la pente. Au-delà, c'est la forêt nationale d'Angeles. Des collines couvertes de broussailles, en réalité.

— Vous vivez ici depuis longtemps ?

— Depuis le jour où je me suis marié. C'est ici que Gabi est née. Le lotissement a été construit par mon beau-père. Il m'a aidé à acheter en se portant caution.

À l'extrémité de la rue, ils entrent dans un champ surplombant les maisons.

— Après le divorce, Sarah n'a pas voulu rester. Et je crois que je n'étais pas prêt à partir.

Le champ visuel de Case englobe tout, jusqu'à l'entrée du lotissement, où deux yeux de lumière bleue la regardent fixement.

— Qu'est-ce qui vous amène ici ? demande Bob en s'arrêtant brusquement.

Case cherche une allumette.

— C'est pas facile pour moi, d'accord ?

Il hoche la tête, trouve une allumette au fond de sa poche, la gratte.

— Pas facile du tout, non, répète-t-elle en se penchant sur la flamme et en inhalant une grande bouffée. De vous dire ce que je suis venue vous dire en vous regardant droit dans les yeux.

Il a comme un pressentiment.

— D'accord.

— D'après ce que j'ai vu sur ces photos, la façon dont ce... type a été... torturé...

Elle se détourne à moitié.

— Je crois savoir qui a enlevé votre fille.

Du bout de sa botte, Bob trace des dessins dans le sable.

— Si c'est le cas, je crois bien… qu'elle est en vie, poursuit Case.

Il inspire profondément. Un torrent de questions déferle en lui, mais il les contient.

— Que vous ont appris les photos ?

— Allons, soyez sérieux. Les putains de piqûres sur son bras. Soit c'était un camé, soit on lui a fait une injection paralysante. Pour qu'il souffre. Et cette carte agrafée à sa poitrine. Vous avez pas voulu me répondre franchement…

— Vous aviez raison dans les deux cas.

Les narines de Case palpitent.

— Nous allons parler pour de bon cette fois, d'accord ? propose Bob.

— Oui.

— Qui a enlevé Gabi, selon vous ?

— Vous pouvez dire que c'est ma famille. En fait, fraternité de sang serait plus près de la réalité.

— Comment savez-vous que c'est d'eux qu'il s'agit ?

— Disons que Cyrus n'est pas du genre à changer.

— Cyrus ?

— Oui. Le patriarche du groupe. Le chef de meute. Big Brother. L'ange de la mort. Le type qui vous trafique le mental. Appelez-le comme vous voulez.

— Quel est son nom de famille ?

— Aucune idée.

— Comment savez-vous que c'est lui ?

— Comment je le sais ? Je viens de vous dire…

— Qu'il n'est pas du genre à changer. Ce qui signifie ?

— Qu'il a déjà tué de cette façon.

Les yeux de Bob sont soudain deux petits points implacables.

— Comment pouvez-vous le savoir ?

Case se frotte la bouche avec le poignet mais refuse de répondre. Bob imagine ce qu'il va entendre. Et il sait qu'il va lui falloir vendre un peu de vérité s'il veut pouvoir acheter un peu d'espoir.

— Ce soir, je suis juste un père de famille perdu au milieu d'un champ, concède-t-il. Un père qui cherche sa fille et qui parle... à une étrangère.

Elle comprend.

— J'ai participé à une mise à mort de ce genre... une fois, avoue-t-elle.

Bob tangue d'avant en arrière sur les talons. Il règne sous son crâne un tel silence qu'il entend les lézards nocturnes ramper sur les pierres.

— Pourquoi pensez-vous qu'elle est encore en vie ?

— Il n'est pas allé là-bas par accident. Ne les a pas tués par erreur. C'était une question de sang. De vengeance. Peut-être que Sam trafiquait des trucs louches et qu'il s'est un peu trop approché de Cyrus. À moins que Cyrus ait été payé pour le buter... lui ou votre ex-femme. Mais l'enlèvement de la petite... ça, il l'a fait pour se venger de quelqu'un. Vous, peut-être ?

C'en est trop pour Bob. Chaque phrase lui fait l'effet d'une cigarette allumée qu'on écrase sur sa peau.

— Combien sont-ils ?

— Aujourd'hui ? Je n'en sais rien. Peut-être quatre, peut-être sept.

— Vous êtes restée longtemps avec eux ?

— Depuis l'âge de dix ans.

Dix ans, songe-t-il. Elle devait être comment à cet âge-là ?

— Quand les avez-vous vus pour la dernière fois ?

— Il y a deux ans, fait-elle, attristée. L'un d'entre eux... l'an dernier.

Il sort une cigarette, l'allume. Aspire brusquement la fumée dans ses poumons. Un muscle joue nerveusement le long de sa mâchoire. La rage qui l'habite pourrait emplir un semi-remorque et, s'il pensait pouvoir tirer les vers du nez à Case par la force, il n'hésiterait pas une seconde. Elle en est consciente. Il faut bien qu'il en veuille à quelqu'un, pas vrai ?

— Pourriez-vous me les décrire ?

— Oui, si c'est ce que vous voulez. Mais si vous avez l'intention de les retrouver grâce aux flics de L.A. ou du FBI, autant oublier tout de suite.

— Pourquoi ?

— Vous ne connaissez pas ce type. C'est un disciple du Sentier. Le monde du diable. Et tordu comme il est, n'allez pas croire que vous pourrez lui mettre la main dessus. S'il doit tomber, il le fera comme ces dingues de Waco que le FBI a voulu arrêter il y a quelques années. Et s'il y a une chose de sûre, c'est qu'il butera votre gosse avant d'y rester. Vous savez ce qu'il faisait pour s'éclater ? Il recherchait où habitaient les responsables des sections d'assaut et, quand il le découvrait, il entrait chez eux, la nuit. Il allait jusqu'à leur lit, juste pour s'entraîner. Manson faisait pareil. Il a aussi des potes flics. Des types à qui il vend sa drogue ou qui font dans le satanisme. Des pervers en uniforme. Si vous voulez récupérer votre gamine, impossible de passer par là. Il va vous falloir prendre la route, vous aussi. Sans votre tenue de boy-scout.

— D'accord, imaginons que je le fasse. Comment puis-je les retrouver ?

— Suivez ce putain de vent.

— J'ai besoin de plus. Si ma fille est en vie, par où dois-je débuter ? Que faire si je ne diffuse pas un avis de recherche ?

— On vient juste de commencer.

— Que voulez-vous dire ?

— Trouvez-vous cinq mille dollars en liquide. Au moins. Ça pourrait durer un moment. Après, on ira se chercher des flingues. Dont les flics pourront pas retrouver la trace. Appelez-moi quand vous aurez l'argent et quand vous serez prêt.

Il la regarde étrangement, faisant des efforts pour saisir ce qu'elle vient de lui dire. Elle fait volte-face et repart vers sa camionnette.

— Hé, je ne pige pas.

Elle continue de marcher en silence.

— Arrêtez !

Elle obtempère.

— Je ne comprends pas, répète-t-il.

— On va la chercher tous les deux. Vous et moi.

— Vous ?

— Ouais, moi. À moins que vous ne vouliez confier la survie de votre fille à une bande de connards qui n'arrivent même pas à trouver leur queue dans leur calbard ou qui sont trop fainéants ou corrompus pour en avoir quelque chose à foutre. Si c'est ce que vous voulez, dites-le et c'est réglé. À vous de voir.

— Quel rôle jouez-vous, là-dedans ?

— C'est pas à l'Amérique propre et puritaine que vous avez affaire, sur ce coup-là. Cette merde, c'est l'enfer. Une histoire de drogue, de sang et de foutre, déjantée à un point que vous n'avez pas idée. C'est pas comme si vous entriez dans une librairie ésotérique de Hollywood Boulevard pour acheter quelques babioles sataniques. Ces types-là prennent leur pied en foutant en l'air les gens normaux comme... votre ex-femme et son mari.

Alors qu'il réfléchit à ce qu'elle vient de lui dire, pesant le pour et le contre, elle ajoute :

— Et, le prenez pas mal, surtout, mais vous pouvez pas y aller seul. Merde, c'est vrai, quoi. On envoie pas un mouton chasser les loups.

14

— J'ignore combien de temps je serai absent, mais ma demande de congé exceptionnel se trouve sur la table de la salle à manger.

Appuyé contre le chambranle de la porte de la salle de bains, Arthur regarde Bob remplir sa trousse de toilette de divers médicaments.

— J'aimerais que tu reviennes sur ta décision.

Bob referme la porte de l'armoire à pharmacie. Le visage d'Arthur lui apparaît dans le miroir et l'affolement se lit clairement sur ses traits. Bob revient à son propre reflet. Il s'est laissé pousser la moustache pour changer son apparence et ne plus avoir l'air aussi propre sur lui. Quelques secondes durant, il étudie l'homme qu'il a devant les yeux, comme si le miroir avait le pouvoir de lui rappeler qui il était, des fois qu'il risquerait de l'oublier.

— C'est téméraire et dangereux, fils.

Bob sort de la salle de bains en passant devant son beau-père.

— Je suis désolé de te laisser t'occuper de John Lee. Mais ma décision ne va pas lui faire plaisir, et je suis sûr qu'il essayerait de m'empêcher de partir. Il pourrait m'ordonner de rester, et après ? De toute façon, il apprendra bientôt que je lui ai menti quand j'ai promis de ne pas aller voir cette fille. Je vais probablement perdre mon boulot, quoi qu'il arrive.

— Je m'en charge. John Lee ne va...

— Laisse tomber, s'il te plaît, Arthur. J'ai pris ma décision et j'en assumerai les conséquences.

Bob traverse le salon, suivi comme son ombre par Arthur. Il s'arrête à son bureau.

— Je t'appellerai aussi souvent que possible, dit-il.

Arthur regarde par la fenêtre. Case est appuyée contre l'aile du pick-up garé dans l'allée. Elle fume, les yeux perdus dans le vide. Elle porte des lunettes de soleil, un jean noir déchiré et un T-shirt aux manches découpées découvrant son nombril. Non seulement ses bras sont tatoués, mais son ventre et son dos aussi.

— Si quelque chose devait t'arriver...

— Tout ira bien.

— Tu en es sûr ?

— Ce dont je suis sûr, c'est que je ne peux pas continuer comme ça.

— J'imagine que tu as raison, bougonne Arthur en secouant la tête à l'idée de ce qui attend son gendre. J'imagine que tu as raison...

Bob ouvre le tiroir du bureau. En tire deux enveloppes de papier kraft et un ceinturon muni de petites poches. Ouvre une enveloppe, remplie jusqu'à la gueule de billets verts. Trois mille cinq cents dollars. Il déchire les bandes retenant les liasses, plie les billets par petits paquets et bourre une à une les poches du ceinturon.

Arthur n'a pas cessé d'observer Case. D'un geste de la main, elle fait tomber ses cendres dans le plateau du pick-up et ses lunettes se fixent un instant sur Arthur.

— C'est un tel déchet, décrète ce dernier. Je n'aurais pas confiance en elle si je devais partir avec.

— Moi non plus... du moins, pas complètement.

— Dans ce cas, pourquoi...

— Nous avons déjà évoqué le sujet.

Bob commence à s'énerver. Il a les nerfs à fleur de peau et cette conversation ne l'aide en rien. D'autant que le fait de laisser Arthur comme cela... un déchirement de plus qu'il lui faudra bien supporter.

— Si Gabi est morte...

— Ne dis pas ça, je refuse de l'entendre !

— Si elle l'est, il faut que nous le sachions. Mais si elle est en vie, et cette femme le pense, et croit savoir qui l'a enlevée, je veux la récupérer.

— Et tu as foi en elle ?

— Non, j'ai foi en Dieu. Elle, je me contente de voyager en sa compagnie.

— Qu'a-t-elle à y gagner ?

Bob cesse un instant ses préparatifs et regarde à son tour par la fenêtre. Cette question le hante depuis le jour où ils ont discuté dans le champ, Case et lui.

— Est-ce qu'elle t'a demandé de l'argent ? insiste Arthur.

— Non.

— Vraiment ? Ça ne t'inquiète pas ?

Bob déchire la seconde enveloppe, qui contient autant de billets que la première.

— La vérité finira bien par apparaître au grand jour, n'est-ce pas, Arthur ?

— Seigneur, fils ! Quelle garantie as-tu qu'elle ne te vendra pas à l'ennemi ?

— Aucune.

— Ou qu'elle n'essayera pas de te voler ?
— Aucune non plus.
— Ou qu'elle...
— Aucune, d'accord ? l'interrompt Bob.

Ravalant sa colère, il recommence à remplir les poches du ceinturon.

— Je ne sais pas vraiment dans quoi je m'engage, je l'admets. Mais je dois y aller. Il le faut. Je meurs de l'intérieur, tu comprends, Arthur ? Je meurs un peu plus chaque jour. Mon enfant est là, au-dehors. Peut-être qu'elle souffre, ou que...

Sa voix le trahit. Il repose la ceinture.

— Et merde ! Autant faire ce qui doit être fait et mourir d'un seul coup en essayant de la retrouver.

Il reste là, telle une marionnette attendant les mains qui la ranimeront. Arthur se saisit du ceinturon et finit de le bourrer pour bien montrer à Bob qu'il se plie à sa volonté.

— Ne parle pas de mourir, d'accord ? Il y a déjà eu bien assez de morts comme cela.

Bob hoche la tête. Il va fermer le tiroir du bureau quand il remarque leur photo de mariage, à Sarah et à lui. La voir lui flanque un choc. Elle est toujours là où Sarah l'a rangée le soir où elle lui a annoncé qu'elle le quittait.

Le sourire éternel de Sarah. Tout ce qu'il désirait de la vie était contenu dans ce sourire. Chaque fois qu'il contemplait ce portrait, il avait la certitude qu'elle était le roc sur lequel il pourrait bâtir son existence. Mais aujourd'hui, il ne reste plus qu'une image cachée au fond d'un tiroir, en compagnie d'un vieux chéquier, d'une poignée de lettres et de quelques timbres desséchés. Fermer le tiroir est au-dessus de ses forces.

Case elle aussi connaît sa crise d'appréhension lorsque la porte s'ouvre. Arthur l'inspecte des pieds à la tête alors que les deux hommes avancent vers elle. Bob porte deux sacs de voyage et une veste en toile. Il jette le tout sur le plateau du pick-up. Regarde Case, qui attend tranquillement.

Les voilà au point où ils doivent faire le grand saut, quitter la routine et plonger dans l'inconnu. Et ni l'un ni l'autre ne semble à l'aise, ni prêt à franchir le pas.

— Ça va ? demande-t-il.

Elle hoche la tête.

Bob rejoint la portière côté passager, où l'attend Arthur. Ce dernier écarte les bras et serre son gendre contre sa poitrine. L'instant solennel s'éternise. Arthur se met à pleurer. Il tapote doucement l'épaule de Bob, comme on le fait à un bébé pour l'aider à s'endormir.

Sans cesser de les regarder, Case gagne la portière du conducteur. Le soleil lui chauffe la nuque. Elle entend des enfants qui font du vélo au bout de la rue. Voir Arthur et Bob si proches ne fait qu'accentuer son sentiment de solitude et d'isolement. C'est le genre de moment qu'elle ne pouvait affronter que défoncée. Arthur s'adresse à elle au moment où elle ouvre la portière.

— Un instant.

Il fait le tour du pick-up.

— Je veux que tu saches quelque chose : je n'ai aucune confiance en toi. Je sais bien ce que tes veines aiment sucer. Mais je te préviens, s'il arrive quelque chose à mon fiston... que ce soit ta faute, la sienne, ou celle de personne... je n'accepterai pas la thèse de l'accident. Aucune excuse ne pourra te protéger de moi, c'est compris ?

Case garde le silence. Tourne les yeux vers Bob, qui a écouté. Sans rien dire, il grimpe dans la camionnette. Pressant la langue contre sa lèvre supérieure, Case essaye de contourner Arthur, qui fait un pas de côté pour l'en empêcher.

— C'est bien compris ? répète-t-il.

Case détourne le regard, ôte ses lunettes de soleil et, sans daigner le regarder en face, les plante dans le sternum d'Arthur pour le forcer à reculer. Satisfaite, elle monte à son tour à bord. Puis, elle se penche par la portière. Chausse de nouveau ses lunettes et fixe Arthur sans ciller.

— Je suis morte de trouille, papi, lâche-t-elle d'un ton égal. Morte de trouille, vraiment. Je crois même que j'en ai mouillé ma culotte, tiens.

15

Bob contemple par la vitre les pavillons qui défilent.

— Vous n'avez rien dit, là-bas, fait Case. J'aimerais savoir ce que vous pensez.

Il se tourne vers elle.

— Oubliez ça.

— Que je l'oublie ?

— Vous essayez de m'aider, je ne tiens pas à vous juger.

— Ah ? C'est comme ça ?

— Oui, c'est comme ça.

Le silence retombe. Bob remarque un homme en short, qui asperge ses roses de pesticide. Une femme qui sort ses courses d'un monospace pendant qu'un gamin en pleurs la suit en traînant des pieds. Un chien qui dort dans une allée, pris de contractions musculaires comme s'il chassait une proie en rêve. Les petits détails de l'existence, qui défilent au ralenti devant ses yeux. Ils sont en train de lui échapper, il le sent.

— Si vous voulez pas répondre, très bien. Mais j'aimerais savoir, s'obstine Case.

— Très bien. Je pense que si vous étiez suffisamment forte, rien de ce qui vous est arrivé ne serait arrivé.

Il essaye de ne pas paraître méprisant, de ne pas donner l'impression que toute cette conversation le débecte.

— Vous vouliez la vérité, vous l'avez.

Elle se trémousse légèrement sur son siège.

— Oui, mais j'en avais pas forcément demandé une dose mortelle, rétorque-t-elle d'un ton sarcastique.

Elle ignore dans quelle ville ils se trouvent. Un arrêt pourri de plus au Texas. Le Texas : trop de soleil, trop de poussière, trop d'espace. Et toujours trop de kilomètres jusqu'au prochain endroit où on peut pisser de façon civilisée.

Elle n'a pas plus de douze ans. Et pourtant, elle connaît déjà la musique par cœur. Cyrus dégote une chambre dans un motel de merde. Elle prend une douche, met du rouge à lèvres et un peu de parfum. Ouvre la fenêtre, même s'il fait trop chaud, pour disperser la puanteur combinée du Lysol et du désinfectant. Fait chauffer une cuillère, se shoote. Puis attend comme une dame.

Ça s'est passé comme ça chez ces péquenauds de la frontière, où la graisse, la bière et Jésus sont les spécialités maison. Un univers aussi tangible que les parpaings avec lesquels il est bâti.

Elle est assise, nue, au bord du lit. Les draps bon marché sont de texture grossière. Par la porte entrebâillée, elle voit l'argent changer de mains. Une lumière soudaine, suivie des bruits de l'autoroute. Un camionneur d'âge mûr et sa poule entrent dans la chambre.

Deux parfaits spécimens de racaille blanche. Trop gros, vêtus de jeans informes et de chemises en flanelle. Un minimum de volonté dans le regard. Ils détaillent Case des pieds à la tête.

Elle sent leur odeur corporelle. Tend la main vers le cendrier de la table de chevet. Ses doigts ont du mal à se refermer sur la cigarette posée à côté de la seringue et de la cuillère. Elle inspire profondément, recrache la fumée par le nez. Ses bras paraissent avoir déjà pas mal de kilomètres au compteur. Elle essaye un sourire aguicheur, reproduisant la moue que les femmes ont à la télé quand elles se font charmeuses.

— Une demi-heure, explique Cyrus. Et je veux la récupérer dans le même état où elle est maintenant, ou presque.

La femme hoche la tête et s'assoit. Le matelas s'enfonce comme un poumon usé. Cyrus referme la porte derrière lui. Case dérive dans les brumes de sa dose d'héroïne.

— Tu as une jolie peau blanche, ma poupée, dit la femme.

Son copain ôte son Stetson à la John Wayne, en lisse le bord du bout des doigts et le pose sur la table. Défait son ceinturon. La grosse boucle en forme d'aigle renvoie des éclats dorés. S'ouvre dans un cliquetis.

Les gros doigts rougeauds de la femme s'insinuent entre les cuisses de Case, qui s'entrouvrent dans un frémissement de coton.

— Papa et Maman ont toujours voulu avoir une petite fille...

Case se regarde rapidement dans le rétroviseur. Elle a les traits tirés, la peau pâle. Une étoile à cinq branches, grosse comme une pièce de monnaie, orne sa joue gauche. Elle se demande pour quelle raison cet incident texan lui est revenu en mémoire. Pourquoi maintenant ? Quand on essaye d'échapper à la drogue, c'est le genre de question à laquelle on aime bien trouver une réponse. Parfois, c'est juste pour s'occuper l'esprit, telle une abeille ouvrière perdue allant de nid en nid en quête d'une nouvelle reine. Mais il arrive aussi qu'on ait envie de remonter le mystère jusqu'à sa veine principale pour retrouver sa source.

Est-ce parce qu'elle se sent de nouveau dans la peau d'une pute, assise à côté d'un client peu loquace et prêt à payer ? Sans porter de jugement sur elle, bien sûr.

Peut-être, oui. À moins que ce ne soit la gamine. Et que de revoir son propre passé lui donne une bonne idée de ce que sera l'avenir de la petite. Peut-être que de se l'imaginer nourrira la colère et la haine qui bouillonnent en elle. Haine maladive dont elle aura besoin pour trouver la force de faire tomber le démon de son piédestal.

Peut-être que c'est ça, oui. Elle l'espère.

— Vous êtes un bon chrétien, Hightower ?

Bob sort une cigarette de sa poche de poitrine.

— Alors ?

Il la tapote contre le tableau de bord pour tasser le tabac.

— Je crois, oui.

— Vous croyez ? Vous savez même pas si vous êtes un bon chrétien ?

Elle prononce ces mots avec un sarcasme non dissimulé.

— Où voulez-vous en venir ?

— Eh bien, monsieur le bon chrétien, vous devriez plutôt remercier votre dieu de votre chance.

— Ah ouais ?

— Ouais. Parce que, voyez-vous, si j'étais plus forte, je n'aurais jamais connu ce que j'ai connu. Vécu ce que j'ai vécu. En foutant ma vie en l'air d'un bout à l'autre. Et je serais pas là à essayer de vous aider. Qu'est-ce que vous en dites, vu sous cet angle ?

Il allume sa cigarette. N'a pas de réponse à lui fournir. Il serait plus simple de s'excuser, mais ce n'est pas prévu dans le scénario.

LE RITE DE TRANSITION

16

Case pousse le pick-up Dakota sur la Route 138, Palmdale Boulevard, puis prend un virage serré pour s'engager sur la 15 et filer au nord-est en direction de Barstow.

— Où va-t-on ?

— Dans le désert. Voir le type qui va nous équiper en prévision de la fête. Et vous dites rien au sujet de ce qu'on a en tête.

— Non...

— Non. Vous me laissez faire. Parce que ce mec, il connaît aussi Cyrus.

Ils traversent Barstow en silence.

Le Dakota est juste une carosserie montée sur roues, mais Bob entend clairement que le moteur a été gonflé et qu'il a du répondant. Quand Case appuie sur l'accélérateur, le pick-up s'élance tel un arrière qui passe à l'attaque.

— Chouette engin.

— Ouais. J'aimerais bien avoir le même, un jour.

Bob regarde Case, qui se fend d'un léger sourire.

— Ne me dites pas que...

— Non, m'sieur Hightower. Rien d'illégal, promis, m'sieur. Limite légal, peut-être, mais illégal, ça non.

À la hauteur de la sortie de Calico Road, les vestiges d'une vieille mine désaffectée forment un mur coupe-vent le long de la crête. Un monde bruni à une seule dimension, accablé de soleil. Case prend la route de Paradise Springs. Sur le bas-côté, cabanes, stations-service en parpaings s'enchaînent à intervalle irrégulier. Les panneaux d'affichage succèdent aux bennes à ordures abandonnées. Le sol est parsemé de traces de coyotes et de motos tout-terrain.

Une ancienne enseigne au néon n'est plus qu'un cadre de métal entourant quelques chevrons de plastique blanc. Le tout se dresse au sommet d'un poteau, au beau milieu d'un carré de ciment nu. Rien d'autre n'indique ce que ceux qui ont trimé là cherchaient à accomplir.

— Des corbeaux, commente Case.

Bob n'a cessé de regarder par la fenêtre. Il se tourne du côté de Case, qui lui montre les bennes d'un mouvement de menton.

Une petite communauté d'oiseaux sont perchés en ligne sur un des caissons métalliques. Dans la brume de chaleur de l'après-midi, ils ressemblent à des formes peintes en noir ou en violet.

— J'ai lu un bouquin sur les Indiens, poursuit Case. Dans les mythes de la plupart des tribus de l'Ouest, c'est le corbeau qui a donné naissance au monde. Intéressant, le corbeau. L'était à la fois le créateur et un sacré filou. Une sorte de Dieu en plus balèze, ou du moins doté d'un sérieux sens de l'humour. Faisait ce qu'il voulait. Le bouquin disait que c'est le corbeau qui a créé les moustiques, parce qu'avant, les humains se la coulaient un peu trop douce. Génial, non ? Je me demande s'il a aussi créé le Demerol, pour que les piqûres de moustiques fassent moins mal. J'ai lu des tas de trucs depuis que j'ai arrêté la drogue. Ça... m'occupe. Vous voyez ce que je veux dire ? Ça aide à chasser la fournaise qui me grille les méninges. Le bouquin, il disait que le corbeau avait commencé à créer l'homme dans la pierre. Mais il a vu que sa création était trop durable. Alors, il a recommencé, mais en utilisant de la poussière. Sacré plaisantin, pas vrai ? La danse des esprits, c'est pas mon truc, précise-t-elle. Mais cette histoire de poussière...

Bob ne répond pas. Il contemple les corbeaux alignés sur la benne à ordures comme des notes de musique sur une partition et se dit, pourvu que nous soyons plus durables que la poussière.

Le Dakota tangue comme un sloop dans les dunes. Ses roues projettent une pluie de terre séchée sur cette route misérable. Et puis, de l'autre côté d'une vague de sable, jubilant au soleil tel un poste frontière éphémère, la crèche du Passeur.

— Air non-America arrive toujours à l'heure, plaisante Case.

Bob se redresse sur son siège pour mieux y voir. Le fouillis qui se dresse droit devant est constitué de contreplaqué, de tôle ondulée et de parpaings volés dans une kyrielle de décharges sauvages des bords de route. Un château préfabriqué autour d'une caravane rutilante. Un royaume d'alchimiste fait de bric et de broc.

Alors que le Dakota contourne la cour, les chiens du Passeur jaillissent de l'ombre, surgissant d'entre les cactus ou de canapés usés sur lesquels ils se reposaient. Ils chargent l'intrus en aboyant et en grognant. Quand le pick-up s'arrête, ils se dressent contre les portières, raclant le métal de leurs griffes. Se penchent vers les vitres en montrant les crocs pour bien faire passer le message. Bob recule, mais Case relève le défi. Grognant autant que les animaux, elle se met à rire et les appelle chacun par leur nom.

Bob entend une voix derrière le Dakota, qui intime aux chiens de se coucher. Il se retourne sur son siège.

Le Passeur sort de l'ombre projetée par l'auvent pour apparaître au grand jour. Il porte un caftan fait d'une vieille chemise à rayures grises, un short en jean et des bottes de cow-boy. En peau d'alligator blanc, les bottes, et portant les cicatrices des buissons d'épineux. La peau du Passeur a une teinte de chocolat brillant. Il ressemble à une entité biomécanique avec ses prothèses — bras et jambe — et ses chiens qui tourbillonnent autour de lui.

— Restez cool, d'accord ? fait Case.

— Je jouerai mon rôle.

— Bien.

Elle met pied à terre.

— Passeur.

— Fillette.

Il l'attrape de son faux bras et sa main griffue se referme sur les fesses de Case. Il l'embrasse, explorant brièvement sa bouche de la langue. Puis il recule d'un pas et regarde les bras de la jeune femme.

— Alors, comme ça, t'es restée du côté des vivants, hein, petite ?

— Eh, oui ! Miss Rayon de Soleil, c'est tout moi.

— Prête pour l'éclate ?

— Toujours partante.

Elle inspecte les environs.

— T'as changé la déco.

— Tant qu'il y aura des gens et des poubelles, je suis pas prêt de faire faillite.

Ils continuent dans la même veine pendant quelques instants. Dansent verbalement autour du « bon vieux temps ». Puis le Passeur examine Bob, qui fait tapisserie.

— Comment qu'on appelle ce truc ?

— On l'appelle... Bob. Son nom de famille sera celui qui apparaîtra sur ses nouveaux papiers d'identité.

— Salut, Bob Machin-Chose.

Bob s'avance.

— Salut, répond-il en tendant la main.

Le Passeur n'y accorde pas le moindre intérêt.

— Tu m'as dégoté quelques calibres ? demande Case.

— J'ai toute une armurerie pour toi.

— Toujours au même endroit ?

Il opine d'un signe de tête.

Case se dirige vers la vieille malle en pin collée contre la caravane.

— Je commence par ses papiers ?

— Non, l'art visuel, d'abord, fait-elle en caressant son bras de l'index. Et du qui mord, hein ? Pas de ces conneries qu'on pourrait acheter dans n'importe quelle boutique.

Bob commence à comprendre de quoi Case veut parler ; ils n'en ont pas discuté auparavant. Le Passeur s'engouffre sous l'auvent. Bob s'approche et le voit manœuvrer un bar à roulettes vers une chaise longue. Le bar est équipé de tout le nécessaire du petit tatoueur.

— T'as une jolie peau de bébé blanc, Bob Machin-Chose, dit le Passeur en le dévisageant. Sûr que l'encre et elle vont faire bon ménage.

Bob n'avait pas compté avec ça. Pour lui, les tatouages sont laids et ploucs. Une sorte de profanation permanente. Il va rejoindre Case. Elle a ouvert la malle et hésite entre plusieurs revolvers et semi-automatiques disposés sur l'étagère supérieure.

— Faut qu'on cause.

— Pas de problème.

— Je croyais qu'on venait juste chercher des flingues.

Elle lui montre les armes étalées.

— Et ça ? Qu'est-ce que c'est ?

Il la prend par le bras et l'entraîne à l'écart de quelques pas afin que le Passeur n'entende pas la suite.

— C'est quoi, cette connerie de tatouage ? Je ne veux pas ressembler à un...

— Justement.

Il n'a pas l'intention d'en rester là, mais elle ne le laisse pas continuer.

— Écoutez-moi bien. Imaginons qu'un dimanche, je vienne avec vous dans votre jolie église de Paradise Hills. Et je m'assois à côté de vous, habillée comme je le suis aujourd'hui. Vous croyez pas que tout le monde va me reluquer ? Qu'ils vont tous se faire une idée à mon sujet en une fraction de seconde ? Selon vous, j'aurais aucune chance de survivre dans leur club social, pas vrai ? Eh bien, aujourd'hui, vous entrez dans une autre église. Et les pèlerins qui y vont sont au moins aussi bigots que les vôtres. Sauf qu'eux, c'est pas du regard qu'ils vous tuent. Et vous avez pas l'air d'être avec moi. Le Passeur va pas vous transformer en œuvre d'art ambulante, mais faut que vous soyez dans le moule.

Bob inspire profondément. Regarde le Passeur achever ses préparatifs.

— Pourquoi ne m'en avez-vous pas parlé sur la route ?

— Parce que je voulais pas avoir cette discussion plusieurs fois.

— Je n'aime pas les surprises.

— Dans ce cas, soyez jamais surpris, quoi qu'il arrive.

— Pas de ce jeu-là avec moi.

Il s'en va. Elle s'agenouille pour examiner les armes de plus près. Et c'est là que la crise arrive. Une vraie de vraie, celle-là, du genre qui vous prend aux tripes. La totale. Elle sent la chaleur du jus qui remonte le long de ses veines. L'aiguille brûlante, ses bras qui deviennent tout mous, gagnés par la chair de poule...

Elle se reprend en tenant la malle de toutes ses forces et en regardant fixement les armes. Imagine le sang qu'elles vont permettre de verser. Cette putain d'anxiété est sortie de nulle part. De nulle part. Merde !

Respire. Arrête d'être négative quand tu penses à Bob Machin-Chose entrant à Zoneville. Respire.

17

John Lee passe la matinée en compagnie de plusieurs représentants de la loi des villes du nord et de l'ouest. Tous sont venus à une conférence de presse afin de soutenir Randy Adams, le shérif de Simi Valley.

La semaine passée, au cours du conseil municipal, Adams a demandé que les ventes d'armes dans son secteur soient plus sévèrement reglementées. Il a proposé que quiconque souhaite acheter une arme à feu passe un test mental, laisse ses empreintes au bureau du shérif et achète pour un million de dollars d'assurance vie. La National Rifle Association, également présente en force, l'a copieusement hué en l'entendant formuler une proposition aussi anti-américaine. Car ne sommes-nous pas au pays du *Tueur de daims*[1], du darwinisme et du *Davy Crockett* de Walt Disney ?

Toute cette affaire a débuté depuis que Sandi Webb, une fana des armes siégeant au conseil de Simi Valley, joue de son influence pour que l'on aide les habitants à s'armer.

La série d'incidents qui s'est ensuivie est devenue un cauchemar en termes de relations publiques pour la petite communauté. D'autant que Mlle Webb est connue pour toujours avoir un pistolet sur elle quand elle se rend à Los Angeles, et pour avoir un jour

1. *Le Tueur de daims*, roman de James Fenimore Cooper (1789-1851). *(N.d.T.)*

poliment secoué le sénateur Feinstein lors d'un débat sur l'interdiction des armes d'assaut, à Washington. Ce qui n'a pas arrangé les choses.

Le discours de John Lee est bref et lapidaire, comme à son habitude. La ligne du parti que tout shérif se doit de déclamer en la circonstance : contrôle des armes, peines plus sévères pour les contrevenants. Quand il a fini, les reporters lui imposent une séance de questions-réponses sur les meurtres de Via Princessa.

Ils l'attaquent sous tous les angles, à la recherche d'une citation choc pour les infos de 18 heures, mais n'obtiennent que des réponses en langue de bois. Avant de rentrer, John Lee va aux toilettes et dégueule après s'être assuré qu'il n'y a personne. Il est peut-être capable de cacher la vérité, mais son estomac a du mal à tenir le choc.

Il en est à son second verre de Greyhound lorsque Arthur se pointe chez lui.

— Quand on parle de transmission de pensée, fait-il. J'allais justement t'appeler. J'ai envie de me bourrer la gueule, aujourd'hui. Tu prends quelque chose ?

— Non, merci.

John Lee se traîne vers le séjour.

— Ne dis pas non, s'il te plaît.

John Lee a toujours bu sec. Ce n'est pas véritablement une question d'orgueil, mais...

— Allons, juste un, insiste-t-il. Il n'y a rien de pire que de se détruire le foie tout seul.

— Qui pourrait refuser, présenté de la sorte ?

Tandis qu'Arthur suit John Lee jusqu'au bar, il jette un œil dans les deux petits couloirs menant l'un à la chambre, l'autre à la cuisine.

— Maureen est là ?

— Maureen ? Non, Dieu soit loué. C'est le soir de congé de la femme de ménage. Ouais, je sais. Nul, comme plaisanterie.

John Lee se glisse derrière le bar et écarte les bras telle la camarde s'apprêtant à étreindre son prochain client.

— Que puis-je vous servir, monsieur ?

Arthur lève la main droite, pouce et index écartés de cinq centimètres environ.

— Excellent choix, monsieur.

John Lee verse trois solides doses de whisky dans un verre et ajoute un glaçon.

— Et voilà !

Les deux verres s'entrechoquent, émettant une note cristalline.

— À l'amitié, propose John Lee.

— À l'amitié.

— C'est tout ce qu'on a, tu sais, poursuit John Lee, avant d'ajouter, comme désabusé : vraiment.

— Ouais.

Arthur goûte son scotch du bout des lèvres.

— Et la famille, fait-il après une seconde d'hésitation, comme s'il n'y avait pas pensé aussitôt.

— La famille, rétorque John Lee avec un rictus. De laquelle tu parles, là ? La famille Brady ou la famille Manson ?

Il éclate de rire. Sa main tremble tellement qu'il a du mal à tenir son verre.

— Seigneur ! Toi, quand tu es bourré...

— Qui est bourré, ici ? C'est parce que j'ai les mains qui tremblent, c'est ça ? J'ai attrapé la maladie de Parkinson, c'est tout.

— John Lee, au nom du...

— C'est vrai.

Arthur secoue la tête. La raison de sa visite commence à se perdre dans le ridicule. Mais il doit révéler la vérité à son ami. Glissant la main dans la poche de sa veste, il en sort l'enveloppe que Bob lui a remise. La pose sur le bar. La fait glisser vers John Lee.

— Il faut que tu lises ceci.

John Lee repose son verre.

— Qu'est-ce que c'est ? Une lettre de rupture ? Tu veux me quitter, après toutes ces années ?

— Lis.

Arthur regarde John Lee parcourir la missive des yeux. Passe le temps en se livrant à un petit calcul mental.

Deux hommes. Qui ont parcouru le monde ensemble. Vécu les mêmes années. Saigné lors des mêmes rituels. Ri ensemble de leurs disgrâces. Marché sur bon nombre de losers. Commis des crimes en commun, plus ou moins graves. Survécu à toutes ces conneries sociales de l'ère fast-food des années soixante-dix, quatre-vingt. Mais le problème qui le ronge n'est pas là. S'il rencontrait John Lee aujourd'hui, s'il buvait quelques verres avec lui dans un bar... les deux hommes se trouveraient-ils des atomes crochus ? Une jetée commune où amarrer leurs deux barques ? Probablement pas. John Lee est à la dérive depuis que...

— Tu ne l'as pas arrêté ?

— Je n'ai pas pu.

— Pas pu ou pas voulu ?

— Pas pu.

— Me raconte pas de bobards.

— J'ai essayé. Qu'est-ce que tu crois ? Que je l'ai laissé partir...

— Ferme ta gueule ! hurle John Lee.

Il se lève, bouillonnant de rage. Relit quelques fragments de phrases à voix haute.

— « Elle a fait partie d'une secte... croit détenir des informations... a la sensation que Gabi est vivante... »

Il regarde si la fille est nommée. Non.

— Comment elle s'appelle ?

— Je n'en sais rien.

— De quoi elle avait l'air ?

— D'une camée.

— Non ! De quoi elle avait l'air ?

— Taille moyenne. Maigre. Grands yeux, cheveux courts. Sans doute mignonne, une fois nett...

— Génial !

John Lee a complètement cuvé son whisky. Il passe en revue tous les visages qu'il a vus en compagnie de Cyrus, les fait valser comme si ses mains jouaient avec un boulier. Ce n'est pas la fille qu'il a vue le soir du meurtre. Il en a la certitude.

Il boit une longue gorgée. Très longue, pour que l'alcool étouffe l'horreur qui commence à croître en lui.

Arthur est conscient de l'état de son ami. S'inquiète de ne pas avoir réussi à retenir Bob.

— Absolument génial, persiste John Lee.

— Je ne pouvais pas l'attacher.

— Tu aurais dû m'appeler.

— J'y ai pensé, mais il y avait une chance sur un million de récupérer Gabi, et... nous n'avons pas encore eu le moindre indice dans cette affaire...

— Seigneur, Arthur. Comment as-tu pu être assez stupide pour laisser une chose pareille se produire ? Elle pourrait lui trancher la gorge dans son sommeil et le balancer au fond d'un trou, et on ne le retrouvera pas jusqu'au jour où un crétin de randonneur butera dans un crâne, et...

— D'accord, bon sang ! Arrête, tu veux ? J'ai merdé, ça te va ?

18

Le Passeur a dessiné la trame du grand mythe qu'il va graver à l'encre. Le biceps de Bob s'orne d'une caméra humanisée ressemblant, en plus difforme s'il est possible, à Quasimodo. De son objectif, qui pend lamentablement au-dessus d'un projecteur cassé symbolisant une mâchoire, sort une épaisse fumée qui englobe l'épaule de Bob et se déploie comme une aile ou un linceul sur une partie de sa poitrine. Sept griffes noires prolongent ses extrémités pointues.

Le motif est parsemé de visages hideux et deux drapeaux déchirés se croisent au-dessus du sonneur de cloches voûté. Le premier indique UN SEUL AMOUR et le second CHAOS ET CONFUSION.

— Tout sera en diverses teintes de noir, explique l'artiste. Ta peau est parfaite pour le noir.

Bob ne bouge pas, ne répond pas.

— Un mélange de Flashman et de Fra Angelico. T'as lu Flashman ?

— Non.

— Non ? Dommage. Tu sais pas de quoi je parle, dans ce cas. Et Fra Angelico ? Tu as vu ses peintures, en vrai ou dans un bouquin ?

— Non.

— Non plus ? Merde alors. On n'a aucun sujet de conversation commun, aujourd'hui.

Le regard du Passeur se fait légèrement moqueur. Alors qu'il approche l'aiguille de la chair, il voit Bob se crisper. Tendant le bras, il referme sa griffe plastique sur un joint posé dans un cendrier constitué de crânes de serpents à sonnette.

— Les tatouages artistiques proviennent pas des merdes de stylos à encre qu'on voit dans la vitrine des boutiques à la con, explique le Passeur. On peut griffonner ce qu'on veut avant sur le papier, bien sûr, mais c'est ce que je suis en train de faire là qui compte vraiment. Tout repose sur la coordination de la main et de l'œil. Comme un pilote. Plus la vision. Faut être visionnaire.

Il rallume le joint, aspire une bouffée qui remplirait les poumons d'un dragon. Le tend à Bob, qui refuse.

— Le tatouage doit aller avec la peau. Il est modelé pour la chair ; il devient elle et elle devient lui. C'est le seul art qui respire. Et, comme tout art qui se respecte, il meurt en même temps que toi. C'est en ça qu'il est limité, par les limites de la chair. C'est comme un mariage, bébé. Qui est une forme d'art satanique en soi, si tu vois ce que je veux dire.

Là, le Passeur finit par tirer une réaction de son patient, en forme de grimace tournée vers les collines grises. Les muscles de Bob, déjà contractés, le deviennent plus encore.

Le Passeur désigne le bras de Bob de la pointe de son aiguille électrique.

— T'es plein de colère, Bob Machin-Chose. Si tu ne te détends pas, l'art corporel n'atteindra pas son plein potentiel. Tu piges ?

Ce n'est pas vraiment ce que Bob souhaitait entendre. Case approche, deux pistolets glissés dans la ceinture et un fusil à la main.

— Il t'a pas fait mourir d'ennui, avec ses conneries ? demande-t-elle à Bob.

— Il y travaille.

— T'as trouvé ce qu'il te faut, fillette ?

— J'ai effectué une première sélection.

Les chiens ont apparemment décidé de la suivre. Elle dépose son arsenal sur une table de jardin.

— Je choisirai les autres plus tard. Faut que j'aille aux chiottes. Je peux aller à l'intérieur ?

Le Passeur est penché sur l'épaule de Bob. Il hoche la tête.

Case laisse la porte grillagée se refermer derrière elle. Jette un regard aux deux hommes, puis traverse la pièce. Il n'y a presque aucune lumière dans l'habitation miteuse. Des caisses de tout et de rien sont disposées un peu partout : par terre, sur les tables. Un vaisselier tout droit issu des années cinquante se dresse dans un coin. Étant donné son état, il a dû tomber d'un camion de déménagement roulant à cent à l'heure.

Elle s'approche du meuble afin de voir si les carnets de croquis que le Passeur tient à jour après chaque nouveau tatouage sont toujours là.

Oui. Elle les trouve, racornis par le soleil, à côté d'une cage à oiseaux vide et rouillée. Par la fenêtre, elle vérifie que le Passeur est toujours à l'œuvre sur l'épaule de Bob. Satisfaite, elle ouvre le premier carnet et commence ses recherches.

Elle se mord la lèvre en tournant les pages. Une succession de photos s'offre à ses yeux. De pauvres gamines qui se sont fait peindre une araignée à côté du clito ou un dragon démoniaque enroulé autour de leur nombril. Un Hawaïen dont l'avant-bras s'orne d'un taureau appelé Dylan qui tient entre les dents une robe de femme ensanglantée. Un motard chauve avec Sitting Bull sur la cuisse. Deux gosses gringos l'un à côté de l'autre, la poitrine parée de créatures ressemblant à une version néo-hip-hop du monstre d'*Alien*. Un punk au dos envahi par une pieuvre rouge.

Mais pas trace de ce qu'elle cherche. Carnet suivant. D'autres photos, mais rien de nouveau. Un coup d'œil par la fenêtre. Le Passeur n'en a pas fini avec Bob. Ça commence à faire longtemps qu'elle est là. Carnet suivant. Toujours rien.

Le Passeur n'est pas né de la dernière pluie et Case le sait pertinemment. Il est tout à fait conscient du temps qui passe. Et alors ? Il faudra bien qu'elle lui parle en face, de toute façon. Mais elle préférerait pouvoir s'appuyer sur des faits, et pas seulement sur l'argent qu'elle compte lui offrir.

Elle trouve ce qu'elle cherche dans le quatrième carnet. Et ça a du mal à passer. Une photo de Lena, perdue au milieu d'un tas de clichés qui n'ont pas encore été collés. Assise sur la chaise longue, complètement défoncée, la main tendue vers l'objectif de l'appareil comme si elle montrait son alliance.

Tout est là. Signé, daté, il ne manque que le paraphe du notaire, sur son annulaire gauche. 21/12/95.

Avoir vu juste n'est qu'une nouvelle source de tristesse, et la tristesse elle-même tourne à la perversité. Jette-toi dans le néant. Fais-le, ma fille. Après tout, n'est-il pas partie intégrante de cette obscure création appelée vie ? Avoir raison, c'est un des trucs que la mort peut guérir.

Elle s'assoit, se retrouve éblouie par la lumière entrant par la fenêtre. Tout sent la poussière et le désert. Plusieurs minutes s'écoulent sans qu'elle détourne le regard du vide. Son esprit s'emplit de mille excuses l'enjoignant de se montrer malhonnête, mais toutes ne réussissent qu'à la faire pleurer.

Elle ressort à la lumière comme si de rien n'était. Un plateau de nourriture entre les mains.

— J'ai dévalisé ton frigo.

— On se demandait ce qui t'arrivait.

En arrivant à côté du Passeur, elle cherche ce qui, dans son attitude, son ton, pourrait suggérer qu'il nourrit des soupçons à son égard. Mais il n'est qu'une aiguille concentrée sur sa tâche. Un artisan préparant un prince pour son couronnement, ou un cadavre pour le cimetière.

Elle remarque que le Passeur a sorti le *Livre du changement* et que Bob fait sauter dans sa main les trois pièces du Yi-king. Elle lui offre quelque chose à manger, mais il refuse. Une boule de nerfs sirotant une canette de bière.

— Essaye encore une fois, Bob Machin-Chose, dit le Passeur.

Bob lance les pièces alors que Case se dirige vers la table où elle a posé les armes. Les chiens la suivent, attirés par l'odeur de nourriture.

— Et tu lui as fait le coup des pièces, en plus ? lance-t-elle dans le vide. Le pauvre mec.

Le Passeur demande à Bob de reprendre les pièces et de recommencer, jusqu'à obtenir la bonne configuration de lignes et de demi-lignes pour former l'hexagramme adéquat, qu'il se met à tracer au-dessus de chaque griffe de l'aile — ou linceul.

Voyant qu'il ne daigne pas répondre, Case décide d'enfoncer le clou.

— Tes trucs de diseuse de bonne aventure, c'est rien que des conneries.

— Ferme-la, fillette. Moi, je fais rien. C'est lui qui lance les pièces, qui décide de son destin. Je me contente de rapporter les faits.

— Des conneries, ouais.

— Tu m'as demandé du bon boulot, et je...

— Je sais. Il y en a encore pour longtemps ?

Il reprend une taf. Complètement défoncé. Quand il est dans cet état, elle sait qu'il peut continuer éternellement, ou jusqu'à ce qu'il n'y ait plus un centimètre carré de chair vierge.

— Ta gueule, fillette, répète-t-il, articulant silencieusement chaque syllabe.

Elle s'assoit au bord de la table et colle deux tranches de pain autour d'un morceau de poulet épicé peu engageant. Essaye d'avaler quelques bouchées en regardant ce connard shooté poursuivre son travail. Soudain, elle a un flash. Au fond de sa poche, elle sent la photo de Lena qu'elle a volée, tout en regardant les chiens se rassembler autour d'elle jusqu'à ne plus former qu'une silhouette bestiale dotée d'une demi-douzaine de gueules tentant de se saisir des miettes qui tombent sur son jean.

Sous les yeux de Bob, elle pose le plateau et entame la vérification finale des armes. Le revolver d'abord. Bob connaît bien son sujet. Celui qu'elle vient de soulever semble être un Ruger, peut-être un modèle 100, équipé d'une crosse modifiée dont certains fragments ont sauté.

À part la durée de vie, la grande beauté d'un revolver réside dans la simplicité de son fonctionnement. Celui-là a l'air impec, le barillet tourne sans la moindre obstruction, le chien se relève et retombe sans à-coup.

Mais c'est la main et les doigts de Case que Bob remarque surtout. Elle officie avec une aisance et une grâce qui en sont presque dérangeantes dans leur beauté. Son visage est calme, ses muscles détendus. On la dirait tout droit sortie d'une école zen.

Case repose le revolver et se saisit d'un petit automatique. Un Smith & Wesson peut-être, ou un Firestar. Ou encore un Walther .380. Quel que soit le modèle, Case est tout sauf une idiote. Elle a choisi deux flingues qui durent.

Elle sort une cartouchière de sa poche, y glisse un chargeur supplémentaire, puis la fixe sur sa ceinture. Elle prend l'automatique et procède au rechargement. Bob la regarde attentivement, apprécie sa compétence : paume sur la semelle, index tendu sur la cartouchière, pouce autour du chargeur... Putain !, sa main monte rapidement, l'index tendu et au niveau de la première cartouche du chargeur, l'arme placée de telle façon, dans la main, que le pouce puisse appuyer sur l'arrêtoir de chargeur. Bordel de Dieu, elle exécute le rechargement rapide tel qu'on l'enseigne, et ces doigts d'ex-junkie n'hésitent pas. Et elle ne regarde pas l'arme, en plus. Elle fait ça comme un flic, à l'aveugle. Sa main se pose à plat sur la partie supérieure de la culasse et la tire, et voilà Case prête à buter quelqu'un.

Ses gestes paraissent spontanés. La main et l'arme transforment une série de gestes mécaniques en une danse empreinte de poésie. Case transpire abondamment sous le soleil. Même le métal du pistolet commence à luire de sa sueur. Et Bob n'est pas immunisé contre l'effet que cela produit en lui. Il a l'impression d'avoir entrouvert une porte marquée « accès interdit » et ressenti une émotion fugace avant qu'elle ne se referme devant son nez.

Ayant terminé, Case place l'automatique à côté du revolver. Ramasse un autre morceau de poulet, le plante entre ses dents. S'accroupit devant le plus maigre des chiens de la meute et le laisse attraper la viande.

Elle se relève, prend un flingue dans chaque main, approche de Bob. Lui présente les deux armes.

— Alors, Bob Machin-Chose, dans laquelle te reconnais-tu ?

Il s'aperçoit qu'il s'est trompé. En fait, l'automatique est un Colt .45 léger. Ses yeux se posent sur le revolver.

— C'est bien un Ruger ?

— Oui.

— Ça me va.

— Pourquoi est-ce que j'étais sûre que tu prendrais celui-là ?

Le pistolet dessine une demi-boucle entre ses doigts et elle le lui tend, crosse en avant.

— Je note que ce sont deux flingues fiables.

— Si ça se range pas dans le caleçon, ça vaut pas un clou.

Elle se tourne vers le Passeur.

— Le pauvre mec en a encore pour longtemps ?

Le Passeur est en train de parachever la sixième griffe en dessinant un signe du Livre.

— Plus qu'une.

Case glisse l'automatique dans sa ceinture, prend le paquet de cigarettes dans la poche de poitrine de Bob, en sort une, l'allume.

— Des conneries de cartomancienne, lâche-t-elle en repartant en direction de la malle.

— C'est Bob Machin-Chose qui lance les pièces, rétorque le Passeur. Moi, je demande rien et j'offre aucune réponse. Ça, c'est le temps qui s'en charge. Pour nous tous.

Il se penche comme pour partager un secret, mais ne dit rien. Utilisant sa prothèse comme une pince à joint, il inhale les volutes de fumée par le nez. Renifle bruyamment. Décoche un clin d'œil à son client.

— Dernier arrêt avant la grande valse, hein, Bob Machin-Chose ?

— Finissons-en, d'accord ?

— O.K., Bob Machin-Chose.

Case se perche en équilibre au bord de la malle et fouille dans les boîtes de munitions jusqu'à trouver des cartouches de .45. Elle remplit ses chargeurs de rechange.

— Des conneries, persiste-t-elle.

— C'est pas ce que disait Jung, fillette. Ça, non. Il savait bien que les arts divinatoires étaient perçus comme de stupides jeux ésotériques. Mais, pour lui, il existait un lien subliminal entre les deux. En fait, il a même dit que les deux étaient basés sur le principe de synchronisme.

Case a fini de loger ses munitions.

— Tout ça, c'est du charabia. T'as la tête pleine de fumée.

Le Passeur la fixe froidement.

— Prenons vous deux, par exemple. Un couple de pèlerins venus de Boutiqueville pour faire votre petit marché avant de repartir. Qui sait ce que vous cherchez ? Qui sait ce que vous avez trouvé ? Et qui sait si vous êtes venus ici par hasard ?

Case comprend que le tissu d'inepties qu'il raconte n'a qu'un seul but : leur faire comprendre, à Bob et à elle, qu'il sait ce qui se passe. Bob en a marre. Il se redresse sur son siège.

— Terminé, décrète-t-il.

— Plus qu'un lancer de pièces.

— Laisse tomber, ajoute Case en se levant.

— Tu peux pas laisser ça inachevé, proteste le Passeur. Impossible. Faut que tu saches.

Bob repousse son bras. Un instant, le Passeur a l'air d'un esthète dérangé, qui dessine dans le ciel avec son aiguille.

— J'ai vu trop d'hélicoptères danser dans les flammes sans tomber. Mais d'autres finissent par s'écraser. Je me suis toujours demandé quel rôle le hasard jouait là-dedans. Mais ça ne change rien. Il y a toujours plus d'hélicoptères. Plus de flammes. « Et je reste là, assis, à regarder couler le fleuve », finit-il en fredonnant Dylan.

Case lui prend l'aiguille des mains. Ils se regardent sans ciller. Le vent en soufflant fait onduler l'auvent tel le sable au passage d'un serpent.

Bob va se lever mais Case l'en empêche. Grimpe sur ses genoux à califourchon.

— Qu'est-ce que tu fabriques ? proteste-t-il.

— Il manque la touche finale.

Elle approche l'aiguille électrique de la figure de Bob. Qui arrête sa main.

— Pas le visage.

— Détends-toi, papa. Tu seras en bonne compagnie. Tous mes amants ont le même.

Assis, seul, dans la cabine du Dakota, Bob presse un mouchoir imbibé d'alcool contre sa joue. Regarde dans le rétroviseur. Sous son œil gauche, de la largeur d'un pouce, les deux vagues parallèles tracées par Case. Le symbole du Nil, du dieu égyptien Hâpy. Celui du Verseau, aussi. Le mois de naissance de la jeune femme, sa marque. Avec sa touche personnelle. La ligne du haut est noire, celle du bas, rouge.

Case se penche par la vitre ouverte.

— C'est l'heure de passer à la caisse.

Bob glisse la main sous le siège, où il a caché son ceinturon tirelire. Il en extrait deux mille dollars.

— Il m'en faut trois, lui dit Case.

— Papiers d'identité, deux fusils, deux flingues plus deux autres de secours. Deux mille. C'était le deal.

— Ça l'est toujours.

Elle se penche un peu plus, jette un coup d'œil au Passeur. Qui marche lentement en compagnie de ses chiens. Une bouteille de tequila à la griffe, son Bijan à la main. Le soleil se couche dans son dos. D'un rouge meurtrier. Le Passeur boit une lampée de tequila, tire au loin. Les chiens bondissent comme des écureuils, soulevant un nuage de poussière, en entendant la détonation.

— Quel énergumène, commente Bob avant de revenir à Case. Pourquoi mille de plus ?

— Il sait.

Bob se raidit. Va se lever. Case pose la main sur sa poitrine.

— Va faire un tour. Laisse-moi m'occuper de lui, d'accord ?

— Et s'il n'est pas d'accord ?

— On lui pique son bras et sa jambe. Et après, on bute ses chiens l'un après l'autre. Il comprendra vite le topo.

— Très bien, trêve de bavardage et de plaisanteries à la con. Qu'est-ce que tu fabriques avec ce blaireau ?

Debout à côté du Passeur, Case regarde vers Furnace Creek. Elle aperçoit Bob qui déambule près de la carcasse de la vieille caravane où Cyrus a passé ses premières années, puis se dirige vers l'éperon rocheux. Tous sont à moitié perdus dans la lueur évanescente. Des détails qui seront bientôt avalés par les ténèbres. Elle sort un rouleau de billets de cent dollars, vingt en tout, et le tend au Passeur. Ce dernier s'en saisit après avoir coincé sa bouteille de tequila sous son bras.

— Alors, qu'est-ce que tu fous avec lui ? Tu mijotes quelque chose. Ce putain de synchronisme, tu te rappelles, Case ? Qu'est-ce que tu cherchais dans la maison ?

— Voyons voir si cette équation fonctionne.

Elle plonge la main dans sa poche, en sort un article plié en quatre sur le massacre de Via Princessa. Le déplie et le tient afin qu'il puisse le lire malgré le vent.

— Un...

De son autre poche, elle extrait la photo de Lena et la met à côté de la coupure de journal.

— Plus un... égale Cyrus.

— Putain de Dieu, fillette !

— 21/12/95. Tout est là. On reconnaît même ton écriture.

— D'où tu sors, Alice ? Du pays des merveilles ?

— Exact. Et j'ai de mauvaises nouvelles pour toi. On raconte la même histoire aux deux issues du terrier du lapin blanc. Faut que je les retrouve.

Le Passeur range l'argent dans sa poche et attrape le bras de Case avec sa prothèse.

— Je me fous bien de ce qui arrive. À toi. À Cyrus. Au monde entier. Mais tu commences juste à refaire surface. Tu veux vraiment y rester ? Que le blaireau aille se faire foutre. Cyrus aussi. C'est juste un blaireau d'un autre genre, de toute façon. Je pensais que t'avais vu clair dans son jeu quand tu t'es cassée. Mais là... tu vas y laisser ta peau, petite.

Case sort un autre paquet de billets de sa poche revolver. Mille dollars.

Bob a commencé à grimper la colline pour les rejoindre. Le Passeur doit faire son choix. Il sait que s'il ne prend pas gentiment l'argent, la situation va virer méchant.

Il le prend.

— Où est-il ?

— Dans le désert. Il fait des cartons avec ses copains comme dans « Rat Patrol ».

— Et la fille ? Elle était avec lui ?

— Elle était vivante il y a encore deux semaines. Mais c'était pas joli joli. Et le blaireau, Bob Machin-Chose... qu'est-ce qu'il vient faire là-dedans ?

— Intérêt personnel.

— À quel point ?

— Chair et sang, mon chou. C'est l'heure du grand voyage.

Bob arrive au sommet de la colline alors que le Passeur réfléchit à ce qu'il vient d'apprendre. Il voit l'estropié fourrer l'argent dans sa poche. S'approche de lui et de Case au milieu d'un étrange silence.

— Alors, comment ça se passe, ici ?

— On causait juste philosophie, répond le Passeur en fixant Case. Je crois que cultiver l'égoïsme est la clé de la survie. Qu'est-ce que t'en dis, Bob Machin-Chose ?

Case observe Bob en se demandant comment il va s'en tirer.

— Ce que j'en dis, c'est que mon avis, t'en as rien à foutre. Tout est réglé ? demande-t-il à Case.

— Affirmatif.

Le Passeur s'éloigne le long de la crête.

— Alors ? demande Bob.

— Elle était encore en vie il y a quinze jours.

L'expression de Bob se durcit.

— La traque est lancée, Bob Machin-Chose.

— Cyrus ?

— Cyrus.

Il part en direction du pick-up. Elle l'arrête. Lui indique la vieille caravane abandonnée.

— C'est là qu'il a été élevé. Cyrus.

Bob regarde la vallée. La lumière accroche à peine quelques défauts du terrain. Le reste fait déjà partie du passé.

— T'as jamais entendu parler du massacre de Furnace Creek ? lui demande-t-elle.

Leur dernière image du Passeur alors qu'ils s'en vont. Nu, il se tient sur la plate-forme de pierre qui surplombe le précipice. Ingurgite de la tequila en tirant dans le cœur du ciel, prothèses du bras et de la jambe tressautant à chaque détonation. Marin insolite sur le navire des vents.

19

— Qu'est-ce que c'est que cette histoire de « Rat Patrol » ?

— Une plaisanterie sur une vieille série télé, explique Case. Cyrus descend jusqu'à la frontière. Le désert entre Calexico et Yuma. Sert d'intermédiaire, en récupérant la drogue qui passe la frontière avec des clandestins mexicains. Joue au soldat tant qu'il y est. Se procure du matos high-tech, lunettes de vision nocturne, la totale. Quand la livraison est effectuée, il envoie toutes les mules au « paradis des Latinos », comme il dit. La plupart du temps, il les tue vite, mais des fois, il s'amuse avec eux, avant. Une ou deux fois, un pauvre type est arrivé au mauvais moment. Fermier, prospecteur ou chasseur, l'était pas là où il aurait dû. Dans ce cas, c'est l'abattoir en direct. Découpé en rondelles, conditionné en boîtes et livré à domicile.

— C'est là qu'on va ? Calexico, Yuma ?

— D'abord Escondido. Cyrus a quelques planques quand il bosse dans le désert. Des types chez qui il se fournit en équipement. Si on fait chou blanc, on essayera Bombay Beach, au bord de la mer de Salton.

Ils taillent la route en direction du sud, dans la fraîcheur nocturne du désert. Les inquiétantes lumières du bord de la route jouent sur le pare-brise, éclairs des enseignes des relais routiers ou stations-service qui brûlent telles des allumettes dans la lunette arrière alors qu'ils avalent les kilomètres sur la 15.

Ils traversent Victorville, Apple Valley et Cajon. Une succession de saloons, de garages et de pancartes vantant le musée dédié à Roy Rogers et à son poney empaillé, Trigger. Hommage rendu à tous les héros du dimanche.

— Qu'a raconté le Passeur à propos de Gabi ?

— Qu'est-ce que tu veux dire ?

— Tu sais très bien ce que je veux dire, fait-il dans un demi-murmure.

— Rien, sinon qu'elle était vivante quand ils sont venus le voir.

— C'est tout ?

Le regard de Case reste obstinément fixé sur la route.

— C'est tout.

Il se doute qu'elle lui ment. Se dit que c'est peut-être mieux. Peut-être...

Avec les arrêts pour reprendre de l'essence ou boire un café, il leur faut encore deux heures pour atteindre le comté de San Diego. Le bourdonnement régulier de la route derrière la stéréo a tendance à les endormir, mais cela change brusquement quand un panneau annonce la sortie d'Escondido.

— Plus que deux ou trois kilomètres, fait Case en coupant la radio.

Bob tire le Ruger de son ceinturon et vérifie que le barillet est plein. Il est presque vingt-trois heures. Ils passent devant une série de maisons sans caractère et de parcelles envahies par les mauvaises herbes. Au bout de la route d'El Norte se trouve leur objectif, un camp de caravaning situé au milieu de rien. Entouré d'une vague palissade de cyprès et de chênes bleus.

Ils se garent dans un champ à quatre cents mètres de là. Se frayent un passage dans l'herbe à hauteur de taille comme des Indiens sur le sentier de la guerre. La lune est argentée derrière les nuages. Malgré la fraîcheur de la nuit, tous deux transpirent quand ils arrivent à la ligne d'arbres. L'estomac de Case commence à se rebeller. Elle a envie de vomir. La trouille. L'affaire ne dépend plus des magiciens, des chamans, ou même des psys, maintenant. Personne n'est là pour lui susurrer : « Voilà comment faire pour que ça se passe bien, salope... »

Ils se glissent furtivement derrière une rangée de camions. À trente mètres devant eux, suffisamment de caravanes pour meubler quelques rues. Ils perçoivent le bruit d'une télévision dont le propriétaire zappe sans discontinuer et une odeur de friture. La lumière sortant des fenêtres éclaire par plaques la route gravillonnée et les voitures garées alentour.

— Là, signale Case en tendant le doigt. La caravane verte avec une galerie soutenue par des parpaings. C'est un des repaires de Cyrus.

Bob observe l'endroit. On distingue une lueur derrière un rideau marron.

— Tu crois que la meute pourrait l'avoir amenée là ?

— Possible.

— Il prendrait ce genre de risque ?

— Pour lui, le risque n'existe pas. Seuls ceux qui ont peur en prennent. Pour les autres, c'est pas un problème. Il serait prêt à le faire rien que pour ça.

Bob essuie la sueur qui lui coule dans le cou.

— Ça fait longtemps que t'es pas venue ici, pas vrai ?

— Oui.

— La caravane pourrait avoir changé de propriétaire, depuis.

— On en aura bientôt le cœur net.

La porte de la caravane la plus proche s'ouvre. Un piètre ersatz de femme au foyer vêtue d'une robe de chambre rose vif sort sa poubelle. Son berger allemand l'accompagne, museau collé au sol pour trouver un endroit où lever la patte.

Case et Bob se cachent dans les branchages pour ne pas se faire repérer. Le chien décèle leur présence et se met à aboyer. Il tourne la tête par à-coups dans toutes les directions. Sa maîtresse l'appelle, mais en vain. Elle reste là, bras ballants, une cigarette pendant au coin des lèvres.

Elle a les traits ravagés par plusieurs décennies de cocktails et de mauvaise humeur. Pas le genre à rigoler. Elle scrute les ténèbres.

Case et Bob osent à peine respirer. Finalement, la femme rappelle son chien, rentre et ferme la porte, effaçant du même coup la lumière jaune de l'intérieur.

Case fait mine de se lever mais Bob la retient.

— Attends un peu, lui dit-il. Elle continue sans doute à regarder. C'est le genre. Je suis bien placé pour le savoir, vu le nombre de mégères de son espèce qui nous appellent.

Case acquiesce sans bouger.

Ils restent tapis pendant une heure environ pour donner à la femme le temps de se lasser. Ils discutent, préparent leur plan d'action. Case sera le Petit Chaperon rouge. Elle ira frapper à la porte pour voir si le Grand Méchant Loup est là à se curer les dents. Si Cyrus est présent, si Case parvient à se faire accepter en jouant la camée rampante et si elle voit Gabi ou a l'impression que l'adolescente se trouve dans la caravane, elle fera un signe à Bob. Dans le cas contraire, elle en fera un autre. Quoi qu'il en soit, ce sera alors à Bob d'agir. Mais chaque étape du plan risque de se transformer en bain de sang.

S'il n'y a qu'un larbin chargé de garder le fortin en l'absence des autres, ça change tout. Bob devra rester en retrait.

Case n'est qu'une ombre sur les murs de parpaings verts alors qu'elle s'avance vers la véranda de la caravane. Elle passe devant la fenêtre. Un rai de lumière perce entre les rideaux, dont les bords élimés laissent apercevoir une partie de la pièce. Sans intérêt. Pas de voix, juste de la musique. Du rock lent avec beaucoup de basses, en provenance d'un couloir. Inspirant profondément, elle frappe à la porte.

Bob observe depuis sa grotte de branches tordues. Personne ne répond. Case jette un regard dans sa direction. Frappe de nouveau après une pause crispante.

Bob sent sa nuque se raidir peu à peu. Seigneur, il a déjà vécu cette scène. Via Princessa. Quand il attendait en vain que quelqu'un vienne lui ouvrir.

Il remarque que la bonne femme en rose a fait son grand retour à la fenêtre de sa caravane. Son visage de chouette est tourné vers Case.

— Rentre chez toi, espèce de..., souffle-t-il.

Case fait toujours face à la porte en contreplaqué. Assez de civilités. Elle tend la main vers la poignée. Son estomac et ses boyaux se transforment en gelée.

Si tu te plantes sur ce coup, tu vas finir en cocktail pour égout, ma fille, songe-t-elle. Tu traverseras la ville avant de finir dans la mer. Un truc innommable qu'un nageur du dimanche prendra en pleine figure au large d'Encinitas.

Bob voit la porte s'ouvrir et ses yeux reviennent aussitôt au visage grêlé visible à la fenêtre de l'autre caravane.

— Ne fais pas ça, Case, murmure-t-il en faisant des signes à l'adresse de la jeune femme. Pas sous les yeux de cette salope.

Il se met debout pour attirer l'attention de Case. Mais en une maudite fraction de seconde, elle est entrée. La vieille chouette n'a pas perdu une miette de la scène. Ses yeux se tournent vers le téléphone.

Bob sent l'air déserter ses poumons. Non, pas cette fois. Il n'a pas besoin d'une citoyenne « ne faisant que son devoir ». Pas cette fois.

Il la voit avancer en direction du téléphone.

Il lâche un juron en silence. Ne touche pas ce putain de combiné... ne le...

Elle décroche.

Il est choqué de sa propre réaction. Le policier en lui regimbe.

Elle compose le numéro.

Peut-être qu'elle va avoir une crise cardiaque. Rien de grave, juste quelques palpitations pour l'inciter à raccrocher et à aller s'asseoir.

Ce serait trop beau.

Le séjour est un stand désert d'exposition de meubles. Case est venue une ou deux fois ici, par devoir, et quelques souvenirs rances remontent à la surface. Elle se penche contre la paroi et écoute attentivement. Rien d'autre que la musique en provenance d'une pièce du fond.

Elle met lentement le cap dans cette direction. La main sur la crosse de son pistolet, caché par les pans de sa chemise, elle suit la lumière et les récifs que l'ombre projette sur les murs.

Elle avance vers la musique, par un labyrinthe de petits couloirs. La basse fait vibrer le plancher sous ses pieds. Elle se prépare à sortir un boniment plausible en cas de rencontre. Et puis, au détour d'un autre corridor, dans une chambre qu'elle a autrefois occupée, elle repère un corps masculin nu, allongé sur un divan de velours rouge.

Vingt ans, vingt-cinq tout au plus. Plus d'un mètre quatre-vingt-cinq, couvert d'œuvres d'art dessinées par un as du tatouage. Des cheveux roux hirsutes, un anneau dans chaque mamelon. Même l'extrémité de son pénis a été percée : un petit diamant luit sur fond de chair rose. Le mec a les yeux fermés.

Pas de Cyrus. Pas de Lena. Personne de l'ancienne bande. Juste un petit nouveau. Sur le tapis, elle remarque une pipe à haschisch, une aiguille et tout le nécessaire pour planer.

Elle ne peut s'empêcher d'approcher. C'est le genre de type avec lequel elle a passé plus d'un petit quart d'heure.

Elle inspecte la pièce dans l'espoir d'y trouver une trace de la gosse, sans vraiment savoir quoi.

— Je suis mort ?

Elle regarde le garçon, qui a ouvert à demi les yeux.

— J'en sais rien, répond-elle. On peut bander quand on est mort ?

Il bouge légèrement.

— Si je suis mort, c'est que vous êtes un ange. J'aimerais beaucoup baiser un ange. Mais si je suis pas mort...

Case lui lance un regard espiègle pour mieux préparer la scène qui s'annonce.

— T'es prêt à baiser ce qui reste, c'est ça ? Laisse-moi te donner un indice, tu veux ? On verra ce qu'en pense ta queue.

Bob compte le temps qui s'écoule. Cinq minutes qui en paraissent vingt. Et toujours rien, si ce n'est la voiture de police qui avance lentement sur le chemin de terre, en direction de la caravane de la vieille garce. Le moment est venu de choisir entre deux options. Essayer de tirer Case de là ou la laisser se faire embarquer et voir ce qu'il pourra faire par la suite.

La vieille bique n'a pas ouvert la porte depuis plus d'un battement de cœur qu'elle commence à déblatérer son histoire. C'est une fouineuse parano obsédée par les situations d'urgence. Le genre que les flics redoutent mais doivent bien considérer, s'ils ne veulent pas qu'on les accuse de négligence.

Quand les hommes en bleu se dirigent vers la caravane verte, Bob est déjà en train de courir en direction du pick-up, les bras fauchant les hautes herbes. Ôtant son ceinturon tirelire, il le glisse sous le siège avant. Attrape un fusil et des cartouches avant de repartir vers le pôle lumineux des caravanes.

Il passe entre les poubelles situées derrière la caravane de la vieille, à la recherche d'un endroit sombre où il pourra se blottir. Trouve un poste d'observation derrière quelques buissons sauvages, juste à temps pour voir les flics approcher précautionneusement de leur objectif.

L'un d'eux frappe à la porte d'un geste décidé et quelqu'un doit répondre à l'intérieur, car le flic se met à parler. Puis les événements s'enchaînent, suite de malentendus et de mauvais timing.

Bob voit un jeune con aux cheveux roux défoncer la fenêtre de derrière, semant une pluie de fragments de verre derrière lui, queue de comète réverbérant le moindre éclat de lumière. Il porte juste un pantalon de cuir noir. La vieille chouette pique sa crise en plein milieu de la rue. Sac d'os manifestement équipé d'un ampli dans la gorge, elle se met à courir tandis que le premier flic donne un violent coup d'épaule dans la porte. Son partenaire fait le tour en vitesse, descend en bondissant la pente menant à un petit carré de terre battue. Par la fenêtre encadrée de morceaux de verre, Bob voit Case qui s'habille à la hâte et ramasse son flingue au passage. Mais qu'est-ce qu'elle foutait à poil ?

La scène bascule dans la démence. Il entend un flic crier « Halte ! » et tirer en l'air. La vieille peau se jette dans les graviers comme une pécheresse se retrouvant face à son gourou. La porte cède sous les assauts répétés de l'autre flic. Tous les plans que Bob a pu faire pour récupérer Gabi s'envolent en fumée.

Il est temps de mettre son grain de sel.

Bob va réécrire le script. Proposer aux types en bleu une variation sur le thème connu. Leur montrer une façon de faire qu'ils n'ont pas répétée à l'entraînement. Ça, il en est certain.

Le canon du fusil se lève brusquement et le premier coup frappe l'avant de la voiture de police. Le radiateur cède comme une artère et un jet de fréon bleu gicle à six mètres. Les deux flics s'immobilisent, interloqués. Mais chaque seconde passée à réfléchir est une seconde perdue, les gars. Nouveau hurlement de terreur et un chien se met à aboyer, un bébé à crier. Bob tire une deuxième fois et le capot de la voiture décolle dans les airs, tourbillonnant sur lui-même comme un diable à ressort détaché de sa boîte.

Bob croit apercevoir Case jaillissant par la porte de derrière et se fondant dans l'ombre au bout du caravaning. Profitant de la panique générale, il disparaît lui aussi tandis que les flics se précipitent vers leur capot luisant, qui s'est planté dans le sol comme une hache de bourreau.

Bob court à perdre haleine vers le pick-up, sachant très bien qu'une seule question se posera si on parvient à l'attraper : où faut-il envoyer sa dépouille ?

Le voilà au volant. Il se fraye un passage dans les broussailles, tous feux éteints, quand il voit une forme se détacher au-dessus d'un tas de branches cassées. Il pile. La portière passager s'ouvre.

Case. Elle est blessée au-dessus de l'arcade sourcilière et sa joue est maculée de sang.

— Fonce, putain ! hurle-t-elle avant même d'être montée à bord.

20

Gabi gît recroquevillée sur le sol, peau nue luisant dans la nuit comme un œuf d'opale. Le sable crisse dans son dos, broyant les alluvions que l'érosion a arrachées à la colline. Lui brûle les chairs par vagues et la ramène lentement à elle.

Muette et sans défense, elle tente de s'asseoir, les yeux fixés sur les sinistres vestiges du ciel nocturne. Le monde qui l'entoure se résume à trois mètres de sable jaune et nu fouetté par le vent. Son sein gauche lui fait mal. Violet et gonflé, il est parsemé de petites marques rouges pareilles aux cicatrices d'une interminable série de morsures. Son bras est douloureux là où l'aiguille a été enfoncée dans ses veines. Elle se sent alanguie et désorientée sous l'effet de l'héroïne. Épuisée par ses cauchemars. Elle ne sait plus trop de quoi elle a rêvé, ce qu'elle a vécu. Elle se retrouve seule au milieu d'un désert inconnu. Trop confuse pour comprendre la terreur qui enfle en elle.

Elle se remémore de vagues bouts de phrases, rassemble quelques pensées en pointillé qui s'effilochent dans l'éther... des mots en espagnol... un passage au Mexique... celui qu'on appelle Cyrus, parlant sans cesse... des pleurs... des bris de verre... et des coups de feu, non ?

Enfin, tel un animal nouveau-né comprenant qu'il a été abandonné, elle se lève avec peine. Tanguant dangereusement sur ses jambes, elle porte les mains à ses yeux pour les protéger du vent. Appelle son père. Paniquée et chancelante, elle avance, perdue mais attirée par une force indéfinissable. Suit le vent jusqu'aux rochers jaunes grillés par le soleil.

Ses yeux la piquent mais elle lutte pour les garder ouverts. Trébuche, tombe dans la pente. Déboule et se met à pleurer. C'est à ce moment qu'elle l'aperçoit. Elle essaye de se remettre debout malgré le refus de ses jambes. Cherche la volonté nécessaire pour maîtriser ses pieds.

L'homme n'est qu'une silhouette, un épouvantail au-dessus des rochers dans le vent assagi. Debout à côté d'une sorte de Jeep sombre. Ce n'est pas Cyrus. Ni un des autres. Et ce n'est pas la camionnette dans laquelle elle a été violée.

Elle l'appelle. Il ne répond pas. Elle s'accroche à la roche avec des doigts d'enfant, les incruste comme des taquets dans la pierre et se lève en criant de toutes ses forces.

Il se tourne vers elle, ou semble le faire.

Elle tente de nouveau de se faire entendre, mais le vent emporte ses mots. Elle le voit bouger, à peine. Une esquisse de hochement de tête. Un geste signifiant qu'il l'a aperçue.

Elle doit ramper pour franchir le promontoire et arriver jusqu'à lui. Elle se traîne sur les débris rocheux à la manière d'un crabe, glissant d'un mètre chaque fois qu'elle monte de deux. Elle balbutie :

— Oh, merci, mon Dieu ! aidez-moi, je vous en prie... je vous en prie...

Une main la soulève en direction du ciel, si rapidement qu'elle en a le souffle coupé. Devant elle, la silhouette décharnée de Cyrus semble repousser le vent. Il la toise en ricanant. Son crâne et le haut de son visage sont cachés par une sorte de masque équipé d'yeux télescopiques. Couleur de camouflage, les verres étant, eux, d'un noir de jais.

Il balaye les environs de son bras squelettique, comme un acteur devant son public. Fait un signe, mais pas à elle. À la silhouette qu'elle a vue d'en bas.

C'est bien un homme, ou du moins c'en était un, autrefois. Les ans ont marqué son visage buriné. Il est nu. A été ligoté à un grand cactus. Son corps est couvert de lacérations portées à coups de couteau et de tesson de bouteille. Ses lèvres tuméfiées sont en train de noircir. Sa langue a été clouée à sa joue.

— Ma sculpture vivante te plaît, petite ?

Un flot d'images se déverse dans la tête de Gabi, qui revoit les instants dont sa mémoire n'avait retenu que quelques sons. Les pleurs, le discours ininterrompu de Cyrus, l'aiguille qui brûle son bras d'adolescente, le Mexicain. C'est lui qui a crié jusqu'à ce que l'univers devienne noir puis retrouve des couleurs balayées par le vent. Et elle, tentant de s'enfoncer dans le sable obscur pour s'y cacher, alors que le pauvre homme se faisait encore et encore taillader.

Gabi vomit sur le rocher.

Le Mexicain essaye de parler malgré sa bouche poinçonnée, pour quémander une mort dont il a jadis espéré qu'elle ne viendrait jamais.

Cyrus attrape Gabi par les cheveux et la force à regarder. Un filet de bile coule de la commissure des lèvres de l'adolescente et sa tête oscille comme celle d'un boxeur tabassé au-delà du réparable.

— Observe bien, Dorothy, raille-t-il. Il y a beaucoup à apprendre sur la route de la brique jaune.

Wood et Granny Boy surgissent de la crête derrière laquelle ils ont garé le fourgon. Wood transporte deux bidons de dix litres.

— Sacré leçon, ça oui, reprend Cyrus en s'agenouillant et en pressant ses yeux télescopiques contre ceux de Gabi. Sacré leçon. Un pauvre mec a dit un jour que tout processus naturel est l'incarnation d'une vision morale. Tu m'écoutes ? Que tout ce qu'on connaît, les gens, les choses, les actions et les événements, toute cette merde, quoi, n'est qu'un vaste Ektachrome monté en épingle et appelé éternité.

Wood rampe sous la Jeep du Mexicain, perce le réservoir d'essence d'un coup de pic à glace et récupère le carburant dans un des bidons vides.

Cyrus dévisage le Mexicain à travers ses lunettes à infrarouge. Au-dessus de la tête du supplicié, les os d'oiseaux empalés sur le cactus, drossés à ce rivage de piquants par la force du vent.

— En tout cas, c'est pas Dieu qui se sert de l'appareil photo, poursuit Cyrus. C'est pas lui. Non, non, non. C'est le méchant garçon du bout de la rue. Et il fait de sacrément bons portraits, à s'en lécher les babines.

Il lève les bras telle une mante religieuse prête à frapper, pose les coudes sur les genoux comme pour se mettre à prier.

Wood en a fini avec le premier bidon, qu'il tend à Granny Boy.

— Eh bien, *vaquero*, t'as eu ton quart d'heure de gloire à essayer de jouer les bons samaritains pour la petite mignonne. J'espère que ton dieu a bien assisté à la scène, parce que tu vas faire le grand voyage.

Granny Boy commence à asperger le Mexicain d'essence. Quand celui-ci est à moitié trempé, et alors que le peu de vie qui subsiste en lui l'incite encore à se débattre, Wood sort de sous la Jeep avec le second bidon et achève le travail.

Cela fait, il jette le récipient vide et tend les mains pour que le Mexicain puisse bien les voir. Un bout de tissu rouge a été cousu sur chacune de ses paumes, qu'orne en son centre, peint en blanc, le A entouré du cercle des anarchistes.

— Si tu paries sur J.-C., mon pote, tu paries sur un cheval mort.

Gabi gît là, pitoyable, à l'extrémité des bottes de Cyrus. Incapable de détourner le regard.

Les yeux du Mexicain s'égarent. Sa bouche se tord pour laisser fuser une plainte confuse qui ne fait qu'accentuer l'hémorragie.

Granny Boy se met à chanter :

— « Et Cyrus dit à Granny Boy : "Sacrifie un fils pour moi." Et Granny dit : "Tu plaisantes, ou quoi ?" Et Cyrus dit : "Non." Et Granny dit : "Quoi ?" Et Cyrus dit : "Tu peux faire ce que tu veux, Granny, mais la prochaine fois que tu me vois arriver, t'as intérêt à courir"... »

Cyrus se lève et sort un briquet de sa poche. L'autre continue de chanter :

— « Et Granny dit : "Où veux-tu que je le tue ?" Et Cyrus dit : "Sur la Route 61." »

Gabi remarque que les orteils du pauvre bougre ramènent

convulsivement le sable vers lui. Les jambes luisantes luttent pour échapper à l'inévitable. Une étincelle dans le vent, suivie d'une petite flammèche. Puis Cyrus lance le briquet et les iris noirs s'écarquillent démesurément au milieu des yeux blancs avant d'être engloutis par les flammes.

21

Les premières minutes prennent la forme d'une course aveugle et frénétique. Les yeux rivés au miroir du pare-soleil, Case essuie le sang de la coupure due à un éclat de verre. Bob passe les vitesses sans trahir la moindre expression.

— Putain, mais qu'est-ce qui est arrivé, là-bas ?

— C'est à cause de cette bonne femme, grogne Bob.

— Pourquoi tu as ouvert le feu ?

Bob débouche de la route d'El Norte et s'engage sur Broadway. La circulation est plutôt fluide.

— Pourquoi t'as tiré, bordel ?

Il accélère brutalement, double un véhicule trop lent à son gré.

— Seigneur ! s'exclame Case. Et moi qui te prenais pour un type prudent et raisonnable...

Il s'apprête à lui tomber dessus quand deux voitures de police quittent en trombe le parking d'un Burger King, un demi-pâté de maisons derrière eux. Bob rétrograde tandis que Case se fait toute petite sur son siège. Il ne quitte pas le rétro des yeux.

— Je comprends pas ce qui t'a pris de faire un coup pareil.

— Je voulais te tirer de là, voilà ce qui m'a pris !

Les sirènes se mettent en marche et un tourbillon écarlate se rapproche dangereusement de leurs fesses. L'intérieur du pick-up devient froid comme une salle d'autopsie alors que Bob ralentit après avoir quitté la voie rapide.

Les voitures de patrouille les dépassent et les éclairs des gyrophares zèbrent l'habitacle de la camionnette. Case et Bob s'accrochent à chaque fraction de seconde comme de vrais durs, mais les feux arrière des voitures bleu et blanc effectuent un virage à quatre-vingt-dix degrés pour s'engouffrer dans Lincoln Boulevard.

Bob et Case emplissent leurs poumons pour la première fois depuis plusieurs minutes. Une chose est sûre, en tout cas, du moins pour le moment : le pick-up n'a pas été identifié au caravaning.

Case s'assoit de travers pour pouvoir faire face à Bob.

— J'aurais pu m'en sortir toute seule ! hurle-t-elle.

— Ah ouais ?

— Ouais.

Il repasse brusquement en première.

— Laisse passer la prochaine intersection, puis prends à l'ouest, sur la Dos Dios, lui ordonne-t-elle.

— Et toi, relève ton pare-soleil avant que quelqu'un ne te voie essuyer tout ce sang et ne se demande...

Elle obtempère.

— J'avais besoin de personne.

— Et moi, j'ai l'impression que ton copain rouquin était en train de te monter, alors je vois pas comment...

— Va te faire foutre !

— Tu sais ce qui se serait passé si j'avais pas fait diversion ?

— Pour qui tu me prends, une médium à la con ?

— Tu te serais fait arrêter.

— Ahhh.

— La vieille chouette t'avait vue entrer. Effraction.

— J'aurais bien aimé voir comment ils auraient pu m'accuser de ça, une fois dans la chambre.

— Putain de camée, jure-t-il à mi-voix.

La bouche de Case se retrousse comme celle d'une vipère.

— Qu'est-ce que t'as dit ?

Arrivé à la fourche, Bob appuie sur l'accélérateur et s'engage sur la Dos Dios.

— Qu'est-ce que tu as dit ?

Le Dakota prend de la vitesse. La Dos Dios est un ruban noir s'enfonçant dans les collines.

— Tu sais rien de ce que je faisais là-bas !

Bob se tourne vers elle. Elle a fini de se nettoyer le visage, mais le sang continue de couler de son arcade sourcilière.

— Tu saignes.

— Tu sais que dalle, persiste-t-elle en s'essuyant rageusement.

— Sans déconner ? Je guette et je remarque cette garce décatie qui te voit entrer. Et pas le moindre signe de ta part. Rien. Nada. Je la vois téléphoner, et toujours rien. Rien du tout. Mais je me doutais bien de la suite. Les flics allaient se pointer et la vieille les inciterait à aller voir ce qui clochait. J'avais pas le choix. Je savais pas ce qui t'était arrivé à l'intérieur. Et une fois les flics entrés, j'ignorais ce qui pouvait t'être... Je savais pas si je devais intervenir ou s'il valait mieux que j'aille te rechercher au poste... je savais rien ! Mais quand j'ai vu le rouquin traverser la fenêtre à moitié à poil, alors que toi...

Il tremble comme s'il avait sniffé sérieux. Il attrape une cigarette sur le tableau de bord et enfonce l'allume-cigare.

— Seigneur, tu crois que je voulais te voir coffrée ?

— J'aurais pu m'en débrouiller.

— Merci beaucoup. Comme ça, la prochaine fois, je saurai.

Elle s'appuie contre le dossier de son siège, ferme les yeux.

— Flattée de ta confiance. Mais c'est mon cul qui était dans la ligne de mire, n'oublie pas.

— Ah, bon ? C'est comme ça qu'on dit, maintenant ? Je dois plus être à la page. On appelait ça autrement, de mon temps.

Pendant une longue seconde, les yeux de camp de la mort de Case s'ouvrent et elle fixe le plafond usé du pick-up.

— Tu sais, je crois qu'on a tous une clause « tueur » dans notre contrat de vie. Si je voulais, je pourrais te dire des trucs qui te laisseraient sans voix et incapable de comprendre à quel point je t'ai blessé. Je pourrais t'ouvrir de l'intérieur et te mettre les tripes à l'air.

Bob arrache l'allume-cigare et le colle contre la cigarette pincée entre ses lèvres. Après la première bouffée, il observe Case. De haut en bas, comme pour la mettre au défi de tenir sa promesse.

Elle tourne la tête et leurs regards se croisent. Le mépris suinte par tous les pores de leur peau.

— Te mettre les tripes à l'air, ouais, Bob Machin-Chose, avant même que t'aies le temps de ravaler ta fierté.

— Essaye !

Elle se redresse sur son siège.

— Je te connais à peine, Bob Machin-Chose. Mais je crois savoir comment tu fonctionnes. Et je te parie que je peux te donner les raisons pour lesquelles ta... ton ex-femme t'a quitté.

Elle plisse les paupières, prend un air calculateur.

— J'ai raison, pas vrai, cow-boy du dimanche ? Pas vrai ? Ta gonzesse s'est cassée parce qu'elle en avait assez de crécher avec monsieur Bob Machin-Chose. Elle s'est trouvé un vrai mec à qui parler.

Le côté gauche du corps de Bob, le côté cœur, se replie sur lui-même. Sa tête est attirée dans ce sens, comme si sa peau se tendait sur ses organes ratatinés.

Case se fend d'une petite moue bienséante, comme pour lui demander : « J'ai pas raison, Bob Machin-Chose ? »

Droit devant, des phares approchent dans le virage. Inquiets, ils se taisent en entendant enfler le bruit d'un moteur. Quelques instants plus tard, une fourgonnette passe suffisamment près pour faire entrer un souffle d'air chaud par la vitre ouverte.

Case et Bob sont vidés après la retombée de l'adrénaline. Ils n'échangent plus un mot.

Plus loin, ils laissent le lac Hodges à l'ouest. De l'autre côté de l'étendue d'eau, la lueur vive d'un projecteur d'hélicoptère se découpe sur fond de collines dentelées. On ne l'entend pas à cette distance. Ils le voient décrire de grands cercles, tel un Cyclope, et éclairer quelques poches de vide bleuté le long des routes menant au lac.

— La police ? demande Case.

Bob ralentit afin de mieux observer la scène. Sans cesser de tourner, l'hélicoptère s'engage à basse altitude au-dessus du lac.

Dans la lune mobile générée par le projecteur, la surface de l'eau apparaît telle une vague frissonnante de couleur bleu nuit, soulevée par le vent des pales.

— À le voir faire, on dirait plutôt un hélicoptère de sauvetage, commente Bob.

— S'ils ont envoyé un hélico, ça veut dire qu'ils ont identifié le pick-up ?

— Possible. Mais ça n'a rien de sûr.

L'appareil effectue une lente rotation et son œil unique disparaît. Il s'enfonce dans une faille noire entre deux collines, ne laissant derrière lui que ce qui ressemble à de brefs éclairs frappant les parois du canyon.

— Il y a un motel près du lac de San Dieguito, à une quinzaine de kilomètres, explique Case. Plutôt miteux, mais...

— Pigé.

22

Jo & Joe's aligne douze chambres à une cinquantaine de mètres de la route, et suffisamment près du lac pour qu'on puisse s'y rendre à pied. Des cabanes de bois et de crépi blanc, dont les murs pelés sur de longues bandes n'ont jamais été rechaulés. L'enseigne du motel repose sur un piédestal constitué de parpaings, à proximité d'une station-service style bidonville et d'une casse clôturée immortalisant un demi-siècle de splendeur automobile. Le panneau est un modèle de kitsch patriotique : les noms des deux propriétaires apparaissent en relief sur fond blanc, JO peint en rouge et JOE en bleu.

— On retrouve le côté accueillant et paumé de notre Amérique triomphante, tu trouves pas ? ironise Case alors qu'ils s'extraient de la camionnette.

Bob ne l'écoute pas. Son regard se perd au-delà des collines, là où l'horizon devient flou dans l'humidité nocturne.

— Tu veux pousser jusqu'à Del Mar ? Pour qu'on se noie dans la circulation ?

Il se tourne vers elle. Réfléchit à sa proposition. Mais garde la vérité pour lui. Il n'a pas l'intention de faire ne serait-ce qu'un kilomètre de plus en sa compagnie. Pas ce soir, en tout cas. Peut-être même jamais.

Il prend sa douche dans le noir. Lève le visage vers l'eau chaude. S'assoit sur le bord du lit de la petite chambre monacale dont le vert, quelle qu'ait pu être sa teinte d'origine, n'est plus que pâle et putride.

Il fume, une lampe allumée. Un sentiment morbide commence à s'installer en lui, totalement dénué de sympathie. A-t-il tout fait de travers depuis le début ? Il retrace les jours précédents en prenant des notes, comme tout bon policier présent sur une scène de crime. Mais c'est à lui, à son comportement, qu'il s'intéresse. Chaque détail est passé au crible, depuis le premier mensonge raconté à John Lee jusqu'à la diversion au fusil de ce soir, en passant par l'excuse qu'il a chargé Arthur de donner à sa place pour justifier son abandon de poste.

Il s'examine dans le miroir comme il dévisage parfois les étrangers qu'il croise dans la rue. Mais alors que ceux-ci lui sont inconnus, il croyait se connaître. Sauf qu'il n'est plus lui-même. Il n'est plus qu'un homme nu, à l'estomac grillé et à l'épaule entachée par un immonde tatouage. Sans oublier cette marque sur sa joue. Et tout ça en si peu de temps...

Alors qu'il ressasse ses fautes, il prend conscience que ce n'est pas la première fois qu'il se sent ainsi. Ses convictions sur lui-même et la vie qu'il mène ont déjà été malmenées.

Dans la salle de séjour, alors que Gabi dormait du sommeil de l'innocence protégée, Sarah avait pris leur photo de mariage, la belle photo dans son cadre d'argent, pour la ranger dans le tiroir du bureau.

Pas une parole n'avait été prononcée, mais il avait compris en entendant Sarah inspirer profondément en refermant le tiroir. Il avait compris son regard. Calme, sans trace d'excuse. Parfaitement déterminé. Dans le silence, l'échec de leur couple avait carrément été déposé à ses pieds.

Il a été secoué par les événements de la nuit. L'orbite de ses certitudes s'est déplacée, et cela l'effraie.

Il prend son portefeuille sur la commode, en sort une photo de Gabi, qu'il garde derrière sa nouvelle carte d'identité. Tout ce qui reste de l'ancienne vie de Bob Machin-Chose. Il plonge au cœur de l'instantané, et cela le ravage de savoir que sa petite fille ne dort plus du sommeil de l'innocence protégée.

Bob et Sarah nagent sous un ciel estival pendu au-dessus du lac tel un tableau parfait caressé par le vent. Sur l'autre rive, dans une petite anse, des saules s'inclinent comme autant de ballerines au terme d'une splendide représentation. Bob et Sarah sont nus. Ils flottent, pareils à des anges paresseux planant sur leur petit nuage. Dans deux mois, le ventre de Sarah livrera Gabi au monde. Pour le moment, il jaillit de l'eau, soleil rose et étincelant annonçant l'aube des rêves du jeune couple. Bob appuie l'oreille contre l'abdomen de sa femme et écoute l'enfant qui n'a pas encore de nom. La peau est chaude et tendue. Sarah caresse les cheveux blonds de son mari.

— Faisons quelques pas, murmure-t-elle.

Ils sortent de l'eau et s'enfoncent dans les bois sans se rhabiller. Main dans la main.

— Allons voir la maison, propose Sarah.

Ils arrivent en lisière de la forêt et Bob aperçoit les bulldozers et camions dégageant ce qui deviendra bientôt Paradise Hills. C'est à ce moment qu'il prend conscience du monde qui les entoure.

— Allons, viens, l'encourage Sarah.

— Mais nous avons laissé nos vêtements au bord du...

— Nous n'en avons pas besoin.

Le sourire de Sarah le rassure et il la suit.

Ils remontent la longue route poussiéreuse, passant à côté des maçons, contremaîtres et ingénieurs qui travaillent aux fondations des premières maisons. Une grande masse d'ouvriers en sueur, buvant du café entre deux vérifications d'horizontalité et de profondeur à l'aide de niveaux et de fils à plomb.

Sans se faire remarquer, Bob et Sarah marchent en plein soleil. La lumière se réverbère sur les pare-chocs chromés des camions, produisant une succession d'étincelles lorsque les grandes roues se mettent en marche et effacent lentement les traces qu'ils ont laissées derrière eux.

Sarah est heureuse et pleine de vie, mais Bob a honte à l'idée que les autres puissent les voir. Ils ne vont pas tarder à se rendre compte qu'il est nu, et sa femme aussi. Au regard de la pureté de Sarah, il n'a que trop conscience du péché humain.

Ils atteignent une petite parcelle délimitée par une ficelle à l'arrière du lotissement. Sur une pancarte plantée dans le sol, les noms Bob et Sarah Hightower ont été écrits, de la main d'Arthur.

Ils contemplent la terre qui va donner vie à leur maison. Sarah se tourne vers lui pour lui parler. Son visage rose est jeune et beau. Empli de chaleur et ouvert à toutes les possibilités. La vie qu'elle porte en elle se lit dans ses yeux et sur sa peau. Ses gestes éthérés le plongent dans un sommeil plein d'aspirations. C'est alors qu'elle se met à vomir du sang dans la poussière.

Il se réveille pour découvrir l'obscurité du soir et la puanteur du motel autour de lui. Il enfile un jean et sort, pieds nus, en direction de la route. S'assoit sur le mur en parpaings et grille une cigarette sous le JO rouge. Toujours enveloppé dans le linceul de son cauchemar.

Il ignore depuis combien de temps il est là quand il entend le gravier crisser. Case vient s'installer à côté de lui, un demi-pack de canettes de bière à la main.

— Tu n'arrives pas à dormir ?

Il ne daigne pas répondre.

— Moi, je dors toujours mal. Le purgatoire des camés, j'imagine. Tu veux une bière ?

Il hésite, mais elle la lui tend tout de même, en signe de paix.

— Vas-y. Je les ai achetées au gérant. Lui, son truc, c'était la marijuana. On venait ici de temps en temps pour lui en acheter quand on vivait à Escondido. Mais il a passé du temps à l'ombre et il se tient à carreau, maintenant. Il fait juste pousser un peu d'herbe... à vocation médicinale. Il se souvenait pas de moi, mais sa tête s'est dégagée des brumes quand je lui ai rafraîchi la mémoire. Je me suis dit que t'étais pas du genre à fumer un joint, alors...

Bob reste assis, figé comme un cliché, à regarder la route. Ses yeux le brûlent. Une bière lui ferait du bien pour chasser son mauvais rêve, sauf qu'il ne tient pas à la devoir à Case. Mais au bout du compte, il a le choix entre céder ou s'en passer. Alors, il cède.

Il détache la première canette de son harnais de plastique et jette un coup d'œil à Case. Elle a remonté les jambes contre son buste et le bras au bout duquel pend sa cigarette dessine comme un point d'interrogation à l'extrémité de son genou.

— Tu en veux une ? demande-t-il.

— Défendu. Premier commandement de l'ex-toxico : tu ne toucheras plus à la came. Deuxième commandement : tu ne toucheras plus à l'alcool. De la tequila au gin tonic, j'ai droit qu'à une seule chose : le citron. Même les putains de chocolats à la liqueur me sont interdits. Avant, je les descendais par boîtes entières. Mais c'est de l'histoire ancienne.

Elle appuie son dos contre le JOE bleu. Étouffe l'envie de boire en comptant les étoiles.

— Je suis une consommatrice effrénée, ajoute-t-elle.

Bob avale une demi-douzaine de bonnes gorgées sans respirer.

— Les murs de ce taudis sont pas plus épais qu'une capote, se plaint Case. On entend tout.

Elle remarque qu'il refuse de la regarder en face. Même quand il a accepté la bière, il a trouvé le moyen de détourner les yeux. Et voilà que maintenant ils taillent la route ensemble. Elle se mord la lèvre inférieure, mal à l'aise.

— J'étais assise dans mon lit quand je t'ai entendu sortir. J'étais en train de réfléchir... Je me suis dit que je me suis comportée comme une vraie conne en te reprochant ce qui s'est passé ce soir.

Presque sans s'en rendre compte, Bob se tourne vers elle.

— Ah, au fait, les reproches, c'est notre truc, à nous, les camés. Un vrai trip, pour nous. Quand quelque chose arrive, faut toujours que ce soit de la faute à quelqu'un. Superimportant, de trouver quelqu'un à qui faire porter le chapeau.

Son expression se fait aussi distante et détachée que celle d'un juge.

— Si t'es incapable d'avoir des relations normales, c'est parce que ton père t'a fourré son truc dans la bouche quand t'avais cinq ans, ou parce qu'au lieu de te réconforter quand tu déconnais, ta mère avait pour habitude de prendre une pilule et de te flanquer une dégelée mémorable. T'en veux au monde entier parce que t'arrives pas à trouver de meilleur job que préposée aux frites au McDo du coin. Aux étrangers, parce qu'ils voient pas que t'es une star, quelqu'un de vraiment spécial. Aux gens que tu connais, parce que eux l'ont oublié. Au destin, qui t'offre pas ce que tu veux. Et si tu l'obtiens, tu lui en veux encore de pas t'en avoir donné plus.

Elle lui montre sa cigarette, comme pour mieux appuyer sa démonstration.

— Un camé en voudra même à sa clope, comme si c'était elle qui l'allumait, et pas l'inverse.

Elle bascule légèrement d'avant en arrière. Son front se plisse au fur et à mesure que sa vérité sort de sa bouche.

— Bref, quand je suis entrée dans cette caravane, elle était vide, à part ce beau rouquin totalement défoncé dans une chambre de derrière. Il s'est réveillé et on a causé. Il planait complètement et voulait tirer un coup. Je l'ai baratiné comme quoi j'étais une nénette de Cyrus. Tu sais, une paumée de plus qui revient pour quelques joints, un oreiller et un plat chaud. Je lui ai fait croire que je connaissais bien Cyrus, ce qui est vrai, bien sûr.

Bob lui accorde toute son attention, désormais. Il voit un nuage noir prendre naissance au fond des yeux de Case et enfler pour englober tout son visage. On dirait une éclipse particulièrement dérangeante.

— J'en reviens pas de ce qu'on peut tirer d'un mec pour peu qu'on soit disposée à le sucer. Comme quoi ça n'a pas vraiment d'importance, tout ça. On est tous des camés, d'une façon ou d'une autre. J'ai déconné, là-bas, poursuit-elle sur un ton d'une intolérable tristesse. J'ai pas réfléchi, sinon je me serais pas mise dans un tel merdier… et toi non plus. Pas avec la gamine qu'est encore là, quelque part, mais…

Elle relève lentement la tête, comme pour partager un secret avec lui.

— On n'est pas repartis les mains vides.

— Qu'est-ce que tu veux dire ?

— Tout simplement… que le rouquin… a dit des trucs intéressants.

— Cyrus ?

— Ouais. Il était là, il y a une semaine. Il est parti couvrir la frontière, comme il dit. Je connais la plupart de ceux qui l'accompagnent. L'une…

Elle trébuche sur une évocation aussi impersonnelle de Lena. Contourne l'écueil, tout en sentant qu'il conduira inévitablement à une confrontation.

— Je les connais presque tous, répète-t-elle.

Bob lui attrape le bras.

— Gabi était avec eux ?

— Comment tu veux que j'aborde le sujet avec lui, putain ? Excuse-moi, rouquin, est-ce que Cyrus avait avec lui la gamine qu'il a enlevée ? Une ado de quatorze ans…

— Oui, tu as raison, concède Bob en la lâchant.

— Ce type est juste un larbin. Il garde les meubles au chaud, transmet des messages, ce genre de trucs…

— Bien sûr, où avais-je la tête ?

— En tout cas, t'arrête pas de cogiter tant que j'ai pas fini de parler. Parce que je sais avec qui Cyrus s'est maqué pour ses magouilles frontalières.

— Quoi ?

— J'ai découvert son nom. Errol Grey.

— Comment ?

— Le répondeur clignotait ; il y avait plein de messages dessus. Alors, j'ai commencé à m'occuper du rouquin pour le mettre dans tous ses états. Quand je l'ai jugé à point, j'ai « accidentellement » mis le répondeur en marche, et je connais pas un seul type qui se lèverait pour aller arrêter une machine quand on lui fait une gâterie. Bref, notre Errol Grey, monsieur le grand malin, je-dis-jamais-s'il-vous-plaît-ni-merci, il commençait à devenir nerveux. T'aurais dû entendre ses « Où t'es, bébé ? » et ses « Faut qu'on cause, collègue ».

— Tu sais où le trouver ?

— Tu parles. Je lui dois une bonne partie des saloperies qui sont entrées dans mon bras, à Errol, et j'ai un radar thermique pour repérer les mecs comme lui.

Case écoute les questions auxquelles elle s'attendait mais, tout le temps qu'elle passe à répondre, elle est obsédée par une seule idée, un seul désir. Elle veut un peu de reconnaissance pour ce qu'elle a fait. D'accord, elle a pris un risque stupide. Mais quand même...

Mais Bob s'intéresse déjà à l'après-suite. Il a sauté une étape.

Elle se fait l'effet d'être une balance. Une des maladies nécessaires de notre temps. Elle en a vu, de ces pauvres types au regard vide, qui déballent leur sac pour quelques billets verts afin que les flics puissent arrêter un mec qui ne finira jamais devant les tribunaux. Quelques billets glissés sous la table dans une enveloppe crasseuse et un geste négligent du bras pour leur dire de se tirer. Mais avant même d'être partis, ils peuvent entendre le début de la conversation à voix basse qui précède le rire méprisant des hommes en bleu.

Toujours pareil : déprécier les renseignements qu'on a obtenus en payant. Rabaisser celui qui les a fournis. Afin de ne pas avoir à se poser la question qui dérange : pourquoi ne les a-t-on pas obtenus soi-même ?

Elle sait que c'est la camée en elle qui cherche à démolir l'ex-camée en mettant sa bonne volonté en pièces. Qu'elle n'est pas obligée d'assumer toutes les faiblesses de Bob Machin-Chose. Elle pourrait laisser la haine filer et chercher la veine qui lui permettra de vraiment se défouler. Une petite piqûre et le sommeil s'abat sur le couloir de l'anxiété, comme disaient les Pink Floyd. Mais quand même...

Et ils restent assis là, deux soldats de la route en piètre état, enfermés chacun dans le puzzle de sa vie.

23

Dans son miroir de poche, Maureen examine les rides profondes qui ont grandi autour de sa bouche et à son menton.

— Bah, peut-être qu'un régime continu de martinis dry et de collagène est la solution, remarque-t-elle, résignée.

Elle referme le miroir d'un geste brusque et s'assoit au bar du salon. Une assemblée à elle toute seule. Ses mains aux ongles fraîchement manucurés se saisissent du gin et du shaker et elle s'attache à la préparation des numéros trois et quatre.

Son regard se perd au-delà de la verrière qui constitue le mur ouest. Dérive lentement sur les terrasses de Paradise Hills. Le crépuscule n'est pas encore rose.

— Aujourd'hui, je serai couchée avant vous, monsieur le soleil, plaisante-t-elle.

Le téléphone sonne. Sa ligne professionnelle. Qu'ils aillent se faire foutre. Ses ongles tournent le bouton de la chaîne stéréo encastrée dans le mur, cherchant la station qui lui donnera sa dose de musique des années soixante. L'ayant trouvée, elle secoue le gin et les glaçons d'une main experte, puis teste le mélange pour s'assurer que les proportions sont bonnes.

Elle contemple un instant le bar. Il a toujours fait tache dans le décor. Elle est attirée par le blanc, avec quelques touches d'or à la feuille et de couleur, du rouge, de préférence. Elle est fidèle aux Trois Mousquetaires du goût parfait : tissus de décorateur, tapis de décorateur et prix de décorateur. Il y a une touche de florentin et de rococo dans tout ce qu'elle achète.

Elle aime son mauvais goût. En tire une grande fierté. Il attire l'attention sur elle, la montre du doigt, ce qu'elle adore. Lui fait le plus beau des compliments, à savoir qu'elle peut se permettre que les autres aient une mauvaise opinion d'elle. Cela lui rappelle ce qu'elle a besoin de sentir en permanence : grâce à son argent, c'est elle et personne d'autre qui contrôle son existence.

Mais ce bar est la fierté de John Lee. Sculpté dans un bois sombre et cerclé de fer forgé. Une massive pseudo-antiquité avec ses tabourets en similicuir noir, qui parfois déteint sur une jupe ou un pantalon clairs. Un casque espagnol est gravé au milieu du côté face, reproduit à partir d'un portrait de conquistador vendu avec et qui trône au-dessus d'une rangée de bouteilles que Maureen surnomme l'allée des assassins.

John Lee aime prétendre que le bar lui donne l'impression de se trouver dans l'ancien monde. Comme si Coronado, ou du moins l'un de ses fidèles lieutenants, avait sorti une poignée de doublons en ordonnant une tournée générale. Après quelques verres bien tassés, les voilà repartis dans le désert de l'Arizona pour quelques années, à s'entraîner au tir au pigeon sur une nation d'Indiens sans défense.

Quand le troisième verre se met à faire effet, Maureen commence à se sentir bien. Elle suit mentalement le rythme de la musique, triant ses souvenirs avec autant de subjectivité que si elle choisissait une robe pour un premier rendez-vous, un bal ou son mariage. Un vieil air des Beach Boys... un de ces groupes de filles chantant « Will You Love Me Tomorrow »... le thème de *A Summer Place*, par Percy Faith...

Pour elle, ces chansons représentent une époque immuable. Un monde taillé dans le roc. La simplicité au carré. Tout le pays mangeait dans une même assiette, respirait le même air et priait le même dieu, qui bénissait le peuple des États-Unis, le seul peuple qu'il ait fait à son image.

Elle sait bien que la plupart de ces souvenirs sont trop beaux pour être vrais. Mais elle les ressasse tout de même, un peu saoule et la larme à l'œil, sans pouvoir s'empêcher de souffrir en voyant une photo de Gabi, Sam et Sarah. Elle n'arrive pas à se débarrasser de cette émotion et ne peut se résigner à ranger le cliché.

Impossible de trouver une place pour tout cela. C'est trop contradictoire. Elle sait combien vaut un cœur brisé sur le marché, pour avoir essayé des années durant de vendre le sien. Mais cela n'altère pas ses émotions. Cette musique touche l'essence même de la vie, lui procure de la force. Pourtant, Maureen sait qu'elle les a tous bercés d'une fable intelligemment emballée : l'illusion est au centre de toute réalité.

Le sort du numéro trois est quasiment réglé quand la Cadillac de John Lee crisse dans l'allée. Avant qu'il n'entre, numéro trois n'est plus qu'un souvenir et elle verse numéro quatre.

John Lee jette ses clés de voiture sur la table de l'entrée. Il tient un petit sac plié qui pourrait contenir une ou deux cassettes vidéo. Déchiffre les signes depuis le bout de la pièce : sa chère épouse au bar, le verre qui tinte comme la queue d'un serpent à sonnette l'avertissant de ne pas approcher trop près. Après un bonsoir pour la forme, il part en direction de son bureau.

Maureen se fend d'un sourire mauvais en remarquant le sac en plastique. Se tourne vers la fenêtre pour regarder le brouillard chasser un éblouissant coucher de soleil. John Lee revient, contourne le bar et se sert un whisky bien tassé.

— J'ai parlé à Arthur, aujourd'hui, fait Maureen.

John Lee boit sans répondre mais se détend de manière perceptible. « Et alors ? » semblent dire ses yeux.

— Il dit qu'il n'a pas de nouvelles de Bob depuis près d'une semaine.

— Bob est un crétin.

La langue de Maureen fait le tour de sa bouche.

— Vraiment ?

— Ouais.

— Selon les critères de qui ?

Quand elle est assise comme ça, immobile, la tête légèrement penchée sur le côté, elle lui fait penser à une biche empaillée.

— C'est vrai que tu as proposé à Bob la direction du développement ?

— On ne peut pas dire que ce soit une nouvelle de première fraîcheur.

— C'est vrai, oui ou non ?

— Oui. Je me suis dit que depuis... Il avait besoin de changement, John. D'un changement sain. Arthur était du même avis que moi.

— Et ne viens surtout pas m'en parler avant.

— Que je t'en parle ?

— Ce garçon bosse pour moi. C'est moi qui lui ai trouvé ce boulot, malgré tous les... Tu cherches vraiment à me la couper chaque fois que tu le peux, hein ?

— Passe-moi le shaker et le gin. J'ai l'impression que je vais avoir besoin de quelques bons amis de plus.

— Sers-toi toi-même.

— D'accord.

Elle se lève, contourne le bar. Chacun d'eux fait autant de place à l'autre que possible, comme si le moindre contact risquait d'entraîner une contamination irréversible.

— Tu sais, John Lee, quand je t'ai rencontré, à l'ère paléolithique, je te trouvais faible, modeste et charmant. Mais comme le cirage d'une paire de chaussures bon marché, ton charme modeste a disparu pour révéler ce que tu es vraiment. Et maintenant, venons-en à ta faiblesse, poursuit-elle d'un ton qui suinte la méchanceté. Ça ne me dérangeait pas trop quand j'étais jeune. Tu étais docile et mignon, mais je ne te connaissais pas encore à l'époque, et c'est sans doute ton uniforme qui me donnait cette fausse impression. Parfois, je m'imaginais même que tu étais un être sensible, tu te rends compte ? Mais, de jour, ta faiblesse faisait ressortir la mère qui était en moi. Et, la nuit, elle m'a souvent donné l'occasion d'être au-dessus.

— Tu es vraiment en forme, ce soir.

— J'ai bien l'intention de battre mon record, bébé.

Elle est beaucoup trop présente, entre sa voix, sa musique et sa décoration. Il éteint la radio.

— J'étais en train d'écouter.

— Tu devrais faire gaffe à ce que tu dis ce soir, vieux clito décati, parce que je suis vraiment pas d'humeur.

— Je demanderais bien le divorce, John Lee, mais ça m'obligerait à te verser la moitié de l'argent que j'ai gagné et ça m'enlèverait le plaisir de t'enfoncer dans le sol un peu plus chaque jour.

Il boit son verre d'un coup. L'alcool l'envahit, il le sent même dans ses pectoraux.

Mais Maureen n'en a pas fini.

— Lorsque nous sommes à une fête, un mariage ou une de ces ridicules mascarades sociales où nous devons paraître ensemble, tu ne peux pas savoir... oh, et n'oublions surtout pas l'église ! Surtout là ! Quand vient le moment de la communion, je passe le temps à me demander de combien de façons différentes le cancer pourrait te faire crever.

Les yeux de John Lee glissent jusqu'à la photo de Gabi, Sarah et Sam. Finissent par se poser sur ce dernier. Il a l'impression de remonter un long couloir du fond duquel jaillit un hurlement terrifiant. Alors, tu as perdu ton petit sourire satisfait, Sammy ? songe-t-il. Même s'il est horrifié par ce qui s'est passé, par sa complicité et par la peur qui l'étreint depuis, une flamme rouge sang brûle au plus profond de lui quand il pense que le petit malin a eu ce qu'il méritait. Il ressent un plaisir morbide et humiliant en se représentant le moment où le coupe-papier a transpercé la langue de Sam. Il s'imagine se penchant pour lui susurrer à l'oreille : « On ne lèche plus. Pas avec cette bouche-là. »

Le sang monte à la tête de John Lee. Il tend rageusement vers Maureen la main qui tient le verre.

— Dis ce que tu veux, mais tu ne m'humilieras plus comme tu l'as fait avec Sammy.

L'espace d'un instant, elle est déstabilisée. L'attitude de John Lee est une ironie en soi. Comment peut-il se détendre en étant si furieux ?

— Tu crois que je ne sais pas que tu utilises ce putain de boulot pour trouver des gigolos ? Tu le crois vraiment ? Un peu de poivre l'an dernier et un peu de sel cette année, hein ? Eh bien non, Bob ne sera pas le prochain. Et tu as de la chance, poursuit-il d'une voix soudain menaçante.

— Qu'est-ce que cela signifie ?

— Qu'est-ce que ça signifie ? répète-t-il d'un ton moqueur.

— Tu m'as très bien entendue.

— Ça te dirait, que ton Jack l'Éventreur personnel vienne s'occuper de toi ?

— Va te faire foutre !

— Ne me pousse pas à bout, Maureen ! rétorque-t-il en se mettant à son tour à hurler.

— Pourquoi tu ne vas pas te branler dans ton bureau ? lance-t-elle, nerveuse mais refusant de céder. Tu sais ce que je veux dire ? Au moins, mes amants, je ne les ramène pas dans un sac en plastique, pour regarder des petits garçons sucer...

Il se jette sur elle. La scène est absurde et confuse. Ses phalanges blanchies de rage se referment sur une poignée de cheveux noirs. Le bras de Maureen balaye le bar, faisant tomber shaker et glaçons. Il essaye de la tirer jusqu'à lui. Elle lui échappe, tente de s'enfuir. Trébuche. Un de ses hauts talons vole dans les airs tandis que sa jambe se dérobe sous elle.

Il est sur elle avant qu'elle ait eu le temps de se relever. Lui saisit le visage à deux mains.

— Alors, petite conne ! Humilie-moi, maintenant, si tu l'oses ! Alors ?

Une de ses mains se lève et retombe si brusquement que la mâchoire de Maureen claque et que ses dents s'entrechoquent.

Se tournant sur le côté, elle se voit dans le miroir mural. Son visage est blanc comme de la craie et parsemé de taches de sang. Elle essaye de cracher sa salive rougie à la face de John Lee mais le rate, et il la frappe de nouveau.

Elle retombe et essaye de s'enfuir en rampant, mais il lui plante son genou dans la colonne vertébrale. Le souffle coupé, elle tente de cacher son visage. Mais il écarte le bras de Maureen et vise la pommette exposée. Son bras se détend comme une faux. Il ne pense qu'à une seule et unique chose : frapper ce visage jusqu'à ce qu'il ressemble juste à un morceau de viande avariée, et c'est alors que l'image lui apparaît...

Le cadavre boursouflé par les gaz, impossible à reconnaître comme étant un corps de femme. Les pores de la peau qui ont éclaté et les plaies ouvertes pleines de vers blancs suçant les muscles roses. L'impact de balle sur la tempe, qui a projeté sur le mur les ailes déployées d'un oiseau prêt à s'envoler : éclats de boîte crânienne, hémoglobine et matière grise.

Elle est devenue une part indélébile de son subconscient, salissant ce qu'il est, souillant les pensées qui n'ont pas encore pris forme dans son esprit, polluant la source de l'innocence, si du moins elle a jamais existé au plus profond de lui.

Son bras s'immobilise. Il se lève. Elle reste là, consciente mais inerte. Sa bouche formant quelques bribes de mots. Elle entrouvre un œil et la première chose qu'elle voit est la silhouette de John Lee, qui tangue au-dessus d'elle.

24

Le matin venu, Bob et Case roulent à tombeau ouvert sur l'artère asphaltée du sud, en direction de San Diego. Le rivage est éclaboussé de rouge par la marée et quelques poches de pollution s'agrègent au-dessus des derniers marécages faisant face à l'autoroute. Ce n'est que le printemps, et l'été s'annonce deux fois plus méchant que d'habitude, cette année.

Tous deux sont encore crispés, à l'affût du moindre signe des hommes en bleu. Bob sirote un double café qui aurait pu être vendu pour un quadruple.

— Parle-moi de Cyrus.

Le bras de Case pend par la vitre, comme celui d'un camionneur épuisé.

— Le chaos, répond-elle, laconique.

— C'est tout ?

— Ça te suffit pas ?

Il va lui poser une autre question mais elle le coupe avant qu'il ait le temps d'ouvrir la bouche.

— Je sais ce qui t'intéresse. Tu veux savoir qui il est vraiment à l'intérieur, ce genre de conneries.

— Je cherche juste à le comprendre, c'est tout. À savoir comment il fonctionne.

— Dans ce cas, je vais t'en donner un petit avant-goût. À sa manière, mais sans la psycho-poésie dans laquelle il enrobe tout. Ouais...

Elle appuie la tempe contre la portière, laisse le vent jouer dans ses cheveux.

— Ouais, répète-t-elle sur un ton distant, comme si cela ne l'intéressait plus. Notre gars était un camé. Plus un maquereau, un flingueur et un prostitué. Et un petit minable qui bossait pour les gars réglo. Vendait leur came avec mille courbettes, ce genre de truc. Quelque part dans sa bible personnelle, je sais pas quel chapitre et quel verset... Quand il m'a attrapée, j'avais pas encore mes règles et il avait peut-être vingt-six ou vingt-sept ans. Mais un peu avant, il avait découvert le Sentier. C'est comme ça qu'ils l'appellent. Le Sentier gaucher. Je sais pas ce qui lui est arrivé, ou plutôt comment ça lui est arrivé, parce que personne est au courant. Mais ce qui est sûr, c'est qu'il s'est mis suffisamment de décapant à four dans le crâne pour chasser le brouillard qui lui embrumait le cerveau. Radical, le changement. Instantané. Après ça, il s'est trouvé un but. Une raison d'être. La magie zen en ombres noires. Il avait vu la lumière. Je sais que j'ai l'air moqueuse, mais...

Elle sort une cigarette de sa poche de T-shirt. Deux heures seulement qu'elle est levée et la moitié du premier paquet y est déjà passée.

— Ça lui a permis de sortir de la came. J'étais pas là, mais je connais des types qui y ont assisté. Le Passeur... il a tout vu. Il m'a dit que Cyrus s'était enfermé dans cette vieille caravane que je t'ai montrée. Celle qui était abandonnée, de l'autre côté de la colline.

Bob hoche la tête et remarque la longue étendue d'eau rouge qui se reflète au soleil. Cela lui rappelle le sang qui a envahi son cauchemar.

— Il s'est enfermé dans la caravane, ouais, comme un Indien entrant dans une loge de sudation, pour se purifier. Paraît qu'il a fait ça sans préparation. D'un seul coup. Dans cette caravane miteuse. En plein été, alors que le soleil cognait sur le toit en métal.

Sans rien pour l'aider. Pas de méthadone, pas de Robaxin. Rien. C'est ce qu'il avait dans la tête qui lui a permis de tenir.

La marée rouge fait naître des angoisses chez Bob. Il pense à Sarah, au sens possible de son rêve.

— Quand j'y pense, peut-être que je sais ce qu'il avait dans le crâne, poursuit Case. La haine. Le meilleur produit qui soit pour décaper le cerveau.

— Tu parles pour lui ou pour toi ?

— Je sais pas, reconnaît-elle. Des fois, je me demande où il s'arrête et où je commence.

Elle se love contre le dossier de son siège, cherchant un point solide où ancrer son moi, dans le véhicule qui avale les kilomètres. Plus elle évoque Cyrus, plus elle prend conscience de l'ampleur de la confrontation qui les attend. Elle devient nerveuse et la tête lui tourne. Quand elle reprend, ses doutes et sa colère transparaissent dans sa voix.

— Cyrus, putain, c'est les ténèbres à midi, Bob Machin-Chose. Le hurlement silencieux du rasoir qui te tranche la gorge. Il veut provoquer une insurrection. Pour lui, la corruption, ça s'élève, comme on élève un chien. Tout profaner. Faire souffrir les familles. La voilà, sa devise. L'humanité doit sombrer. Dans le putain de naufrage d'un *Titanic* pour classes moyennes, et il se prend pour le capitaine qui marque le rythme en nous enfonçant profondément sa baguette dans le cul. C'est pour ça qu'il est si dangereux. Pour lui, la mort est une bonne chose. Elle fait partie de la récompense. Il ressemble à ces déjantés qui disent avoir trouvé Jésus.

Insulté par la comparaison, Bob ricane.

— Si t'as l'intention de lui mettre une étiquette psy, autant te branler dans ton col de chemise, jette-t-elle.

Nouveau ricanement.

— Tu peux le croire complètement disjoncté, mais ses actes répondent à une logique. C'est ça qui me fait penser qu'il est pas entré dans cette maison pour rien. Il n'a pas... enlevé ta fille sans raison. C'est pas un psychopathe. Tu comprends pas. Sa religion est comme toutes les autres. Une affaire de politique.

— De politique ?

— Ouais. Ce que je veux contre ce que les autres veulent.

— Ce n'est ni de la politique ni de la religion. Ça, non. Je vais te dire ce que c'est : de la boucherie pure et simple.

Bob change rageusement de vitesse, les muscles de son bras se contractent et le bossu-caméra tatoué sur son épaule semble se redresser de toute sa taille.

— J'aimerais que tu te rappelles que c'est ma... c'était mon ex-femme, là-bas. Et je ne veux pas entendre de comparaisons entre...

Case s'agace.

— Tu m'as posé une question, je t'ai répondu.

— Tu parles d'une réponse. J'ai plutôt l'impression que tu cherchais à plaider sa cause. Ta manière de parler, c'est la maladie de notre temps. Comparer la religion à ces conneries... le monde est devenu un cauchemar qui se nourrit de comparaisons. Mais la religion, ce n'est pas ça. Pas du tout. C'est la vérité immuable dont tous nos principes sont issus. Un instant de révélation. La foi définit l'être, l'être définit la foi. Tout ça, ça me dégoûte. Il n'y a que deux façons de voir la chose. Ce qu'on ne peut pas régler avec les siens, on le règle au tribunal. Et chaque fois qu'on peut s'expliquer en famille, pas besoin d'aller devant un jury. Fin de la discussion.

Elle ne réagit pas. Pas intéressée par ce qu'il cherche à lui vendre.

— Si tout le monde avait compris ça, les rues ne seraient pas de telles poubelles envahies par toutes sortes de...

Le regard de Case l'arrête net. Un regard qui guette le moment où il va en venir à sa cible, à savoir, elle.

— Tu voudrais pas parler des rebuts de l'humanité athées, ex-camés et bisexuels dans mon genre ?

Il se concentre sur les panneaux de signalisation au lieu de répondre.

— T'es un vrai tue-l'amour, Bob Machin-Chose, tu sais ça ?

Il secoue la tête en sifflant.

— Ils t'ont joliment bien embobinée, pas vrai ?

— « Joliment » n'est pas le terme que j'utiliserais. « Bien » non plus, d'ailleurs.

Elle se débarrasse de ses bottes et pose ses pieds nus sur le tableau de bord. Remonte légèrement son jean pour se gratter la cheville. Bob remarque qu'une sorte de chaîne stylisée a été tatouée autour.

— Ton bonhomme s'est sorti de la drogue, mais il a bien pris soin que ses petits soldats restent camés, pas vrai ?

— Ça, oui.

— Et sa devise ? Il vous a complètement embrouillé l'esprit. Mais tu dois avoir une comparaison toute prête pour ça aussi. Tout n'est que religion et philosophie, hein ?

Elle est agenouillée dans la poussière chez le Passeur, tordue de côté comme une canette écrasée. Ses jambes se sont effondrées sous son poids. Deux filets de sang coulent tel du mercure liquide de la commissure de ses lèvres. Cyrus tourne autour d'elle, Monsieur Loyal dominant la malheureuse créature. Groggy, elle respire difficilement.

Sa tête pèse si lourd que son cou a du mal à la soutenir. Son ombre ondulante lui donne mal au cœur, surtout chaque fois qu'une nouvelle perle rouge vif vient soulever la poussière et se fige tel un œil miniature. Elle fixe les minuscules sphères cramoisies agglomérant la poussière et voit dans chacune d'elles une petite fille. La petite fille qui a vécu mais qui est destinée à mourir. Elle se reconnaît, recroquevillée à l'intérieur des coupoles rouges. Se souvient de la même fillette occupant la même position dans la carcasse d'un animal mort.

Comment une même vie peut-elle être mise à mort autant de fois, voilà la question qu'elle se pose. Par la vitre, elle voit les bâtiments de verre bleu et argent qui clignotent sous le soleil, le port et ses bateaux gris construits pour être salués, le pont qui mène à Coronado et la houle au large. Une image de carte postale qui semble avoir été plaquée sur la terre telle une couverture. Un parc d'attractions humain sans rapport aucun avec ce qu'elle ressent. Elle a l'impression de n'être qu'un tube de chair à l'intérieur d'une camisole de force, sa peau.

— Il ne nous a pas embrouillé l'esprit, répond-elle enfin. J'aimerais bien pouvoir le dire, mais non. C'est pas dans son charisme, son pouvoir ou le pouvoir des prophéties ou une chimie particulière qu'il faut chercher une explication. On pourrait le blâmer, comme on reproche à Hitler, Jim Jones, Raspoutine ou Charles Manson les crimes commis par leurs larbins, mais ce serait du pipeau.

Elle cherche une position plus confortable, échevelée et éreintée, trempée d'une sueur anxieuse dans sa chemise à manches longues.

— La vérité est bien pire. Il y a bien longtemps, j'étais une future camée qui ne demandait qu'à le devenir. Et j'ai rencontré le bon chef d'orchestre, qui avait une aiguille magique en guise de baguette. Je me suis avilie devant cette aiguille, mon diable à moi, afin de pouvoir en faire un dieu quand je me suis retrouvée assez bas. Le diable n'est qu'une idée, mais c'est aussi un prétexte pour le mal. Une philosophie, si tu veux. De même que Dieu, l'idée de Dieu, n'est qu'un prétexte pour le bien. Dieu et le diable, c'est cette putain d'aiguille, et ils attendent juste que des camés comme toi et moi se révèlent.

Il absorbe cette déferlante de fiel en s'appuyant sur une idée toute simple.

— Les mots ne peuvent définir la foi, affirme-t-il en se passant la main dans les cheveux et en reportant toute son attention sur la route. Je garde ma foi, tu peux garder tout le reste.

— Retiens quand même un truc. De Simi Valley à ton chouette lotissement de maisons cinq pièces, tu serais surpris d'apprendre combien d'enfants du bon Dieu qui tiennent les mêmes discours que toi sniffent ou s'injectent la came que le chef d'orchestre leur a fourguée. Tu serais même surpris de découvrir combien aimeraient changer de sexe s'ils le pouvaient.

Le flic qui est en Bob ne peut s'empêcher de poser la question :

— Le chef d'orchestre ? Tu veux dire Cyrus ?

Elle acquiesce.

— Il a davantage fait campagne dans ta vallée que les membres de votre conseil municipal.

— Comment tu le sais ?

— Je suis venue, j'ai vu, j'ai vendu.

25

Ils filent vers l'est sur la 94, en direction de Baja et de la frontière.

Les cigarettes succèdent aux longues plages de silence. Après Jamul, Case prend le volant. À une station-service, ils se croisent devant le moteur brûlant, tels deux boxeurs prêts à engager le round suivant. Les villes à l'est de Jamul ont l'air rongées par la pauvreté, et leur rue principale n'est rien de plus qu'une grande digue de maisons tentant de retenir le sable venant du Mexique.

Leur plan consiste à rejoindre l'aérodrome de Jacumban, situé au-delà du défilé de Carizzo. Errol Grey y garde un petit avion, qu'il utilise quand il vient du Mojave pour faire affaire à la frontière. Quelque part entre ces bars et ces relais de camionneurs, Errol et Cyrus ont rendez-vous pour décider comment remplir leur bas de laine en prévision de Noël.

Bob se dissimule dans l'obscurité de ses paupières closes, disséquant les détails de son cauchemar et ses sentiments oubliés avant de passer à ce qu'il vient d'apprendre sur Cyrus : son trafic à Antelope Valley et sa cure de désintoxication solitaire et accélérée dans la vieille caravane. Et cette remarque de Case, juste avant le retour du Passeur, quand elle lui a montré la caravane en lui demandant s'il savait que c'était là que le meurtre de Furnace Creek avait été commis...

Cyrus était-il au collège ou au lycée l'année du crime ?

— Que sais-tu au sujet du meurtre de Furnace Creek ?

Ils n'ont pas échangé un mot depuis plus d'une heure. Elle lui répond sans le regarder.

— Pas grand-chose, en fait. Juste ce que Cyrus m'en a dit.

— C'est-à-dire ?

— Qu'il avait fait la peau à cette « salope de négresse », comme il disait.

Bob se redresse sur son siège. Attend la suite. Mais elle en a terminé.

— C'est tout ?

— C'est tout.

— Rien d'autre ?

— S'il y a autre chose, c'est pas moi qui allais le lui demander. J'ai qu'une seule gorge et j'avais pas envie de la retrouver tranchée.

Dans le courant de l'après-midi, ils s'arrêtent pour manger un morceau à la station de Campo, à portée de fusil des réserves indiennes de Campo et de Manzanita. L'endroit est tout sauf un rêve pour spéculateurs. Un bouge de planches peintes en rose et au centre de la salle de trois mètres sur trois, un ventilateur qui aspire tout l'air respirable sans effacer l'odeur rance du désinfectant sur le sol en brique.

— Tu prétends qu'il a tué la vieille, puis qu'il est revenu au même endroit après tant d'années pour se désintoxiquer ? Pourquoi ? Qu'est-ce qu'il y avait dans sa petite tête ?

Case boit son bouillon de bœuf à petites gorgées. Depuis qu'elle a laissé tomber la came, c'est tout ce que son estomac peut supporter avant la tombée de la nuit.

— Quelle différence ? Ça ne nous apprendra pas où il est maintenant. Et c'est ça qui nous intéresse.

Bob se replie en lui-même. Réfléchit en chipotant sa nourriture. Derrière lui, un contingent de *maquiladoras* caquettent en espagnol. Case écoute et observe ces filles de la frontière, chercheuses d'or des temps modernes, qui visent une chambre avec plumard en allant jouer les somnambules dans les usines clôturées de la *Zona industrial*. Même avec leurs cheveux coiffés en arrière et leur visage poudré, elles ne font pas plus de dix-sept ans, avec des rêves d'avenir et un budget minuscule.

Toutes sauf une. Celle-là semble plus vieille. Les traits tirés par une décennie de passes. Elle écoute le babil de ses amies en sachant bien que leurs projets ne sont que de futures désillusions.

Ses yeux errent d'un visage à un autre, à peine retenus par la conversation. Le silence qu'ils expriment semble exister en marge du réel. En cet instant, c'est Lena que Case voit en elle. Dans chacun des petits gestes de l'inconnue. Lena, la sauvageonne usée avant l'heure avec qui elle partageait les nuits et les aiguilles.

— *Je suis la tortue et toi tu es l'oiseau, Case. C'est comme ça, entre nous.*

Une des filles se penche vers la plus âgée pour lui chuchoter que Case la fixe. Mais l'autre balaie l'information d'un geste de magicienne, avec la paille qui tourbillonne dans son verre. Elles continuent de caqueter en espagnol.

Les filles éclatent de rire et se rapprochent les unes des autres. Le soleil n'a presque plus la place de passer entre elles.

— Je suis retourné à la maison de Via Princessa, fait Bob. Un mois après les meurtres.

Case arrête de boire son bouillon.

— Quoi ?

— Je suis retourné là-bas. De nuit.

Il écarte son assiette de poulet aux fayots. S'essuie la moustache de la main.

— À l'heure où le massacre est censé avoir eu lieu, poursuit-il du ton que l'on prend dans un confessionnal. J'ai tout reconstitué dans ma tête. Ce qu'on en sait, en tout cas. J'ai revécu la scène en entier.

— Mais pourquoi se punir en...

— J'essaye de te dire quelque chose, d'accord ?

Case se tait. En mettant leur argent en commun, les filles arrivent à payer l'addition. Elles sortent en glissant un regard à Case puis à Bob. Au passage, Case remarque que deux d'entre elles, au moins, portent autour du cou le crucifix en or de rigueur. Sans doute a-t-il la même fonction que les gousses d'ail : chasser les maladies honteuses.

— Je me suis assis dans le noir et je me suis mis à pleurer, explique Bob. Une fois vidé de mes larmes, j'ai essayé d'arracher aux murs tout ce que je pouvais apprendre sur cette nuit-là. Leur faire dire ce qu'ils savaient, comme s'il y avait là des messages que je pouvais capter. Mais je suis également allé là-bas pour me rendre plus fort. Tout absorber. Toute cette douleur. En me disant que si j'y arrivais, je pourrais comprendre ce qui s'était passé et pourquoi, et du même coup décider de ce que je ferais si jamais... non, le jour où j'aurais retrouvé la bête sauvage qui a fait ça...

Il s'immobilise. Son aveu va trop loin. À l'entendre, on croirait un meurtrier en puissance.

— Bref. Quand on revient quelque part, il y a une raison. Pourquoi Cyrus est-il retourné à Furnace Creek ?

— On m'a dit que c'est là qu'il avait été élevé.

— Dans cette caravane ?

— Je suis pas sûre qu'il s'agisse de celle-là, mais probablement, oui. En tout cas, c'est à cet endroit qu'il a passé ses premières années. Il y est allé assez souvent quand on était dans le coin. C'est la femme qui vivait là qui l'a élevé.

— Celle qui a fini assassinée ?

— Oui.

— Il faudrait que je vérifie quand cela s'est produit exactement. Quel âge Cyrus avait, s'il a été ne serait-ce qu'interrogé par la police... Continue.

— La femme qui l'a élevé. Elle l'a trouvé qui errait au bord de la route. Ses parents, ou ses beaux-parents, l'avaient balancé par la portière.

— Pourquoi ?

— Sais pas. Le mec était militaire et la femme, une connasse. Peut-être qu'ils étaient cons tous les deux. Ou que Cyrus était déjà Cyrus. Quelle différence, de toute façon ? Il existe, non ? Le peu que je sais, je le tiens de Len... je l'ai glané peu à peu, au fil des années que j'ai passées avec lui.

— Si je pouvais me brancher sur l'ordinateur du bureau et fouiller un peu dans les vieux dossiers... peut-être que je dégoterais quelque chose...

— Oublie ça. Il suffit de le choper et tu pourras creuser tout ce que tu veux dans sa tête et sa poitrine.

Mais Bob est perdu dans ses pensées. Il n'écoute qu'à moitié.

— Il y a forcément une morale là-dessous. Je le sens.

— Une morale ? Laisse tomber les slogans à la con.

Il ne fait plus attention à ce qu'elle dit, il suit sa pensée.

— Peut-être est-ce à moi de trouver le lien entre ce meurtre et l'enlèvement de Gabi. À moi, oui. C'est mon boulot. Deux meurtres à vingt-cinq ans d'intervalle et quatre-vingts kilomètres de distance. Le même homme au centre des deux abominations. Il se peut que ce soit une simple coïncidence. Qu'il n'y ait aucun rapport. Mais...

— T'essayes de te fourguer une assurance vie, là ? Vas-y, continue. Trouve-toi une bonne petite explication pépère et bien rangée. Mais tu fais que t'enfoncer l'aiguille dans le bras, mec. Crois-moi.

Bob se lève. Sort quelques billets fripés de sa poche et les jette vers Case.

— Toi, tu es du genre à bouffer les pissenlits par la racine avant même d'être morte, mais ça ne te rendra pas plus heureuse. Restes-en aux aiguilles que tu connais, d'accord ?

Une fois dehors, Bob allume une cigarette et fixe le distributeur de journaux. Un orphelin blême dans la poussière du bord de route. Case vient le rejoindre.

— Au sujet de ce que tu m'as dit à l'intérieur, je sais où tu veux en venir, fait-elle.

Elle contemple la route. Plate et déserte. Mince ruban noir nageant dans la chaleur de l'après-midi. Trait de couleur arraché à la lumière du jour pour donner une illusion de direction.

— Chacun de nous chasse Léviathan à sa manière, Bob Machin-Chose.

Il se tourne vers elle. Elle remarque qu'il est en train de pleurer. Regarde le premier journal de la pile, dont le titre s'étale entre les barres métalliques du distributeur.

AFFAIRE KLAAS : LE COUP DE TÉLÉPHONE DE LA MÈRE À LA POLICE EN OUVERTURE DU PROCÈS

Le procureur accuse Richard Allen Davis d'avoir traqué la fillette de douze ans pour l'enlever dans sa chambre et finalement l'étrangler.

Bob cherche un peu de monnaie au fond de sa poche.

— Ne lis pas ça, lui dit-elle.

Quelques pièces de cuivre et d'argent apparaissent au milieu d'une paume fatiguée couverte de transpiration.

— Ne t'impose pas cette nouvelle épreuve.

Il soulève le couvercle de métal à barreaux et prend un journal.

Le besoin de se faire mal est presque universel. La prophétie du suicide à la chaîne : quand quelqu'un saute dans le vide, d'autres doivent suivre. L'hommage de la vie à la continuité.

Alors qu'il commence à lire, Case lui arrache le journal des mains et les feuilles s'envolent, tourbillonnent sur le parking.

Les *maquiladoras* fument une cigarette en retouchant leur maquillage à côté de leur Toronado rouillée. Elles observent en silence le drame qui se noue.

— Pourquoi tu te balades pas avec les photos que tu m'as montrées le premier soir ? Pourquoi tu le fais pas, hein, si t'as besoin de ce genre de dose ?

Elle ramasse ce qui reste du journal, le roule en boule et l'offre en pâture au vent.

— J'ai purgé ma réclusion à vie dans cet hôtel à cafards où t'es venu me trouver, à lutter contre l'héroïne en rampant dans toutes les pièces de ma tête. Toutes, tu m'entends ? J'ai tout revécu, tout revomi, jusqu'à une carcasse de bestiau ensanglantée. J'étais pas camée, mais j'ai essayé de creuser un trou dans le carrelage de la salle de bains jusqu'à avoir les doigts en sang. C'était ma Via Princessa à moi. Je comprends ce que tu recherches, mais...

Elle tremble si fort que ses bras battent l'air tels des fouets.

— J'ai vu assez de gamines souffrir, d'accord ? Assez de souffrances, mec ! Assez !

À cet instant, Bob est bien incapable de tenir des propos raisonnables. Épuisé nerveusement, il fait volte-face et repart en direction du pick-up.

26

L'aérodrome de Jacumba se trouve à soixante-cinq kilomètres à l'est d'El Centro, à portée de crachat de cette partie invisible de la frontière où il n'y a rien d'autre qu'un assortiment de buttes érodées et d'étendues de sable du côté d'El Norte.

L'aérodrome a l'air d'avoir été assemblé à la va-vite. Pas de tour de contrôle ni de personnel. Une piste de cendres longue de six cents mètres, taillée dans un champ qui vient buter contre un tas de rochers ressemblant vaguement à une colline.

Le Dakota remonte les abords de la piste et Case cherche l'avion d'Errol Grey. Pas le moindre pékin en vue, pas de voiture non plus. Juste une douzaine de petits monomoteurs attachés ou recouverts d'une bâche.

— Un aérodrome pour pilotes du dimanche et contrebandiers, juge Bob.

— Entre autres. Tu vois le coucou rouge appelé Beansy, là ? À moins qu'il s'agisse d'un clone, il appartient à un shérif d'Impérial Beach et à son cousin, un gynéco. Ils allaient sans cesse de l'autre côté de la frontière, où le toubib travaillait bénévolement dans plusieurs cliniques. Sauf que quand leur zinc revenait, c'était une véritable pharmacie ambulante. Demerol, narcotiques en veux-tu, en voilà. Ils veillaient à ce que je sois toujours bien approvisionnée. Et l'autre en profitait pour me faire gratos tous les examens nécessaires, raconte-telle avant de lâcher, rageuse : quel bol j'avais, hein ? Mais Errol, lui, il est on ne peut plus net. Il vient du Mojave en avion, règle la transaction et repart sans rien ramener. Il se fait apporter tout ça sur un plateau. Merci et salut. Cyrus s'occupe de la partie de l'opération à terre et charge un de ses larbins du transport.

— L'avion d'Errol est ici ?

Les yeux de Case passent d'un appareil à l'autre, comme le curseur clignotant d'un ordinateur. Elle fronce les sourcils.

— Non. Le sien a l'air quelconque du dehors. Mais il est chouette à l'intérieur. Quatre places.

— Il l'a peut-être vendu, bien sûr.

— C'est vrai, j'y avais pas pensé.

Bob jette un œil aux quatre avions partiellement bâchés. Aucun modèle pour quatre personnes dans le lot.

Ils s'arrêtent au bout de la piste, juste devant la plaie du jour sur son déclin, toute la gamme des roses. Bob cherche ses cigarettes au milieu des détritus accumulés sur le tableau de bord.

— Tu les as finies il y a une heure, lui dit Case en lui tendant son propre paquet.

— C'est vrai. Merci. Quand Grey fait ses affaires à la frontière, où loge-t-il ?

— Le plus souvent, à El Centro. Sinon, à Yuma.

— Tu sais où, exactement ?

— À quel hôtel, tu veux dire ? Non. Il bouge pas mal, à ce que j'en sais. El Centro, c'est merdique. Mais il est propriétaire d'un bar, là-bas. Il en possède un peu partout. Il adore la musique. Il traîne de temps en temps à celui d'El Centro.

— Quand il n'est pas à Yuma.

— Exact.

Bob laisse aller sa nuque contre l'appuie-tête et se masse les tempes du pouce et de l'index.

— Migraine ? s'enquiert Case.

— Par moments, le soleil me flanque un mal de crâne épouvantable, répond-il en tirant une bouffée de sa cigarette. On pourrait rester ici à l'attendre, mais s'il a un nouvel avion et s'il est déjà arrivé, on manquera son rendez-vous avec Cyrus. Et si on va à El Centro, on est assurés de le rater s'il décide de se rendre à Yuma. Même chose en sens inverse.

— Va falloir jouer ça à pile ou face.

— On va commencer par y réfléchir un peu plus, fait-il d'une voix usée, au tranchant comme émoussé. Un petit peu plus...

Il reste longtemps immobile, tête rejetée en arrière, yeux fermés. Sur son bras et son visage, des croûtes, souvenir du tatouage. Des crevasses brunes en train de cicatriser qui lui font un mal de chien. Il ne dit rien.

Case éteint la radio pour faire le silence. Elle regarde droit devant elle le paysage vague et peu amène dans la lumière incertaine. Au bout d'un moment, un autre pick-up traverse la vallée sur une route lointaine. Un petit éclat d'argent pareil à une balle longeant l'ourlet de la Terre et soulevant derrière lui une griffe de poussière.

— Je tiens à te remercier pour aujourd'hui, Case. Au sujet du journal. Je ne devrais pas lire des trucs pareils. Ce n'est pas... Personne n'a besoin de souffrir plus que nécessaire, pas vrai ?

C'est la première fois qu'il l'appelle par son prénom depuis qu'ils ont pris la route. La première fois qu'il lui tient un propos qui ne la condamne pas. Et elle s'en rend compte. Elle veut le remercier, mais quand on est ce qu'elle est, la gentillesse est bannie, elle le sait.

Ce putain de bras qui le brûle, et aussi cette putain de marque sur la joue. Bob ouvre les yeux et voit un visage particulièrement hostile dans le rétroviseur. Un bon savonnage et un coup de rasoir feraient des merveilles, mais mieux vaut ne pas y compter. Joue ton rôle, bonhomme. Tu es le mec d'une camée, son mac, sa trique, peu importe le nom.

Il est incapable de détourner le regard de son visage et de son bras. Faute d'un dernier lancer de pièces, il ne reste qu'un endroit qui ne soit pas marqué d'une grosse tache d'encre. Mais son cerveau vient à la rescousse. Ce n'est pas pire que des décalcomanies, une plaque de voiture personnalisée ou la même chose pour un bateau, et...

— L'avion d'Errol Grey, demande-t-il brusquement, il est décoré ou pas ?

— Qu'est-ce que tu veux dire ?

Il remonte des yeux la ligne de monomoteurs, s'arrête sur un Piper bleu ciel. Son nez métallique est peint en blanc. Un cercle de grosses cerises rouges y a été ajouté autour du nom *Le Roi des cerises.*

— Voilà ce que je veux dire, fait-il en montrant l'appareil du doigt.

Elle réfléchit à cette possibilité. Tourne son index dans le vide comme pour mieux stimuler son cerveau.

— Oui, se rappelle-t-elle enfin. Il y avait une connerie dessus. Mais c'était pas sur le moteur. Sur la portière. Ça compte ? Sur la portière, oui. C'était petit. De la taille d'une plaque. Je sais plus trop. Ses initiales enjolivées, peut-être ? Ou quelque chose qui avait rapport à l'eau... J'étais tellement défoncée...

— Les gens changent de voiture, mais la plupart gardent leur plaque personnalisée. Ils changent de bateau mais conservent le nom de l'ancien. Grey a peut-être vendu son avion, mais...

Elle pige enfin. Lève le pouce. Le Dakota passe en revue les avions, lentement, comme une bagnole de flics en maraude. Rien. Bob s'arrête devant deux appareils partiellement bâchés. Leur portière n'est pas visible.

— Va vérifier.

Case descend.

Bob surveille les environs, des fois que quelqu'un se pointe. Case tente de soulever la première bâche, mais elle est bien attachée. Elle se penche, sort un poignard de sa botte. La lame remonte dans le même mouvement, décrivant un arc de cercle parfait. La toile cède aussitôt. Case regarde. Chou blanc. Sans se retourner, elle se dirige vers l'avion suivant en tapotant la lame du poignard contre sa cuisse. Bob repart et la suit à quelques mètres, sans cesser de surveiller le périmètre.

Nouveau geste du bras. Case soulève avec sa lame la bâche déchirée.

Tourne les talons, revient au Dakota. S'appuie à la portière.

— Tu connais la chanson ? « Si les nouvelles ne sont pas bonnes, pas la peine de me les donner. »

Bob se renferme, mais Case s'écarte et de la pointe de sa lame lui montre la toile qui bat au vent.

Les mots EAU DE FEU ont été peints à la main sur la portière de l'appareil, EAU ressemblant à des flammes et FEU à de l'eau.

— Je t'avais dit que c'était une connerie de ce genre. Bien pensé, mec.

— On commence par El Centro ?

Elle range le poignard dans sa botte.

— El Centro.

27

El Centro est ce que les propagandistes d'Imperial Valley appellent la grande ville. Plusieurs pancartes annoncent même qu'il s'agit de « la plus grande ville située sous le niveau de la mer de tout l'hémisphère ouest ». Case se souvient encore du jour où Granny Boy avait répondu au slogan avec une bombe à peinture vert vif : « Le problème, c'est qu'elle est en dessous du niveau de la mer, mais pas du niveau de l'eau. » Avant de signer d'un point d'exclamation suivi d'un visage rieur doté de dents de vampire.

La ville ne mérite pas le détour, avec ses rues gagnées sur le désert à coups de râteau et ses bâtiments plats et sans caractère.

Bob se fait son idée sur le coin en arrivant à l'entrée de la rue Heber. Une ville laborieuse suant la pauvreté par tous les pores. Occupée par une armée de pauvres bougres en jeans sales et gants de travail, à l'accent qui va de Laguna Salada à l'Oklahoma, alignés sur leurs porches comme des corbeaux curieux. Les villes de ce genre sont toujours en manque de gens agréables à regarder, hommes ou femmes, la plupart ayant fui pour un endroit où le salaire minimum n'est pas le maximum que l'on puisse espérer décrocher.

De tristes bribes de sa jeunesse à Keeler remontent à la surface. Un bled paumé du comté d'Inyo, où les substances toxiques importées et illégalement déversées dans le lac Owens se mêlaient aux sels et sulfates locaux pour constituer un cocktail recouvert de poussière qui vous prenait à la gorge, vous jetait dans l'alcoolisme et la maladie. La bourgade s'était évaporée sous ce champignon chimique jusqu'à ce qu'il ne reste plus qu'une centaine d'habitants. Bob vivait dans une caravane en compagnie de son père. Le prodige du divorce, comme son père l'avait méchamment surnommé. Depuis sa fenêtre, on ne voyait que le wagon de marchandises de la Great Western, que leurs uniques voisins appelaient « la maison ». Il avait été abandonné là bien des années plus tôt, après que les rails avaient cessé de mener quelque part. Son père était le seul agent de sécurité de la mine Cerro Gorgo, qui venait juste de fermer. Rien à faire de toute la journée. La chaleur et la solitude se présentaient sous des couleurs variées et on n'avait plus que le temps de broyer du noir.

Mais le père de Bob aimait le désert. Qui correspondait à sa nature hostile et imparfaite. Les choses seraient restées en l'état, n'était la maladie des poumons charriée par les vents, qui avait poussé son père vers Simi Valley. Là, son talent consistant à s'assurer que les portes étaient bien fermées et que tout restait à sa place lui avait permis de trouver un emploi de veilleur de nuit au lycée de Jefferson. Sarah et Bob y étaient tombés amoureux l'un de l'autre, initiant la spirale désastreuse qu'était devenue sa vie.

Bob trouve une place pour garer le Dakota près de Camp Salvation Park. De là, Case et lui voient presque l'hôtel Pioneer, dans lequel Errol Grey possède un bar faisant également office de boîte de nuit.

Ils traversent la rue Heber et remontent la Cinquième.

— Quand on entrera, reste en retrait. Errol peut être cool ou se comporter en vrai connard, ça dépend. Écrase et laisse-moi causer.

— D'accord.

Le Pioneer, c'est trois étages de chambres décorées et re-décorées dans un affreux mélange de styles. Le début des années 1970 et le ministère de l'Eau et de l'Énergie s'y retrouvent dans la minable bordure de brique rouge et il y a suffisamment de garniture en faux bois pour provoquer un incendie toxique qui ferait date dans l'histoire de la région.

Bob et Case entrent dans le hall. Près de l'ascenseur, une femme de ménage manie le sèche-cheveux sur un trou dans le mur qui vient tout juste d'être replâtré. Une grappe de types de passage se sont agglutinés devant la télé où se joue une sitcom dont les couleurs criardes percent impitoyablement la semi-obscurité. Une sordide bande de hippies, le genre à partir en randonnée les poches chargées de litrons de rouge en bouteille plastique.

Bob et Case embrassent la scène en restant près de la porte.

— Si Cyrus est là et si on s'approche suffisamment de lui, hors de question qu'il se tire, décrète Bob. Pigé ?

— Pigé.

— Peu importe ce qui risque d'arriver.

— Pigé.

— Même si c'est dans ce putain de hall d'entrée.

— J'ai pigé, je te dis.

Le bar se trouve à l'arrière du bâtiment, au bout d'un couloir moquetté qui dessert les toilettes et les téléphones à pièces. À mi-chemin, un groupe en pleine répétition se fait entendre très fort. Du *heavy metal* à la sauce tex-mex. Un virage et Bob et Case débouchent sur trois marches descendant jusqu'à une double porte battante de saloon. Une des ampoules du couloir a grillé. Ils s'arrêtent dans le noir.

— Eh bien...

Case croise les doigts.

Ils franchissent la porte. Bob est on ne peut plus conscient de la présence du revolver sous sa chemise, contre son estomac collant de sueur.

Une salle minimaliste. Pas de fenêtres. Des murs noirs. Un parquet de danse et des tables disposées autour d'une scène où joue le groupe. Un quatuor à la mine patibulaire.

Case inspire profondément. Soupir de crainte ou avertissement ? Ses yeux filent vers le bar, guidant le regard de Bob.

Quelques autochtones sont tassés à l'une des extrémités du comptoir. Mais, de l'autre côté, Bob voit un homme se tourner vers eux, comme si la musique l'avait averti de leur l'arrivée.

Case avance dans sa direction. Bob suit le mouvement.

— Salut, Errol. J'arrive pas à croire la veine que j'ai de te trouver ici.

Derrière les petites lunettes rondes teintées, les yeux du bonhomme enregistrent ce qui se passe. Le néon situé au-dessus du bar dessine des vagues bleu électrique sur un visage impassible.

— Tu vas pas me faire le coup du « j'existe pas », si ?

Le ton de voix de Case est parfait, avec juste ce qu'il faut de supplique.

Errol tend la main vers une cigarette qui se consume tranquillement dans son cendrier.

— Le retour de la fille prodigue, ironise-t-il.

Il n'a pas plus de trente ans. Ses cheveux noirs sont coupés ras, sauf une mèche du haut du crâne, plus longue et huilée vers l'arrière. Sans qu'Errol ait besoin de se lever, Bob constate que leur vis-à-vis doit bien faire une quinzaine de centimètres et une vingtaine de kilos de plus que lui. Il cherche à voir si Errol porte une arme, mais son jean noir moulant et son pull-over gris ne laissent guère de place au doute. Ses avant-bras sont posés sur le bar et, à voir ses pectoraux surdéveloppés, il y a de bonnes chances pour qu'il apprécie les anabolisants.

Errol prend son temps avant de poursuivre. Note la marque de Case sur la joue de Bob.

— Je vois que la famille s'est agrandie.

— Oh, c'est vrai. Errol, je te présente Bob. Bob, voici...

— Qu'est-ce que tu fiches ici, gamine ?

Bob s'assoit à une table à un bon mètre derrière Errol. Ce qui lui permet de jouer les gros bras muets protégeant sa nana et de les surveiller tous les deux.

— On venait d'Arizona... Bob a de la famille là-bas, et..., commence Case en s'installant sur le tabouret voisin de celui d'Errol, lui masquant le groupe. On s'est arrêtés à Calexico pour déjeuner et il m'a semblé me rappeler que t'avais un bar ici. Je suis venue, hein ? Quand tu sortais avec cette actrice porno et que Cyrus, moi et les autres on a rappliqué de Brawley.

Bob a l'œil, mais pas la moindre réaction lorsque le nom de Cyrus est prononcé. Errol tient la pose comme un mannequin d'Armani. Bob se demande s'il resterait aussi flegmatique par terre, avec une botte sur le cou.

— Bref, on passait par là, et je me suis dit, pourquoi pas faire un tour. Comme ça, si tu étais dans le coin, je pourrais te dire un petit coucou et...

Case se met à débiter des banalités, à enchaîner les lieux communs au risque de griller sa réserve de virgules. Elle parle sans regarder Errol en face, comme si elle inventait une histoire de toutes pièces pour combler le vide. Seulement, son langage corporel se modifie et Bob s'en aperçoit. Un malaise soudain s'empare de lui. Soit c'est une parfaite actrice dont il n'arrive pas à saisir toute la finesse, soit elle est en train de craquer.

Errol jette un œil aux bras de Case, dissimulés par sa chemise à manches longues. Le groupe vient de passer la surmultipliée. Les deux guitares se livrent un duel sans merci, point et contrepoint. Une voix éraillée suivie d'un chœur qui déménage sérieusement. Un morceau traitant de génocide et d'utopie. Du *black metal* accordé à la déco de la pièce, qui envahit l'espace. Case échange un regard avec Bob.

Il hoche timidement la tête pour l'encourager puis détourne les yeux. Remarque, derrière le bar, un poster de recrutement de la police de la route californienne sur lequel un visage barbu et un pistolet pointé droit sur le lecteur s'accompagnent du slogan EST-CE POUR AUJOURD'HUI ? en lettres blanches. Il a vu le même dans tous les bureaux de la Californian Highway Patrol d'Antelope Valley.

D'un seul coup, plus rien n'a de sens. Ce poster, là, ces types, ici. Il se demande s'il ne devrait pas intervenir, entraîner ce connard dehors au bout de son flingue, et...

Qui est en train de craquer, finalement ? Case ou lui ?

— Chouette groupe, fait-elle.

Errol acquiesce.

— Je les ai vus au House of Blues. C'est toi qui les produis ?

— J'ai misé un peu d'argent sur eux.

Dans la lumière bleu électrique, Bob voit que les yeux de Case fixent le plancher.

— Comment va Cyrus ? demande-t-elle d'une voix presque inaudible.

Bob se redresse imperceptiblement sur sa chaise, attend.

Errol ne dit rien. Il prend le bras de Case et l'attire vers lui, comme s'il voulait l'embrasser. Puis, lentement, presque sensuellement, il défait son bouton de manchette. Elle comprend ce qui va se passer. Lance un regard inquiet à Bob. Et tente, sans trop le montrer, de se dégager de l'étreinte d'Errol.

Bob ne sait pas s'il doit se lever et interrompre Errol, mais l'expression fugace de Case l'incite à n'en rien faire. Petite menteuse prise en faute. Dans le battement de cœur suivant, la danse de la main et de la manche retroussée expose un avant-bras à la lumière crue. La peau est blanche comme l'intérieur d'une vieille tranche de citron et une série de cloques purulentes remonte jusqu'au coude en suivant les veines. Violettes et gonflées, comme si des sangsues s'étaient gavées.

Errol se fend d'un sourire.

— Heureux de voir que t'y es pas arrivée, Manque-une-case.

Case tire sa manche et la boutonne de nouveau.

— Je peux te citer ?

— Nous avons tous nos petits secrets, pas vrai ?

Bob regarde le groupe sans le voir. Pour la première fois, il remarque son nom sur la grosse caisse. Les Santaria Salsa. Ils se déchaînent à présent tels des guérisseurs shootés pour une cause incompréhensible. Chaque chorus s'achève par un hurlement. Eux d'un côté de la salle, et le poster EST-CE POUR AUJOURD'HUI ? de l'autre. Rien ne colle. Sorcellerie incontrôlable des prédictions contradictoires.

C'est l'orgueil qui a fait d'eux des complices. Quand a-t-il vu ses bras pour la dernière fois ? Il se souvient que le jour où ils se sont rencontrés, il n'y avait pas de marques d'aiguille.

Elle est incapable de le regarder droit dans les yeux. Ne seraitce qu'une fraction de seconde. Il s'en va. Elle lui attrape le bras.

— Allons-nous-en, dit-il.

— Il faut que je...

— Nous avons tous nos petits secrets, répète Errol.

— Fichons le camp, bordel !
— Je peux pas partir maintenant. Faut que tu comprennes...
Il se dégage brusquement.

28

Le tremblement de terre de 1994 a été notre crucifixion. L'ouverture de cette église et sa première messe seront notre résurrection.

Telles sont les phrases que le révérend Greely a fait graver sur une plaque. Son chant de guerre, pour ainsi dire. Qu'il a judicieusement fait placer au-dessus du bureau d'Arthur, sur le site du Projet de reconstruction de l'Église de Jésus et du centre de la communauté chrétienne.

Arthur est assis à son bureau, dans l'obscurité, sous la devise du révérend, à regarder le chantier. La vision de l'architecte est en train de prendre forme. Grâce en grande partie, du moins aime-t-il à le penser, à son propre dévouement.

Toujours pas la moindre nouvelle de Bob. Rien.

Arthur regarde la plaque en se levant. Le bronze lui apparaît comme une tache allongée. Il échangerait volontiers cet édifice contre sa petite-fille.

Avant de sortir, il s'arrête aux fonts baptismaux. Là, une fontaine miniature déversera de l'eau dans la vasque en granit.

C'est à cet endroit que nouveau-nés et convertis seront baptisés. Arthur effleure le bord poli de la vasque. Lève les yeux vers la lune, visible entre les solives en acier qui renforceront la structure et lui permettront de résister aux glissements de terrain, si courants dans l'ouest de la vallée.

Mais rien de tout cela ne le soulage. Il se sent plus insignifiant, plus menacé que jamais. Et stupéfait que la nuit puisse l'affecter à ce point.

Même ici, où tout prend naissance. Même ici.

Il rentre chez lui, gare sa voiture dans l'allée. Reste assis derrière son volant pendant une demi-heure, sans bouger. Son visage s'est épaissi depuis les meurtres. Un cercle de plus autour de la taille des ans. Il espère la venue de quelqu'un, ami, voisin inquiet ou inconnu capable de percevoir son désespoir à distance. Quelqu'un qui l'obligera à parler pour se libérer de ce qu'il ressent.

Arthur se surprend à redémarrer, à repartir en direction de chez Maureen et John Lee, sans les avoir prévenus. Il frappe à la porte, alors que toutes les lumières sont éteintes. Attend dans le silence, plus longtemps que de raison. Arrache d'un air distrait les échardes de bois blanc qui dépassent du mur.

La porte s'ouvre et il se retourne. Maureen se tient devant lui, en robe de chambre et sans maquillage. Dans la lumière ambrée, Arthur remarque deux détails : ses pieds nus et son visage marbré de traces bleues.

— Maureen...

Un index devant ses lèvres closes, elle l'enjoint au silence. Regarde dans la rue pour s'assurer qu'aucun passant ne l'a vue. Arthur la suit dans le couloir obscur.

— Que t'est-il arrivé ?

— Tu as vraiment besoin de me le demander ?

— Où est-il ?

— Je n'en sais rien. Aux urgences de l'hôpital, j'espère. Sans espoir de survie.

Elle traverse le salon. Se rend droit au bar. Un clair de lune circulaire emplit la pièce de son mieux. Un verre à moitié vide est là qui attend Maureen. Elle se saisit de la bouteille de whisky.

— Prends un verre. Je te sers. Qu'est-ce qui t'amène ? demande-t-elle en versant le liquide ambré.

Il ouvre la bouche pour lui répondre, mais... venir ici pour se faire consoler et tomber là-dessus...

— Peu importe.

Elle pousse le verre d'Arthur sur le bar. Après avoir mis suffisamment de glaçons dedans pour qu'il l'entende arriver.

— Tu as des nouvelles de Bob ?

— Non.

— Assieds-toi, offre-t-elle en lui indiquant un tabouret.

— Je ne comprends pas ce qui lui est arrivé, Maureen.

— Bob est...

— Pas Bob. John Lee.

— Il ne lui est rien arrivé du tout. C'est le même qu'avant, mais en pire. Ne secoue pas la tête comme ça, Arthur. Tu sais bien que j'ai raison. Il y a toujours des choses que nous ne voyons pas. Que nous refusons de voir parce que nous désirons égoïstement qu'elles soient autrement. J'ignore si nous payons davantage pour nos péchés ou pour nos plaisirs, mais en tout cas, nous payons.

— Tu devrais demander le divorce.

— Et lui céder la moitié de mon affaire ? Notre affaire ? Jamais. Je préfère payer ses bottes, sa bouffe, sa boisson et ses films de cul avec des petits ga...

— Je ne veux pas entendre ça, d'accord ?

— Tu n'arrives pas à l'avaler, Arthur. Mais ce n'est pas seulement le type avec qui tu bois, joues au ball-trap ou regardes le Super-bowl en mangeant une pizza.

Elle aspire une longue bouffée, écrase résolument son mégot sur le bar de bois sombre. Arthur la regarde en silence.

— Puisque je suis honnête à ce point et que tu es là... autant que je t'avoue quelque chose...

Il relève les yeux.

— J'en ai envie. Besoin, plutôt.

— De quoi s'agit-il ?

— D'un autre de mes échecs. Un autre acte honteux. T'es-tu jamais demandé si la mort faisait disparaître tous les souvenirs ?

— Seigneur Dieu, Maureen !

— La vie n'est jamais que le mauvais côté de la mort. Tu le sais, pas vrai ? La formule te plaît ? Peut-être que je me la ferai graver sur mon papier à lettres : « La vie n'est... »

— Je ne supporte pas de t'entendre parler comme cela, Maureen.

— J'avais une aventure avec Sam.

Elle le dit posément, comme si elle donnait une liste de courses à un enfant. Arthur ne comprend pas de qui elle parle. Ses pensées gravitent autour d'un trou sans fond.

— Sam ? Sam qui ?

— Notre Sam. Le Sam de Sarah, bon Dieu. Sam !

Arthur est comme frappé de mutisme.

— John Lee l'a appris, poursuit-elle. J'ignore comment. Peut-être a-t-il perçu des vibrations. À moins qu'il ne m'ait suivie. C'est comme ça que j'ai gagné... ce masque de beauté. Il a menacé de me tuer si je recommençais.

Arthur repousse son verre.

— Ça a duré combien de temps ? veut-il savoir.

— Six mois.

Il ferme les yeux. Déglutit. Les rouvre.

— Sarah était-elle au courant ?

— Je ne pense pas.

— Depuis quand John Lee sait-il ?

— Aucune idée.

— Il ne m'en a rien dit. Rien.

Incapable de regarder Arthur en face, Maureen va s'asseoir dans le canapé. Il se tourne pour ne pas la quitter des yeux.

— Pourquoi le mari de Sarah ? Pourquoi le mari de mon bébé ?

— Je ne l'ai pas fait pour ça.

— Mais pourquoi lui, parmi tous les...

— Mecs disponibles ? C'est ça ?

— Oh, Maureen. Écoute-toi parler de quelque chose d'aussi...

— Il était tout ce que John Lee détestait, d'accord ? Il était là. À proximité. Jeune. Consentant. Bon amant. Capable de garder les choses dans leur contexte. Et il représentait tout ce que John Lee haïssait. Ça, c'était la cerise sur le gâteau.

Arthur se lève. Il ne peut plus supporter ça ce soir. C'en est trop.

— Où vas-tu ?

— Aucune idée. Pas chez moi.

— Tu pourrais rester ici.

— J'ai besoin d'être seul.

— Arthur... Arthur...

Il s'arrête sur la première marche menant à la porte d'entrée.

— Je ne pense pas que John Lee ait envie de découvrir qui a tué Sarah et Sam, dit-elle. Non. Au fond de lui-même, je crois qu'il est heureux que les meurtriers s'en soient tirés. C'est sa manière de se venger de moi. Non pas qu'il ne veuille pas récupérer Gabi, bien au contraire. Mais pour le reste...

29

Furieux, Bob fait les cent pas dans le hall d'entrée de l'hôtel. Effectue un crochet pour éviter la nuée de losers agglutinés devant la télévision qui dévide ses pathétiques reparties de sitcom. Reste là pendant deux pauses publicitaires avant d'en avoir sa claque et de se tirer.

Il a descendu les quatre larges marches en ciment quand il entend siffler dans son dos.

— Hé ! crie Case.

Il continue sans se retourner. Elle le rattrape au milieu du pâté de maisons.

— T'es un putain de sacré numéro, tu sais ça ? lâche-t-il.

— Tu parles, Bob Machin-Chose.

Il s'arrête, l'empoigne par le bras, retrousse brusquement sa manche. Arrache les boutons pour se faire sa propre idée. De près.

— Sobre et qui ne touche plus à la came, hein ? raille-t-il.

Il la repousse brusquement. Tourne les talons, traverse la rue en slalomant entre les voitures. Manque se faire renverser par une Volkswagen au moteur gonflé. Mais Case ne le lâche pas d'un pouce.

— Tu m'as menti, bordel !

— T'as tout bon, mec.

— Depuis combien de temps ?

— Depuis combien de temps quoi ? demande-t-elle, bien qu'elle ait parfaitement compris la question.

— Tu te shootes depuis le premier jour ?

Ils traversent la rue en diagonale, passant sous les arbres bas qui bordent le parc.

— Tu as acheté quelques grammes au Passeur avec l'argent que je t'avais donné, c'est ça ? Quand as-tu commencé ?

— Depuis quand je porte des manches longues ?

Il écarte quelques branches, la regarde sans rien dire, sans s'arrêter.

— T'avais rien remarqué, hein ? Il devait faire au moins trente degrés dans ce restau de merde, et j'étais là avec ma chemise boutonnée aux poignets. Tu sais rien sur les toxicos et leurs combines. T'es un flic de bureau, qui vit en marge du monde réel. Et t'es aussi transparent qu'une feuille de papier calque. Tu te serais vu, dans ce bar ! On aurait cru une vache qui vient de recevoir un électrochoc au cerveau.

L'herbe est douce et humide sous leurs pieds. Des canettes de bière jonchent le sol telles des étoiles tombées. Plusieurs silhouettes pâles sont visibles à la lisière de l'obscurité. Venues chercher quelques instants volés ou un endroit pour dormir.

Ils marchent sans mot dire. Quand ils atteignent le Dakota, Bob grimpe et met le contact. La portière de Case est verrouillée et il refuse de l'ouvrir. Avant qu'il ait le temps de démarrer, elle fait le tour du véhicule en courant, passe les bras par la vitre ouverte malgré les efforts de Bob pour l'en empêcher. S'empare des clés.

— On appelle ça vol de voiture, bébé.

Il sent la respiration de Case dans son cou. Libère sa frustration en lui donnant un violent coup de coude qui la cueille à la mâchoire et lui fend la lèvre. Elle retourne du côté passager. Il éteint les phares lorsqu'elle passe devant le véhicule. Elle attend à la portière. Il ouvre. Un rire leur parvient d'une voiture garée à quelques places de là. Case ouvre la boîte à gants et en sort tous les papiers accumulés pour mettre la main sur une petite trousse en cuir.

Elle tire la fermeture à glissière en trois coups secs, sans regarder Bob. Lui montre le contenu de la sacoche : une aiguille, quelques flacons et une petite bouteille de Visine.

Bob observe d'un regard noir.

Elle ôte le piston de l'aiguille, dans laquelle elle presse un peu de Visine. Puis elle ajoute un liquide bleu issu d'un des flacons et une poudre orange qu'elle trouve dans un autre. La mixture se met aussitôt à bouillonner. Une épaisse mousse blanche remonte le long du tube millimétré. Case remet le piston avec l'aisance d'un pistolero et fait gicler quelques gouttes de liquide en direction du ciel.

— Ouvre bien grand les oreilles, petit rond-de-cuir. De la Visine et divers détergents que tu trouverais dans n'importe quel supermarché. La mousse et la teinte bleue qui rappelle les cheveux d'une mémé, c'est grâce à de l'Ajax. Et cette merde orange en poudre, c'est l'acide ascorbique que nous offre la nature. La vitamine C.

Elle roule sa manche, tend le bras. S'injecte le liquide bleu au niveau d'une veine. Une cloque se forme aussitôt et, au bout de quelques secondes, une éruption de bulles grises sort du trou que l'aiguille a foré dans la chair. Le sang se met à couler sans attendre. Case serre les dents de douleur. Laisse échapper un sifflement involontaire.

— Un truc sans effet, qu'on s'injecte juste sous la peau. Résultat : cloques dégueu et croûtes garanties. Quand on veut se faire passer pour une camée, faut avoir l'air d'une camée. J'ai appris ce tour d'un agent immobilier de Long Beach. Son copain était un toxico, et quand il pouvait pas s'acheter sa came parce qu'ils étaient tous les deux à sec, son amant s'injectait cette merde dans le bras pour se faire admettre dans une clinique. Il ressortait avec la méthadone qu'on lui donnait et la revendait dans la rue pour acheter de l'héro à son petit ami. Le système capitaliste dans toute sa splendeur.

Elle abaisse sa manche de chemise et essaye de s'empêcher de trembler.

— Seule une pauvre cloche pourrait croire que je suis une camée sans vérifier comme Errol l'a fait. Et ça, c'est juste pour commencer. Surtout si j'ai un albatros comme toi pendu autour du cou. Ces salopards pourraient me mettre à l'épreuve en me forçant à me shooter. Tu le comprends, ça ? Tu comprends ?

— Et tu ne pouvais pas me le dire...

— Hors de question !

— Tu ne me fais pas du tout confiance.

— Je t'ai vu à l'œuvre. La confiance. Ahhh… être persuadée que tu feras ce qu'il faut, quand il faut. Tu connais pas la musique. Quand quelqu'un me retrousse la manche, réagis comme si t'étais choqué, Bob Machin-Chose, parce que les types savent bien qu'il ne peut y avoir qu'une seule explication au fait que je suis avec un minable comme toi : le fric. C'est tout.

Bob se laisse aller contre l'appuie-tête. Case lèche la goutte de sang qui perle à son bras. Sans cesser de le secouer.

— Et je savais. Je savais que tu te comporterais comme tu l'as fait. Que si tu voyais ça, lâche-t-elle en lui mettant son avant-bras devant les yeux, tu me prendrais instantanément pour une menteuse. Et c'est ce que t'as fait ! T'as joué ton rôle à la perfection, comme si tu l'avais appris par cœur. Alors, qui c'est qu'a pas confiance, hein ? Qui c'est ?

— Tu t'es foutue de moi…

— Pour pas me faire foutre en l'air. T'as tout pigé.

Elle sort de la voiture, s'adosse au capot, allume une cigarette.

Une sorte de vigile bardé d'emblèmes de gang passe à proximité, un pitbull tenu en laisse. La boule de muscles flaire le jean de Case tandis que son maître la dévisage.

Case parle au chien, mais c'est à l'homme qu'elle s'adresse.

— Rien pour toi par ici, bébé.

Le type l'entend, mais ça ne l'empêche pas de fixer longuement son entrejambes.

Bob sort à son tour. Son ombre et celle de Case convergent dans l'arène de lumière projetée par le réverbère.

— Je te balance une corde pour t'empêcher de te noyer, et toi, tu la refuses sous prétexte que la couleur ne te plaît pas, continue-t-il de protester.

Elle croise les bras, expulse la fumée par les narines. N'a que mépris pour ce genre de réthorique.

— Avec toi, c'est la position du missionnaire, et rien d'autre.

— Tu me juges forcément coupable ? Hein ? Je n'ai même

pas droit au bénéfice du doute ? Je devrais te faire confiance, mais pas toi, c'est ça ?

— Et tu le prouves toutes les dix minutes.

— Pour quelqu'un qui ne croit en rien, la moindre des choses serait que tout soit égal en nullité, non ? À tes yeux, je dois bien valoir un trou sans fond, au moins. À moins que ce néant qui te tient tant à cœur ne s'accompagne d'une échelle de valeurs ? C'est ça que tu as voulu dire, le soir où nous avons discuté dans le champ derrière chez moi ? « On n'envoie pas un mouton chasser les loups. » Moi, je suis un mouton, et toi, tu fais partie des loups.

— Le missionnaire, c'est tout.

— Tu me mens pour que je réagisse d'une certaine façon, et après, tu me méprises parce que je le fais ? Merde, alors.

— Le missionnaire, et rien de plus.

— C'est quoi, ça ? Un slogan, ou ton venin qui s'exprime ? Tu veux contrôler la vie des autres faute de pouvoir contrôler la tienne. Ah, et juste un truc : la dernière fois que j'ai regardé, il y avait davantage de moutons que de loups.

— La dernière fois que t'as regardé, c'était juste ça : la dernière fois que t'as regardé.

— C'est toi que je regarde, en ce moment. Toi ! Sans me laisser abuser par la banalité de tes mensonges et tes tours de pute à cent balles.

Elle lui jette sa cigarette au visage. Sans prévenir. Les étincelles rouges rebondissent sur son nez, traversent son champ de vision. Il réagit vivement, tente d'écarter le mégot de la main avant d'être brûlé.

— Je sais pour quelle raison tu es là, siffle-t-il en pointant l'index entre les yeux de Case. Je sais. Et ça, c'est le pire mensonge de tous.

Elle attend la suite, refuse de baisser le regard.

— Je sais, répète-t-il en saisissant les revers de la chemise de Case et en la secouant comme un prunier. « Je l'aiderai à la récupérer. Sinon, si on s'approche suffisamment, peut-être que Cyrus la tuera rapidement. » Ça te rappelle quelque chose ?

Case rejette la tête en arrière, mal à l'aise en entendant sa confession lui revenir à la figure.

— Tu n'as pas dit ça à ta thérapeute du centre de désintox ? Quel est son nom, déjà ? Avant ton départ. Tu crois que j'ai pas discuté avec elle ? Tu pensais qu'un truc pareil pouvait rester secret ?

Bob parle d'une voix calme, toutes dents dehors, avec des flingues au fond des yeux.

Elle les trouve dans la lumière orangée. Les prend dans le réticule de son projecteur comme un couple de colombes. Bob et Case s'immobilisent. Se tournent. Une voiture de police est venue se garer non loin et les vise de ses phares.

Le regard pétrifiant du flic sur un lit de mots glacés.

— Tout va bien ?

Les armes qu'ils portent leur semblent soudain si lourdes qu'elles pourraient les emmener rejoindre le *Titanic*. Ils s'écartent lentement l'un de l'autre.

— Tout va bien ?

— Oui, monsieur.

— Oui.

Une puissante lampe torche les dévisage des pieds à la tête. Les dénude. Plusieurs voitures ralentissent. Les conducteurs se penchent à la fenêtre. Bob et Case se rapprochent l'un de l'autre.

— Débarrassez-moi le plancher. Et si je revois ce genre de « préliminaires », je vous fouille. C'est bien compris ?

— Oui, monsieur.

— Oui.

Le projecteur s'éteint.

Ils se ressaisissent rapidement et montent dans le Dakota. Case tend les clés à Bob. Il ne démarre pas tout de suite, attendant que la voiture de police entame un tour du parc après un brusque virage à droite.

— J'ai dit ça, c'est vrai, reconnaît Case.

Il frotte l'endroit où la cigarette l'a brûlé.

— J'ai ressorti ça pour te faire comprendre ce que j'éprouve.

— Si jamais elle a subi la même chose que moi...

— N'en dis pas plus. Pas un mot. Mon imagination me suffit.

Elle a été enterrée derrière un buisson, sous une plaque en contreplaqué. Les policiers ont été conduits là avec autant d'aisance que pour aller à l'épicerie du coin. Elle est là depuis deux mois. Un modèle du genre pour ce qui est des effets spéciaux post-mortem. Un cadavre putréfié, boursouflé, difforme et pathétique. Le corps humain tel qu'il est vraiment, sans eau ni vie. Un amas de chairs immondes qui était autrefois une source de rires et de désirs. Plus de ciels chantilly. Rien que la vérité débarrassée de son mystère. Bob ne peut s'empêcher de penser à Gabi en regardant les photos de Polly Klaas.

Ce sont d'autres flics qui les ont fait passer. Pour rappeler à tout le service qui est l'ennemi. Une connexion directe pour garantir le degré de haine requis dans une guerre sainte.

Bob se laisse aller contre la portière.

— Le visage de la gamine était plein de trous creusés par des vers de terre. Une vrai démence. J'en ai tellement pleuré que le sang m'est remonté dans la gorge.

Elle se tourne vers un homme écrasé sous le poids de l'incertitude.

— J'ai vu sur ton visage le genre de douleur que j'ai ressentie, ce jour-là. Je l'ai lu dans tes yeux quand tu parles de Cyrus et de ce qui s'est passé. Ça et autre chose, aussi. Et je me demande si mon bébé aura le même regard perdu quand nous la retrouverons. Je t'ai accompagnée en sachant qu'une partie de toi souhaitait qu'elle soit morte. Tu comprends ?

Case a la gorge serrée et elle mord sa lèvre supérieure pour l'empêcher de trembler. Un goût de sang dans la bouche, souvenir du coup de coude qu'elle a reçu. Elle appuie le front contre le tableau de bord.

— Oh, merde... on est au beau milieu d'une énorme blessure, Bob. Et j'ai bien l'impression qu'elle arrête pas de s'élargir.

Il regarde la voiture de police effectuer un nouveau virage à droite et passer parallèlement à eux de l'autre côté de l'espace vert.

— S'ils doivent revenir par ici, ce ne sera pas long, fait-il.

— Errol m'a dit que Cyrus était censé être là demain. Après-demain, au pire. Errol va arranger une petite réception pour moi.

— Après l'avoir écouté parler, j'ai du mal à croire qu'il accepte de le faire. Pourquoi ? L'argent ?

— Ce serait trop beau. Non, il veut juste voir si je peux ramper suffisamment bas pour échapper à une raclée mémorable.

30

Case et Bob campent dans le Dakota, à un pâté de maisons du parc. Ils dorment à tour de rôle pour ne pas relâcher leur surveillance de l'hôtel. Arpentent les ruelles sombres et sales qui le bordent. Le vent du désert traverse la frontière pour leur amener la poussière lourde des usines de Gonzales Ortega. Rien ne se passe, sinon la journée et, plus tard, la nuit.

Case se réveille en hurlant, couverte de sueur. Elle est seule dans le pick-up, le visage pressé contre la vitre fermée. Une lune de buée naît passagèrement chaque fois qu'elle expire.

Lena pointe sa lampe torche vers le plafond de la grotte. Les branches de l'acacia situé à l'entrée oscillent dans le vent de nuit moite.

— Je voulais t'amener ici pour partager ça avec toi, fait Lena.

Le pinceau de lumière de la lampe de Case suit celui de Lena le long de la pierre gris fumée, jusqu'à atteindre un soleil rouge entouré d'un cercle noir, puis d'un blanc. Le motif a été réalisé avec des poils de queue d'animal.

— C'est censé représenter une éclipse de soleil, explique Lena. Ç'a été peint par un chaman chumach. Les éclipses étaient importantes, pour eux.

L'étroitesse de la grotte les contraint à se tenir serrées côte à côte comme les enfants des torrents, qui apportaient leurs offrandes à la roche il y a mille ans de cela. Plus loin, en bordure de l'univers peint,

Lena indique une tortue et un oiseau qui viennent de naître, simples gravures en noir et rouge.

— Magnifique, reconnaît Case.

— Pour moi, c'est nous.

— Qu'est-ce que tu veux dire ?

— Toi, tu es l'oiseau, chuchote Lena. Tu es capable de voler. De surmonter les obstacles. Et moi... je peux juste me cacher dans ma carapace.

L'instant est empreint de tristesse. La main de Case se referme sur celle de Lena.

— Je ne suis peut-être pas aussi forte que tu crois, dit Case.

Lena l'embrasse.

— Mais moi, je suis plus faible que tu ne l'imagines.

La poussière des siècles plane dans la lumière flottante de l'instant présent.

Le deuxième jour est une longue perte de temps et le troisième ne vaut pas mieux. C'est le moment de resserrer le nœud coulant, mais quel cou sera l'élu ? Bob sort acheter deux téléphones portables dans une boutique spécialisée en technologie bas de gamme. La propriétaire, une Iranienne, a encore une photo du shah au-dessus de la caisse. Bob signe un contrat d'arnaque, met les deux numéros en mémoire afin que Case et lui puissent rester en contact s'ils venaient à être séparés. Ils évitent le Pioneer autant que possible, car Errol commence à s'énerver du retard de Cyrus. Case leur trouve quelque chose qui pourrait vaguement passer pour une chambre d'hôtel. Au premier étage, avec un accès direct par l'escalier extérieur et des fenêtres donnant sur le Pioneer. L'intérieur pue le désinfectant.

Le quatrième jour sent la mort. Ils traînent dans le parc, à côté d'une pierre où une plaque explique que le camp du Salut a été dressé sur ce site. Un vieux Juif russe chauve à la peau couleur de pus leur récite l'histoire de ce coin de verdure oublié. Comment les pauvres voyageurs s'étaient effondrés ici au sortir des arêtes desséchées du désert de Yuma. Ils avaient triomphé des étendues arides pour arriver dans une région inhospitalière, sans eau ni nourriture. Incapables de continuer plus avant, ils s'étaient mis à prier autour de leurs feux de camp. Deux jours plus tard, des trappeurs et des Indiens diggers étaient descendus du mont Signal pour voir qui avait allumé ces feux.

Le vieillard tend le doigt vers le seul escarpement rocheux visible au-dessus de l'horizon désertique.

— Le mont Signal, explique-t-il. La frontière passe au travers.

La soirée s'écoule dans un restaurant chinois. Un des deux établissements survivants sur les dix que comprenait la rue. On y mange pour presque rien. Aux accents d'une musique country faussement casher. La plupart des clients sont des Latinos de la frontière. Deux camionneurs échangent leurs souvenirs de Baton Rouge en entrechoquant constamment leurs canettes de bière. Des émigrants arrivés par l'Interstate balayée par le vent charriant du sable.

D'humeur maussade, Case passe la moitié du repas à lisser les feuilles de sa salade morte aux crevettes à l'aide de ses baguettes. Puis elle repousse son assiette et raconte ce qui lui est arrivé depuis le jour où Cyrus l'a arrachée à la rue. Elle ne tait rien, n'invente aucune excuse. Ne recherche pas la sympathie de Bob. Elle expose chaque désir et chaque calamité avec un luxe de détails dérangeant. On dirait un témoin du tribunal des morts, guidant le procureur dans le noir pays de l'abondance.

Elle lui dit tout sur le dentiste du comté d'Orange, avec ses chaussures de golf et son pantalon blanc, que Cyrus a massacré sur un coup de sang. Explique comment elle a fait le guet par la fenêtre. Les yeux froids de l'alerte. Révèle que le déroulement de ce meurtre correspond aux photos que Bob lui a montrées de Via Princessa, depuis la substance paralysante injectée dans les veines de la victime jusqu'au vingtième arcane du tarot planté dans sa poitrine. Elle se souvient du nom de la ville, mais pas de celui de l'homme.

Dans la rue, après le dîner, elle retrace son existence commune avec Lena. De la première fois où elles ont fait l'amour, à l'arrière d'un fourgon crasseux, au tabassage qui devait la laisser sanguinolente et à moitié morte, destinée à crever inconsciente dans un fossé d'irrigation.

À l'est, au-dessus des monts Cargo Muchacho, de minces éclairs s'étirent dans un ciel couleur de cognac. Case montre à Bob la photo qu'elle a volée dans l'album du Passeur. Précise que Lena note sur ses mains les exécutions auxquelles elle prend part. Indique un tatouage : 21/12/95. Puis un autre, à deux doigts de là. Le jour où le dentiste a fait le grand saut.

Il se met à pleuvoir. Ils vont s'abriter en courant sous l'arche de style roman qui orne l'entrée d'un restaurant italien aux fenêtres barricadées de planches. Regardent la rue en fumant, tandis que les gouttières se remplissent et que les caniveaux débordent.

Elle lui parle de Gutter et de Granny Boy. Leur histoire familiale, les crimes dont elle les sait coupables, les endroits qu'ils fréquentent. N'omet aucun des actes auxquels elle a pris part en leur compagnie. En mettant ainsi son âme à nu, elle fait de son mieux pour permettre à Bob de poursuivre seul et d'arrêter les autres, si quelque chose venait à lui arriver, à elle.

Il écoute et comprend. Quand elle en a fini, tous deux gardent le silence.

Elle s'adosse à l'une des colonnes de plâtre encadrant la porte de l'ancien restaurant. Bob l'observe sans rien dire. Elle ne porte pas de chemise à manches longues et, à chaque passage de voiture, les phares révèlent fugacement la piste qui remonte le long de son bras blanc.

C'est une nuit lourde et funeste, malgré la pluie qui transforme la chemise de Case en voile mouillé de vestale. Étrangement, la jeune femme semble soudain faire partie intégrante des éléments. Comme la lointaine lueur bleutée du désert avant la pleine lune.

Case se tourne vers lui. Les yeux de Bob la fuient, gênés, puis reviennent. Elle lui indique les projecteurs des gardes-frontière sur les pentes du mont Signal. Ils fourmillent sur l'escarpement rocheux telle une meute de chiens. Un pauvre clandestin a sans doute essayé de passer sous couvert de la pluie.

Bob s'appuie contre l'autre colonne et ils suivent des yeux la traque qui se déroule en montagne. Comme deux sentinelles gravées sur un bouclier, défendant l'entrée de l'éternité. Au loin, les projecteurs montent et convergent, jusqu'à ne plus être qu'un reflet d'étoiles au milieu des pierres. Puis ils disparaissent.

Bob abandonne Case dans l'allée conduisant à leur chambre. En bas de l'issue de secours, elle le remercie de l'avoir écoutée sans la juger.

En raison de la pluie, il retourne au bar du Pioneer pour voir si quelqu'un vient entamer avec Errol quelque parade amoureuse. Le groupe qui répétait la dernière fois joue désormais à guichet fermé. Que ce soit à cause de la pluie ou de la musique, tout le monde est là, ce soir. Le vaudou urbain dans toute sa splendeur. Péquenauds et ouvriers avec leurs nénettes à la jupe retroussée. Sans oublier les ivrognes et les rockers têtes brûlées de service. Mais Errol Grey n'est nulle part dans ce bouge surpeuplé. Bob recommence à zéro, inspectant tous les visages un à un. Sûr que l'un d'eux est le bon.

Il descend deux bières et autant de tequilas pour les faire passer. Ses pensées le ramènent sans cesse à Case, adossée contre cette colonne. Il se regarde dans le miroir situé au-dessus du bar. Pas rasé depuis cinq jours, un T-shirt sans manches sale et trempé, la moustache pendant sur la lèvre supérieure. Il se dévisage longuement. Et c'est à cet instant où il déambule dans les pensées incertaines de son esprit, qu'il entend quelqu'un s'adresser à lui.

— Ça, c'est de l'art, putain.

Le gamin n'a pas plus de vingt ans. Il semble tout droit sorti d'une tribu blanche rebelle. Épais collier en vieux cuir clouté d'argent et mis en valeur par un lobe d'oreille découpé pour ne laisser qu'un anneau de chair dans lequel a été glissée une petite bougie allumée large comme une pièce d'un dollar.

— Tu parles d'une balade gothique sur des vapeurs de peinture, poursuit-il.

Ses doigts dansent sur l'épaule tatouée de Bob, qui reste impassible. L'inconnu contemple l'œuvre du Passeur en tétant une Corona. Les deux hommes échangent quelques phrases. Rien de bien spectaculaire.

Puis Bob remarque quelque chose d'étrange dans les paumes du zozo. Comme ça, on dirait qu'il tient un morceau de tissu dans chaque main. Mais quand il repose sa canette pour se taper une clope, Bob remarque que les deux carrés rouges sont agrafés à même la chair et qu'un « A » blanc entouré d'un cercle est peint au centre de chacun d'eux.

Gutter se fraye un passage au milieu d'une meute de buveurs de bière et vient se planter à côté de Wood. Ils se saluent d'un violent coup de tête, comme si Bob n'existait pas.

— Allez viens, le beau surineur, fait Gutter.

Wood hoche la tête.

— Faut bien gagner sa croûte sur le dos des moins que rien, explique-t-il à Bob. Salut, mec.

Bob acquiesce. Le gamin cale son front contre les omoplates de son compagnon et l'aide à fendre la foule.

— Passe la surmultipliée, Gutter ! lance-t-il.

31

Case est sous la douche quand le portable qu'elle a posé sur le lavabo se met à sonner. La voix de Bob lui fait l'effet d'une lame perforant les parasites de la ligne.

— Ils sont là !

— Quoi ?

— Gutter... c'est bien l'un des noms que tu m'as donnés, pas vrai ?

En bas de l'escalier extérieur, elle glisse son semi-automatique dans son jean. Se met à courir, le visage fouetté par la bruine.

Bob s'éloigne lentement du bar en suivant Wood et Gutter. Remarque les abrutis massés devant le téléviseur. Quelque chose détourne leur attention et ils murmurent entre eux, un œil sur la réception.

Bob tourne tranquillement pour voir ce qui les intéresse à ce point. Gutter passe un appel du téléphone public et Wood se tient à côté de lui, l'oreille décorée par la flamme vacillante de sa bougie.

Case effectue un rapide demi-tour pour rapprocher le pick-up, au cas où il faudrait filer en vitesse. Grillant un feu rouge, elle quitte la Septième pour débouler dans la rue Heber. Dans le même temps, elle plonge la main sous le siège pour en sortir l'aiguillon électrique à piquer le bétail qu'elle a rangé là.

Bob la joue discrète et salue Wood d'un signe de tête en passant nonchalamment devant lui. Gutter cogite manifestement en écoutant le téléphone sonner dans le vide. Bob va à la réception et tend l'oreille. Fouille dans un petit panier en osier rempli de boîtes d'allumettes, cadeau de la direction. Sort une cigarette et scrute le visage des deux compères.

On décroche enfin de l'autre côté et Gutter explose :

— Qu'est-ce que tu foutais ? Comment ça, qui c'est ? Deux mecs qui prennent racine dans le hall en attendant que tu bouges ton cul, voilà qui c'est.

Case grillerait bien le second feu comme le premier, mais les deux flics qui patrouillent autour du parc traversent le carrefour au même moment. Ils la fixent façon Batman, avançant centimètre par centimètre jusqu'à ce que le feu passe au vert. Histoire de lui rappeler qui est qui.

Gutter et Wood discutent intensément et Bob se rapproche mine de rien. Wood avance la tête par-dessus l'épaule de Gutter.

— Qu'est-ce qu'il y a, mec ?

— J'attends ma meuf, répond Bob en indiquant l'escalier.

Gutter se retourne. Dans son regard se lit cet ennui détaché qu'il y a dans les yeux d'une pute, jusqu'au moment où il remarque l'endroit où Case a joué les Michel-Ange sur la joue de Bob. Celui-ci capte le subtil changement d'expression qu'il a souvent vu chez les habitués de la nuit au poste, quand le premier baiser des amphétamines déclenche le flash.

La porte de l'ascenseur s'ouvre. Errol Grey traverse le hall d'entrée d'une démarche si légère qu'il touche à peine le sol, vêtu d'un imperméable noir luisant et de ses sempiternelles lunettes de soleil grosses comme une pièce de monnaie.

Mais où est donc Case ?

Elle fonce dans le hall, avec une grâce déliée d'invertébré. Le ciel l'accompagne d'un double punch : éclair, tonnerre. Elle se voit dans le verre flou des portes coulissantes. Pâle comme un croissant de lune.

L'intérieur de l'hôtel est désert, à l'exception des types vautrés devant la télé. Le portable est fixé à son poignet. Elle ouvre le cache, appuie sur la touche du numéro mémorisé.

— Mais qu'est-ce... fous ? entend-elle au milieu des parasites. Où es-tu ?

— Dans le hall.

— Qu'est-ce qui t'a...

— J'ai amené cette putain de bagnole !

Un des téléspectateurs se tourne vers elle et, portant un doigt jauni de nicotine devant ses lèvres, lui intime le silence.

— Ta gueule, zombi, fait-elle, crachant son venin. Où t'es, Bob ?

La pluie qui tombe par vagues. Roulements de tambour côté nord. Bob marche vers le sud, parlant dans le téléphone. Plisse les paupières pour percer les ténèbres, essayant de se raccrocher aux trois silhouettes, à un pâté de maisons devant lui.

Pied au plancher, Case s'engage sur Meadows Street. La tête bizarrement de côté afin de coincer le portable contre son épaule. Avec cette friture, elle entend à peine les indications de Bob. Chasse ta peur, ma fille, se dit-elle. On est tout près. Chasse-la ! Et merde. Autant se masturber sous l'épée de Damoclès. Elle manque presque Bob, malgré les gestes frénétiques qu'il lui adresse.

— Qui c'était, cette lavette de la réception ? demande Gutter. Le type qu'avait la gueule tatouée.

Wood hausse les épaules.

— Qu'est-ce que tu veux dire ?

— Ce dessin, ça t'a pas paru louche ?

— Comment ça ?

— Lena a le même sur la tronche, putain.

Wood le dévisage d'un drôle d'air.

— Sors un peu la tête de ton sac, mec, insiste Gutter. C'est la marque de l'ex-petite amie de Lena. Celle qui nous a laissés tomber pour rejoindre les blaireaux.

— Si tu veux me donner des cours d'histoire, je te préviens que tu me fatigues.

— T'avoueras que c'est quand même zarbi de la retrouver deux ans plus tard sur la tronche d'un minable dans le trou du cul du monde.

Errol doit faire des efforts pour ne pas se laisser distancer par les deux bouffons.

— Y a rien de zarbi là-dedans, rétorque-t-il. Elle est là.

Gutter se tourne brusquement vers lui.

— Qui ça ?

— Manque-une-case.

Gutter s'immobilise.

— Tu te fous de ma gueule, pas vrai ? Parce que ça serait trop...

— Mais c'est pourtant vrai. Case est ici. C'est son mec à qui t'as dit de gicler, dans le hall.

— Gutter, c'est la serpillière attitrée de Cyrus, explique Case. Son larbin numéro un.

— Il m'a dévisagé de haut en bas. Quand il a vu cette marque, son expression a changé et...

— J'espère que j'ai pas merdé.

Le Dakota avance par à-coups, d'allée sombre en place de stationnement dégagée.

Bob se penche pour mieux percer l'obscurité.

— Ils viennent de s'arrêter. Gare-toi...

— Tu voudrais me faire croire que le musée des horreurs que j'ai vu là-bas est le type de Case ?

— Elle m'a dit que c'est sa carte de crédit depuis un an.

— Et la voilà qui nous fait son petit tour de magie, d'un seul coup. Cendrillon qui vient frapper à la porte de Cyrus. Ben voyons... Trop zarbi, moi je te dis.

— Elle a l'air au bout du rouleau. Veut juste rentrer chez elle. Et moi, j'en ai rien à foutre, de toute façon.

Gutter fait les cent pas. Wood tente de se fondre dans les profondeurs de son blouson de motard. La pluie s'accumule en flaques sur le trottoir. Errol devient nerveux.

— Bon, je vais pas rester au milieu du fleuve pendant que t'essayes d'avoir une ou deux pensées cohérentes, d'accord ? Pour ma part, je suis sûr que Cyrus aimerait bien la saigner, cette petite garce.

— Ouais, mais peut-être qu'on devrait s'assurer qu'elle veut pas lui en faire autant.

Derrière les essuie-glaces, Bob et Case observent les trois silhouettes se regrouper afin de mieux discuter, puis traverser la rue pour s'abriter sous l'auvent d'un vieux magasin de vins et spiritueux. Gutter s'approche d'un téléphone public accroché au mur, près de la porte d'entrée.

— Merde, fait Case en frappant le volant.

— Il appelle Cyrus ?

Elle hoche la tête. Le bout de sa cigarette brille dans l'obscurité.

— Putain de magie noire, maugrée-t-elle.

Gutter raccroche au bout de quelques minutes. Rejoint Wood et Errol. Celui-ci plonge les mains dans les poches de son imper et semble poser une question.

Gutter répond d'un signe de la main indiquant à ses comparses de le suivre.

Le pick-up repart, passant devant une Volvo piquée de rouille. Bob et Case suivent les trois hommes, qui longent un pâté de maisons avant de prendre la 111 en direction du sud.

Une déferlante de peur et de confusion s'abat à l'intérieur de la camionnette, jardin de tourments chromé avançant au ralenti. Droit devant, la brume ne cache qu'à moitié le poste frontière derrière lequel la Route 111 devient Adolpho-Lopez, côté El Norte.

— On est baisés s'ils passent au Mexique, dit Case.

— Peut-être, mais nous, est-ce qu'on passe aussi ?

32

La confiance qu'ils avaient dans leur plan se liquéfie à la vue de la frontière. Ils se garent, perdant un instant Gutter et les autres sur fond de maisons de plain-pied.

— Quoi qu'on fasse, faut le faire maintenant, poursuit Bob.

— Traverser, je suis pas contre, répond Case. Mais si on est arrêtés pour une raison ou une autre, à l'aller ou au retour, comment on expliquera ça ?

Elle tire son T-shirt pour montrer le semi-automatique glissé dans la ceinture de son jean. Tend la main vers l'aiguillon électrique.

— Ou ça ? De ce côté de la frontière, les douaniers nous prendront forcément de haut, c'est obligé.

Il évalue les diverses possibilités, toutes plus désespérantes les unes que les autres.

— Descends, décide-t-il finalement. Suis-les à pied pour qu'ils ne nous sèment pas. Moi, j'y vais en voiture.

Voyant qu'elle ne bouge pas, il la pousse vers la portière.

— Allez, insiste-t-il.

Elle saute à terre. Il lui lance la veste en toile qu'il avait roulée en boule sous le siège.

— Vas-y !

Case file vers la brume en enfilant la veste, bras écartés comme si elle cherchait à s'envoler.

Bob va se ranger derrière deux camions attendant de passer la frontière. Sous la rangée de lampes halogènes qui surplombe la route, la brume prend une couleur orange et un aspect presque malsain. Bob ouvre la vitre, allume une cigarette et s'intéresse nerveusement aux piétons, canalisés dans un passage grillagé encadré d'arches en béton. Il essaye de distinguer Case malgré la pluie battante.

Au travers du grillage, Case remarque le pick-up distant d'une quarantaine de mètres. Gutter et les autres ont déjà franchi le poste. Ils continuent en direction de l'escalier qui les amènera du côté El Norte.

En raison de la pluie, les agents de l'Immigration sont lents et indifférents. Anxieuse, Case se presse contre la femme et l'enfant qui la précèdent. Ils se retournent pour lui faire comprendre du regard ce qu'ils pensent de son impolitesse. Quand son tour arrive, elle passe sans la moindre anicroche. Voit derrière elle que Bob a encore un camion devant lui. Elle traverse la passerelle en courant, tourne et descend les marches quatre à quatre. Elle atteint juste le bas de l'escalier quand quelqu'un sort de derrière un pilier en béton.

— Salut, blaireau.

Elle s'immobilise brutalement, fait volte-face. A du mal à trouver sa voix.

— Gutter...

Il s'adosse contre le pilier, lève un pied pour le caler contre la pierre. Plusieurs personnes passent rapidement dans les deux sens.

— Tu chercherais pas les emmerdes, des fois, Manque-une-case ?

Elle rentre la tête dans les épaules pour jouer son rôle servile à fond.

— Pourquoi tu nous suis, blaireau ?

— J'ai demandé à Errol de parler de moi à Cyrus...

Il l'interrompt froidement.

— Mais tu pouvais pas être réglo. Fallait que tu joues les Zorro. Toi et le paillasson qui te sert de mec. Je l'ai vu dans le hall de l'hôtel. Je connais le type de conneries que Manque-une-case est du genre à tenter. Je connaissais la gamine qu'elle était avant que le monde la range parmi les disparus.

Il brandit le poing, lui montre son tatouage représentant une bouteille de bière ornée du quinzième arcane du tarot en guise d'étiquette. Le calice de tous les fléaux. Le symbole personnel de Gutter.

Bob franchit à son tour la frontière. Une formalité, rapide et sans intérêt. Les agents justifient leur maigre salaire : le premier est à moitié endormi et le second n'a le courage de rien faire. Bob s'engage sur la route Adolpho-Lopez. Roule lentement, au rythme monotone des essuie-glaces. Les roues font voler en éclats les reflets de boutiques projetés sur la rue gorgée d'eau.

Il s'arrête au niveau d'Uxmal. Compose le numéro de Case. La sonnerie lui résonne dans l'oreille. Il inspecte la place, reconnaît le nom de plusieurs chaînes de magasins : Payless, Leeds. Devantures agressives proposant les marchandises américaines. Avec slogans assortis, en anglais ou en espagnol. Plus américain que l'Amérique. Et ce putain de téléphone qui n'en finit pas de sonner...

33

Bob fait demi-tour, revient à l'endroit où l'escalier grillagé débouche au Mexique. Il se gare non loin, approche à pied tel un soldat chargé de reconnaître un secteur ennemi avant la bataille. Ses deux mains sont refermées sur ses armes : le revolver rangé dans une poche et l'aiguillon électrique tenu le long de sa cuisse, dans les replis de sa gabardine.

La rue est déserte, hormis quelques traînards qui déambulent encore dans la nuit. De temps en temps, une voiture ou un camion arrose les trottoirs en roulant dans une flaque. Bob refait le numéro et reprend de plein fouet une tonalité ininterrompue.

Il guette le bout de la rue, là où la brume semble jaillir du ciment avec la consistance des fumées de charbon. Une silhouette solitaire s'avance vers lui sur le trottoir opposé.

Bob se met en marche. L'inconnu prend forme dans la lumière émanant de la devanture d'un mont-de-piété. Wood. Bob reste de son côté de la rue mais s'avance jusqu'à ce que Wood et lui ne soient plus séparés que par la chaussée vide.

— Manque-une-case voulait que je te dise qu'elle va danser avec nous, cette nuit.

— Je ne comprends pas.

— Les danses sous la lune, les morts qui reviennent à la vie, et toutes ces conneries de sorcières des montagnes.

— Où est-elle ?

— De l'autre côté de la colline, dans les bois qui entourent la maison de Mère-Grand.

Bob commence à traverser.

— Vaudrait mieux pas, conseille Wood en levant la main comme une marionnette. Retourne à Appalachia ou à la prison de merde dont tu t'es évadé et tout ira bien. T'aurais pas dû nous suivre. Ça fait tache sur ton CV.

Bob ne s'arrête pas pour autant. Wood fait quelques pas sur le côté. Une allée sombre se révèle derrière lui telle la caverne d'Ali Baba.

— Si elle veut me jeter, je tiens à l'entendre de sa propre voix.

— Désolé, elle a pas laissé de message enregistré.

Bob continue d'avancer. Un taxi survient et soulève un mur d'eau devant lui. Wood recule et effectue une révérence comme un acteur à la fin du spectacle. La brume s'écoule de l'allée et emplit la nuit autour de lui. Il ressemble à un lutin noir et argent. Levant les mains à la manière d'un agent de la circulation, il présente à Bob ses paumes où le « A » anarchiste cerclé de blanc se détache sur le tissu détrempé.

— L'heure du jugement, hurle-t-il.

Il disparaît et Bob s'élance. Puis stoppe car l'allée est un cul-de-sac. Il tend l'oreille à l'écoute d'une voix ou d'un bruit de pas, mais il n'y a rien d'autre que le lamento métallique de l'orage sur les toits et les gouttières en fer-blanc. Les deux ou trois fenêtres éclairées qui donnent dans la ruelle ne font rien pour améliorer la visibilité.

Raffermissant sa prise sur le revolver et l'aiguillon, il se remet à marcher.

Il avance sans presque lever les pieds. De l'eau jusqu'aux chevilles. Chaque inspiration le brûle, comme si son nez était tapissé de papier de verre. Il revoit le poster de la police californienne derrière le bar et le visage barbu caché derrière son flingue. EST-CE POUR AUJOURD'HUI ? Les photos de Sam et de Sarah s'inscrivent dans son subconscient, suivies de celles de la petite Polly Klaas. Trois êtres morts sans l'avoir décidé, qui soufflent du feu dans les veines d'un homme vivant et déterminé.

— S'il lui arrive quelque chose..., s'écrie-t-il. Je te jure que... je le jure, tu m'entends ?

Une des fenêtres cligne de l'œil ; le store vient de bouger.

— Fous le camp, putain.

Choqué, il reconnaît la voix.

— Case ?

— Tire-toi, Bob.

Il n'arrive pas à déterminer si la voix vient du niveau de la rue ou de plus haut. Elle sonne creux, ballottée par l'écho.

— Où es-tu ?

— Va-t'en, d'accord ? Tout va bien.

Au bout de l'allée, à vingt mètres de lui, se dresse un mur de brique de trois mètres de haut garni à son sommet d'un rouleau de fil de fer barbelé maintenu en place par des barres métalliques.

— Laisse-moi juste te voir...

Il écoute de toutes ses forces, mais elle ne répond pas. Au lieu de cela, un moteur de voiture se met en marche derrière le mur de brique.

— Case...

Un sifflement près d'une benne à ordures, derrière lui.

Il se retourne brusquement. Des bottes ferrées résonnent sur la chaussée et un tourbillon d'étincelles file en direction de son visage. Il tente de le bloquer avec l'aiguillon.

Les secondes qui suivent lui apparaissent sous forme d'instantanés. Un objet rouge de la forme d'un bâton de dynamite rebondit sur son poignet. Il recule d'un bond, pourchassé par une douleur fulgurante qui remonte le long de son bras et fait naître des taches blanches devant ses yeux. Sent une atroce odeur de brûlé là où l'imperméable a été touché. Aveuglé, il tire sans viser. Bute dans une ornière cachée par la brume et tombe à la renverse contre un étai de planches à moitié pourries. Il serre les dents, cesse de respirer. Se prépare au combat invisible dont il sent l'imminence. Au-dessus de lui, une femme se met à crier en espagnol. Une silhouette fend la brume et bondit sur Bob à la vitesse de l'éclair. Il contre avec l'aiguillon, qui heurte un rail métallique dans une gerbe d'étincelles. Bien que mourante, la fusée éclairante gisant au sol illumine encore les environs. Bob s'enroule dans les plis de sa gabardine et s'écarte de profil pour offrir une plus petite cible. L'ombre jaillit de nouveau et Bob frappe d'un coup d'aiguillon, mais la rate. L'autre riposte au couteau.

Bob a brusquement le souffle coupé. La sensation qu'une allumette enflammée a été frottée contre sa poitrine.

— Touché ! hurle son agresseur inconnu avant de filer vers l'entrée de la ruelle.

Bob reste assis là plusieurs minutes, le pistolet prêt, au cas où son adversaire reviendrait. Sa main libre remonte jusqu'à sa poitrine, qu'il tâte du bout des doigts. Son imper et son T-shirt ont été tailladés. Il se met difficilement debout et observe l'allée d'un regard circulaire. La femme regarde depuis sa fenêtre. Elle montre Bob de l'index en parlant à quelqu'un derrière elle. Les jambes de Bob sont un peu flageolantes, mais il file sans demander son reste.

Il revient au Dakota, la main pressée contre la poitrine. Le sang s'écoule entre ses doigts. Il monte, ferme la portière. Pose le front sur le volant, se reprend au bout de quelques instants.

Il démarre, conduisant et passant les vitesses d'une main, jusqu'à trouver un parking désert où il se range à côté de deux bennes à ordures.

Il allume le plafonnier. Essaye de respirer lentement. Déboutonne son imperméable. Sa paume est poisseuse de sang, aussi sombre que sa peau est pâle, cireuse.

Cela lui rappelle la main de Wood et l'insigne qu'il s'est cousu dans les chairs. Nous voilà maintenant frères de sang, hein, petit con. Il ôte sa gabardine pour examiner sa blessure dans le rétroviseur. Pousse un grognement de douleur en se débarrassant du T-shirt.

Ses yeux se posent sur une splendide estafilade de quarante centimètres de long. L'œuvre d'un bon couteau de chasse. Il presse les lèvres de la plaie. L'entaille est longue mais peu profonde. Une douzaine de points de suture devraient resserrer le baiser.

Il éteint le plafonnier. Laisse sa tête retomber lentement sur le volant. Pour quelques instants seulement. Une poignée de minutes de repos pour rassembler son courage, autant que possible. Se remettre en ordre de marche.

L'ordre. Autrefois, il jouait un rôle important dans son existence. Mais aujourd'hui, il ne vit plus que de minute en minute et, même ainsi, chaque instant lui apporte son lot de douleur.

Et merde. D'abord, refermer cette blessure avec du fil de pêche et une aiguille. Et après, prendre le fusil et une caisse de munitions et aller au baston, comme on dit.

34

Cyrus est assis à une table avec vue sur la route, dans ce qui passe pour une *cantina* située au milieu de Maquila Row, sorte de camp permanent long d'un bon kilomètre et demi constitué d'usines basses et laides en parpaings et fer-blanc. Autrefois, c'était juste le désert de Baja California Norte. Aujourd'hui, une florissante succession d'ateliers dont les propriétaires américains exploitent les travailleurs et de semi-remorques aménagés qui font des bénéfices de l'autre côté de la frontière.

La pluie a cessé. Cyrus se tourne vers Errol, qui parle d'un ton bas et contrôlé malgré sa fureur.

— Je n'apprécie pas d'avoir dû t'attendre trois jours à El Centro. Je déteste ce genre de connerie, tu comprends ?

Cyrus entend Errol sans accorder le moindre intérêt à ses paroles. De l'autre côté du parking boueux, il remarque le fourgon garé à l'écart des voitures et des camions en triste état. Lena est au volant, comme convenu. Mais Granny Boy est sorti boire une bière. D'un signe, il indique à Cyrus qu'il vient d'avoir quelqu'un au téléphone et que tout va bien.

— Tu m'écoutes ?

Cyrus fixe Errol, les yeux comme de la cendre noire.

— J'entends, mais je n'écoute pas forcément.

— Tu peux raconter tout ce que tu veux à tes larbins, d'accord ? Je m'en tape le coquillard. Moi, mon truc, c'est pas la charité ou les dons à l'église. J'ai pas que ça à foutre de rester planté là...

Cyrus se penche légèrement, heureux de se frotter à son partenaire.

— Tu veux savoir pourquoi je suis en retard ? On jouait à Rat Patrol. La petite mignonne était avec nous. Tu sais combien je les apprécie quand elles sont encore imberbes.

— Je ne veux pas entendre ça.

— On s'amusait avec elle quand ce Latino est arrivé. En fouillant dans son portefeuille, je me suis aperçu que c'était un prospecteur de minerai et...

— Je ne veux pas le savoir, je te dis.

— Pas savoir quoi ? Il faut bien rester affûté, non ? Alors, je me teste. Malheureusement, c'est toujours contre des amateurs.

Errol en a sa claque. Il se lève, sort une carte routière de sa poche et la lance sur la table.

— Jettes-y un œil. Vois si ça te pose un problème.

Le dégoût se ramasse à la pelle dans les yeux de Cyrus alors qu'Errol traverse la grande salle qui conviendrait davantage à une étable qu'à un bar.

Errol commande un autre gin. De nombreuses bouteilles de

whisky sont alignées sur des étagères en bois. Le barman est un Latino du Sud. Un pentagramme est tatoué sur le dos de sa main. Il interroge Cyrus du regard pour savoir si lui aussi désire un autre verre. Cyrus opine de la tête. Deux haut-parleurs crachent à tue-tête une version espagnole de *The Weight.* Errol repasse entre quelques meubles refusés par l'Armée du Salut et une douzaine de tables où les rats d'usine jouent aux cartes et racontent leur vie en sirotant une bière.

Il se rassoit et tend son verre à Cyrus.

— On a une bonne combine, toi et moi. Pas la peine d'en venir aux foutaises, d'accord ?

Cyrus songe que Gutter et Wood devraient bientôt arriver avec Manque-une-case. Et là, il pourra vraiment le faire ramper, ce petit connard de yuppie.

— On fait tout pour rester affûtés, répond-il. Alors me dis pas que tu te fous pas de moi, d'accord ?

— Et en quoi je me foutrais de toi ?

— La macchab'.

Errol devient nerveux, il ne comprend pas.

— Tu parles en code, ou quoi ?

— Manque-une-case, précise Cyrus. Peut-être que t'as voulu me faire payer d'être en retard en allant lui raconter que tu ferais l'intermédiaire entre elle et moi, hein ?

Il boit sa tequila à gestes lents et contrôlés, mais une intense fureur se lit dans les éclairs sanglants qui jaillissent sous ses yeux.

— Je me disais que tu voudrais peut-être t'amuser...

Errol s'interrompt. Comprend qu'il est refait. Quoi qu'il dise, ça ne passera pas. Il a touché à quelque chose qui l'a fait entrer dans le pays du diable. Il tente de revenir en arrière en glissant la carte vers Cyrus.

— La camionnette sera à l'ouest d'Algodones, reprend-il. Demain soir. Deux mulets...

Cyrus continue de le regarder fixement. Son jean noir et sa chemise rouge sombre aux manches découpées donnent l'impression qu'il est couvert de sang séché.

Errol boit une longue gorgée de gin.

— Quoi ? Tu voudrais qu'on s'engueule pour cette conne ? C'est juste...

Cyrus croise les mains et contemple son vis-à-vis d'un air songeur.

— Alors, on fait affaire, oui ou non ? s'entête Errol.

— Tout en toi est bidon, tranche Cyrus avec la sérénité d'un homme d'Église. Je sais qui tu es.

Errol se trémousse nerveusement. Il sait ce qui arrive, pour avoir vu Cyrus pratiquer avec d'autres. Parfois, il fait juste ça pour s'amuser aux dépens de son interlocuteur, mais pas toujours.

— Peut-être que tu as raison, concède-t-il. Je suis aussi bidon que n'importe qui. Mais sache que s'il n'y avait pas de types comme moi, les gens comme toi n'existeraient pas.

Errol veut se lever mais Cyrus le retient par le bras.

— T'as tout faux. C'est moi qui crée les bonshommes dans ton genre. Pour mon plaisir. Et quand j'en aurai assez de te regarder te souiller, je t'avalerai. En ce moment, tu es dangereusement près de transformer ce petit coin peinard en vision de cauchemar.

Errol reste là, être de chair, de sang et de terreur. Cherche à tenir par la seule force de sa volonté.

Cyrus repère la Jeep Cherokee blanche cabossée qui rebondit entre les nids-de-poule gorgés d'eau du parking. Voit Case à l'intérieur, coincée entre Gutter et Wood. Sourit à l'intention d'Errol, qu'il libère. Se lève, constate qu'Errol se détend quelque peu sans être vraiment sûr d'être tiré d'affaire.

— Je parie que, l'espace d'un instant, même la mouche à merde que tu es s'est mise à prier ce pédé de Jérusalem.

35

Gutter se penche de sorte que sa tête frôle celle de Case.

— Tu l'entends, pas vrai ? Le roi ténébreux qui frappe à ton cercueil...

Il dit ça pour faire mal. Elle aperçoit Cyrus qui regarde par la fenêtre. Dans un tel cadre et avec la lumière fluorescente du plafonnier, sa peau a l'air plus jaunâtre encore que dans son souvenir. Gutter la surveille et Wood tape en cadence sur le volant. Le silence glacé des loups des rues surveillant leur proie. Des chiens de chasse attendant le claquement de fouet ou le doigt tendu qui leur donnera l'ordre de tuer. La voilà de retour.

Cyrus fait signe à Wood d'amener la voiture derrière le bar. Case a toujours son arme, qu'elle cache en maintenant bien fermée la veste en toile de Bob. Wood suit les indications de Cyrus et stoppe au niveau de la portière passager du fourgon.

Assise au volant, Lena discute avec Granny Boy appuyé contre la portière du côté conducteur. Un instant, son regard croise celui de Case. Elle se détourne sur son siège, tente de lui faire un signe de la main, sans lâcher sa cigarette, mais le geste mélancolique à peine ébauché est plus pathétique qu'autre chose.

Case répond d'un hochement de tête.

Granny Boy s'approche de la Cherokee et se penche par la portière, sourire de camé tiré à quatre épingles.

— Alors, comme ça, on revient chez les chèvres, hein, petite sœur égarée ?

— Je suis prête pour le collier de velours, Granny Boy.

Gutter repousse le visage de Granny Boy avant que celui-ci puisse réagir.

— En route, Cyrus veut qu'on aille derrière le bar, dit-il.

Case note avec inquiétude que Granny Boy se désintéresse aussitôt d'elle. La Cherokee fait demi-tour, s'affaissant et remontant au rythme des trous de la route. Les phares balayent les environs et capturent Granny Boy au moment où il franchit le rideau de tissu qui pend à l'arrière du fourgon.

Quand Granny Boy l'écarte pour monter, Case remarque deux jambes pâles sur la moquette verte. Genoux serrés, tournés vers le sol. Elle n'en voit pas davantage, entre Wood qui continue d'avancer et les phares de l'autre véhicule en train de manœuvrer, qui l'éblouissent.

L'instinct de survie désespéré des drogués a parfois des ratés.

Si Gabi est vivante, il faut bien qu'ils la gardent quelque part. Mais quel culot de passer la frontière avec elle dans le fourgon.

Il peut évidemment s'agir d'une gamine complètement défoncée qu'ils ont ramassée sur la route. Mais ces jambes qui n'ont pas encore perdu les rondeurs de l'enfance pourraient aussi être celles de Gabi. Elles étaient assez rapprochées pour être attachées. Merde. Les rouages tournent tellement vite à l'intérieur du crâne de Case que certains se mettent à griller.

Elle connaît la musique et joue son rôle de camée : renifle, s'essuie le nez. Multiplie les tics nerveux. Montre le fourgon de la tête.

— Je vois que Granny Boy s'est dégoté une petite poulette, fait-elle pour essayer d'en apprendre davantage.

Un regard vide entre Gutter et Wood. Punk attitude...

— Marques de naissance, marques de dents, marques d'aiguille, fredonne Wood en clignant de l'œil à l'attention de Gutter.

— Je sens d'ici son parfum de Tijuana, répond ce dernier en surveillant Case plus attentivement encore.

Le parfum de Tijuana... Leur vieille blague pour désigner les chattes d'adolescentes. C'est forcément elle, à moins qu'ils en aient trouvé une autre. Obligé...

Errol suit Cyrus, qui passe devant le barman, un grand type aux cheveux blancs qui se tient comme un juge. Ou un criminel tenu en haute estime. Il échange quelques mots avec Cyrus, en espagnol, prend une clé de motel accrochée au mur. La lance à Cyrus. Celui-ci se penche au-dessus du comptoir et les deux hommes chuchotent. Le barman hoche diplomatiquement la tête, puis tous deux serrent le poing et heurtent le dos de leurs mains, pentagramme contre pentagramme.

Cyrus se tourne vers Errol.

— Que la fête commence.

La Cherokee contourne le bar et s'engage dans un grand champ envahi par les mauvaises herbes, la boue et les morceaux de métal rouillé. Des ampoules fixées à des câbles sortant de l'arrière du bar se dirigent vers un chœur de cabines partagées en deux groupes arborant chacun un signe distinctif peint à la main. D'un côté un homme, de l'autre une femme. Tous les deux nus. La dernière cabine, trouée de balles, est isolée au bord d'une pente avec son enseigne évoquant une scène de sodomie.

La voiture se gare et le fourgon vient s'arrêter à sa hauteur. Case évalue rapidement la situation. Elle pourrait sans doute se débarrasser de Gutter et de Wood avant qu'ils comprennent ce qui leur arrive. Sans doute, oui. Et probablement arriver jusqu'au fourgon. Mais ce ne serait sûrement pas facile de tuer Lena de sang-froid. Voire impossible. Et Granny Boy ? Les six mètres qui la séparent de lui pourraient être les plus longs du monde, si elle rate son coup.

— Je sais pour quelle raison tu es là, siffle Bob en pointant l'index entre les yeux de Case. Je sais. Et ça, c'est le pire mensonge de tous.

Elle attend la suite, refuse de baisser le regard, butée.

— Je sais, répète-t-il en la secouant par les revers de sa chemise. « Je l'aiderai à la récupérer. Et même si on n'y arrive pas, peut-être que, si on s'approche suffisamment de Cyrus, il la tuera rapidement. » Ça te rappelle quelque chose ?

Elle n'a que quelques secondes pour regarder en face son dilemme. Cyrus sort dans la nuit. S'arrête après quelques pas, non loin de la porte d'où jaillissent les fils ponctués d'ampoules.

On la pousse hors de la voiture. D'autres portières s'ouvrent, se ferment. Quelques mots sont échangés. Mais Case ne voit, n'entend que Cyrus. Il avance vers elle dans la boue.

Elle pourrait le tuer, au moins. Ça, elle pourrait le faire, quoi qu'il arrive. Transformer son empire cosmique en poussière en le criblant de balles. Autant qu'on la laissera en tirer.

Mais elle ne le fait pas. Se demande si elle a soudain peur de mourir ou si Cyrus détient un étrange pouvoir sur elle. Et la gamine ? Qu'est-ce qui lui arrivera après la mort de Cyrus ?

Ce dernier écarte les bras en arrivant près d'elle. L'image même de la bonté.

— Comme a si justement écrit le Fils de Sam, déclame-t-il,

Bonjour depuis les caniveaux de l'ouest,
Emplis de déjections canines,
De vomi, de vin piqué, d'urine et de sang.
Bonjour depuis les égouts de notre esprit,
Qui engloutissent les voluptés...

Quand il n'est plus qu'à quelques mètres d'elle, Case a soudain terriblement peur pour sa vie mais s'oblige à ne rien montrer. Quelques heures, quelques minutes peut-être, et elle pourrait approcher de la fille. Elle tend les mains vers lui.

— Est-ce que je peux revenir... s'il te plaît ? Tu veux bien...

Il la frappe en plein visage. Le sang gicle de ses narines. Elle tombe à la renverse dans la boue, atterrit sur les fesses. Vacille, à la limite de perdre connaissance. Lena s'élance vers elle en poussant un cri, mais Cyrus lui ordonne de rester où elle est.

Quelques ouvriers discutent près des chiottes. Leurs yeux se tournent vers la forme ensanglantée assise dans la fange. Cyrus s'accroupit à côté de Case. Entend les types qui vantent leur virilité. Les regarde méchamment et leur envoie quelques menaces bien senties dans leur langue. Gutter enfonce le clou en frappant la portière de la Cherokee avec le canon de son fusil. Les Mexicains se fondent silencieusement dans la nuit.

Cyrus se tourne vers Errol. Lui montre la clé de motel et l'agite.

— Tu voulais un peu de sang ?

36

— J'ai vu Maureen, l'autre soir, fait Arthur.

— Je sais, répond John Lee.

— Vraiment ? Elle te l'a dit ?

— Non, Arthur. Je suis le seul avec qui elle la ferme. Mais

j'ai su que quelque chose n'allait pas quand tu as choisi ce bar minable. J'espérais t'entendre dire que tu avais tiré un coup ou quelque chose d'intéressant dans ce genre, mais...

Le Bugle est un bouge sur la Sierra Highway. Il est connu pour accueillir les ivrognes de l'après-midi et passer des cassettes de jazz jusqu'à la fermeture. La tenancière a les seins pendants, des sourcils peints longs comme l'index et la tête enturbannée par un bandana de pirate afin de cacher une calvitie naissante. Elle possède un vague frigo contenant lait, beurre, fromage et viande froide. La couverture parfaite pour que les poivrots indigents puissent se pourrir la santé en venant transformer leurs bons d'alimentation en liquide.

— Fiche la paix à Maureen, mon ami. Je suis sérieux.

John Lee plisse les paupières.

— Crois-tu vraiment que l'amitié existe ? Pas comme quand on est gosse, je veux dire. Pour les gamins, la vie n'est qu'une succession d'instants définis par l'amitié. Mais quand le cheval est sorti de l'enclos et qu'on avale à tombeau ouvert les années de l'âge adulte... les plus dures, Arthur... penses-tu que ce mot ait encore un sens ? N'est-ce pas juste une excuse pour obtenir ce qu'on veut, ce dont on a besoin ? Pour accomplir des choses, conclure des affaires...

De la table du fond où ils se trouvent, dans l'ombre, près des toilettes, les yeux d'Arthur balaient le bar.

— Je n'aime pas la tournure que prend cette conversation.

— Ce qui te déplaît, c'est ce qui nous est arrivé, pas vrai, l'ami ?

— Oui.

John Lee se penche.

— Notre amitié, c'est du passé. N'allons pas l'oublier. Mais il y a encore des bons moments, non ? fait-il en souriant. Quant à ma femme...

— Je sais qu'elle avait une liaison avec Sam.

John Lee met quelques secondes avant de répondre.

— Comment l'as-tu appris ?

— Sarah m'avait prévenu.

— Sarah ? Pas Maureen ?
— Non, Sarah.
— Tu mens.
— Elle m'en a parlé une semaine avant les meurtres.
— Et tu ne m'en as rien dit ?
— Je ne voulais pas te faire de mal.
— Mais maintenant, si.
— Parce que je ne veux pas que tu lui fasses du mal, à elle.
— Qu'est-ce qui te fait croire que c'est à ce sujet que nous nous sommes disputés, si elle ne t'a rien dit ?
— Tu ne la frapperas plus jamais.
— Sinon ? Tu feras un scandale sur la place publique ? Pour que je sois jeté hors du temple avec les Pharisiens ? Cette connasse est venue te voir...
— As-tu envie qu'on retrouve Gabi ?

John Lee bouge nerveusement sur la banquette, faisant grincer le cuir. Mais Arthur n'en a pas fini.

— Ta femme avait une liaison avec l'une des victimes d'un meurtre multiple. Certains pourraient se dire que tu es mal placé pour résoudre l'affaire en toute objectivité. Ils pourraient même se poser des questions si ce fait venait à être connu. Moi aussi, je serais obligé de m'interroger.
— Alors, comme ça, on ne parle plus de Maureen, hein ?
— C'est de toi que je parle.
— T'en as rien à foutre, de Maureen. Tout ça, c'est du pipeau, pour garder de bons rapports avec ta partenaire en affaires et vos relations.
— Trouve Gabi. Je suis sérieux. Trouve-la.
— Mais qu'est-ce que tu crois que je suis en train de faire, bordel ?
— Je pense que tu tabasses ta femme et que tu regardes tes vidéos porno, au lieu de...
— Tu as des nouvelles de Bob et de sa reine des camés ? Comment ils se débrouillent, sur la route ? Et ça, qu'est-ce que tu en penses, hein ? Pourquoi tu ne les as pas arrêtés ? Hein ? Et com-

bien d'argent tu leur as donné ? Occupe-toi un peu de tes putains d'affaires.

Arthur se laisse aller contre le dossier de la banquette. Frotte lentement ses paumes contre la table en bois. Indécis comme un grand sanglier piégé dans les fourrés qui n'arrive pas à déterminer s'il doit charger ou battre en retraite.

John Lee s'intéresse aux étranges motifs que dessine le semi-éclairage du bar, où les clients de passage bavardent de tout et de rien. Combien portent en eux le secret d'un meurtre ? se demande-t-il.

— Peut-être qu'on en a trop voulu, toi et moi, Arthur. Peut-être que la seule chose qui nous différencie de tous ces types, c'est un seul petit coup de feu.

De la mâchoire, il indique le comptoir où la propriétaire rit à gorge déployée en compagnie d'un groupe de piliers de bar particulièrement volubiles.

Arthur se repasse lentement les propos de John Lee : notre amitié a eu ses bons moments... peut-être qu'on en a trop demandé... la seule différence entre tous ces types et nous... un coup de feu...

Il regarde son « vieil ami ».

— Tu te fous de moi ? C'est quoi, ça ? Des menaces ? Des avertissements ?

John Lee ne répond pas.

— Est-ce toi qui as fait la peau à Sam ? Qui as chargé quelqu'un de le faire à ta place ? Tu sais ce qui s'est passé, là-bas ?

John Lee n'ignore pas les questions, il se contente de les laisser flotter dans le vide. Sort quelques billets pour payer l'addition. Arthur lui attrape la main alors qu'il se lève pour partir.

— La mort de Sarah..., chuchote-t-il, soudain inquiet. Gabi... ça n'aurait pas quelque chose à voir avec...

— Ne t'engage pas sur cette voie si tu n'es pas prêt à aller jusqu'au bout, le prévient John Lee.

37

Le traceur coincé sur le tableau de bord du Dakota laisse apparaître un point jaune régulier comme un battement de cœur. Le signal s'est stabilisé depuis dix minutes, ce qui permet enfin à Bob de localiser Case. Il roule en direction du sud, sur la Benito-Juarez, en direction de l'endroit où le Mexicali se divise en une galerie de petites rivières et de lits de ruisseaux.

Il avait cousu un émetteur dans la veste qu'il a jetée à Case avant de la cacher sous la banquette, au cas où la jeune femme le laisserait en plan et se tirerait avec le pick-up. Désormais, c'est le dernier lien qui le rattache à elle.

Les kilomètres défilent lentement dans le noir. Il est seul sur la route, à part quelques semi-remorques roulant comme des fous en direction de la frontière. De part et d'autre, la terre désolée semble avoir été raclée avec détermination. Seuls y poussent de grands échafaudages métalliques abandonnés sur les côtés, dinosaures de poutrelles dressés devant une lune que le vent venu du golfe fait sortir des nuages. Des déchets toxiques, pour la plupart ; des bidons et des bouts de canalisation, des tiges de fer et des joints de soudure.

De temps en temps, Bob croise des camions pathétiques et des pick-up de fortune qui viennent chercher de la ferraille pour la vendre dans les *colonias*. Sa blessure à la poitrine se déchaîne et Bob en fait autant à son encontre. Il a la sensation de faire partie de ce paysage ferreux.

Sur ordre de Cyrus, Gutter et Wood traînent Case dans la boue jusqu'à la Cherokee. Errol essaye de se dissocier du coup, mais Cyrus le fait avancer vers le fourgon avec un regard mi-puéril mi-stupéfait. Et totalement dénué de sincérité.

De la porte de derrière de l'établissement, le barman regarde les deux véhicules traverser la place du village pour se rendre au motel de faux adobe en forme de fer à cheval. Fumant un cigarillo tordu, il regrette de ne pouvoir participer à l'orgie débridée qui s'annonce. Mais il lui faut continuer de servir ses abrutis de clients.

Le motel était une maison de passe destinée aux Anglos qui en pinçaient pour la peau teintée. Aujourd'hui, c'est un trou à cafards où les ouvriers s'entassent à seize par chambre. À l'exception des deux dernières. L'une est celle du barman. L'autre, une salle de jeu qui a vu couler plus qu'un peu de sang.

Quand ils s'arrêtent devant ces tristes bâtiments et essaient de sortir Case de la voiture, Gutter trouve le pistolet de la jeune femme. Il le tend à Cyrus sans que les autres le remarquent. Cyrus le prend à deux mains et l'examine comme s'il le trouvait particulièrement ridicule. Puis il le range dans sa poche.

Ils portent à moitié Case, calée entre les épaules de Granny Boy et de Wood. Lena suit le mouvement, mais Cyrus l'arrête une fois de plus.

— Holà, Batgirl ? Tu veux jouer les baby-sitters pour Robin ?

— Qu'elle aille se faire foutre, cette petite conne. Elle est complètement défoncée.

— Ça devrait plutôt te plaire, non ?

Case plisse les paupières pour accommoder et ouvre la bouche pour inspirer autant d'air que possible. Elle distingue d'abord la chaise en bois sur laquelle elle est assise, puis ses jambes, et enfin la moquette bordeaux poisseuse.

Puis elle lève ses yeux voilés de larmes, les ouvre en grand. La pièce est éclairée par deux lampes. Cyrus est assis devant elle, les bras et la tête appuyés sur le dossier de sa chaise retournée. Errol se tient debout derrière lui, à côté du lit.

— On finit tous par avoir envie de rentrer à la maison au bout du compte, pas vrai ? demande Cyrus.

Case acquiesce et en même temps s'adapte à la lumière et reprend conscience. Du sang coule encore de son nez, elle le sent dans sa bouche. Gutter est assis sur un bureau. Près de lui, Granny

Boy et Wood sont en train de faire chauffer une cuillère de potion magique pour le bras.

— Combien tu es prête à mettre ? poursuit Cyrus.

Les yeux de Case reviennent vers lui. La chambre empeste les senteurs bon marché. Elle ouvre la bouche mais il la devance.

— Tu as intérêt à me donner le prix exact, prévient-il.

Il se penche, essuie du doigt un peu de sang sur le visage de la jeune femme et le porte à ses lèvres pour le goûter.

— Tout ce que j'ai, répond Case.

Cyrus sort le pistolet de Case de sa poche et le lui montre.

— Bonne réponse, fait-il.

L'adrénaline chasse les brumes qui envahissaient le cerveau de Case. Cyrus s'adresse à Errol.

— Tu sais quelles sont les deux choses qui mettent tout le monde à égalité ? La souffrance et la mort. Le reste, c'est de la poudre aux yeux. Mais la souffrance et la mort, elles permettent de savoir qui tu es sans perdre de temps.

Il se tourne de nouveau vers Case.

— Comment je sais si je peux te faire confiance ? Que tu cherches pas à m'entuber ? demande-t-il en lui mettant l'arme devant les yeux. Et ça, c'est quoi, hein ? Tu voulais pas faire quelques trous dans le Messager, des fois ?

Elle ne bouge pas d'un pouce.

— Tu viens te balader de l'autre côté de la frontière, et je me demande… Les gens jouent à des tas de jeux. Toi aussi, Errol. T'aimes ça, hein ? Pas vrai, chef ?

— J'ignore ce que tu veux dire, Cyrus.

— Monsieur Eau-de-feu. Monsieur le putain de yuppie peau-rouge qui a changé son nom pour que personne sache que c'est un rebut de la réserve. Parce qu'il préfère être monsieur Visage-pâle.

— Je ne vois pas ce que cela a à voir. Je suis à moitié…

— Comment je sais que toi et bébé chérie n'avez pas prévu une petite intrigue de cour contre moi ? Tu l'aides à revenir à la maison. Moi, je marche et je récupère ta came. Et après, elle me refroidit. Les autres aussi, peut-être. À moins qu'elle m'amène dans une embuscade tendue par tes larbins. Comment je peux savoir, hein ? Comment ?

Errol sent une sueur froide ruisseler sur sa poitrine. Il regarde autour de lui. La chambre a déjà commencé à changer de forme : Gutter a quitté le bureau pour se trouver un petit coin tranquille à côté de la porte.

— Tu ne vas pas me faire avaler ça, dit Errol, et les mots se bousculent dans sa bouche. Je ne suis jamais protégé, ni armé. Je ne suis pas un arnaqueur et je n'ai jamais baisé personne. Et même si j'avais l'intention de te faire un coup pareil, est-ce que je me servirais de Manque-une-case ? Putain, non !

— Il est temps pour toi de porter le masque de la Faucheuse, fait tristement Cyrus en tendant le pistolet à Case. Flingue-le, ma sœur.

— Qu'est-ce que c'est que ces conneries ? s'affole Errol.

Cyrus force les doigts de Case à se refermer autour de la crosse.

— On a besoin de sang pour préserver la jeunesse de l'Amérique. Vas-y, ma sœur.

Elle fixe l'arme. Y lit plusieurs choix, tous pourris. Errol sombre dans la panique, tel un avion qui perd tous ses réacteurs. D'un grand geste qui ressemble à un coup de baguette magique, il veut faire disparaître la pièce entière, mais son bras heurte une lampe, qui déclenche en tombant une collision d'ombres au plafond. De grandes silhouettes noires : Wood qui tient une aiguille, Granny Boy qui s'encourage en ânonnant un mantra pervers et Gutter qui joue les videurs à la porte, les doigts dans le ceinturon. Une vision de visages muets, de lumières indécises, balayée par la musique d'un autoradio éclatant dans la rue.

Case pourrait buter Errol sans écorner sa conscience. Elle le sait. Et elle pourrait coller le canon du pistolet sous la mâchoire de Cyrus pour lui enlever une bonne livre de matière grise.

Mais elle a retrouvé sa lucidité trop vite. Elle amorce le chien, a l'impression de vivre un rêve hypnotique. La connasse au flingue du Café de l'Armageddon. Le cadavre vengeur du Pays de Gog. Elle sait que Cyrus lit en elle, et que l'inverse est vrai.

Un sorcier et une sorcière, qui ont parcouru ensemble des kilomètres de corde raide mentale. Le passé et le présent fusionnant en une fraction de seconde de leur existence. Le crotale et sa queue qui se déplacent à l'unisson, bien que capables de partir dans deux directions différentes. Le chien du pistolet se bloque dans un cliquetis et la main de Case lui explique pourquoi le deal est à l'eau, à coup de poids et mesures.

— Joue-nous ton Travis Bickle, susurre Cyrus. Vas-y. Fais-nous ton cinéma à la Robert de Niro, mais souviens-toi que la route est longue jusqu'à la porte...

Il ne peut plus lui faire gober n'importe quoi, car elle a compris son jeu. Alors, elle va aller jusqu'au bout de la scène. Le griffon monté sur sa Harley noire et chromée, pointant son flingue sur Errol qui s'étrangle en gémissant, image tronquée sur le plafond éclairé.

Cyrus emplit la chambre de sa présence quand il se met à déclamer, la main sur le cœur :

— C'est là que se trouve notre vrai pays !

Au moment de tirer, Case retourne l'arme contre elle-même, prend le canon entre ses lèvres et presse la détente sans trahir la moindre émotion.

38

Bob avance au pas en suivant le point jaune clignotant. D'usine en entrepôt et en parcelle dégagée pendant près d'un kilomètre sur Maquila Row, jusqu'à ce qu'il se retrouve face à une clôture anti-cyclone endommagée sur le bord de la route. Derrière, une *cantina.* Le signal s'immobilise et s'intensifie, tel les battements de cœur d'un enfant dans le ventre de sa mère.

Il fait demi-tour et retourne se garer quelques mètres plus haut, en bout de parking. Il observe les environs d'un œil professionnel tout en sortant de la ficelle. Fait une boucle qu'il attache à la crosse de son fusil, puis une autre qu'il glisse autour de son cou. L'arme est désormais cachée sous son imperméable. Même opération avec l'aiguillon électrique.

Il inspecte une par une toutes les voitures du parking, à la recherche de Case. Il doit dégager une odeur d'invité indésirable. La *migra* qui traque le coyote. Ou peut-être un motard raciste parti chasser tout seul du Latino. Il le voit dans le regard des poivrots qu'il croise, des couples posant sur fond de lune et des ouvriers regroupés autour d'une bouteille de rhum coupé de cola bon marché qu'ils boivent dans des gobelets en carton. Ils se parlent à voix basse, dans une langue que Bob regrette de ne pas comprendre.

— Je ne vois pas pourquoi, dit Bob. C'est notre pays, notre langue. On devrait les obliger à apprendre notre langue. Sinon, qui sait ce qui peut se passer ?

Sarah l'écoute en silence, débarrasse la table et se tourne vers lui en affichant poliment son désaccord. Puis, dans un espagnol exécrable, elle le remercie de cette sagesse politique.

La situation ne s'améliore pas à l'intérieur du bar, où il fend une mer de visages. La poignée de Blancs présents le reconnaissent à peine comme un des leurs. Quand il s'arrête pour leur demander s'ils ont vu une femme accompagnée de trois hommes, qu'il décrit en faisant part de son inquiétude, ils n'ont rien à lui apprendre.

Il scrute une nouvelle fois la salle depuis le comptoir. Parvient à commander une bière et un verre de tequila en faisant des gestes pathétiques. Ce putain de point jaune indique cet endroit, pourtant. Il se décompose lentement sous le coup d'une réaction en chaîne de pensées primitives s'achevant par Case tuée et balancée dans un fossé.

Sa poitrine le brûle, effet combiné du coup de couteau et des points de suture qu'il a lui-même posés. Il avale sa tequila et sa bière pour ranimer son énergie avant de descendre dans un nouveau cercle des enfers.

Il inspecte les chiottes extérieures, marchant dans la boue sous les ridicules lumières de carnaval qui ondulent dans le vent. Regarde dans toutes les directions, sans voir rien d'autre que des champs noirs comme le désespoir qui s'étendent jusqu'à une autre route et quelques bâtiments tassés éparpillés çà et là.

Une hallucination le rendant coupable de tout ce qui s'est déroulé depuis le début attaque le peu d'espace que son cerveau a conservé pour réfléchir. C'est une nuit à faire les cent pas dans ce chaudron gorgé de pluie, et à chaque centimètre il se jure qu'il va assurer.

— Veille juste à rester en vie, murmure-t-il.

Il revient vers le bar quand un détail attire son attention. Un petit bonhomme au visage tuméfié et aux jambes nues, chaussé de tongs, se fraie un passage au milieu d'une grappe de types parlant devant la porte. Un gnome bourré transportant deux packs de six bières et dont la veste ressemble sacrément, sacrément trop, même, à celle que Bob a donnée à Case.

Au-delà des lumières, sur un sentier gravissant une pente éclairée par la clarté bleutée de la lune, Bob coupe la trajectoire de l'ivrogne. L'expression de ce dernier est hostile et craintive jusqu'à ce qu'il voie l'imperméable s'entrouvrir et deux canons se relever vers lui. Après quoi il n'est plus que terrifié.

Il recule en parlant rapidement en espagnol. Ses pieds glissent sur le gravier détrempé.

Bob fixe la veste, l'attrape. Passe les doigts le long de la doublure, en quête du micro. Son pouce vient buter sur la petite bosse formée par l'objet métallique.

— La femme..., demande-t-il en tirant le vêtement. La femme... où est-elle ?

Le petit homme secoue la tête comme un vendeur refusant toute négociation.

Bob tire plus fort.

— *Mujer...*, essaye-t-il en faisant appel à tout le vocabulaire espagnol qu'il connaît, pour l'avoir appris sur la porte des toilettes. *¡ Mujer !*

Les yeux du bonhomme se dérobent et Bob plante le double canon du fusil dans ses dents laiteuses.

— *Mujer,* s'obstine-t-il avec une nouvelle traction sur la veste. Où ? Où ?

Une main à laquelle il manque un doigt se tend vers une épave argentée gisant cinquante mètres plus loin, au flanc d'une pente couverte de mauvaises herbes qui s'achève par un puisard.

D'un geste du fusil, Bob indique à son prisonnier de passer devant. Au bout d'une vingtaine de mètres, la forme argentée se révèle être un camion-citerne qu'on a laissé pourrir sur place après un accident, il y a un bail. Sa partie arrière a été tranchée net, au niveau de ce qui devait être un logo Shell. Le S a été tronqué. Ne reste qu'un terme particulièrement évocateur sur fond de métal jauni par le soleil. Hell. L'enfer.

Le poivrot s'immobilise et ses mains indiquent nerveusement les hautes herbes à un endroit où le sol se dérobe.

— *Mujer,* dit-il.

Un dialogue rauque vaguement audible provient de cette direction. Des aboiements de chiens assourdis que transporte la brise.

— *Mujer,* répète le petit homme.

Bob lui coince le fusil sous la mâchoire et lui fait signe de continuer d'un mouvement de menton.

Quelques pas malaisés leur suffisent pour franchir les hautes herbes et Bob oblige l'autre à se mettre à genoux. Le visage tuméfié se tend vers le ciel pour implorer la pitié de son gardien, mais n'obtient rien d'autre qu'une gifle de canon de fusil.

Les yeux de Bob s'adaptent à l'obscurité. Dans une déclivité du sol, sous le camion-citerne, une douzaine d'hommes rôdent tels des oiseaux de proie autour de la silhouette blanche d'une femme maintenue au sol pendant qu'on la viole.

Case est allongée sur un matelas, radeau noir dans une mer d'ordures. Un ou deux hommes sont nus. Les autres tournent autour d'elle tels des gorilles, appréciant la façon dont elle se débat.

Bob charge, le cœur au bord des lèvres. Tire en l'air et certains agresseurs s'éparpillent tandis que d'autres rampent à couvert ou se replient, groupés comme une meute de loups. Il presse une nouvelle fois la détente et le ciel devient blanc, une fraction de seconde. L'homme qui recouvrait Case tente de se relever, mais

Bob lui donne un violent coup de pied au visage et il s'affale dans les détritus, les bras en croix.

Bob s'agenouille à côté de Case, maintenant les Mexicains à distance respectable à l'aide de son fusil. Hébétée, elle tente de se redresser sur les coudes en tremblant de tous ses membres. C'est à ce moment que Bob remarque qu'ils l'ont droguée. Une aiguille est encore fichée dans son bras.

Certains de ses agresseurs se sont enfuis, mais cinq ou six se sont regroupés en cercle et crient en espagnol. Comme les charognards qu'ils sont, ils essayent de montrer qu'ils ne sont pas impressionnés.

Bob glisse son bras sous celui de Case.

— Tu peux te lever ? demande-t-il.

Elle essaye de voir malgré l'héroïne et les coups reçus.

— Il faut que tu y arrives. Je crois qu'ils vont nous attaquer.

— Je pensais... que j'étais debout, répond-elle d'une voix incertaine.

— Allez, viens !

Il l'aide à se mettre sur pied sans cesser de pointer le fusil vers les visages et les épaules courbées qu'il distingue dans les hautes herbes ou derrière les amas de déchets. Les Mexicains débutent le jeu par un chœur de cris d'animaux, de sifflets et de baisers bruyants et agressifs.

— Il faut que tu puisses te tenir debout toute seule, tu comprends ?

Case entend ses paroles, mais elles lui parviennent au ralenti. Elle lui répond en lâchant son bras et en ancrant ses pieds dans son nuage de matelas éventré comme si sa vie en dépendait.

Les hululements et les noms d'oiseaux atteignent un crescendo de rite orgiaque. La virilité frustrée des agresseurs se rebelle à l'idée d'être spoliée par un connard armé d'un flingue.

Bob essaye de guider Case au milieu d'ornières couvertes de mauvaises herbes. Si les autres veulent les attaquer, ce sera forcément avant qu'ils arrivent au sommet de la butte, en vue d'un tas de témoins.

Ils amorcent l'ascension tels deux boxeurs K.O. debout. Les

autres les suivent en éventail, s'armant de pierres, de tubes métalliques et d'épées improvisées faites de planches cassées. Les chiens de la rue qui sommeillent en eux sont en train de se réveiller et ils débattent de la meilleure façon de se faire leurs deux proies.

Case tente bien de traduire à Bob ce qu'ils se disent, pour le prévenir, mais les mots qu'elle prononce lui semblent fangeux et dénués de vie.

— Dis-leur de reculer ou je tire, s'écrie Bob. Et...

Elle crache les mots dans un espagnol venimeux, nue et pâle comme un copeau de lune, les bras tendus comme si elle cherchait à quoi se raccrocher.

Les Mexicains chargent et feintent, jambes arquées. Puis l'un d'eux lance une pierre qui touche Bob au cou. Le choc l'envoie au sol. Case tente de le retenir, mais en vain. Et les autres s'élancent.

Mais la boue qui gêne les fuyards joue aussi contre les agresseurs qui ne parviennent pas à coordonner leur progression. Un gros type velu au torse dénudé couvert de cicatrices arrive le premier. Il attrape le fusil. Bob et lui luttent pour l'arme en se tortillant frénétiquement autour du canon gris. Bob libère un de ses bras et se saisit de l'aiguillon électrique, qu'il lève alors que son adversaire cherche à lui arracher le fusil. Il colle l'extrémité contre la pomme d'Adam du type et presse le bouton. Un bref grésillement et le Mexicain s'effondre dans un cri, tétanisé.

Case redescend en glissant, aide Bob à retirer le fusil de la main du Mexicain. À eux deux, ils y parviennent et Bob s'appuie sur l'arme pour se relever. Un autre type le charge, armé de près de deux mètres de tuyau et beuglant comme un guerrier maya, pour venir buter contre une décharge de fusil.

Catapulté de côté, il tombe dans la fange. Le bruit que fait son corps en heurtant le sol est une gifle à la face de la terre.

Les autres se figent.

Bob a du mal à respirer. Ses yeux ne peuvent quitter la tache rouge qui va s'élargissant en forme de croissant de lune sur le T-shirt blanc.

— Dis-leur... dis-leur... si c'est du sang qu'ils veulent... qu'ils y viennent...

Case traduit péniblement.

Ils entament une lente retraite en direction des lumières, progressant à reculons derrière le double œil fixe du fusil tandis que les Mexicains restent pétrifiés, pareils à des piles d'os dans un charnier.

39

Emmitouflée dans l'imperméable de Bob, les jambes ramenées sur la banquette du Dakota comme celles d'un enfant maltraité, Case regarde défiler les kilomètres de désert nocturne le long de la route du canal Del Alamo qui mène à la frontière.

Elle sort lentement de son brouillard d'héroïne. Sa voix est rauque et chargée d'émotions.

— Quand on était dans cette pièce et qu'il a sorti mon pistolet, je me suis dit : « C'est l'heure du mal... »

Elle mime faiblement un coup de dague en plein cœur. Ses yeux se remettent à dériver et elle appuie la tempe contre le montant de la vitre.

— Mais quand il a commencé à embrouiller Errol, je me suis dit que j'avais peut-être une chance. Quand il la joue affrontement façon serpent à sonnette, ego contre ego, c'est juste un divertissement, pour lui. Pas la mise à mort. Et quand il m'a tendu le flingue, j'ai compris que je faisais partie du jeu, moi aussi. Et je me suis dit : « Je suis de retour. Dans la famille... »

Elle inspire profondément par le nez pour essayer d'éclaircir ses idées. Ils roulent vers un ciel bleu-noir comme du charbon qui pèse sur la crête accidentée des montagnes.

— Ouais, il s'est bien foutu de ma gueule, murmure-t-elle pour elle-même. Il m'a tendu le flingue et j'ai senti qu'il était vide. Trop léger. Même incapable de penser, je l'ai su. C'est dire à quel point j'en suis, même après toutes ces années. Et puis... il m'a regardée droit dans les yeux.

Bob l'observe un instant. Les traits de Case sont figés. On dirait une sculpture sur bois de son visage habituel.

— À ce moment, j'ai su... j'ai su qu'il allait s'occuper de moi à sa façon. Alors, j'ai préféré quitter la partie. J'ai pris le flingue en bouche comme pour lui dire « Banco ! ». Et j'ai appuyé sur la détente.

Elle se tourne vers lui, pâle comme un cadavre sur la table d'autopsie.

— Vaudrait mieux que tu t'arrêtes, dit-elle. Mes vieux démons reviennent à la charge.

Il se gare sur une bande de désert obscur. De chaque côté, la silhouette maussade d'une nature vierge et sauvage. Case s'éloigne de quelques mètres, tremblante et nue sous l'imper. Tombe à genoux, se met à vomir.

— Je peux t'aider ? s'enquiert Bob en venant la rejoindre.

Du bras, elle l'écarte.

— C'est pas la came, c'est ma tête, explique-t-elle.

Elle se penche en avant, plante ses doigts dans le sol et serre de toutes ses forces jusqu'à ce que le sable soulevé par la brise remonte le long de ses mains et que la terre ait absorbé ses vomissures.

Puis elle se redresse, s'assoit sur les talons. Lève la tête vers le ciel et tente d'avaler une grande goulée d'air.

— J'ai merdé. J'aurais dû le flinguer en dehors du bar, quand j'en avais la possibilité. On sait qu'il la tient. C'est forcément elle. J'aurais dû le buter.

Bob s'accroupit à côté d'elle.

— Et après ? fait-il.

— Et après ? Lui et moi, on serait en train d'embrasser le néant, voilà.

Elle essaye de dormir pendant qu'il roule vers le nord. Ils passent devant l'aérodrome de Mexicali, nature morte d'avions dans la lumière rose du soleil qui franchit juste le relief de pierre ponce.

— Pourquoi ? demande-t-elle, incapable de trouver le sommeil. Pourquoi est-ce que Cyrus prend le risque de passer et repasser la frontière avec elle ? Il la veut vivante pour une raison bien précise.

Bob est si fatigué par les coups reçus, ses muscles raidis et la retombée de l'adrénaline, si accaparé par le meurtre qui ne cesse de se dérouler encore et encore dans son inconscient, qu'il a du mal à penser à autre chose. Il se cramponne si fort au volant que ses jointures blanchissent.

— La réponse est proche de chez toi, Bob. Obligé. C'est une vendetta contre un des tiens. J'ai déjà vu ça. Je suis désolée. Mais c'est forcément ça.

Il hoche la tête, mais là, maintenant, il ne veut pas savoir.

Un motel, cinq cabanes crépies faisant face à un ruban d'asphalte. Un corral à la barrière partiellement détruite au milieu des mauvaises herbes constitue le seul autre signe de civilisation jusqu'à la frontière.

Bob attend, drapé dans le silence, tandis que Case prend une douche. Assis au bord du lit, torse nu, il ne peut empêcher les paroles de la jeune femme de résonner sous son crâne : « ... proche de chez toi... une vendetta... »

Il essaye de se remémorer le visage de l'homme qu'il a tué, mais seuls lui reviennent en mémoire ses cris et la couleur de sa peau.

Case regarde l'eau s'écouler en tourbillon avec la boue et la saleté de la nuit précédente. La pièce blanche est envahie de buée qu'elle efface sur le miroir humide pour s'observer. Sa peau tatouée apparaît au cœur de la brume, lui rappelant les étranges symboles rupestres qu'elle a vus dans la grotte de Lena, tant d'années auparavant.

Que révélerait sa chair morte si on la retrouvait, préservée, dans plusieurs siècles ? Que vaudrait l'histoire dessinée dessus ? Elle remarque les gros hématomes sur ses cuisses et la veine gonflée sur son bras, protubérance pareille à une tumeur, là où l'on a enfoncé la seringue.

Et, sur son épaule, Ourabouris. Le serpent circulaire vert et orange, qui se mord la queue. Tu as survécu pour pouvoir saigner un autre jour, hein ? Peut-être cela fait-il plus sens qu'elle ne le pense.

Seulement vêtue d'un T-shirt, elle contemple le plafond, allongée sur le lit. Bob est assis sur une chaise, près de la fenêtre, là où la lumière du jour se faufile entre le rideau et le cadre. Il regarde les corbeaux se rassembler en prévision de la journée, sur les poteaux défraîchis du portillon du corral.

Il essaye de se rappeler l'histoire qu'elle lui a racontée au sujet des oiseaux noirs quand elle part d'un rire forcé.

— Quoi ? fait-il.

— Tu as mis un micro dans ma veste de peur que je me tire. J'ai de la veine que tu sois incapable de faire confiance à qui que ce soit, salopard.

— Désolé de ne pas avoir cru en toi.

Elle fait la moue, ferme les yeux.

— Je regrette d'avoir tout fait foirer.

— Toi ? En quoi ?

— J'aurais dû le tuer.

— Ça ne nous aurait pas amenés là où nous devons aller.

Elle ne relève pas le « nous ». Elle se met à dériver.

— Ils jouent à Rat Patrol, cette nuit, du côté d'Algodones.

— J'imagine qu'on ne le trouverait pas, là-bas.

— Peu probable.

— Et après, il remonte sur Mojave, c'est bien ça ?

— Ouais. Sûr qu'Errol doit flipper rien qu'à l'idée de revoir son grand copain.

— Nous devrions passer la frontière dès ce soir et aller à Mojave. Ne pas lâcher Errol.

— Ça risque d'être sympa, surtout si l'obsédé que t'as refroidi avait des copains flics et si ses potes ont relevé notre plaque.

Bob appuie la nuque contre le dossier de sa chaise et se laisse bercer par ses propres paroles.

— La nuit dernière, dans le bar, j'étais en colère parce que personne ne parlait anglais et je ne comprenais rien à ce qui se disait. Surtout que je savais, ou du moins je pensais, que certains me comprenaient mais se foutaient de ma gueule. Et, sans savoir comment, je me suis mis à songer à Sam en buvant mon verre.

— Sam ?

— Le gars que ma femme a épousé.

— Ah, oui...

— Je m'étais dis qu'elle s'était mariée avec lui parce qu'il était noir. Pour bien me montrer les différences qui existaient entre lui et moi. Et le fait que j'y aie repensé dans ce bar en révèle beaucoup sur le type que je suis aujourd'hui, il me semble, surtout compte tenu de l'état dans lequel j'étais. Et je ne suis pas sûr d'être devenu l'homme que je voulais être. Tu vois... avec tout ça, j'ai découvert que, d'une certaine façon, je me croyais meilleur que les autres. Que je me sentais investi d'une sorte de supériorité éthique. Que l'univers existait pour et par ce en quoi je croyais. Que Bob Hightower savait ce qui était juste, et que toutes les remarques affirmant le contraire visaient juste à me contrarier.

Il s'interrompt un instant.

— J'ignore pourquoi je te parle de ça.

Elle prend son temps avant de répondre, perdue dans la contemplation de la flèche de lumière qui transperce le plafond.

— Viens t'allonger à côté de moi, dit-elle en tapotant le lit. Tu as besoin de dormir. De mettre ton cerveau hors service.

Il ne bouge pas. Case recommence à pianoter sur le matelas. Lentement, il obtempère et vient s'étendre à côté d'elle. Tous deux regardent longuement le trait de lumière qui s'étend d'un mur à l'autre. Puis Case observe les points de suture de Bob, qui se soulèvent et retombent à chacune de ses respirations.

— Je regrette que tu aies dû tuer cet homme. Et que ce soit à cause de moi.

— C'est drôle, ce que nous nous disons sans rien dire.

— Oui.

— Je suis désolé qu'ils t'aient fait souffrir, la nuit dernière.

— Ils ont eu mon corps, mais le reste, ils le trouveront jamais.

Elle le sent se tourner sur le flanc pour s'éloigner d'elle.

L'entend qui commence à pleurer. Elle sait que c'est parce qu'il pense avoir déçu Dieu. A envie de lui dire que le monde fonctionne mieux sans Dieu, car il n'est que compromis, impureté et vérité — oui, même la vérité — et qu'aucun de ces concepts n'est Dieu. Pas véritablement.

Mais elle garde le silence.

40

Cyrus et sa meute attendent le long d'un escarpement gris. Loin au nord-est, les lumières d'Algodones commencent à s'effacer à la lisière du désert, dans la marée faiblissante du crépuscule.

Ils font les cent pas sur la roche volcanique accidentée, écoutant la musique émise par le lecteur de CD du fourgon et grimpant sur les blocs fossilisés. On dirait des enfants en vacances se battant pour savoir qui aura la plus belle vue.

Assis, seul, à côté de la porte ouverte du véhicule, Cyrus surveille les environs.

Quand ils auront pris livraison de la came d'Errol, ils iront à Algodones. Un des leurs est un employé des douanes américaines, qui les aidera à repasser aux États-Unis. Autrefois sergent à la base navale de North Island, la sœur du type s'est reconvertie en sorcière monnayant ses dons. Tous deux partagent un petit ranch au bord de la mer de Salton. Tableau indistinct de lumière poussiéreuse et de planches, dont la fenêtre de cuisine donne sur les poulets qui nichent dans les restes d'une Dodge Caravan sans roues.

Cyrus a été invité à plusieurs de leurs rituels, et certains participants n'hésitent pas à jurer que sous les déjections des poulets *made in* Detroit on trouverait les restes de Latinos et d'auto-stoppeurs égarés qui ont fini entre les griffes des damnés.

Cyrus jette un œil sur Gabi. Elle s'est repliée à l'intérieur du fourgon. Ni ligotée ni bâillonnée. Il va s'asseoir sur le pare-chocs arrière pour mieux la voir. Ce n'est plus qu'une lépreuse, l'ombre de l'adolescente qu'elle était. Ses yeux caves sont chaque jour plus vides.

Il lui fait signe d'avancer et elle s'exécute, s'assoit à côté de lui. Il lui prend le bras. Les marques de l'aiguille remontent le long des veines. Le lent hélix affirmant la volonté de Cyrus. Il la prend par les cheveux. Scrute son visage pour voir s'il y reste encore une once de défi. Décide de la mettre à l'épreuve.

— Je sais à quoi tu penses. Qu'un jour, tu seras en sécurité. Que la police va venir te chercher. Ou ton grand-père, peut-être. Le cher homme. Ou ton père. Je sais qu'Oncle Sam n'était pas ton vrai papa. Oh, comme ils vont pleurer pour toi. Et pour longtemps. Des larmes de sang, pour certains. Frappée par le mal, qu'ils diront. Pas vrai, ma petite mignonne ?

Elle cligne des paupières mais reste immobile.

— Sans importance. C'est trop tard, de toute façon. Trop tard, mon enfant. Même si je te renvoyais chez toi. Ce que je ferai peut-être...

Il guette ce que ses paroles vont faire apparaître sur les traits d'une pâleur de mort.

Lena entre dans le fourgon en pleurant. Donne des coups de pied dans les murs et les portes, des coups de poing au plafond, sans cesser de maudire Cyrus. S'assoit telle une adolescente boudeuse dans le coin opposé à celui où Gabi est allongée. Gabi qui la regarde, cachée derrière sa main, les yeux épuisés, la cervelle bousillée par la succession d'injections. Qui écoute les divagations de celle qui a commencé comme elle.

Elle l'entend jurer qu'elle tuera Cyrus s'il fait du mal à une fille que Gabi ne connaît pas. Celle qu'elle a aperçue quand elle était seule à l'arrière du fourgon, certainement. Celle qui s'est fait tabasser dans la boue derrière le bar. Celle qu'elle a vue se faire traîner hors de la chambre de motel par l'œilleton tordu de la porte.

— Sans importance, répète Cyrus. Rien de ce que tu feras ne pourra rien changer. Parce que, même s'ils arrivaient à te récupérer, tu serais empoisonnée au bout du compte. Une pute camée qui s'est fait baiser par les pires rebuts de l'humanité. On se moquerait de toi dans ton dos. Les hommes que tu désirerais te rejetteraient à cause de ce que tu as vécu. Et ceux que tu mépriserais te voudraient à cause de ce que tu as été. Et certains se diraient qu'il y a un peu de Patty Hearst en toi. Tu ne sais pas encore de quoi je parle, mais ça viendra. Parce que les gens voient le mal partout. Et ce ne serait pas les seules raisons...

Elle essaye de se soustraire à l'horreur qu'il lui décrit en gardant les yeux fixés sur un point du ciel, là où la chaleur du jour se condense dans la grande rose ensanglantée du soleil.

— Si jamais tu t'en tirais vivante... et j'ai bien dit si... tu finirais par aller demander à John Lee ou à ton grand-père pourquoi tout ça est arrivé. Et tu crois qu'ils ont envie de te raconter la vérité ? Ils préféreraient te savoir morte. Et toi aussi, tu préférerais. Parce qu'au bout du compte, tu te tiendras responsable de tout. Aussi absurde que ça puisse paraître, c'est ainsi que ça se passera.

Ses doigts remontent le long des cheveux de Gabi, tels des lézards se rapprochant de leur proie.

— Tu m'entends ? Penses-y dans tes rêves. Tu es le prix de leur paradis. Voilà en quoi je les ai baisés. Et personne n'aime regarder froidement ce qu'il a été. Chaque fois qu'ils te verraient, ils sauraient que je suis là, qui attends. Je fais partie de ton cœur, maintenant. J'en suis même la part la plus importante.

Les yeux de Gabi refusent de quitter les dernières gouttes de soleil. La lumière hypnotique dans laquelle elle essaye de voir le gyrophare de la voiture de police de son père. C'est lui, là, au fond de ce paysage mourant, qui vient la chercher en lui murmurant promesses et paraboles. Elle croit avec la volonté d'une enfant à tout ce à quoi elle a encore la force de s'accrocher. Mais la clarté sombre dans la nuit quand il lui faut faire face à ses espoirs, dans le tombeau qu'est le fourgon.

Elle va prier son père au travers de Dieu. Et inversement. Pour les faire fusionner tous les deux. Et elle priera aussi pour que la dénommée Lena tranche la gorge de Cyrus pendant son sommeil. Pour cela aussi, oui.

Cyrus la pousse dans le véhicule et elle va s'enrouler dans une couverture.

— Il est temps que tu connaisses l'histoire du diable, fait-il en scrutant l'endroit d'où les mulets sont censés arriver. Peut-être même dès ce soir.

Le vent s'élève d'un ravin obscur. Cyrus fait le guet. Sa tête ressemble à un navire de guerre avec ses lunettes de vision nocturne. Trois petites flammèches de chaleur se mettent à brûler sur le sable, au nord.

— Ils sont passés ! s'écrie-t-il.

Il tend le bras. Lena s'agenouille à côté d'un émetteur de signaux à piles. L'oriente dans la direction indiquée par Cyrus et actionne lentement l'interrupteur : marche, arrêt, marche, arrêt...

Les trois flammes avancent lentement vers l'étoile clignotante que leur propose Lena. Elles montent et redescendent au fil des dunes rocailleuses pendant une heure avant d'être à portée de voix.

Fouettés par le sable soulevé par le vent, un vieux *malabarista*[1] et ses deux jeunes acolytes de Delicias attaquent la longue montée de l'escarpement, ralentis par leurs lourds sacs à dos. Cyrus envoie Gutter et Wood sur le sentier pour les guider avec des lampes torches.

Cyrus et le vieillard tombent dans les bras l'un de l'autre. Ils parlent un affreux mélange d'anglais et d'espagnol. Ils vont s'asseoir à l'écart des autres et Cyrus allume un joint pour son aîné tandis que les trois sacs sont amenés à l'arrière de la Cherokee. Là, Gutter inspecte méticuleusement chaque pain d'héroïne emballé séparément.

Le vieil homme aspire de longues bouffées de fumée pendant que Cyrus observe les deux jeunes qui se tiennent à l'écart. Des gamins au visage de lune. Accroupis sans vie ni joie sur le rocher, à échanger quelques phrases à voix basse.

— Ils comptent pour toi ? demande-t-il.

Le vieux fait non de la tête.

— Pourquoi ?

— Pas de raison particulière.

Une bouffée profonde fait s'étrangler le Mexicain.

— Je leur ai promis la liberté. Je comptais leur donner un

1. Jongleur. En espagnol dans le texte.

pourcentage de ma part et les aider un peu. Peut-être aller avec eux jusqu'à San Isidro. J'y ai une ex-femme, que j'aimerais bien...

— Tabasser un peu, l'interrompt Cyrus.

Les deux hommes éclatent de rire. Les yeux du vieux passeur se plissent alors qu'il réfléchit à la suggestion.

— Juste assez pour me faire bander, dit-il.

Une fois la poudre blanche décrétée conforme à la vente et le fric transféré au vieil homme, Cyrus l'amène plus loin et lui offre un demi-sac de plus.

— C'est pourquoi ? demande l'autre.

— Je voudrais conclure un marché, chuchote Cyrus en regardant les deux garçons, les yeux brillants.

L'homme parle aux adolescents avec la sagesse d'un adulte expliquant à ses enfants que son ami Cyrus va les emmener à El Norte pour les récompenser du bon travail qu'ils ont accompli. Que là-bas, il leur trouvera du boulot. C'est un véritable missel de compliments à l'égard de Cyrus, l'homme qui aide ceux qui l'ont aidé. Pour sa part, il regrette de devoir rentrer seul chez lui. Les gamins l'écoutent, la tête ailleurs : leurs rêves sont en train de se réaliser.

Leur exultation dure jusqu'à ce que le vieil homme disparaisse dans l'obscurité et que les véhicules soient chargés et prêts au départ. À ce moment, Cyrus vient se planter devant eux et leur montre son Colt.

— Enlevez vos fringues, morveux de Delicias, dit-il en espagnol.

Hébétés, ils regardent l'endroit où le vieil homme s'est fondu dans la nuit, comme s'il allait revenir pour leur expliquer le changement de plan. Cyrus tire un coup de feu en l'air et ils s'exécutent rapidement. La plus totale confusion se lit sur leur visage. Les autres observent la scène. Une fois nus, les deux adolescents sont poussés contre le fourgon.

Cyrus marche devant eux, de gauche à droite puis de droite

à gauche, tel un sergent-chef inspectant les nouvelles recrues. Il s'arrête devant celui de gauche et lui empoigne le sexe.

— Ton dieu devait vouloir que tu sois prêtre, ironise-t-il.

Tétanisé par la peur, le gosse se met à trembler. Cyrus se campe devant l'autre, examine longuement son membre et le prend en main.

— C'est une vraie queue de diable que tu as là, toi.

Terrifié, le gamin refuse de le regarder dans les yeux.

— Une vraie queue de diable, répète Cyrus en soupesant, appréciateur.

Granny Boy se met à tambouriner sur la paroi métallique du fourgon. Les deux Mexicains sursautent de panique. Granny Boy continue son solo de batterie. Un des passeurs se met à pleurer et, voyant ça, le reste de la bande commence à battre la cadence sur le véhicule.

À l'intérieur, Gabi perçoit au travers de la musique métallique les sanglots d'un adolescent qui ne doit guère être plus âgé qu'elle.

Cyrus revient au garçon de gauche et lui dit :

— Tu vas faire le grand voyage.

L'expression de confusion intense quitte lentement le visage du gamin, qui pense que ce « voyage » est une bonne nouvelle. Mais avant que ses lèvres ne puissent se retrousser en un sourire, le Colt tressaute et la balle emporte la majeure partie de son visage.

Le choc le projette contre le fourgon. Une de ses dents marque la tôle, tandis que du trou situé derrière son oreille, comme d'un évent de baleine, le sang asperge le véhicule blanc.

L'autre s'effondre dans le sable, aux pieds de Cyrus, le suppliant de lui laisser la vie sauve.

41

Case se réveille, seule. Elle essaye de se lever, mais les viols répétés ont transformé l'intérieur de son corps en plaie à vif. Elle se force à marcher, à endurer la douleur. Se souvient de quelque chose qu'elle a entendu au pays des junkies : comme les bonnes intentions, la souillure ne nous quitte jamais.

Bob est assis contre le mur ouest du motel, sur un étroit rebord en ciment. Il raye le sol entre ses jambes avec un couteau de chasse. Case sort dans la lumière. Porte la main à ses yeux pour les protéger.

— Quelle heure est-il ?

— Quinze heures. Plus ou moins.

Elle allume une cigarette. Il continue de labourer la terre.

— Tu as dormi ? veut-elle savoir.

Il poursuit son ouvrage avec des gestes de robot généralement associés aux déments ou aux paumés.

Elle vient s'accroupir à côté de lui.

— Tu ne crois pas que tu devrais ? fait-elle d'un ton apaisant.

— Tu as raison, tu sais, répond-il en essuyant la lame entre deux doigts. La raison de tout ça est proche de chez moi. Quelle qu'elle soit. J'ai fait ce rêve, il y a plusieurs jours. À propos de ma... de Sarah et moi, et... bref, on déambulait dans Paradise Hills, en direction de notre maison. Celle que notre beau-père nous a construite. Nous étions nus. Elle était enceinte. Les ouvriers nous regardaient. Et puis, sans que je sache pourquoi, elle s'est mise à vomir du sang.

Il plante le couteau dans le sol. Profondément, faisant jaillir une pluie de diamants de la poussière poivre et sel.

— Tout cela, ce ne sont que des fragments, tu sais. Des souvenirs, des rêves. Stroboscopiques. Je voulais appeler mon beau-père pour lui dire que nous sommes vivants. Mais il y avait aussi... quelque chose que je voulais lui demander. Il n'était pas chez lui ni au bureau. Mais j'ai eu Maureen.

— Qui c'est ?

— Son associée et sa meilleure amie. Elle nous connaît tous... Sarah, Gabi, tous... depuis... toujours, je crois. C'est l'une des rares personnes honnêtes que je connaisse. Elle avait de l'argent de famille et quand ils se sont lancés dans les affaires, Arthur et elle, il était déjà entrepreneur. Ils ont acheté des terres, tous les deux. Des successions, pour la plupart. Quand je sortais avec Sarah... on était au lycée, à l'époque... je me rappelle qu'ils ont acheté la terre de quelqu'un qui avait été assassiné. Je m'en souviens parce que Maureen était saoule et qu'elle se disputait avec John Lee au sujet du mauvais karma d'un tel achat. Sarah et moi étions près de la piscine et on se disait que les adultes étaient vraiment stupides.

— La vieille de Furnace Creek ?

— C'est ce que je lui ai demandé aujourd'hui.

— Mais sa terre est toujours là, inoccupée.

— Inoccupée et totalement inutile, oui. Mais elle ne possédait pas que ça...

— Qui, la vieille ?

Bob cesse de creuser.

— Oui. Maureen se souvenait de cette discussion au sujet de la propriété, dit-il d'une voix éraillée. Paradise Hills. Le lotissement où je vis. L'endroit où tu es venue. C'était ça, sa terre.

Case souffle un grand coup pour expulser la fumée qui emplit ses poumons.

— Sans déconner ?

Il contemple le paysage parfaitement désertique. Loin derrière la route, le sol s'élève pour donner naissance à une haute colline en terrasses couverte de rochers et de buissons à lapins. Il suffirait qu'il y ajoute un chantier, des ouvriers et un bassin naturel dans lequel se baigner pour retrouver la butte de son rêve.

Case essaye de remettre tout cela dans son contexte.

— Cyrus était un camé, à l'époque. Son cerveau était complètement grillé. Il a pu penser qu'on lui avait sciemment fait du tort. Surtout vu que c'est dans cette caravane qu'il s'est désintoxiqué lui-même. C'est le genre de plan à la con qui semble tout droit sorti de la quatrième dimension. Mais quand on y regarde de plus près... pourquoi pas ?

— Mais il t'a bien dit que c'est lui qui l'avait butée, non ?

— Ouais.

— Et vingt-cinq ans plus tard, il serait revenu...

— Sois pas trop surpris. Cyrus est le chasseur de scalps par excellence. Au sens propre. Il a vraiment des scalps sur son pantalon. Des nattes qu'il a tressées dans ses boutons. Les cheveux de types qu'il a refroidis dix ans après qu'ils lui avaient fait du tort. Dix ans. Un putain de flic qui l'avait arrêté et fait passer en jugement pour vagabondage. Cyrus a noté son nom, l'a gardé. Puis il l'a pisté et retrouvé dans une petite maison près de Disneyland. À la retraite. Quand il est allé le flinguer, la vie du mec était si pourrie que Cyrus a décidé de le laisser souffrir. Deux ans plus tard, il avait pas cessé de le suivre, et voilà que la fille du type se marie et a un gosse. Le bonhomme se retrouve grand-père. Heureux comme c'est pas possible. Et pan ! C'est là que Cyrus se l'est fait. Un putain de trou noir, vieux.

Elle secoue la tête pour mieux appuyer ses dires.

Le dos bien droit, Bob contemple le trou qu'il a creusé. Réfléchit à ce que Case vient de lui apprendre, ce à quoi il a survécu jusque-là et ce qu'il a découvert en discutant avec Maureen.

— Vingt-cinq ans plus tard..., lâche-t-il dans un souffle.

— Là où ça fait le plus mal, toujours, répond-elle. Bienvenue dans le Club des Hurlements, propriété exclusive de ce fils de pute.

Il prend la cigarette de Case, aspire une longue bouffée et garde la fumée dans ses poumons, comme pour réchauffer le trou qu'il sent autour de son cœur.

— Tu viens juste d'y penser ? demande Case. Ou ça te trotte dans la tête depuis que tu as appelé Maureen ?

— Non. Depuis que tu as dit, au début, que tu ne pensais pas que c'était dû au hasard. Et chez le Passeur. Quand tu m'as parlé du meurtre de Furnace Creek. Depuis, ça me préoccupe. Mais j'ai préféré me mentir pour me cacher la vérité.

Il recommence à creuser le sol. Elle regarde ses doigts serrés autour du manche en os.

— Si tu allais prendre un bain et dormir un peu ? Il faut qu'on passe la frontière ce soir. Je vais te chercher à manger, si tu veux.

Il continue de malmener la roche, animé d'une colère pathétique et sans limite.

42

Case dépose Bob au milieu de l'étendue d'éboulis et de roches brisées dont toute chaleur s'est évanouie. De là, il devra marcher pendant plus de six kilomètres pour franchir la frontière au sud des quelques maisons connues sous le nom de Midway Well.

Pour elle, le plan consiste à se rendre au poste de Mexicali-Calexico et à passer la frontière avec le pick-up. Bob transportera les armes, au cas où le véhicule serait fouillé. Une fois aux États-Unis, Case ira vers l'est et l'attendra dans une sorte de snack recouvert d'aluminium qui tient d'une main de fer la Route 8 au niveau de l'échangeur 98.

Quant à Bob, il se dirigera vers El Norte et sacrifiera au rituel du coyote et des Latinos désespérés pour revenir dans le pays de ses ancêtres.

Avant qu'il ne s'embarque dans sa longue marche solitaire, tous deux restent un moment assis dans la camionnette aux prises avec la tombée de la nuit, le regard rivé sur le dédale de rochers couleur de crânes que leur révèlent les phares.

— Le vrai Hard Rock Cafe, hein ? plaisante-t-elle.

Il hoche imperceptiblement la tête en tirant sur sa cigarette.

— Il faut le faire.

— Pour ramener des hommes de loi, des flingues et du fric.

— Au moins les flingues et le fric, oui.

Il consulte sa montre. À l'ouest, les montagnes sont devenues aussi noires que les pièces d'un échiquier, et seules quelques taches rouges viennent remplacer les blancs sur la ligne dentelée.

— Ton port d'arrivée, fait-elle.

— Mon port d'arrivée. Je te paye le petit déjeuner de l'autre côté, ajoute-t-il en descendant de voiture.

— C'est moi qui ai l'argent.

— J'en ai assez pour le petit déj'. Attends-moi là-bas, conclut-il en fermant la portière.

— Ouais.

Il s'éloigne dans le jaune embryonnaire des phares. À pas lents, les épaules barrées par le fusil. Subitement, elle regrette de ne pas l'avoir touché. Sa silhouette devient floue en bordure d'obscurité, et elle passe pleins phares pour le distinguer quelques instants de plus.

Elle le voit se tourner, le fusil semble lui servir de pivot. Il lâche un instant l'arme pour lui faire au revoir.

Transpirant dans la nuit glacée, Bob marche tel un automate jusqu'à un ponton naturel au cœur des montagnes. Agenouillé derrière, il scrute la vallée en forme de cratère qui s'offre à ses yeux, guettant les véhicules tout-terrain de la patrouille frontalière.

Il cherche les petits nuages de poussière que les pneus projettent dans les airs, comme de lointains cétacés sur une mer brumeuse, ou le projecteur blanc décrivant en avançant des arcs de cercle.

Une fois en terrain dégagé, il lui faudra se méfier du moindre signe. La paix temporaire qu'il a signée avec lui-même se désintègre et il s'imagine des mondes dans lesquels Arthur, John Lee et Maureen peuvent lui expliquer en détail les causes de la mort vers laquelle il court.

Si tel est le cas, s'ils sont en partie responsables de l'horreur de Via Princessa... son esprit se met à planifier des atrocités. Des actes abominables dont même Cyrus serait fier. Un paysage de tueries se développe en lui, aussi inconnu que celui qu'il traverse. Au fil des kilomètres ardus, il est sensible à la violente réalité de son imagination. Elle le propulse. Le fonctionnaire en lui est mort, désormais.

Puis le paysage se détériore à l'ouest. Un faisceau blanc s'élance à l'assaut des cieux puis redescend. Un grand trou monte des ténèbres.

Il s'agenouille. Le sable est éclairé à moins de deux kilomètres et le cercle de lumière se rapproche. L'heure est venue de courir, coyote.

Case sent encore le poison de la nuit précédente courir dans ses veines. Une rivière de sang pourpre qui transporte tranquillement les derniers souvenirs de l'héroïne d'une terminaison nerveuse à l'autre.

Pendant de longues heures, elle scrute l'autre côté de la route. Au-delà des silhouettes noires lancées à la poursuite de leurs propres phares.

Finalement, elle se décide à traverser. Marche entre les buissons du désert en cherchant Bob du regard dans les vestiges de la nuit.

Il lui faut livrer bataille pour mettre tout le reste de côté. Elle est assise, morose, sur un promontoire rocheux ne menant nulle part quand une ombre surgit brusquement de la terre. Une tache sur le bouclier de lumière qui ne cesse de monter dans le ciel. Elle se lève, cligne des paupières comme un oiseau. Mais ses yeux sont fatigués. Elle recommence à marcher.

C'est lui. Il se traîne, épuisé. Sale et trempé de sueur.

— J'ai couru, cette nuit, dit-il en la rejoignant. Qu'est-ce que j'ai cavalé...

— Une patrouille ?

Il se retourne comme un soldat échappé de sa base et acquiesce lentement.

Elle lui entoure les épaules et le laisse se reposer contre elle. Sent le cœur de Bob qui bat à travers les muscles de son dos.

— Je te dois un petit déjeuner, Coyote.

43

Elle conduit. Il dort.

Elle appuie sur le champignon lorsque la 5 se déverse dans ce grand bassin d'abondance qu'est L.A.

Avec tout ce qui tourne dans sa tête, le trajet depuis la frontière ressemble à une course dans un univers parallèle, uniquement constitué de marchands de voitures et d'entrepôts, de Holiday Inn et de cimetières, de panneaux d'affichage électriques et de monstres à la double arche jaune qui flottent en bordure de route telles des frégates oniriques. L'insupportable litanie des horreurs franchisées.

Les heures prennent la forme d'une longue zone d'activités encadrant la route, comme stands de nourriture et arcades de jeux vidéo bordent les allées de planches d'une fête foraine. Une interminable succession de fadeur et de couleurs ternies, entre Long Beach et l'aéroport de LAX au ciel épuisé.

Elle tourne le bouton de la radio. Trouve la station d'un lycée proche de Mar Vista qui en est à sa cinquième heure d'une rétrospective de Bob Dylan. Le DJ fait de son mieux pour annoncer la musique de *Pat Garrett and Billy the Kid* d'une voix mâle et pontifiante. Commente le film de Peckinpah et finit par donner son opinion sur cette histoire édifiante.

Ils se rendent à Mojave. California City, plus précisément. En direction d'un bar qu'y possède Errol, la Maison Usher, où ils ont l'intention d'en faire la vedette d'un snuff-movie s'il ne leur balance pas tout ce qu'il sait sur son prochain tête-à-tête avec Cyrus.

Tout cela se mêle à la guitare de Dylan et au tambourin sous le crâne de Case. Bob dort et un peu de soleil éclaire sa poitrine, où le sourire dessiné par le coup de couteau est en partie visible. Les pneus martèlent une musique de guerre sur l'asphalte dure. Sur six voies, un trafic de métal compressé, et les visages à l'intérieur, comme autant d'arrêts sur image. Des tas de chair, tous. Qui se dispersent dans une décharge de fractures sociales, sans la moindre idée de tout le sang qu'ils ont dans la tête. Une putain d'allégorie à laquelle seul l'esprit supérieur d'un William Burroughs pourrait rendre justice.

La Maison Usher refuse toute évolution. C'est un bar où l'on sert bière et whisky à la chaîne, dans une ambiance qui déménage. Les clients se pressent épaule contre épaule pour mater une nana en bleu métallique soutenue par cinq musiciens dont les riffs meurtriers frappent directement au bas-ventre.

Pour Errol, la chanteuse se réduit à une bouche, une paire de nichons et un poing qui martèle la cadence dans la fumée qui entoure le micro. C'est bon de se retrouver chez soi. Un verre de tequila à la main, riant avec ses amis, il leur tape dans la main en remontant le comptoir. Un petit mot par-ci, une main au cul par-là.

— Merde au Mexique, entend-il soudain.

Reconnaissant la voix, il se retourne.

Case lui dédie un sourire de réceptionniste d'hôtel et il ne peut répondre que d'un regard vitreux, comme s'il venait de sentir une bestiole morte dans ses draps.

Bob arrive par-derrière, se plaque contre son dos.

— Ouais, merde au Mexique, chuchote-t-il en écho.

Errol fait à nouveau volte-face. Ses yeux passent nerveusement de l'un à l'autre. Il bégaye une formule de politesse, faible platitude que Case interrompt en lui prenant son verre des mains.

— Avant, j'aimais la tequila, dit-elle après l'avoir humé.

Elle le tend à Bob, qui le vide d'un trait.

— Jette un œil aux gros titres, bébé : « La reine des junkies est revenue d'entre les morts. »

— Bon Dieu, j'ai pas envie de me retrouver en plein psychodrame entre vous tous.

— Peut-être que tu m'as pas comprise. Cette merde qui s'est passée au motel, c'est un avertissement que t'as intérêt à décoder d'urgence. T'es limite de te retrouver mort ou vif...

On a écrit que les paysages chéris de l'Amérique sont ses déserts. Et, pour elle, le Mojave représente la quintessence du désert américain. Peut-être parce qu'il est situé entre Los Angeles et Las Vegas, deux des plus puissants démiurges de la nation.

Mais ce même Mojave est également connu comme le Triangle des Bermudes de la Californie, grâce à un as de la formule du *Los Angeles Times.* Un grand nombre de gens ont franchi les limites de sa géométrie aride pour ne jamais en ressortir. De quoi remplir des cimetières entiers.

Afin de discuter en privé, Bob et Case escortent Errol jusqu'à un creux de roche saline, si éloigné de la Maison Usher que seul un spectre de musique flotte dans l'air du soir. Au-dessus de leurs têtes, le ciel noir est maintenu en place par une infinité d'épingles à tête d'étoile.

— Tu sais où est Cyrus. On veut le rencontrer face à face.

Errol triture le col de sa chemise de soie bordeaux et donne un coup de pied dans un buisson d'onagre. Case s'accroupit et l'observe calmement.

— Chassé, traqué et abattu, raille-t-elle.

Errol relève les yeux.

— Je sais ce qui mijote dans ta petite tête, pauvre con. Tu crois que tu risques rien parce que tu fais affaire avec Cyrus. Oublie ça. Quand il a commencé à te travailler au motel, il avait déjà sa vision. Peut-être qu'il est en train de tracer la marque noire sur ton cul, en ce moment même. La marque du diable. Je te parie que tu seras cuit entre la Saint-Marc et la Saint-Jean.

— Tu me racontes juste des conneries de camée parce que tu veux te venger de...

Le chien d'un revolver cliquète.

La tête d'Errol pivote à cent quatre-vingts degrés.

Les bras de Bob sont croisés à hauteur de taille. Une de ses mains tient un revolver.

— Ne plaisante pas en la traitant de camée, prévient-il. Surtout pas. Nous sommes ici pour affaires.

Errol lève les mains.

— Pas de problème. Quoi que vous vendiez, je suis preneur.

Case ramasse quelques pierres. Le langage corporel d'Errol est celui du coq maître du poulailler. Elle sait qu'il va tenter de tirer son épingle du jeu tout en restant en vie. Elle jette les pierres une à une dans le petit cours d'eau que viennent gonfler les arrivées des égouts. Sur le sol humide décoloré poussent des lignes inégales d'épais bouquets d'onagre qui, mêlés à la sagette, donnent à la cavité un air d'étrange géométrie naturelle.

— Je ne sais pas comment rattraper le coup, d'accord ? plaide Errol. Ce que Cyrus t'a fait, te livrer comme ça en pâture à ces... c'était dégueulasse, mais c'était pas moi. Pas moi. Qui a menacé qui avec son flingue dans ce motel, hein ? Qui s'est foutu de qui ?

Son index désigne Case, puis revient sur lui, deux fois.

— Ça sortait tout droit de l'asile, ce qui s'est passé là-bas, conclut-il.

— Il faut qu'on sache où il est, intervient Bob.

— J'en ai aucune idée.

Case lance un autre caillou dans le cours d'eau, plus fort.

— Tout ça, c'est des conneries.

— J'attends qu'il me contacte.

— Il faut qu'on sache où il est, répète Bob.

— Il ne m'a rien d...

— Quand il a besoin d'une planque ou d'un endroit où stocker sa came dans le coin, c'est à toi qu'il fait appel. J'ai fait partie du circuit, mec. C'est moi qui te contactais, tu te souviens ? Qu'est-ce qui t'arrive ? Tes synapses ont flanché d'un seul coup ?

Depuis le bar, la voix de la chanteuse leur parvient, comme distillée dans un rêve tonitruant. Un refrain entraînant qui fait : « Juste à un baiser de moi... À un baiser de là... »

— Je te l'ai dit, Case. J'ignore où il est. Mais... pourquoi vouloir te battre contre lui ? Ça s'est passé, d'accord, mais t'es toujours vivante. Est-ce que ça vaut vraiment la peine ?

Le ton de voix d'Errol... le jugement sous-jacent évoquant ce qu'elle est, ce qu'elle vaut... elle n'a pas besoin d'en entendre davantage. Bob la connaît suffisamment pour savoir qu'elle va exploser, à la voir se balancer d'avant en arrière, à voir à quelle vitesse ses yeux noircissent de colère.

— T'es en train de te foutre de la gueule de la Faucheuse, monsieur le yuppie.

Bob voit la main de Case se diriger vers sa botte. Il fait un pas un avant.

— Pas la peine de continuer, siffle-t-elle.

— Je t'ai dit que...

Elle se redresse et enjambe le ruisseau d'un bond. Se jette sur lui, la main entourée de ténèbres. Bob l'intercepte, l'attrape en plein vol. Errol se recule au moment où la main redescend, rapide comme un oiseau de proie.

Cette demi-seconde lui sauve la vie. La pointe en acier du poignard rate sa jugulaire mais creuse une tranchée de plusieurs centimètres dans sa joue. Il s'effondre dans le sable, la main au visage. Son sang s'écoule entre ses doigts tandis que Case se débat pour échapper à Bob et finir le travail.

— Je viendrai te hanter dans tes rêves si tu nous le dis pas ! hurle-t-elle. Je le jure ! Je jouerai à la sorcière et au disciple avec ta gorge pendant ton sommeil !

Elle se débat si violemment que Bob tombe à genoux. Errol rampe pour échapper aux pieds bottés qui fouettent l'air, laissant une longue trace rouge que le sable s'empressera de boire.

— Il est dans les monts Bristol, s'écrie-t-il. Chez le ranger. La première route à l'est de Badgad Way, qui part au nord dans les montagnes près de la National Trail.

Il se relève et s'enfuit. Court maladroitement se mettre à l'abri.

Une fois qu'il est parti, Bob lâche Case. Elle se retourne, le poignard à la main.

— T'aurais dû me laisser le tuer.

— Non.

— Va falloir qu'on le bute de toute façon. Sinon, il va nous baiser.

— Laisse tomber, pour le moment.

— C'est obligé. Sa tête est déjà là-bas. Le corps va suivre.
— Je n'ai pas pu, d'accord ?
— T'as pas pu ?
— Non.
— À cause de l'autre soir ? Parce que t'as refroidi ce tas de...
— Parfaitement, oui !

Le poignard fend l'air. Une fois, deux. Comme pour mieux découper les pensées de Case.

— Errol a pris son pied l'autre nuit, espèce de crétin. Cette nuit dont tu veux pas te rappeler. Ça lui a plu de les regarder me piquer. Je connais ces yeux de mec qui bande. Faudra qu'on le descende, de toute façon. Il va cafter. C'est plié d'avance. Et t'aurais dû me laisser l'envoyer de l'autre côté.

44

— J'ai eu Bob au téléphone, Arthur.
— Quand, Maureen ?
— Il n'a pas pu me parler longtemps.
— Où... comment va-t-il ?
— Au Mexique.
— Il est au Mexique ?
— Oui.
— Comment va-t-il ? Est-ce que tout...
— Il m'a semblé fatigué.
— Pourquoi ne m'a-t-il pas appelé ?
— Il a essayé, mais...
— Il va bien ?
— Je crois, oui. Mais il était tendu.
— Et Gabi ? Tu sais quelque chose à son...
— Il n'a pas trop voulu en parler.
— Pas trop ? Est-ce que cela veut dire que...

— Il était épuisé. Il m'a dit qu'il n'avait pas beaucoup de temps. Qu'il fallait qu'il...

— Pourquoi ne m'appelle-t-il pas ? Je ne comprends pas.

— Il a dit qu'il le ferait dans un jour ou deux.

— Au moins, il est toujours en vie, Dieu soit loué.

— Arthur...

— Je commençais à...

— Arthur, écoute-moi.

— Quoi ?

— Il m'a posé de drôles de questions.

— Qu'est-ce que tu veux dire ?

— Vraiment bizarres...

John Lee distingue sa maison depuis le chemin de terre qui s'enfonce dans la forêt nationale faisant face à Paradise Hills. Une fine ligne de cyprès lui procure tout le couvert nécessaire.

Il écoute la conversation par le truchement d'un casque. Le petit kit de surveillance électronique de couleur noire est posé sur le siège passager, comme dans un show-room.

Cela fait des années qu'il a mis son propre téléphone sur écoute pour se tenir au courant des infidélités de Maureen et des plans qu'elle pourrait ourdir dans son dos, d'un éventuel divorce jusqu'à la mort de son cher époux.

— Qu'est-ce qu'il t'a demandé ?

— Il voulait savoir comment nous avons acheté les terrains de Paradise Hills.

— Comment nous les avons achetés...

— Je lui ai dit qu'il s'agissait d'une succession.

— Une succession, c'est vrai.

John Lee perçoit le subtil changement de ton d'Arthur.

— On les a eus de cette façon parce que...

— Une succession, oui...

— Parce qu'une femme était morte, non ?

— Morte, oui.

— Enfin, je veux dire qu'elle avait été assassinée. C'est bien ça ?

Un long silence résonne sous le casque. Une pause béante qui engloutit Arthur et John Lee.

Un coup de feu résonne dans l'air du soir...

Arthur est venu à pied jusqu'à l'insolite cheminée rocheuse qui semble avoir été bâtie par une secte hors du temps. Debout dans le noir, il fixe les anciens symboles peints sur la pierre. Des abstractions stupides et puériles, selon lui. Le genre de concepts qui plaisent aux fainéants et aux ménestrels. Dans le même temps, il cherche un nouveau moyen de convaincre la vieille de vendre ses terres.

Elle les a écoutés en buvant une bière, pieds nus croisés sur la table de cuisine de sa caravane. Ses orteils noirs comme de petits bouts de charbon ne cessaient de se frotter les uns contre les autres, comme si elle essayait d'allumer un feu.

Tous les arguments d'Arthur et de John Lee sont restés vains. Et ce petit connard de camé qu'elle élève n'a pas été plus efficace. C'est l'évolution qui l'intéresse, dit-elle, pas le profit.

Un seul coup de feu change tout cela.

Arthur retourne à la caravane en courant. Un feu brûle dans un baril rouillé empli de déchets. Au travers de la fumée, il distingue Cyrus à quatre pattes. Du sang coule des narines et de la bouche de l'adolescent. John Lee se dresse au-dessus de lui.

— Espèce de petit con ! hurle-t-il en festonnant de violents coups de botte les côtes et le dos du gamin.

La fumée noire forme d'épaisses volutes qu'Arthur transperce en hurlant :

— Que se passe-t-il, John Lee ?

— Ce connard l'a flinguée ! Elle est dans la chambre.

Arthur saute par-dessus le muret de bouteilles figées par le mortier et traverse le jardin.

La caravane est sombre, sauf un rai de lune oblique éclairant la porte couverte d'un drap qui défend l'entrée de la chambre de la vieille femme. Pas de vent ; le tissu reste immobile. Son blason de lis et de rose paraît flotter sur un ciel amorphe. Arthur pousse le battant.

Baisse les yeux.

Elle gît par terre. Ses yeux ouverts semblent avoir perdu leur cou-

leur. Il y a du rouge visqueux là où la balle a arraché une partie de son cou et le bas d'une oreille.

Il la fixe longuement. Écouter ainsi à la porte de la mort le paralyse.

Puis un doigt bouge, à peine. Telle une chenille sombre avançant lentement. Se met à gratter le sol. Retombe. Arthur remarque que la poitrine de la morte se gonfle. Une fois, puis une autre. Juste assez pour qu'il en ait la certitude, malgré l'épaisseur du chandail. Le blanc laiteux de ses yeux s'éclaircit et ses pupilles viennent s'ancrer à celles d'Arthur dans l'obscurité.

— J'ai peur, Arthur.

— Il n'y a pas de quoi.

— Je ne sais pas pourquoi Bob m'a posé ces questions.

— Tout va bien.

— Vraiment ? Il m'a terrifiée... le ton de sa voix m'a terrifiée.

— Tout va bien se passer.

Une nouvelle pause, faite de silence et de respirations lourdes. Le parfait accord d'un avenir qui s'annonce particulièrement dur.

— Si seulement nous étions ensemble.

— Maureen...

— C'est vrai. C'est toi que j'aurais dû épouser.

— Je t'en prie, Maureen.

— Tu m'aimais.

— C'était il y a bien longtemps.

— Tu m'aimais.

— J'étais marié.

— Mais tu aurais dû l'être avec moi. Nous aurions été tellement plus heureux. Tu le sais. Il n'y aurait pas de John Lee pour...

— Tu ne peux pas tout lui mettre sur le dos.

— Pourquoi pas ?

45

À l'est de Ludlow, la vieille National Trail, la 66 d'origine, suit son tracé historique au travers du Mojave. Bob et Case roulent vers l'est et la vérité de cette route s'impose à eux. Les vestiges de relais routiers et d'hôtels abandonnés sont autant de bornes kilométriques sur le paysage brun-jaune. Les carcasses en état de désintégration avancée des petites maisons et des grandes pancartes publicitaires rendent hommage à l'Amérique de l'après-guerre. La ville de Bagdad se limite à un panneau. À Amboy, une affiche annonce que la communauté de vingt âmes est à vendre. Un cimetière de maisons, tout ce qui reste de ceux qui se sont installés là sur un coup de dés, en pariant que la Route 66 durerait éternellement.

Bob et Case trouvent le chemin dont Errol leur a parlé. La route, mince lacet vulnérable, s'engage au beau milieu d'une série de cônes volcaniques. Des formes sombres et inquiétantes dont le cœur a été foré par les chercheurs de scories.

Cela monte sur plusieurs kilomètres. Le sol se décompose en fissures et crêtes surprenantes. Bob ouvre la route, marchant devant le pick-up pour déceler tous les dangers.

Une heure plus tard, ils s'enfoncent dans les monts Bristol. Aux blanches étendues salines de l'est répond, comme en écho, le « terrible désert » de l'ouest évoqué par John Steinbeck. Un enfer de sel et de sécheresse au-dessus duquel les montagnes miroitent tels des corbeaux d'ébène.

Bob inspecte toutes les vallées et crevasses partant de la route. Au bout de la caldeira, il remarque enfin l'ossature partiellement effondrée d'un ranch à un étage.

Il fait signe à Case. Elle gare le pick-up dans un raccourci creusé par la main de l'homme. Prend un des pistolets de réserve sous la banquette avant. Rejoint Bob et avance avec lui sur la pierre nue jusqu'à un endroit d'où ils pourront voir sans être vus.

— Tu crois qu'elle pourrait être ici ?

Case hausse les épaules, la mine grave.

— Regarde les fenêtres sous la véranda, dit Bob. Ce pourrait être un sous-sol. Elle est peut-être enchaînée là. Je dis que si nous devons y aller, autant que ce soit maintenant.

— Le dernier arrivé est une poule mouillée. Déclenche ton chrono.

Ils se laissent glisser le long d'une butte scarifiée et rampent jusqu'à l'arrière de la maison. Se faufilent précautionneusement entre des poteaux à moitié pourris maintenus en place par du fil de fer. Passent à côté d'un puits défendu par quelques broussailles. Inspectent chaque porte, chaque fenêtre. Le silence n'est interrompu que par le bruit des branches que le vent agite.

Un projecteur s'allume brusquement, révélant un pentagramme noir peint au centre d'un cercle rouge sur un sol de béton. Un second spot forme l'axe d'une scène. Cyrus et consorts bougent dans les ténèbres zébrées de lumière.

Bob et Case approchent de la maison. Suivent leurs ombres en montant les marches grinçantes menant à la véranda. Arrivent à une fenêtre. Découvrent au-delà du rideau une pièce plongée dans l'obscurité. Case touche le bras de Bob, qui relève la tête. Le canon du pistolet de la jeune femme indique la fenêtre suivante, entrebâillée.

Cyrus s'agenouille à côté du jeune Mexicain nu, ligoté aux poignets et aux chevilles. Un adolescent tremblant de peur jusqu'à ce que la seringue luise dans la main de Lena. À ce moment, il se *transforme en singe hurlant, luttant frénétiquement contre la mort.*

Comme des cambrioleurs, ils entrent dans une pièce encombrée de caisses. S'arrêtent pour écouter le silence laiteux, et seule la lente respiration de la maison leur répond d'un long craquement plaintif.

Les cuisses du garçon se détendent brusquement et se raidissent. Cyrus attrape sa queue du diable et la serre de toutes ses forces. Le Mexicain grimace de douleur et Lena en profite pour soulever son scrotum. L'aiguille s'enfonce juste derrière les testicules. L'univers du garçon disparaît dans les cris et une brusque poussée de chaleur. Bâillonnée, Gabi est traînée de son coin obscur de la cave, amenée en pleine lumière.

Case regarde la cage d'escalier obscure, pas plus large qu'une petite passerelle.

— Cherche la cave, chuchote-t-elle. Moi, je monte.

Il acquiesce.

— Surveille l'extérieur par les fenêtres. On ressort dare-dare s'ils rappliquent.

Ils se séparent. Bob tâtonne le long du couloir, à la recherche de la porte du sous-sol. En passant devant le garde-manger, il entend Case qui commence à gravir l'escalier grinçant. Il arrive à la fenêtre de la salle à manger, dont la luminosité l'éblouit. En profite pour regarder dehors. Remarque un appentis en bois à côté des restes d'un garage. La porte est ouverte et une étrange flaque d'eau s'est formée près de l'entrée.

Deux autres projecteurs s'allument. Les quatre coins de la cave sont éclairés pour ne pas manquer le moment où Gabi s'allonge sur le pentagramme.

La lumière au travers des stores jaunes. Une odeur de parfum, de musc et de hasch agresse les narines de Case, lui rappelant les rituels sataniques qu'elle a dû endurer avec Cyrus. Ses doigts frôlent nerveusement le chien de son arme. Elle sent qu'elle va découvrir quelque chose entre ces quatre murs. Un gond rouillé du rez-de-chaussée vient rompre le silence.

Des silhouettes au visage caché par une cagoule se meuvent tels des pantins farceurs, obligeant le garçon à revenir vers le centre de la pièce alors qu'il tente de s'enfuir à quatre pattes. Le chaos acéré de la drogue lui arrache une longue plainte.

Bob approche de l'appentis. Un bourdonnement coléreux monte de l'intérieur. Il parvient assez près pour voir des mouches dans les rais de lumière qui filtrent à travers les lattes. Des mouches qui grouillent dans l'air immobile comme une invasion de sauterelles. Qui couvrent les parois en rangs serrés, tumeurs vivantes sur le bois, corps verts accrochés au brun foncé des planches pourrissantes comme une mousse.

Cyrus arrache le scotch qui bâillonne Gabi. Elle s'étrangle mais ne dit rien.

— L'heure est venue de goûter à la queue du diable, fait-il.

Cherchant Bob, Case trouve la porte de la cave. Elle descend, tendant la main dans le noir pour actionner un interrupteur qui ne fonctionne pas. Elle appelle Bob, n'entend que le bois de l'escalier qui frémit sous son poids. Son visage se crispe quand elle sent l'odeur de la terre humide et celle, âcre et phosphorée, de la poudre.

L'adolescent délirant est traîné et jeté sur Gabi. Hébété, il tente de s'éloigner, mais on le ramène en le tirant par les cheveux. L'œil gris-noir d'une caméra vidéo zoome sur les deux visages. Derrière la lumière crue des projecteurs, la scène-monde du sous-sol s'emplit de silhouettes convergentes hurlant en anglais et en espagnol :

— Fais-le ! Mets-lui ta putain de queue du diable, gamin ! Mets-la-lui ou tu vas crever !

Une odeur de viande avariée retourne l'estomac de Bob. Elle flotte dans l'air, comme autour d'un quartier de bœuf pendu à un crochet dans un marché du désert. Bob baisse les yeux sur l'écume tourbillonnant autour du tuyau d'arrosage qui serpente au milieu de la flaque. Un sac de chaux à moitié vide a été posé contre le mur et une pelle gît à côté dans le sable.

Derrière la larme de la flamme de son briquet, Case embrasse du regard l'espace du sous-sol délimité par quatre projecteurs argentés, et le pentagramme peint sur le sol au beau milieu. Clouée au mur, son ombre dansante la regarde entre deux croix inversées faites de planches et fixées à la paroi par des tasseaux. Elle reste là, le cœur au bord des lèvres, tremblant de tous ses membres. Sait ce qui s'est passé. Elle a été l'invitée d'honneur de rites de mort similaires.

Dehors, Bob sonde la fange noire avec la pelle. À l'intérieur, Case remarque qu'un courant d'air fait vaciller la flamme de son briquet. Elle se raidit, sentant une autre présence.

Elle revient lentement vers l'escalier. Scrutant les recoins que la lumière ignore. Les narines pleines de l'odeur de la terre humide, le pistolet contre la hanche, elle suit la flammèche dérisoire jusqu'au rez-de-chaussée.

La pelle heurte quelque chose de dur et Bob soulève. Une eau brune et boueuse s'écoule pour lui révéler la forme d'un bras. La peau sombre, trois doigts rituellement amputés.

Bob recule et le bras retombe. Il se fige, une seule pensée en tête : son bébé pourrait se trouver dans cet ignoble puisard. Il se remet à creuser en appelant Gabi.

Case franchit la porte de la cave et s'immobilise. Tend l'oreille. Avance en direction du séjour et voit, dans la glace du garde-manger, le visage d'un homme jaillissant d'une alcôve sombre.

Avant qu'elle puisse lever son arme, une paire de bras musclés lui ceinture les épaules. Elle presse deux fois la détente, par réflexe, et les balles vont se ficher dans le plancher. Bob laisse tomber la pelle dans l'eau et revient en courant à la maison.

Sans lâcher Case, le type la projette contre l'angle d'un buffet. La douleur lui insensibilise le dos. Bob enfonce la porte d'entrée d'un coup d'épaule et la serrure se détache. Case est projetée une nouvelle fois contre le meuble alors qu'elle se débat pour pouvoir libérer sa main. Du verre vole en éclats. L'arme tombe et le coup part.

Case ne parvient pas à se libérer. Elle entend Bob dans un couloir, si loin. Tente de le prévenir, mais son agresseur l'envoie bouler de l'autre côté de la salle à manger. Elle bouscule la table et les chaises et son visage heurte violemment le sol. Sonnée.

Bob, en tanguant, charge dans le salon tout en sortant son semi-automatique de sous sa chemise. L'inconnu ramasse le pistolet de Case pour faire face à cette nouvelle menace. Bob tourne la tête mais ne voit pas l'autre viser. Case essaye de reprendre ses esprits. Lorsque Bob entre dans la salle à manger, il se retrouve face à un éclair qui fait exploser des copeaux de bois à moins de trente centimètres de son visage.

Il se jette par terre. Un nouveau coup de feu brûle l'air au-dessus de sa tête. Il rampe frénétiquement pour se mettre à couvert. Son adversaire écarte du pied une chaise renversée et vise tranquillement.

Ces quelques secondes suffisent à Case. La pièce cesse de tourner autour d'elle et elle saisit le manche de son poignard. La lame jaillit de sa botte et entaille quelques centimètres de gorge.

Un seul coup. Vif et net. Un grognement de douleur. Un jet

de sang artériel propulsé avec violence. L'homme se tourne. Sa bouche et sa mâchoire s'agitent frénétiquement. Ses jambes vacillent. La large poitrine revêtue d'une chemise de ranger se macule de sang.

Bob s'est relevé. Il se précipite dans la pièce. Case s'écarte du mourant. Celui-ci lève la main pour tirer encore une fois, mais ses doigts ont lâché l'arme.

Case avance de nouveau.

— C'est l'heure du grand voyage, fait-elle en visant la base du cou, là où la peau est tendre, juste au-dessus du sternum.

Et elle enfonce la lame du poignard jusqu'à ce que ses phalanges viennent buter contre la mâchoire ensanglantée.

— Ça va ?

À genoux, elle regarde fixement le visage de la mort.

— Ça va, Case ?

— Je... oui... oui...

— Qu'est-ce qui s'est passé ?

— J'en sais rien.

Bob s'approche du corps.

— Qui est-ce ?

— Aucune idée. Probablement le connard qui vivait ici.

Il l'aide à se relever, ramasse le pistolet, le lui tend.

— J'ai trouvé un cadavre, dit-il.

Case se tourne vers lui. Hoche la tête comme si elle s'y attendait.

— Dans l'appentis de jardin. Enterré dessous. Avec de la chaux. Sous la flaque d'eau. Pour qu'il se décompose plus vite, j'imagine, et...

Les yeux de Case se posent sur la porte de la cave.

— Est-ce que c'est... ?

— Quoi ?

— Est-ce que c'est... ?

Il comprend ce qu'elle cherche à lui dire en voyant ses paupières se plisser avec une honnêteté terrifiée.

— Non. La peau est trop sombre.

— Garçon ou fille ?

— Je ne sais pas, je...

Il la voit fixer à nouveau la porte débouchant sur un escalier obscur.

— Il vaut mieux sortir de là, décrète-t-elle. Tout de suite.

Elle arrache son poignard du cou du mort. Un sifflement s'échappe de la plaie. Des petites bulles de sang ornent la lame, qu'elle essuie sur son jean.

Bob n'a pas cessé de fixer le royaume défini par cette porte. Il intercepte Case lorsqu'elle passe devant lui et lui fait part de ses soupçons en indiquant d'un mouvement du menton l'entrée de la cave.

— Tu sais quelque chose, n'est-ce pas ?

— Fichons le camp d'ici.

— Ce cadavre est là depuis moins de deux jours. Il s'est passé un truc, là en bas. Quoi ? Ils ont tué Gabi ?

— Je peux pas te le dire avec certitude.

— Ne me mens pas maintenant. J'ai besoin de la vérité. Je ne peux pas...

— Je la connais pas encore, la vérité.

— Est-ce qu'il l'ont tuée ? Est-ce qu'ils ont enterré mon bébé là, dehors, dans ce... tas de fange ?

Les joues de Bob sont grises comme les couvertures que l'on jette sur les dépouilles d'enfants dans toutes les guerres.

— C'est possible, concède Case.

— Qu'est-ce que tu sais ?

— Partons d'ici. S'il te plaît. Pour toi.

Il fait un pas en direction de la porte. Elle tente de l'en empêcher mais cela ne fait que renforcer sa détermination. Il se dégage et elle n'a d'autre choix que de descendre l'escalier derrière lui.

Il gratte une allumette dans le noir. Inspecte le tableau proposé par la cave à l'odeur immonde.

— Qu'est-ce que c'est ? demande-t-il enfin.

— Un rite de mort.

— Un quoi ?

— Ils font ça avec des enfants. Des novices. Les bourrent de came. Les forcent à... se violer les uns les autres. Ou pire. Et, à la fin, ils les tuent. Pas tous, mais... presque. Certains sont gardés en vie. Comme moi. Les autres... leur sang est... bu pour... se rapprocher des esprits qui hantent la nuit, comme ils disent.

Il souffle la lumière, lève la tête vers le plafond, ferme les paupières. Désespéré.

— Bob. Il faut y aller.

Il rouvre les yeux. Commence à faire les cent pas.

— Tu sais combien de dingues sont attirés par ces rites, Bob ? Vingt, trente. Peut-être qu'ils ont l'intention de revenir pour faire la fête. Vaut mieux pas les affronter ici.

— Est-ce que lui reviendra ?

— Peut-être.

— Cette came qu'il doit livrer à Errol, est-ce qu'il pourrait la laisser ici ? Est-ce qu'elle y serait en sécurité, à son avis ?

— Je ne sais pas.

— Avant une livraison, il lui est arrivé de stocker sa came dans une planque similaire ?

— Oui. Mais je ne crois pas que nous ayons des jours devant nous pour fouiller ce taudis de fond en comble et...

— Nous devons le faire venir jusqu'à nous.

— Hein ?

— C'est lui qui doit venir à nous. Il nous a amené la peste. Il est grand temps de lui rendre la monnaie de sa pièce.

Les yeux de Bob se posent sur le plafond.

— Ce qui s'est passé là-haut... il saura que c'est nous. Et, de toute façon, Errol le lui dira.

— Oui, et alors ?

La voix de Bob n'est que désolation.

— À Rome, au Colisée, quand les chrétiens étaient jetés aux lions, les fauves ne leur sautaient pas toujours dessus. Ils n'arrivaient pas à comprendre ce qu'on attendait d'eux. Pourquoi ils étaient là. Alors, les chrétiens les attaquaient eux-mêmes. Pour en finir. Les forcer à les tuer rapidement. C'est ce que nous allons faire, nous aussi.

— Comment ?

Les traits ravagés, Bob détourne le regard.

— On va commencer par quelque chose qu'il devrait comprendre... le feu.

46

En moins d'une heure, les premières volutes de fumée sont aperçues à l'horizon par deux cadres de National Chloride qui mangent un chili au Roy's Cafe d'Amboy.

À la tombée de la nuit, des hélicoptères tournent autour du panache noir en forme de champignon que le vent entraîne vers l'océan. Les camions de pompiers ont besoin d'une bonne heure pour négocier les collines. Quand ils arrivent, la maison n'est plus qu'un mur de feu qui gronde et craque autour d'une carcasse calcinée.

Assis dans son bureau, Errol regarde sans la voir la nourriture qu'on lui a apportée. Sa joue recousue et bandée transforme sa vision en brouillard sous l'action des anti-inflammatoires.

Les bruits venus de l'extérieur, musique et conversation, n'ont aucun sens pour lui. Il se fait l'effet d'être un mercenaire tiré à quatre épingles fixant sa mort annoncée dans les restes d'un repas inachevé.

Il écarte son assiette, sort sans un mot.

Dans la ruelle qui longe l'arrière du bar, il s'apprête à ouvrir la portière de sa voiture. Mais les mauvaises nouvelles s'interposent entre la serrure et lui. Il lève les yeux, trop épuisé pour bouger.

— J'espère que tu n'as rien raconté à Cyrus, lui dit Bob.

— Vous êtes allés là-bas ?

Errol hésite, regarde autour de lui. Case attend près du Dakota, garé à l'entrée de la ruelle.

— Empêche-la de m'approcher.

— Elle ne te fera rien... pour le moment.

Errol suinte la défaite par tous les pores. Les tranquillisants et la terreur l'ont amené au bout du rouleau.

— Vous y êtes allés ? redemande-t-il.

— Oui, mais pas de Cyrus.

— Oh.

Errol essaye d'ouvrir la portière, mais Bob l'en empêche de la main.

— Quoi ? Quoi ?

Bob lui tend un téléphone mobile, le force à refermer les doigts dessus.

— Il faut que tu transmettes une mauvaise nouvelle, lui dit-il.

L'info passe rapidement d'un ami de Cyrus à l'autre et, à la tombée de la nuit, Cyrus et Gutter se retrouvent garés au bord de la National Trail dans une Bronco empruntée, à regarder le fourgon du médecin légiste qui franchit un barrage de police pour accéder à la maison.

Cyrus sort et remonte une rangée de camions de télévision et de reporters qui multiplient les prises de vue à la lumière d'une batterie de projecteurs qu'ils tiennent à la main. Il note les quelques détails qui ont fait surface : le cadavre calciné retrouvé dans les ruines fumantes et celui découvert sous un appentis à demi brûlé. Selon la rumeur, le second corps se serait décomposé depuis deux jours déjà, mais la police refuse de confirmer.

Cyrus se doute de ce qui s'est passé, mais il n'en aura la confirmation que quand Errol se montrera. Il traverse la route, tue le temps en marchant au milieu des badauds.

Une douzaine de voitures sont garées aux environs. Les voyeurs habituels, qui apportent leur appareil photo et leur panier de pique-nique chaque fois que la mort leur offre le spectacle.

Alors qu'il revient vers la Bronco, il entend une jeune femme mentionner à une amie le « violeur vampire » de Floride, qui n'a fait que dix ans de prison pour avoir enlevé puis violé une autostoppeuse avant de boire plus de la moitié du sang de sa victime en vingt-deux heures de temps.

Trois visages d'ange mal éclairés écoutent depuis la banquette arrière de la voiture, tandis que maman prend son amie à témoin :

— Je ne comprends pas comment quelqu'un peut être remis en liberté au bout de dix ans après avoir commis un tel crime. En vertu de quel raisonnement ? Comment est-ce possible ? Quelle raison ont-ils pu avoir de laisser sortir un tel monstre ?

Cyrus se tourne vers elle et lui répond d'une voix calme et respectueuse :

— Le contrôle des foules.

Cyrus voit Errol se garer. Fait signe à Gutter. Les trois hommes convergent vers une bande de broussailles proche d'un camion de télévision.

Cyrus a la lumière dans le dos. Il remarque le pansement de gaze appliqué sur la joue d'Errol.

— Qu'est-ce que tu sais ? demande-t-il.

— Manque-une-case, répond Errol, terrifié.

Cyrus ne bronche pas.

— Comment es-tu au courant ?

Errol est obligé de baisser les yeux pour ne pas être ébloui par les projecteurs que les policiers installent afin de guider leurs véhicules sur le sentier défoncé.

— Je l'ai vue il y a moins d'une heure.

— Cette salope a neuf vies, siffle Gutter.

— Continue, tranche Cyrus.

Une autre camionnette de la police scientifique arrive. Errol se protège les yeux et la regarde s'immobiliser devant le barrage de police.

— Putain, mais qu'est-ce qui s'est passé, là-haut ? demande-t-il. Les infos racontaient que...

— Laisse tomber, mec. Continue.

— Elle a dit qu'elle a récupéré la came que tu as ramenée de l'autre côté de la frontière.

Gutter dévisage Cyrus.

— C'est vrai ?

— Elle et le type avec qui elle est. Ils ont dit qu'ils l'avaient prise dans la baraque.

Cyrus se tourne vers l'étroit ruban de la route.

— Tu l'avais cachée là ? Hein ?

Cyrus regarde Gutter. Ses dents rapent sa lèvre inférieure.

— Ils essayent de parier sur...

Gutter hoche la tête.

— Est-ce qu'ils l'ont ? insiste Errol.

Cyrus s'intéresse de nouveau à lui, et d'une voix inquiétante de netteté demande :

— Comment a-t-elle appris l'existence de cette planque ?

— De ta propre bouche.

Cyrus dévisage Errol.

— C'est ce qu'elle a dit. Elle l'a entendu au Mexique. Tu te souviens, on en a parlé...

Cyrus se détourne, considère de nouveau les badauds.

— Avant même qu'elle arrive, on...

— Ferme-la, mec, le coupe Gutter.

Errol obtempère, puis la ramène de nouveau :

— Elle veut te rencontrer. Elle et sa carpette de mec.

— Vraiment ?

— Oui.

— Et comment c'est censé se faire ?

Errol plonge la main dans sa poche. En sort le téléphone mobile que Bob lui a donné et le tend à Cyrus.

— Il faut juste que tu appuies sur C.

Cyrus prend le téléphone en dévisageant son interlocuteur.

— Qu'est-ce qui t'est arrivé ?

— Un coup de couteau.

— T'aurais pas essayé de te trancher la gorge, des fois ?

— Manque-une-case. Pour se venger du Mexique.

Cyrus regarde le téléphone, puis Errol, mal à l'aise derrière sa main tendue.

— Il n'y a jamais de témoins, Errol, fait Cyrus d'une voix sirupeuse, ses sourcils formant un V au-dessus de ses yeux, comme un second sourire. La plupart des gens pensent qu'ils peuvent échapper à la mise à mort. Vivre en marge. Mais c'est faux. Du ménestrel au bouffon, il n'y a pas le moindre témoin.

47

— Tu crois que c'est jouable ?

Case contemple le téléphone portable en écrasant sa cigarette.

— S'il a laissé la poudre dans la maison, c'est l'heure du ventre de la bête. Obligé. C'est un trop gros coup pour son ego. Par contre, s'il l'a encore et s'il sait que c'est juste une douche, il s'amusera peut-être un peu avec nous...

— Mais ce que nous avons fait, c'est une déclaration de guerre. Il faudra bien que...

— J'avais pas fini. Il s'amusera peut-être un peu avec nous. Mais on a brûlé une de ses planques. Il ne laissera pas passer ça. C'est l'heure de mourir pour nous deux.

Ils restent assis en silence pendant une minute, dans le coin le plus sombre d'un bar-grill qui ressemble à un fourgon à bestiaux. La longue rangée de lampes isole chaque table dans un îlot de lumière. D'où ils se trouvent, ils voient le parking et la route, de l'autre côté de la voie ferrée. Nous sommes en plein cœur de la zone de Hinkley, petit bled situé entre Barstow et California City.

— Je t'ai vue, là-dedans, dit enfin Bob. J'ai vu...

Les yeux de Case apparaissent derrière le rebord de la tasse de café qu'elle tient à deux mains. Les paupières à demi fermées, Bob se laisse hypnotiser par les verres et les bouteilles de bière vides disposés en ligne de bataille devant lui.

— Tu pourrais le descendre en toute impunité, poursuit-il. Ce type, tu l'as refroidi comme tu voulais le faire avec Errol. J'aimerais pouvoir en dire autant de moi.

— Je sais pourquoi tu dis ça.

— C'est vrai ?

— Tu voudrais trouver cette dureté en toi parce que tu penses qu'elle est morte... ou qu'elle devrait l'être.

— Suis-je si transparent ?

— Non. Je commence juste à te connaître, c'est tout.

— Chaque jour, j'ai prié pour qu'elle soit encore en vie. Vraiment. Mais je me suis également vu supplier le Seigneur pour qu'elle soit morte et qu'elle ne souffre plus. Au début, je me suis forcé à chasser ces pensées de ma tête. Mais... maintenant qu'elle est probablement morte, je n'arrive pas à trouver... je prie toujours dans les deux sens. Je suis le fantôme de deux hommes. Bob Hightower... n'est personne. Un beau gâchis, à vrai dire. Et Bob Machin-Chose...

— N'est pas si mal que ça, l'interrompt-elle. Même Bob Hightower ne mérite pas ta haine soudaine.

Il pose les coudes sur la table et cache son visage derrière ses paumes. Elle l'entend se mettre à pleurer.

La serveuse passe, regarde Bob, puis Case. Celle-ci secoue la tête pour lui dire de laisser tomber, puis indique les bières défuntes pour que la fille en apporte une autre à Bob.

— Avant, je croyais que chaque action de l'âme avait un sens, reprend-il. Peut-être que tu trouveras ça ringard, mais je le pensais vraiment. Même quand tout me prouvait le contraire.

Il relève la tête, s'essuie les joues.

— C'est ce que nous voulons tous, pas vrai ? Un sens à chaque chose. Et la garantie que nous sommes plus que...

Il voit sur le visage de Case qu'elle s'identifie à lui. Qu'elle comprend la souffrance de Bob Hightower et de Bob Machin-Chose. Mais, dans le même temps, ses yeux sont froids et terrifiants, comme à l'instant où elle a tué.

— Tu ne crois à rien de tout cela, n'est-ce pas ?

— Non, Coyote.

— Dans ce cas, comment fais-tu pour tenir ?

Elle repose sa tasse de café, la pousse de côté, met les bras sur la table. Bien que sombres, ses traits sont touchants et éloquents.

— Je fais ce que fait tout vrai junkie. J'essaye de prendre la bonne décision à l'instant présent.

— C'est tout ?

— C'est déjà bien assez dur.

— Il n'y a rien d'autre ?

— Tu veux dire, une nécessité morale derrière tout ça ?

— Oui.

— Non, Coyote.

— Alors, qu'est-ce que tu fais là ? Pourquoi m'as-tu accompagné ? Pour te venger ? Œil pour œil ? Le sang ? L'honneur ? Parce que ton « instant présent » n'a rien à voir là-dedans. Pas avec tout ce que tu t'es obligée à subir alors que tu n'y étais pas forcée.

Case se penche pour prendre le paquet de cigarettes dans la poche de poitrine de Bob. La lumière capte sa main au moment où elle frôle celle de Bob, puis poursuit son chemin.

— Je n'ai pas toutes les réponses. La vengeance ? Peut-être. Œil pour œil ? Même réponse. Mais je sais que je ne suis pas vraiment honnête en disant ça. Je suis responsable de mon propre exil.

Elle allume la cigarette, inhale la fumée en rejetant la tête en arrière.

— Mais je ne juge pas la raison pour laquelle je suis là. J'y suis, c'est tout.

La serveuse apporte à Bob une bouteille de bière et un autre verre de tequila. Case prend le verre, hume l'odeur de l'alcool.

— Merde, grommelle-t-elle. Je mouille rien qu'en la sentant.

Elle rend le verre à Bob en le faisant glisser sur la table, se recule sur la banquette.

Il lève le verre à la santé de Case et le boit d'un coup. Elle l'encourage, pouce levé.

— Tu vois, je crois que tout le monde connaît le vrai sens de la vie, continue-t-elle. Sauf que les gens ne sont pas prêts à accepter ce qu'ils appellent les « mauvaises nouvelles ». Ils luttent contre en se cachant derrière Dieu, le diable et toutes ces conneries New Age. Mais je pense qu'on sait tous qu'il n'y a rien. On le sait au plus profond de nous. On a droit à x années puis on est sous terre, et ça fout la trouille à tout le monde. Selon moi, l'homme est un animal désespéré qui éprouve le besoin de se créer un dieu à son image. Un dieu qui se conforme à ce qu'il veut, quand il le veut.

Qui lui offre ce dont il a besoin, ce qu'il doit avoir quand l'envie lui en prend. Pire encore, c'était aussi l'opinion de Michel-Ange. Tu sais...

Elle tend le bras, imitation moqueuse de Dieu au plafond de la chapelle Sixtine, essayant de toucher Adam.

— Le grand chef. Le grand requin blanc, comme j'aime l'appeler. Le requin des requins.

Elle secoue la tête.

— Ouais. Blanc. Et un homme, évidemment. Si tu veux mon avis, c'est ça, cette connerie de péché originel. Parce que ça a fait précédent. En disant que Dieu, la perfection, est un homme. Et la culture blanche en a fait son fils. Et tous les autres se sont retrouvés inférieurs. Les femmes. Les Noirs. Les Indiens. Les animaux. Les gays. Merde. C'est la Genèse. Qui vaut pas mieux qu'une feuille de chou à scandales. Un pseudo-traité moral et philosophique. Du charcutage électoral, oui. Le *Mein Kampf* d'Hitler, mais conçu par de meilleurs laveurs de cerveau pour que les gens y croient dur comme fer. Ceux qui gobent frappent les autres d'ostracisme. Et des pays se bâtissent sur cette foi. Des civilisations entières. Notre putain de billet vert, mec : « In God We Trust ». Ayons confiance en Dieu, ouais. Bonjour le clin d'œil !

Elle fait tomber ses cendres sèchement, et elles hésitent sur le bord du cendrier avant de tomber dedans. Prenant un des verres vides, elle le sépare des autres et l'amène au bord de la table.

— Et puis, un étranger arrive, poursuit-elle. Et ce type a une idée. Elle plaît aux autres étrangers, qui la gobent. Tu vois de quoi je parle. Cyrus. Ils se créent un diable à leur image. Leur saint protecteur. Et la guerre commence. Et pourquoi pas ? Pourquoi les étrangers devraient-ils se coucher et se laisser crever aux pieds d'une foi qui n'est que foutaises ? Cyrus et toi... (elle se tape le bras, là où l'aiguille devrait entrer dans ses veines) vous avez besoin l'un de l'autre. Comme un toxico a besoin de came. Parce qu'aucun des deux camps ne peut avoir de vue d'ensemble sans sa dose. On a tous besoin d'appartenir à un club. Le Club de Dieu et le Club des Hurlements. Dans le même pâté de maisons. Chacun son groupe. Mais les morceaux de musique qu'ils jouent ont été empruntés à d'autres et noyés dans les conneries. Et de toute façon, le prix d'entrée est bien trop élevé, dans les deux. Tu veux la vraie vérité, Coyote ? Va frapper aux cercueils.

Elle pointe sa cigarette vers lui.

— Et tu veux savoir pourquoi tu es en train de craquer ? Parce que croire en ton Dieu revient à croire en lui. Cyrus. Et croire en lui revient à croire au pouvoir de tout ça. Je parle pas seulement de ce qu'il a fait, là. Mais des implications pour toi, intimes. La sensation d'être une sous-merde aux yeux du grand requin blanc. Si tu crois à ça, tu es obligé de croire que les choses sont ce qu'elles sont pour une raison bien précise. Et comme cette raison t'échappe, tu pries pour que ta gamine soit morte. Pour mettre un terme à la souffrance. Et à ce qui constitue un échec, de l'avis du grand requin blanc.

Elle laisse sa cigarette se consumer.

— Mais la souffrance de qui, Coyote ? La sienne... ou la tienne ?

Il met du temps à répondre, troublé par la question.

— Je l'ignore.

— Ben voyons.

— Non, c'est vrai, je le jure. Mais, et toi ? Ce que tu as dit à Anne, que si nous arrivions assez près, elle mourrait, au moins... que Cyrus la tuerait...

— Ça aurait simplifié les choses pour moi. J'aurais pas eu besoin de trop cogiter. C'est l'avantage, avec la mort.

Elle lui montre son bras là où il est noir-bleu.

— Et j'aurais pas eu à me confronter à mon ancienne religion, non plus.

— Je ne peux laisser tomber tout ce en quoi j'ai toujours cru, dit Bob. Non, le mot est mal choisi. Je ne veux pas. Je me suis trompé à propos de beaucoup de choses. Et peut-être au sujet de Gabi, aussi. Peut-être que la vouloir morte est lâcheté de ma part. Parce que ma foi n'est pas assez forte. Ce que je sais, c'est que je ne veux pas voir le monde comme tu le vois, toi. Je ne veux pas croire qu'il puisse être ainsi. Appelle ça comme tu veux : stupidité, refus d'affronter la réalité en face... mais je m'y refuse. Ce monde-là dépasse mon entendement. Il nie toutes nos aspirations. Il doit y avoir une intelligence supérieure qui nous offre ce qu'elle veut. Que tu m'aies écrit cette lettre, rien que ça, peut être interprété comme...

— Pareil quand tu m'as empêchée de saigner Errol-la-Raclure pour qu'on se serve de lui. Ou quand tu as mis un micro dans cette veste. Parfois, la malchance se transforme en bol. Peut-être que c'est ça, la clé de l'énigme. Le grand requin blanc, le vrai. Les gens voient ce qu'ils veulent, quand ils le veulent. Bien sûr, il y a un élément incontrôlable qui pourrait se faire passer pour le vrai Dieu...

Elle jette un œil autour d'elle, plonge la main sous sa chemise. En ressort un poing fermé qu'elle ouvre en douce. Dans sa paume, une balle Frontier. Une bonne vieille chemise métallique dotée d'une tête en laiton pour garantir une meilleure pénétration.

— Regarde-la bien. C'est la forme de vie la plus avancée, la plus haute forme d'art qui soit. Celle qui nous rend tous égaux. Politiques, sociales ou religieuses, les frontières s'effacent devant elle. Elle n'est liée à personne, ne fait pas de favoritisme. Elle est à double tranchant. Son sens est aussi simple et profond que toutes les magistrales foutaises que la Bible peut réunir dans ses paraboles. Elle porte l'histoire sur son dos et tous les êtres vivants s'allongent sur son passage. La foi sous toutes ses formes réside à l'intérieur de cette chemise en laiton. C'est l'immaculée conception, bébé. Ouais. Elle fait naître de nouvelles religions et accélère la disparition des anciennes. Voilà Dieu, Coyote. Allons, souris. Ça passera mieux.

Elle fait glisser la balle dans la main de Bob, qui la regarde longuement.

— Merci pour cette vision spartiate de la réalité, ironise-t-il enfin.

— Bien sûr, il se peut aussi que notre artiste inconnu ait raison.

Ce disant, elle tend le doigt vers un mur délabré visible par la fenêtre. Sur ce vestige de long bâtiment à un étage s'étale un graffiti en lettres bleu vif : BIENVENUE DANS L'ÎLE DES DÉLIRES.

Gutter pose le serpent à sonnette sur la table en l'étirant au maximum. Deux mètres dix de crotale diamantin. Le ventre tacheté contraste avec le pin blanc. La langue palpite en percevant la chaleur dégagée par la tête de Wood, qui se tient au niveau de la table pour mieux apprécier la scène. Dans la lumière voilée, Cyrus emplit une seringue d'amphétamines.

Il plante l'aiguille au milieu du ventre. Un léger craquement se fait entendre là où le croc d'acier s'enfonce sous la chair. Le serpent tente d'échapper au métal glacé, mais Gutter le tient bien.

Cyrus pose la seringue et prend le crotale des mains de Gutter. En le tenant par la tête, il fait le tour de la pièce, fouettant l'air avec. Pour que le venin se diffuse plus rapidement dans tout son corps.

48

Case reste assise en compagnie du portable tandis que Bob retourne chercher un autre paquet de cigarettes dans la camionnette. Elle fixe le téléphone pour le forcer à sonner.

Alors qu'elle regarde Bob approcher du pick-up garé entre le mur de parpaings et un champ parsemé de buissons, elle remarque une Cherokee blanche qui contourne le parking au ralenti. Elle plisse les paupières pour mieux y voir malgré les reflets de la vitre, tente de déterminer s'il s'agit des jeunes loups de Cyrus, mais la lumière suspendue au-dessus de sa tête l'en empêche.

La Cherokee décrit un virage ample, comme si son conducteur ne savait pas où aller, et Case décide qu'elle en a assez. Pas question de prendre le moindre risque. Debout en une fraction de seconde, elle jette de l'argent sur la table et ramasse le téléphone. Croise la serveuse en courant, manque de renverser le plateau qu'elle tient.

— Excuse-moi, chérie, fait-elle d'une voix éraillée par la cigarette.

La serveuse se tourne vers un couple assis sur la plus proche banquette et secoue la tête.

— Une dingue, souffle-t-elle.

Case pousse les lourdes portes recouvertes de cuir et se retrouve dans le parking. La Cherokee effectue un nouveau virage et s'arrête dans un nuage de poussière. Malgré les rangées de voitures garées qui la séparent de son objectif, Case voit la portière arrière s'ouvrir et se refermer. La Cherokee repart, soulevant un rideau de poussière masquant la silhouette sombre qui s'éloigne d'elle à quarante-cinq degrés.

Case accélère l'allure. Elle voit le véhicule et l'individu à pied converger vers le Dakota. Debout devant la portière ouverte, Bob se penche et fouille dans leurs vêtements, en quête de cigarettes.

Case crie son nom et se met à courir, mais il ne l'entend pas. Elle ne pense qu'à une seule chose : comment ? Comment ont-ils pu les trouver ici, et aussi vite ?

Le gravier crisse sous ses bottes. À la lumière du réverbère solitaire qui éclaire ce secteur du parking, elle reconnaît enfin le type dégingandé qui s'est mis à trottiner en faisant claquer ce qui a l'air d'un fouet.

— Wood !

Consciente qu'elle n'arrivera jamais à temps, elle sort son pistolet de réserve et tire trois coups en l'air en hurlant de nouveau :

— Bob !

Il se retourne brusquement et une succession d'images envahit son cerveau. Une silhouette ressemblant à Pan et agitant ce qui semble être un serpent. Les phares d'une voiture qui passe à côté de lui dans un déluge de coups de feu. Son corps, réagissant mécaniquement en réponse à l'instinct de survie. Le revolver sortant tout seul de sous sa chemise. Tirant sur l'ombre qui le charge, mais trop tard.

Le serpent à sonnette est lancé tel un lasso autour de son cou et la tête triangulaire vient buter contre sa joue alors qu'il presse la détente. Un grognement de douleur. Du cuir noir s'affale par terre. Bob tente d'attraper la bête lovée autour de sa gorge. Du coin de l'œil, il voit Case tirer sur la Cherokee qui fonce sur lui. Un éclat de verre bleuté et la voiture change de trajectoire. Quelque chose se plante dans le cou de Bob. Ses terminaisons nerveuses grillent le long de la ligne de paille des muscles.

Il titube. Les pneus soulèvent de la poussière. Il remarque que le type en cuir rampe vers les ténèbres. Tire à travers le brouillard de poison qui le brûle. Raté !

La Cherokee accomplit un large virage autour du Dakota, mais le sol est un véritable gruyère à cet endroit et elle gîte fortement sur la gauche, projetant ses roues droites dans les airs. Elle bascule sur le côté, creusant une profonde tranchée dans les broussailles.

Hurlant comme une bête sauvage, Bob essaye d'empoigner la tête du serpent. Mais l'animal affolé par la drogue n'est plus qu'une paire de crocs mordant tout ce qui bouge. Une fois encore, Bob est touché à la gorge. Voyant qu'il ne parviendra pas à se dégager, il appuie le canon du revolver contre la peau écailleuse et presse la détente. Se retrouve dans un nuage de bouts de viande et de fumée flottant au niveau de son visage et de ses épaules.

Il chancelle de nouveau et Case l'empêche de tomber. Elle arrache la chair morte qui lui fait office d'écharpe. Remarque les blessures rondes et le filet de sang qui s'en échappe. Les yeux de Bob vont d'une scène de violence à la suivante. Dans le champ, où la poussière de l'accident enveloppe la Cherokee, il voit Granny Boy s'extraire par la portière passager, sauter à terre et détaler sans demander son reste.

Malgré le sang qu'il perd et le poison qui court dans ses veines, Bob s'élance après lui tel un animal en furie. Case essaye de l'en empêcher, sachant qu'il ne fait qu'accélérer l'action du venin. Il saute par-dessus un tas de détritus haut comme une clôture.

Consciente qu'elle ne pourra jamais le rattraper à pied, elle monte dans le Dakota et traverse le parking à toute vitesse en évitant les gens éparpillés qui courent en tous sens pour fuir les coups de feu.

Le champ est gris et plat, et Granny Boy une cible qu'on peut suivre les yeux fermés. Regardant par-dessus son épaule, il voit une ombre démoniaque qui se rapproche à chaque pas. En hurlant comme si la mort elle-même lui avait donné voix. Il modifie sa course pour se diriger vers un bois situé de l'autre côté du champ.

Case tourne brusquement sur la route, malmenant les amortisseurs du Dakota en sortant violemment du parking.

Granny Boy en a encore pour cent mètres, cent mètres de sable craquelé et de touffes de mauvaise herbe jaillissant de résidus de ciment et de béton. Cent mètres qui les mettent presque à genoux, Bob et lui. Mais Bob continue de gagner du terrain. Il dégaine le couteau de chasse rangé dans son étui de ceinture.

Case roule à tombeau ouvert, parallèlement au parking. Au niveau des arbres vers lesquels les deux autres galopent, elle doit prendre à gauche sur Thomas Road afin de coincer Granny Boy s'il cherche à traverser la route de l'autre côté du bois.

Elle coupe les phares et grille un stop sans ralentir. Le moteur poussé à fond laisse échapper sa plainte dans la rue noire et déserte. À côté d'elle, les arbres et la lune lui proposent un stroboscope géant sur lequel se projettent les ombres de Granny Boy et Bob, Granny Boy et Bob, Granny Boy et Bob. Puis Granny Boy disparaît.

Elle grimpe sur le trottoir, évite de justesse un arbre en esquintant le pare-chocs. Attrape le fusil sous le siège et sort d'un bond. Scrute la route et repère Granny Boy qui se fraye un passage entre les fourrés.

Il débouche dans la rue au moment où elle actionne la culasse pour faire monter une balle dans la chambre. Regarde par-dessus son épaule pour voir où en est Bob. Quand il aperçoit enfin Case, elle franchit juste la ligne blanche, l'arme braquée sur lui, et sa dernière heure a sonné. Plus rien à faire, même s'il tente de se jeter sur la gauche. La décharge lui fauche les deux jambes, les pulvérisent des chevilles aux genoux. Son plongeon l'envoie au contact de l'asphalte comme un sauteur en longueur butant sur un fil invisible.

Bob et Case sont sur lui avant que ses mains ne puissent sortir une arme, arrachant le Luger qu'il cache sous son blouson de cuir et le noyant sous un déluge de coups de poing et de pied.

Bob inspecte rapidement la rue. Du sang coule par ses narines, suite aux morsures de serpent.

— Traînons-le dans les bois, suggère-t-il.

Granny Boy se tortille, à la limite de l'évanouissement, mais seule sa bouche peut encore lutter.

Ils quittent la route. Un triangle de verdure de six mètres de haut. Granny Boy est projeté contre un arbre. Son pantalon de cuir en lambeaux expose ses jambes déchiquetées.

Bob arrive à peine à se tenir debout, mais un reste d'adrénaline l'anime. Il pointe la lame de son couteau de chasse devant la pupille de Granny Boy.

— Où est-il ? Cyrus... où est-il ?

Un sifflement de défi sort de la gorge du garçon.

Sans réfléchir, poussé par l'impitoyable et aveugle puissance d'une âme écorchée vive, Bob plante le couteau dans la clavicule de Granny Boy. L'enfonce loin.

Le jeune guerrier lutte en grinçant des dents, bruit métallique d'une roue sur le ciment après l'éclatement d'un pneu.

— Où est-il ?

Rien. Bob titube et s'effondre.

Case se penche sur lui, constate son état. Ses paupières commencent à papillonner. Elle lui prend le pouls, qui s'affole complètement. Sans perdre de temps, elle se retourne vers Granny Boy.

Leur confrontation silencieuse est chargée d'une longue histoire. Chien de chasse et passeuse. Passeur et chienne de chasse.

— Il faut que je sache, Granny Boy. Il faut que je sache.

— Viens si tu l'oses, connasse ! crache-t-il.

Elle fait un pas vers lui.

— La fille. Est-ce qu'elle vit toujours ? La fille, Granny Boy. Parle-moi. La fille !

Une confusion passagère sur le visage du garçon, qui ne comprend pas pourquoi elle pose une telle question. Mais cela revient au même. Il la fixe comme si elle était déjà morte et ne lâche qu'un mot, comme on jette un sort :

— Blaireau.

Elle actionne la culasse du fusil et pointe le canon sur le visage de Granny Boy, à moins d'un mètre.

— C'est l'heure du grand voyage, murmure-t-elle.

Il fixe l'œil gris de son exécuteur et, avant que ses nerfs ne puissent communiquer le message à son cerveau, son univers et son visage disparaissent dans un soleil de blancheur déchiquetée.

49

Case pousse sans ménagement le pick-up sur les quarante kilomètres de route désertique séparant Hinkley de chez le Passeur.

Sa main appuie sans interruption sur l'avertisseur. Elle freine brusquement, faisant crisser les pneus. Les chiens surgissent de la nuit et s'énervent autour du véhicule. Le Passeur apparaît dans l'embrasure d'une porte. Case essaye de maintenir les chiens à distance tout en sortant Bob du Dakota.

Le Passeur avance clopin-clopant en balayant l'air de sa griffe pour calmer la meute. Bob s'effondre dans le sable. Le Passeur voit sa chemise maculée de sang et se tourne vers Case.

— Que s'est-il passé ?

— On a eu Granny Boy. Et Wood.

— Qu'est-ce que vous fichez ici ?

— Morsure de serpent, explique-t-elle en montrant Bob du doigt. Au cou. C'est grave, et je pouvais pas l'amener à l'hôpital. Pas juste après un meurtre.

Le Passeur examine ce beau gâchis d'existence.

— Je croyais que tu avais rejoint le monde des vivants, grince-t-il, caustique.

— Ça fait trente-six heures que je suis en enfer, alors me cherche pas !

Dans une pièce exiguë à peine assez grande pour un lit, elle déshabille Bob. L'allonge pour que le Passeur puisse examiner ses blessures. Le gonflement et la noirceur des chairs autour des morsures parlent d'eux-mêmes.

— T'as la bouche engourdie ?

Malgré la soif qui le tiraille et son état de faiblesse extrême, Bob parvient à acquiescer.

Le Passeur lui prend le pouls au niveau du cou, du côté où il n'a pas été mordu. Rapide et irrégulier. Le Passeur se tourne vers Case.

— Dans le frigo, derrière les bières de l'étagère du bas, tu trouveras des fioles avec des autocollants jaunes. Ça devrait être marqué « sérum antivenimeux ». Amène-m'en deux pour commencer. Et dans le placard, là où dorment les chiens. L'étagère du haut. Plusieurs sachets de solution saline. Apportes-en un. Faut des seringues, des aiguilles et du sparadrap. Mais tu sais très bien où se trouve toute cette merde.

— Va te faire foutre !

Elle prend la main de Bob.

— Tout va bien se passer.

Puis elle se lève et se coule à la vitesse du vif-argent dans la mêlée des chiens immobiles.

Une fois les deux hommes seuls, le Passeur saisit la mâchoire de Bob dans sa griffe et se livre à un examen clinique.

— Je vais jouer les toubibs, ce soir, Bob Machin-Chose. Faire un petit trip mémoire sur le fleuve de la nuit.

Bob dérive dans la lumière laiteuse. Ses yeux rampent le long du plafond avant de se fixer sur le visage noir, noir de ce marin buriné.

— Cette rivière de la nuit, on va la descendre tous les deux, hein ? Ouais. Je vais te charger d'antidote, Bob Machin-Chose, parce que toute cette course a refilé une bonne dose de jus à tes nerfs. Ça les a même bien grillés. Tu pourrais partir en état de choc tout seul, vu la façon dont ton cœur bat. D'un autre côté, avec ses protéines de cheval, l'antivenin peut causer un choc anaphylactique. Tu risques de te retrouver le ventre à l'air.

Les yeux de Bob filent vers le haut, ne laissant voir que le blanc avant de revenir.

— Tu m'entends ?

— J'ai très soif.

Le Passeur secoue la tête.

— Tu m'entends ?

Le gosier de Bob se crispe. Le Passeur se penche sur lui.

— Elle aurait dû me laisser finir de lancer les pièces. On avait pas terminé, rappelle-toi. Le *Livre du changement.*

Il passe sa griffe sur l'œuvre d'art ornant l'épaule de Bob, d'UN SEUL AMOUR à CHAOS ET CONFUSION. Son ton est mauvais et malicieux à la fois.

— On aurait pu savoir comment agir maintenant. Peut-être que t'es déjà mort et qu'on fait que perdre notre temps.

Bob essaye de rassembler des bribes de souffle, mais en vain.

Allongé dans le noir, Bob est nourri par intraveineuse. Case le veille en refroidissant sa peau fiévreuse avec un linge humide. Il essaye de parler mais ne profère qu'un fatras de paroles confuses.

Elle passe la main sur l'estomac de Bob, s'arrête à son cœur. Tourne la tête vers la porte, où le Passeur fait un sort à une bière.

— Son rythme cardiaque est chaotique.

— Il a de bonnes chances d'entrer en état de choc, bousillé comme il est.

Elle regarde le corps dénudé. Souffre de voir ce massacre. Voudrait le rendre pur de nouveau. Sa main glisse sur les muscles du ventre et s'arrête aux premiers poils pubiens.

Le Passeur ne peut rien voir dans l'obscurité, mais il sait. Il sait interpréter les silences et les respirations.

— Laisse ce mouton aux loups, petite, conseille-t-il.

Elle se retourne brusquement vers lui.

— Quoi ?

— Tu m'as très bien entendu. Laisse-le passer de l'autre côté. Ou achève-le toi-même. Il porte la poisse, point.

— Écoute-moi bien, Passeur. Il va vivre. Et si tu touches à lui, je... je t'arrache ta griffe et ta jambe plastique et je te tabasse avec jusqu'à ce que tu en crèves. C'est compris ?

Il s'en va sans un mot. Et, dans le couloir, laisse échapper un rire bref.

Chaque fois que cela se produit, c'est par crises aussi violentes qu'aléatoires. Il tremble de fièvre, vomit. La fenêtre ouverte sur la nuit n'est qu'un trou éclairé par la lune. Le drap, une épaisse peau d'inconfort. Chaude et trempée par la salive de ses os.

Case s'est allongée à côté de lui. Nue elle aussi, elle se colle contre lui. Murmure « Ça va aller », encore et encore. Presse ses lèvres contre la poitrine de Bob et expire les paroles que la chaleur de son souffle transmet à la chair qui enveloppe le cœur du blessé.

Lui y voit au travers du plafond noir, au-delà du film silencieux et vacillant de leurs deux corps lovés dans l'ombre. Là où son esprit remonte le courant de la mémoire, arpentant la salle de bains obscure en peignoir alors que Gabi, alors une enfant, souffre d'une laryngite.

Les ténèbres moussues, étouffantes. La fragilité du petit être rose qu'il tient dans ses bras et que ses poumons pris empêchent de respirer. Les bras qui le protègent aujourd'hui sont ceux qui entouraient le dos de Gabi à l'époque, des bras qui se mêlent entre le rêve et la réalité pour constituer les racines d'un arbre de conscience en pleine expansion. Et chaque fois qu'il entend Case lui chuchoter « Ça va aller », il se revoit disant la même chose à un chiot toussant sa vie à mort : « Ça va aller, Gabi. Ça va aller. »

Il sent le bras de Case qui l'attire contre elle et, dans un rare instant de lucidité, aperçoit le serpent Ourabouris tatoué sur l'épaule de la jeune femme. Il essaie de le toucher et supplie :

— Il faut que tu la ramènes à la maison

— Chut...

— Tu dois me promettre...

— Chut...

— Si elle est vivante...

— Chut...

— Occupe-toi d'elle. Tu m'entends ? Occupe-t'en, toi. Tu es la seule en qui j'ai confiance. Promets-moi...

Mettant les paroles de Bob sur le compte de la fièvre, elle hésite à répondre.

— Case... promets-le-moi...

Il croit entendre une réponse presque indistincte au creux de son oreille.

— Je n'oublierai jamais ça. Oui... c'est promis.

Le Passeur est assis sur un canapé poussiéreux, entouré de ses chiens. Il fume un joint et contemple les ténèbres par la porte d'entrée grande ouverte. Entend Case dans la chambre-cellule au bout du couloir.

Planant comme au temps de l'armée, il regarde le soleil se lever. Se rappelle les hélicos d'évacuation descendant des cieux pour fondre sur la rivière. Et les files de cadavres. Des esquifs empaquetés dans des draps blancs pris dans la marée de boue descendant des montagnes jusqu'à la mer.

Un détachement volant de ramasseurs de poubelles, voilà ce qu'on était, songe-t-il. Tous des Passeurs. Chargés de récupérer les morts à coups de filet. Il se demande combien de ces jeunes défunts sont revenus. Trop tôt revenus à leur existence ultérieure. Avec toute leur colère. Pour devenir des tueurs aux coins des rues, des gangsters tirés à quatre épingles ou des suceurs de sang à col blanc qui se vengent en toute légalité de leur mort prématurée.

Case entre dans la pièce, drapée dans une couverture bleue bouffée aux mites.

— Il est mort ?

Épuisée, elle se laisse glisser le long du mur, s'assoit par terre. Deux chiens se lèvent pour venir la renifler et se lover contre elle.

— Non.

Elle regarde le serpent tatoué sur son épaule, repense à l'expression de Bob quand il l'a fixé.

— Tu te souviens du jour où tu m'as tatoué cette beauté ?

— Ouais. On était près de la cheminée.

— C'est ce jour-là que je me suis dit que je devais me tirer. Échapper à Cyrus. Tu sais, j'ignorais ce que signifiait ce serpent.

Mais un an plus tard, en désintox, quelqu'un m'a montré un bouquin. Un dessin. Je savais pas qu'il symbolisait la renaissance.

Ses yeux se tournent vers le couloir.

— Bob le regardait sans cesse, et moi, je lui rabâchais cette histoire. Encore et encore.

De nouveau, son regard est attiré par le cercle que forme le serpent.

— J'ai pas arrêté de lui répéter « Tu vas vivre ». Et il m'est revenu que je pensais la même chose quand tu l'inscrivais sur mon bras, ce jour-là : « Je vais vivre. Je vais vivre. Je vais échapper à Cyrus et je vivrai. »

50

Par la fenêtre de la chambre, les étoiles dessinent une guirlande de lampes suspendue au-dessus du bourdonnement lointain du désert. Bob peut à peine bouger, mais il sait que Case dort à côté de lui. Il sent l'odeur de ses cheveux et celle, plus douce, de son corps de femme dans la nuit immobile. Perçoit la renaissance de son propre organisme, comme un boxeur sonné revenant à lui après une longue période d'inconscience. Encore faible et pâteux, mais, quelque part, une sorte de détente qui gagne.

Il écoute les différentes respirations. La sienne. Celle de Case. Celle de la terre. Lentes, uniformes et dénuées de rancœur, de haine ou de terreur. Elles font toutes parties d'un grand écosystème respiratoire. Une unité calme pour l'éternité.

Il gémit, se tourne. En bout de sommeil, Case perçoit son mouvement et se réveille brusquement.

La lumière de l'après-midi sur le visage de Bob, même au travers des stores crasseux, est un soulagement. Sa peau est pâle comme celle d'un mort, sauf au niveau des quatre taches noires autour des marques de crocs. Ses lèvres paresseuses remuent comme de grosses limaces. Sa bouche est sèche comme du papier crépon.

— Je vois... que je suis toujours vivant, dit-il avec difficulté.

— On le dirait bien, Coyote.

— J'ai soif.

Elle se lève et enjambe précautionneusement quelques chiens couchés au pied du lit. Sa silhouette nue disparaît dans la grisaille du couloir.

Il entend l'eau couler dans le lavabo et des pattes de chien sur le parquet. L'animal contourne le lit pour venir poser la tête sur le drap, près de sa main.

Case s'assoit délicatement sur le bord du matelas, chasse le chien et tend le verre à Bob. Sans chercher à cacher sa nudité. Il boit lentement. Sa gorge est si sèche que chaque gorgée lui donne l'impression de se noyer. Case est parée d'une écharpe de lumière courant d'une épaule à la hanche opposée. Il n'y a ni pureté ni exhibitionnisme en elle. Comme toujours, elle n'est que l'affirmation sans détour de son être.

Plongé dans sa contemplation, il met quelques instants à se rendre compte qu'elle a posé la main sur la sienne.

— Je suis heureuse que tu t'en sois tiré, Coyote.

Les yeux de Bob remontent le long du bras de Case, se posent sur le serpent tatoué sur l'épaule. Il lève faiblement la main, comme au ralenti, et de l'index, suit le motif. Souvenir sensuel qui le ramène au rêve qu'il a fait, où elle lui parlait au cours de ses longues heures de souffrance.

— Merci d'avoir été la voix que j'ai entendue.

Le visage de Case semble avancer et reculer, un instant traversé par le soulagement et la satisfaction, puis ils entendent la sonnerie du portable.

Le staccato déchire le silence. Tous deux n'ont alors que Cyrus en tête. Bob hoche la tête. Case se dirige vers la commode dans la lumière poussiéreuse.

Elle porte le téléphone à son oreille et écoute. Bob voit ses yeux se plisser. Au bout de quelques secondes, elle coupe.

— C'était lui ?

— Oui.

— Qu'a-t-il dit ?

— Qu'il espère qu'on a apprécié sa petite fête.

Elle revient s'asseoir sur le lit, prend une cigarette. L'allume et aspire intensément la première bouffée.

— Quoi d'autre ?

— Il dit qu'il sait ce qu'on cherche, répond-elle en se tournant vers lui.

Bob essaye de se redresser, ou du moins de bouger un peu.

— Qu'est-ce que ça signifie, à ton avis ?

— Aucune idée. Mais je connais sa voix. J'entendais presque les « Allez vous faire foutre » à chacun de ses mots. Vouloir faire réagir Cyrus, c'est un peu comme essayer d'éteindre le soleil en crachant dessus.

— Il veut nous rencontrer ?

— Oh, ça oui, dit-elle d'un ton neutre et glaçant.

— Quand ?

Elle hausse les épaules.

— Il va commencer par jouer avec nos nerfs, ça, je peux te le dire.

Bob tente encore de se relever, mais son corps ne veut rien savoir.

— Il faut que tu passes un coup de fil pour moi.

— À qui ?

— Arthur. Je veux qu'il vienne ici.

Case n'apprécie pas l'idée de voir débarquer Arthur chez le Passeur. Ou de jouer la carte routière vocale : « Tout droit dans le désert jusqu'à une merveilleuse petite pile de crânes humains, puis première à gauche et bla-bla-bla... »

Bob est forcé de se rallonger. Il se sent faiblir.

— Appelle-le, tu veux ? demande-t-il en fermant les yeux. J'ai besoin de dormir.

Lorsque les yeux de Bob se rouvrent, quelques heures plus tard, c'est pour se poser sur les traits hagards de son ex-beau-père. La bouche d'Arthur est moite. Il fixe avec une moue d'incrédulité ce qui ne peut être qu'un imposteur ayant pris la place du jeune homme qu'il a connu.

— Oh, seigneur Dieu, Bobby. Qu'est-ce qui t'est arr...

— Je vais bien, Arthur. Je tiens à ce que tu le saches. J'ai dérouillé, mais...

— Chaque jour, chaque nuit... sais-tu à quel point j'ai souffert, fils ?

Arthur s'assoit à côté de Bob, aussi précautionneusement que sa corpulence le lui permet. Prend doucement la main de Bob.

— Je vais te ramener à la maison, fils.

— Je reste ici.

— Qu'est-ce que tu...

— Nous reprenons la route dès que j'irai mieux.

Arthur baisse les yeux puis se tourne vers Case. Elle quitte la pièce. Arthur revient à Bob.

— Qu'est-ce que tu racontes, Bobby ? Regarde-toi.

— Je ne peux pas te parler pour le moment. Il faut que je dorme. Plus tard. Tu n'as dit à personne que tu venais ici, hein ?

— Non.

— À personne, vraiment ? Pas même à Maureen ou à John Lee ?

— Cette femme m'a dit que tu voulais que je me taise, alors c'est ce que j'ai fait.

Arthur ferme la porte et remonte le couloir derrière Case, fou de rage. Elle se retourne en l'entendant arriver et ils se retrouvent face à face dans la lumière crue du salon.

— Espèce de..., attaque-t-il d'emblée. Mon garçon est là-dedans, presque mort. Quand je vous ai vue, j'ai su que vous étiez une catastrophe ambulante.

— Je vois que je vais encore être l'objet d'une de vos fines observations.

— Ne joue pas les malignes avec moi, petite camée !

— Et pourquoi pas ? Il faut bien qu'un de nous fasse preuve d'intelligence.

Ils tournent autour de la pièce en désordre, séparés par la table et le canapé.

— Pourquoi ne pas l'avoir emmené à l'hôpital plutôt que dans ce trou à rats ?

— On lui a sauvé la vie, dans ce trou à rats.

— Sauvé... espèce de connasse !

Par la porte de la cuisine, il voit le Passeur s'arrêter un instant. Arthur traverse la pièce.

— Tu n'es rien ! hurle-t-il à l'adresse de Case. Un rebut d'humanité !

— Tu sais, papi, je te méprisais avant même de te connaître. Et j'avais raison. Parce que je te connaissais déjà. J'en ai connu plein, des comme toi, avant. Mais si tu veux vraiment parler de culpabilité, je parie que tu t'en traînes une bonne dose au fond de ton cul.

À l'expression de Case, Arthur voit qu'il a réussi à l'atteindre. À trouver un point faible au creux du ventre.

— Mais cela ne m'empêche pas d'avoir raison à ton sujet, pas vrai ? C'est pour ça que tu es prête à risquer la vie de mon fils. Pour sauver ta peau, et rien d'autre.

Ils s'insultent avec une telle véhémence qu'aucun d'eux n'entend la voix affaiblie qui tente d'intervenir.

— Ça suffit, Arthur, fait Bob avant de hausser le ton. Arthur...

Les deux adversaires se tournent pour voir Bob, nu, appuyé contre le mur comme un épouvantail.

— Ne lui parle pas comme ça.

Ils courent tous deux vers lui, mais il recule, battant des bras en tous sens pour éviter de tomber. Ils l'encadrent pour le retenir. À coups de coude, Arthur s'insinue entre Case et Bob, mais ce dernier le repousse.

— Ne fais pas ça. Il faut que tu comprennes. Sans Case, on ne saurait toujours pas qui a enlevé Gabi.

Les yeux d'Arthur deviennent deux flèches de froideur bleutée.

— Parce que vous le savez ?

Bob hoche la tête.

— Il s'appelle Cyrus, répond Case.

Ce qu'elle dit alors, Arthur ne l'entend pas. Rien que des sons. Son existence devient une plaie froide qui suinte et le grattement de quatre doigts sur le plancher, seule façon pour la femme de lui faire comprendre qu'elle est encore en vie.

51

Case se retrouve dans une remise où le Passeur entrepose sa réserve privée d'héroïne dans une pile de tiroirs.

Examinant les poches de substance blanche, amère et cristalline, disposées comme autant de cadeaux, elle sent sa peau retrouver la mémoire. Le dévastateur cocktail d'héro se rappelle à son bon souvenir. La merveilleuse impression de dégoût de soi qui n'a besoin que d'un peu de tonique veineux pour s'exprimer. Pour faire disparaître les joies comme les peines et vous amener dans son paysage glauque.

Elle se voit dans le tiroir : l'héroïne, les seringues, harnachement de rigueur du mode de vie. Héraldiques dans leur invite. Chaque poche est un nouveau souffle de divin oubli. La ligne blanche et aveugle qui annihile la douleur.

Coupable. De ne pas avoir agi durant toutes ces années : faire sauter le caisson de Cyrus, lui trancher la gorge dans son sommeil, mettre un terme à sa vie. Si elle avait pu, ne serait-ce qu'un instant, surmonter son existence sordide et son désir cupide d'auto-immolation, rien de tout cela ne serait arrivé. Cette sanglante boucherie n'aurait jamais eu lieu. Et à présent, parvenir à s'en tirer proprement ne signifie rien pour elle.

— Tu comptes m'en piquer ou m'en acheter ?

Une fraction de seconde, elle éprouve le frisson du voleur. Se tourne vers le Passeur, dessiné par la lumière floue derrière la porte de guingois.

Elle essaye de se calmer.

— J'accomplissais juste un petit rituel de massacre intérieur, c'est tout. Les vieilles cassettes, Passeur, les vieilles cassettes. Elles continuent de foutre le bordel dans ma tête.

Elle replace le tiroir aussi précautionneusement que s'il s'agissait de sa dot, une boîte à horreurs.

Elle va s'asseoir sur une pile de vieilles caisses, qui bougent légèrement. Le Passeur vient s'installer à côté d'elle. Case fixe sans la voir une passerelle de lumière inscrite dans le sol de terre sombre. Une odeur d'établi plane dans la remise. L'arôme de la poussière, mêlé aux objets oubliés entassés entre ces planches.

— Reste égoïste, lui conseille le Passeur d'un ton cajoleur. C'est la clé de la survie. Laisse tomber ces blaireaux. Taille-toi. Crois-moi, ce ne sont jamais eux qui meurent trop tôt.

Elle le dévisage d'un air averti.

— Je suis sérieux, petite. Tu sais pas à quel point le mythe qu'ils portent en eux est noir. Tu marches sur une putain de mine en essayant de vivre ta vie dans ce monde. Tu danses au son de leur mythe. Mais tout ça, c'est des foutaises. Je le sais. Je le sais.

— Connais-tu ce type, ce Cyrus ?

— Si je le connais ?

— Oui, fait Bob avant de répéter sa question plus lentement : est-ce que tu le connais ?

— Non.

— Tu es sûr ?

Assis sur une chaise à haut dossier près de la fenêtre, Arthur soutient son regard.

— Je ne le connais pas.

Bob est sur le lit, le dos soutenu par plusieurs oreillers.

— Sais-tu ce qu'il y a de l'autre côté de cette colline ? demande-t-il en tendant le doigt.

— Non.

— Furnace Creek.

Feignant de réfléchir, Arthur regarde par la fenêtre. Comme toujours à ce moment de la journée, le vent venu de l'océan a atteint les terres et commence à soulever le sable. Des digues de poussière gris-jaune se forment le long des collines.

Tout fout le camp. C'est la seule chose qui vient à l'esprit d'Arthur pour le moment. Le monde s'écroule.

Bob l'observe attentivement.

— Une femme a été assassinée là, il y a de nombreuses années.

— C'est vrai. Maureen m'a dit que vous en aviez parlé au téléphone. Oui.

— Et vous avez acheté sa propriété lors de la succession, n'est-ce pas ? Paradise Hills, je veux dire.

— C'était une succession, oui. Elle était morte sans héritier.

Bob désigne une nouvelle fois la fenêtre.

— Cyrus vivait là, avec cette vieille femme qui a été assassinée. Est-ce que vous aviez essayé de lui acheter sa terre ?

— Si on l'a fait ? médite Arthur, faussement pensif. Pas que je me souvienne, non.

— Il y a deux meurtres distincts, à plusieurs années d'intervalle. Et les seules personnes qui soient liées aux deux sont Cyrus, toi et Maureen.

— On le dirait, oui, répond Arthur, avant d'ajouter, comme si l'idée venait de le frapper : Et John Lee, bien sûr.

— Et John Lee. Oui.

Les parois de la chambre à coucher sont réduites à leur plus simple expression. Du bois et de la tôle, rien d'autre. Avec le vent qui s'infiltre par les interstices, la pièce ressemble à une diligence d'antan traversant le désert.

— Qu'est-ce qui a pu l'inciter à revenir après toutes ces années ? Est-ce parce qu'il pense qu'on lui a volé quelque chose ?

Arthur croise les mains sur les genoux. Fixe ses phalanges osseuses. Une pensée tourbillonne dans son esprit. Une seule. John Lee a-t-il pu être assez stupide ou seulement assez méchant pour ramener le monstre au cœur de leur vie à cause de l'aventure de Maureen et de Sam ? Il relève les yeux. Allongé contre ses oreillers, Bob offre un visage de marbre. Sa tête inclinée de côté expose le quadruple œdème noir qui gonfle ses chairs au niveau du cou.

Arthur est incapable de le regarder plus d'une seconde. Une

fois encore, il préfère fixer par la fenêtre, à travers le voile de sable, ce lieu dont le passé plonge au cœur de toute l'histoire.

— Arthur ?

— Oui ?

— Tu n'as pas répondu à ma question.

Il essaye d'échafauder un scénario de mensonges qui livrera une vérité acceptable.

52

Il est plus de minuit quand Arthur s'en va. Case ouvre la porte de la chambre de Bob sans que celle-ci laisse échapper le moindre grincement. Il est allongé dans le noir, le visage caché par son bras replié.

— Tu dors ? chuchote-t-elle.

— Non.

Elle traverse lentement la pièce, pieds nus.

— Tu as découvert quelque chose ?

— Il m'a dit qu'il ne savait rien de plus que nous. Mais je pense qu'il ment.

Elle s'assoit sur la chaise d'Arthur.

— Qu'est-ce qui te fait dire ça ?

Bob pose les pieds par terre, s'appuie sur le matelas pour ne pas retomber. Sa tête tourne mais ses bras tiennent bon.

— Aucune raison en particulier, répond-il. Il s'est comporté normalement. Ne m'a pas paru différent de d'habitude. Je l'ai bien regardé, à l'affût de la moindre petite chose qui aurait pu clocher. Mais rien. Et pourtant, je sens qu'il m'a mené en bateau.

Il essaye de se lever. Vacille. Case se matérialise à son côté, un bras autour de lui. La peau pâle et nue de Bob est chaude comme une bouche ouverte.

— Où tu vas ?

— Je ne sais pas. Je crois que j'ai juste besoin de bouger un peu.

Elle prend la couverture grise du lit. La couverture élimée. La drape autour des épaules de Bob tel un poncho.

— C'est moi, Case. C'est moi. Je l'imagine coupable de quelque chose, mais j'ignore de quoi. Seigneur, c'est le grand-père de Gabi. Peut-être que le mal est en moi, maintenant.

Il retrouve son équilibre en se concentrant sur le visage de Case. Elle le soutient en entourant ses côtes de son bras.

— Je t'admire, tu sais.

La déclaration la prend de court, et il sent la gêne que ça provoque en elle.

— Toi, au moins, tu as le courage d'affronter tes démons. Moi, je n'ai pas osé défier Arthur.

— Je ne veux pas affronter mes démons, comme tu dis, répond-elle avec un éclair de sourire. Je leur jette juste un œil, de temps en temps. Pour vérifier qu'ils se sont pas tirés en douce.

Dans la zone muette entre leurs chairs, la main de Bob s'avance. Il caresse la joue de Case du dos des doigts, doux comme la soie. Elle ne se dégage pas. Avec une grâce malhabile, la main inverse son mouvement, effleure le col en coton de la chemise et poursuit lentement sa route jusqu'à l'idole aux couleurs de paon qui repose au-dessus de la clavicule laiteuse.

Respiration, silence, rien d'autre. Le grand large de l'univers. Instants séparés par les allers et retours de Charon sur le fleuve de la nuit.

— Je pourrais, tu sais, souffle-t-elle. Je pourrais, et je prendrais un pied terrible. Peut-être même plus. Peut-être... Mais tu sais ce qu'il y a au-dehors, maintenant. Tu sais.

Il se presse contre elle. Entre eux, un souffle.

— Ce que je sais, c'est que près de toi, parfois, je me sens comme un enfant usurpant un corps d'homme.

Elle appuie la joue contre la couverture drapée sur la poitrine de Bob. Se love de manière à sentir ses muscles quillés sur l'os. Mais elle perçoit le Passeur qui bouge, quelque part dans le ventre de ce clapier. Chant funèbre d'un boiteux allant de pièce en pièce. Éteignant toutes les lumières sur son passage. L'essence même du veilleur.

— Je me demande si je suis si bien que ça dans ma tête, comparée à toi, chuchote-t-elle enfin.

53

« — Arthur, écoute-moi.

— Quoi ?

— Il m'a posé de drôles de questions.

— Qu'est-ce que tu veux dire ?

— Vraiment bizarres... »

John Lee toise Cyrus avec une impudence mauvaise tandis que celui-ci écoute la cassette. Après tout ce qui s'est passé, il a refusé de le rencontrer autrement que de jour et dans un lieu public. Et encore fallait-il que ce soit suffisamment loin de tous les gens qui connaissent John Lee. C'est ainsi que le parking du Love's Restaurant de Victorville a été choisi.

« — Il voulait savoir comment nous avons acheté les terrains.

— Comment nous les avons achetés...

— Je lui ai dit qu'il s'agissait d'une succession.

— Une succession, c'est vrai. »

Cyrus a un sourire cynique en entendant la note aiguë dans la voix d'Arthur.

« — On les a eus de cette façon parce que...

— Une succession, oui...

— Parce qu'une femme était morte, non ?

— Morte, oui.

— Enfin, je veux dire qu'elle avait été assassinée. C'est bien ça ? »

Un long silence s'ensuit. Cyrus regarde John Lee. Les deux hommes sont coincés entre leurs deux véhicules. John Lee est de plus en plus conscient de la présence des gens qui traversent le parking. Au bout de quelques instants, le dialogue de la cassette reprend.

« — Oui.

— Pourquoi Bob pose-t-il toutes ces questions ?

— Je ne...

— Et cette femme qui est avec lui... la droguée... qui est-ce ? »

Un cul rose allongé sur un carré de moquette rouge autrefois moelleuse. Genoux relevés, jambes écartées en un large sourire. Sur la cuisse, un tatouage de femme-araignée aux dents de vampire et aux longues jambes noires, qui tisse sa toile vers l'endroit où les doigts de la fille forment un V pour écarter le triangle noir de sa toison.

Cyrus avance à quatre pattes en bordure de moquette. Il est complètement défoncé aux hallucinogènes et sa queue pend mollement entre ses cuisses.

Alors que Cyrus titube comme une tortue, John Lee l'enjambe en actionnant sa Bolex 16 mm. S'accroupit pour un gros plan de cette « sale petite montagne d'amour », comme il dit. Cyrus essaye de s'échapper mais une rafale de coups de botte le cueille à la poitrine et le force à y retourner. Les hommes se moquent de lui, le traitent de bon à rien défoncé et le préviennent qu'il a intérêt à laisser de belles traces de morsures sur cette conne et à reprendre du service. Sans quoi, il pourrait se retrouver avec un mandrin noir planté dans le cul si le spectacle valait pas quatre étoiles.

— Et maintenant, dis-moi qui a été eu, ironise John Lee.

D'un geste brusque, Cyrus sort la cassette du magnétophone. La lance à John Lee.

— Cette camée t'a désigné à Hightower. Le type qui l'accompagne. Le père de la gamine. Elle t'a mis la laisse autour du cou. Alors, dis-moi, qui s'est fait avoir ? Toi ou moi ?

Cyrus se tourne vers Gutter, qui attend, bras croisés, derrière le volant. Mais c'est à John Lee qu'il parle à travers lui.

— Le monde regorge d'exemples de la stupidité des gens, philosophe-t-il avant de faire de nouveau face à John Lee. Un jour, j'ai crevé les yeux à un type. J'avais quatorze ans. À Chatsworth. Dans les collines qui surplombent la route de Santa Susanna. Je l'avais vu avec ses copains. Un petit con de frimeur. Qui avait une vie entière de conneries devant lui. Mignon. Sapé comme nos petites mamans aimaient. Il a jamais su ce qui lui arrivait.

La gorge de Cyrus émet un bourdonnement, comme pourrait le faire une flèche électrique traversant la forêt silencieuse.

— Je l'ai appelé plusieurs mois plus tard. Je lui ai dit pourquoi j'avais fait ça. Et que je lui devais bien une explication. Et que lui me devait son avenir aveugle. Que, chaque jour, il saurait que la plus grande partie de son existence m'appartenait.

Il caresse du bout des doigts les touffes de cheveux qui criblent les jambes de son jean.

— Ce qui compte, c'est de prendre. Les scalps, le drapeau ennemi, les hommes, les idées, les brevets, la femme ou la fierté des autres, les petits riens, les slogans, la terre. Et les âmes, bien sûr. Prendre, capitaine ensanglanté et sodomisé. Appelle ça notre autoportrait.

Cyrus pousse un hurlement à glacer le sang. Aussi aigu que celui d'une sorcière criant à la mort. Les hommes d'affaires en chemise blanche en train de se curer les dents et leurs bourgeoises qui échangent les derniers potins dans leur sillage se retournent en direction des deux voitures. Cyrus leur dédie un large sourire et un grand signe du bras derrière la haie formée par les deux capots.

John Lee se réfugie sur le siège passager, espérant devenir invisiblc.

Cyrus se penche vers lui. Pose un avant-bras sur le rebord de la portière, l'autre sur le capot. S'approche comme s'il voulait partager un instant d'intimité.

— Dis à Arthur que quand j'aurai le temps, je déterrerai le crâne de sa petite chérie et je le lui enverrai par la poste. Dis-le-lui, ou je le ferai vraiment.

John Lee reste figé, une expression de terreur gravée sur le visage.

— Tu croyais que tu allais jouer les durs avec moi. Désolé, mais c'est pas au programme. Ton putain de paradis est définitivement perdu, capitaine. Signé, votre serviteur.

54

Le lendemain matin, Bob ressent en lui un étrange silence lorsqu'il se réveille. Une sorte d'acuité psychique qui affûte ses perceptions sensorielles au point que même le silence est parlant. Que la camionnette et le portable ne soient plus là sont juste deux détails dont il est déjà pleinement conscient.

Uniquement vêtu d'un jean et d'une couverture enveloppant ses épaules, il traverse la cour. Les chiens sortent de derrière la remise, vite suivis par le Passeur.

— Où est-elle ? s'écrie Bob.

— Elle a changé les plaques et emmené le pick-up à la peinture, des fois que quelqu'un aurait relevé le numéro à Hinkley.

— Et après ? Elle revient de suite ?

— Elle a rien dit.

— Je parie que Cyrus a fini par appeler et que tu me mens comme un arracheur de dents.

Le Passeur dévisage Bob. Ses chiens errent dans la cour en suivant la piste des déjections de rats et de souris.

— Évidemment, répond-il enfin. Le mensonge est la pierre angulaire de la vie. Il faut bien que je m'entraîne.

Des chaises bizarrement disposées sur une butte. Une image irréelle, comme si le désert attendait des invités à dîner.

Bob gravit la colline, s'assoit sur un siège au dossier cassé et observe les longues étendues planes et désertes peintes en brun-jaune qui séparent la chaîne de Paradise et les monts Calico. Au loin, de petits boucliers de lumière s'élèvent au-dessus de la carcasse rouillée de la caravane de la vieille.

— Le centre du monde, mec.

Bob se retourne.

Le Passeur arrive, apportant deux canettes de bière.

— C'est ce que Cyrus avait l'habitude de dire. Le centre du monde.

Il tend une bouteille à Bob. Va s'asseoir sur l'autre chaise. Bob boit. Le soleil a laissé de fines traînées de sueur sur son visage et sa poitrine rougis.

— Tu aurais dû l'en empêcher, putain.

Le Passeur ne prête pas attention à ses paroles et poursuit son idée.

— Peut-être qu'il avait raison, quand on y pense. Le centre du monde.

Sa griffe balaie lentement tout le paysage. D'un point à l'autre, dans le sens des aiguilles d'une montre.

— Là, tu as la Vallée de la Mort. Et ici, les monts de Panamint, où les chercheurs d'or de 1849 ont trouvé leurs filons d'argent. Et où Charles Manson pratiquait son culte du chaos. Par là-bas, c'est le site des essais atomiques du Nevada. L'opération Buster Jangle. Tu savais qu'ils habillaient des porcs comme des humains avant de leur balancer leurs bombes ? Les tests en situation quasi réelle, comme ils disent. Plus loin, c'est Las Vegas. Capitale des joueurs de dés aux phalanges blanches. Puis le site du premier homme, après quoi la 66 traverse la décharge la plus dangereuse de toute l'Amérique du Nord. Ensuite, l'arbre de Joshua et la mer de Cortez, où on trouve les plus vieilles espèces du continent. Et enfin, le cauchemar favori de l'Amérique débrouillarde : L.A., l'Armageddon.

Il se tourne vers Bob.

— Merde, j'allais oublier Disneyland, fait-il en buvant une gorgée de bière. Et tout ça à moins de six cents kilomètres à la ronde. Qu'est-ce que t'en dis, Bob Machin-Chose ? Cyrus avait raison ? C'est le centre du monde, ou pas ?

— Je pense que t'aurais dû l'en empêcher.

— Tu veux que je te dise ? À mi-chemin entre Dante et Philip K. Dick. Voilà ce que je pense.

Bob finit sa bière cul-sec. Lance la bouteille au Passeur. Qui n'a aucune chance de la rattraper avec sa seule griffe de libre.

— J'en ai marre de tes conneries, tranche Bob en s'en allant.

— Cyrus pensait que c'était le centre du monde. Parce que c'est de là qu'il vient. C'est là que sa caboche a été complètement détraquée. Comme il se prend lui-même pour le nombril du monde, ce coin… tu vois la démence aristotélicienne de son raisonnement. Tout comme toi. Égoïste et injustifiable.

— Qu'est-ce que tu veux dire par là ?

— Trop de foutaises de brave Blanc. T'es pas là pour me dire ce que je dois faire ou non. T'attends pas à ce que je fasse ton boulot si tu me déblatères tes conneries de rêve impossible d'une vie meilleure. Si c'est ce que tu cherches, t'as pas choisi le bon négro. Tu voulais que je l'empêche de partir ? Merde alors. Ici, il y a une éternité, c'était la savane, mec. Et c'est par là-bas qu'on a retrouvé les restes du plus gros reptile qui ait vécu sur tout le continent. Une putain de tortue. Vous avez des tas de choses en commun, elle et toi. Vous êtes tous deux des fossiles qui essayez de foutre la merde dans un monde auquel ils n'appartiennent plus. Mais ça prend pas, Bob Machin-Chose. Pas avec moi. Ton cirque des horreurs, c'est de la merde. Tu voulais pas qu'elle parte, t'avais qu'à pas dormir comme une tortue.

Le Passeur essaye de se pencher pour ramasser la canette, mais Bob arrive le premier. La lui tend. Le Passeur referme sa griffe dessus, mais Bob ne lâche pas tout de suite. Ses yeux sont encore un peu durs et chassieux. Il pourrait s'énerver et se faire ce petit malin qui se fout de lui. Mais plonger le regard dans celui du Passeur revient à contempler le cœur du désert, qui par essence met à l'épreuve des concepts tels que le vide ou l'infini.

Bob lâche la canette sans rien dire. Puis descend la pente glissante aussi lentement que la tortue géante à laquelle il vient d'être comparé.

55

Case attend, selon les instructions. Elle s'est trouvé un motel à moins de deux kilomètres du House of Usher. Elle est censée patienter sans rien faire jusqu'au coup de fil. Contre son gré, Errol Grey a dû jouer les intermédiaires et accepter que son bar serve de terrain neutre pour la rencontre. Son nouvel emploi ne lui plaît pas et, depuis le coup de couteau, il a engagé deux anciens flics amateurs de drogues hors de prix pour le protéger. Deux gardes du corps aux poignets épais et aux sales tronches, mais qui savent rester dans leur coin et ont suffisamment de jugeotte pour ne pas essayer de niquer toutes les gonzesses du bar.

Quand Case a reçu l'appel, Cyrus s'est montré peu exigeant. D'une voix de crooner, il a demandé que tout le monde se rencontre. Elle, Bob et lui. Sans oublier la poudre volée, bien sûr. Un échange discret, Cyrus leur versera une petite commission pour les remercier. Un geste de conciliation plutôt que de les traquer jusqu'au bout du monde et de les transformer en tas de chairs boursouflées. Après ça, Case et son « jouet » pourront se tirer au clair de lune. Ce qu'ils auront intérêt à faire vite, quand tout sera réglé.

Une proposition d'une honnêteté tellement choquante que Case n'y croit pas une seconde. Et Cyrus ne sait pas qu'il n'aura qu'elle, sur les trois invités prévus. La réunion risque d'être intéressante. Pour Case, le problème est on ne peut plus simple. Elle va au rendez-vous seule. Exige la libération de la fille en échange de la drogue. Si elle n'obtient pas la bonne réponse, c'est terminé. Adios, bébé. Flingue, couteau, jugulaire tranchée à coups de dents s'il le faut. Mais Cyrus ne se lèvera pas de la table de négociation.

S'il se montre.

La première nuit, rien. La deuxième, idem. Ça devient tel qu'elle n'arrive plus à dormir. La chair de poule la grignote. Elle reste assise dans son lit toute la nuit, un pistolet sur les genoux, à fixer la porte comme si Cyrus risquait de passer au travers par magie.

Le presse-citron du camé, comme elle l'appelle. Les troisième et quatrième jours, ses veines la brûlent. Comme si quelqu'un y traçait la route avec du fil de fer chauffé au rouge. Elle sait que la douleur n'est pas réelle, que ce sont les longues heures de gamberge qui la hantent. Pour se calmer, elle essaye de s'hypnotiser en fixant l'enseigne du motel, un S électrique qui serpente par à-coups au travers des stores tirés.

Puis le téléphone sonne et elle entre dans la danse.

Elle choisit une table dans un coin. Le House of Usher est suffisamment rempli pour qu'elle se sente raisonnablement en sécurité, et ce malgré les mauvaises ondes qu'envoient Errol et ses deux têtes de pioche.

Mais ce n'est pas Cyrus qui se montre, c'est Lena.

Case la voit se frayer un passage dans l'atmosphère sombre et enfumée du bar. Puis Lena l'aperçoit. Se force à lui dédier un sourire éteint depuis le bord ténébreux de la piste de danse. Une relique de bras la salue de loin.

Errol aussi a remarqué la nouvelle venue. Il va donner des instructions à ses gorilles pour s'assurer que tout se passe bien.

Alors que Lena approche, Case enregistre jusqu'au moindre détail. En gardant un œil sur la porte d'entrée, des fois que Cyrus apparaîtrait. Mais non, alors elle lève les yeux vers le refuge nerveux et mal camouflé où se cache l'expression de son ancienne amante.

— Où est Cyrus ?

— Pas même un baiser de bienvenue ? demande timidement Lena.

Case se lève. Embrasse Lena. En profite pour jeter un autre coup d'œil à la porte. Lena la fixe, essayant de lire ses émotions. Lui tient longuement la main.

— Assieds-toi, lui dit Case en se dégageant.

Chacune prend une chaise. Lena a l'air fatiguée et effrayée. Plus frêle qu'au Mexique, mais Case l'avait seulement vue de loin, alors. Les années de came ont fait leur devoir, marquant deux fois plus que les autres, et la peau de Lena s'est tellement rétractée autour de ses veines que celles-ci sont comme des cordes sur le sable après le reflux de la marée.

— Où est Cyrus ?

— Et ton jouet ?

Case ignore le ton amer de Lena. Elle attend patiemment et son silence plonge Lena dans l'embarras.

— Je suis désolée, pour le Mexique, fait-elle enfin.

— C'est pas grave.

— J'ai essayé de l'arrêter, mais...

— Oublie ça, dit tristement Case.

— D'accord, marmonne Lena en cherchant des cigarettes dans un petit sac à main ajouré.

Le malaise est palpable. Lena a essayé de se rendre attirante et féminine. Elle porte un chemisier en soie et une touche de parfum. Voyant qu'elle n'arrive pas à trouver d'allumettes, Case lui tend sa cigarette. Baissant les yeux pour y allumer la sienne, Lena dit :

— Si seulement on pouvait revenir au temps de la grotte des Indiens. Tu te rappelles ? Si seulement...

— Moi, je préfère viser les temps meilleurs.

Lena hoche la tête et lève les yeux, désespérée.

— Si tu les trouves, je... je t'y rejoindrai.

Case acquiesce, impassible. Lena cherche sur son visage, dans son comportement, quoi que ce soit qui ne tarirait pas toutes ses espérances.

— Où est Cyrus ?

Lena tapote nerveusement sa clope du pouce. La peau, autour de l'ongle fendillé, est rongée jusqu'au sang.

— Arrête de me poser cette question, Case.

— Il viendra pas, hein ?

— Exact.

— Putain de chaman.

— Il faut que je puisse lui dire que toi et ton... et le type avec qui tu es... vous êtes là et que vous avez la came avec vous.

Case se laisse aller contre le dossier de sa chaise et regarde Errol, qui les observe attentivement depuis le bar.

— Errol était au courant ?

Lena bouge la tête à droite, à gauche, comme pour éviter un coup.

— Errol n'est qu'un cadavre.

— Tu sais à quel point je suis impliquée dans cette histoire, hein, chérie ?

Un seul mot. Chérie. Lena relève brusquement la tête. Un espoir tragique dans le regard.

— Où est-il, Lena ?

— Hein ?

— Cyrus. Où est-il ?

— Il vaudrait mieux que tu amènes ton ami ici, avec la came, et je...

— Il t'a envoyée parce qu'il s'est dit que je ne serais pas capable de te buter, toi.

— Je crois qu'il en a rien à foutre.

— Tu refuses de me le dire ?

Lena se cache le visage, comme si le monde entier pouvait entendre ce que disent ses yeux.

— T'inquiète pas, la rassure Case.

La main de Lena tremble. Sa peau de son cou est d'un jaune presque translucide, là où les veines bleutées battent la chamade.

Case pose sa main sur la sienne.

— Aide-moi, Lena.

Lena ne fuit pas le contact mais ne répond pas.

— Lena ?

Elle secoue lentement la tête.

— Je lui mentirai pas. J'en suis incapable. Mais il vaut mieux que tu fasses quelque chose. (Les yeux de Lena font la navette entre Errol et Case.) Il vaut mieux, oui. Il va pas te donner l'occasion de le vidanger. Et il sait, Case. Il sait.

Elle éteint sa cigarette, se lève pour partir, et sa main se retire.

— Qu'est-ce qu'il sait, Lena ?

Lena hésite. La musique est brute, un marteau frappant de la tôle.

— Dis-le-moi, je t'en prie. Me laisse pas plonger.

— C'est moi qui vais plonger. Sois là demain, Case. Devant le bar. À midi. Et avec lui. S'il te plaît, Case. Ou alors, ne viens pas du tout.

— Lena...

Lena se penche, embrasse Case. Sur la bouche. Un contact touchant et délicat, accompagné de ce terrifiant sentiment de l'irrévocable qui ne se manifeste jamais quand on le souhaite.

— Je t'aimais, murmure-t-elle. Non, la blessure est toujours là. Je t'aime, encore maintenant. Et je t'aimerai toujours. Toujours. Ne viens pas le voir. Surtout pas. Fuis ! Le plus loin possible !

— Je t'en prie, Lena...

— Et méfie-toi d'Errol. C'est lui qui a dit à Cyrus où vous vous trouviez quand vous avez été attaqués. Il vous a suivis, et après, il est allé trouver Cyrus.

Lena repart dans la foule. Case se lève pour la suivre. Errol l'intercepte sur le chemin de la porte. Lena est déjà à moitié dans la rue lorsqu'elle se retourne pour voir Case encerclée par le trio vêtu de cuir. Ils commencent à la malmener, à la presser de questions. Ils n'en sont pas encore à lui hurler au visage, mais ça ne saurait tarder.

Dans un rare moment d'assurance, Lena revient sur ses pas.

— Laisse-la, Errol.

— Quoi ? fait-il en se retournant.

— Laisse-la partir.

— Qu'est-ce qui s'est passé, ici ?

— Laisse-la, je te dis. On s'est mis d'accord. Elle t'a déjà suffisamment griffé, non ?

Errol écarte les mains. Case passe devant Lena, la remercie d'un signe de tête et se dirige vers la sortie.

— N'oublie pas ce que je t'ai dit, Case, lance Lena.

56

Bob fume, songeur, au clair de lune, sur son atoll de divan défoncé, quand deux pixels de lumière apparaissent au ras du désert. Des capteurs brillants qui saignent dans la nuit. Il se lève pour mieux regarder. Non loin de lui, un portable émet sa musique d'os, de verre et d'argile. Les phares brumeux s'élèvent sur le sable en pente, projetant des éclairs dans le ciel, puis de longues traînées sur le sol.

Bob traverse la cour alors que le pick-up pile net. Les pneus arrière soulèvent un nuage de poussière qui recouvre le capot et enveloppe Bob. Les chiens sortent de leur trou en aboyant tandis que Case s'extrait de la voiture, manifestement crevée. Ses yeux expriment la honte de l'échec. Les chiens se massent autour d'elle, sautant en l'air et claquant des mâchoires, et elle lutte pour se frayer un chemin jusqu'à Bob. Qui l'attend bras croisés, la cigarette aux lèvres.

— J'imagine que je vais me faire engueuler.

Il prend la cigarette entre deux doigts.

— Après quatre jours sans nouvelles ? Tu espérais quoi ?

— Vas-y, fait-elle en baissant légèrement les yeux. Si je dois en prendre pour mon grade, après tout...

Bob est balloté dans un tourbillon d'émotions, déchiré par ces deux jumeaux malicieux, la colère et le soulagement, si bien qu'aucune des deux faces de son âme n'est satisfaite. Il jette sa clope au loin.

— Dis-moi seulement ce que tu espérais prouver.

— Le coup de fil est arrivé, d'accord ? J'ai arrangé une rencontre.

— Seule ?

— Ils le savaient pas. Je voulais m'offrir un petit face à face avec Cyrus.

— Merde.

— Mais il est pas venu.

Elle s'éloigne, tête basse. Voit le Passeur qui se découpe dans l'encadrement squelettique d'une fenêtre, balayé par la lumière orangée d'une ampoule nue.

Le Passeur les observe à distance.

— Allez, vas-y, dit Case. Écorche-moi vive. Je reconnais que je t'ai même pas appelé.

— Tu avais l'intention de le tuer comme ça ?

— Comme ça, ouais, Coyote. Sans me poser de question.

— Je devrais te défoncer le crâne. C'est pas croyable d'être aussi stupide. Et prétentieuse.

Il passe à côté d'elle, s'arrête, désigne le Passeur de la tête.

— Mais ton ami m'a appris quelque chose. Je ne suis pas le centre du monde. Tu devrais méditer ça. Parce que toi non plus.

Il va jusqu'au canapé, ramasse la couverture et la jette sur ses épaules. Elle aurait préféré qu'il crie davantage. Pour avoir de quoi se battre après son échec. Au lieu de quoi, elle reste seule alors qu'une silhouette solitaire s'éloigne dans la nuit sous les pales silencieuses de l'éolienne, tel un fils prodigue errant dans le naufrage de son exil.

Elle est allongée sur le lit, bottes aux pieds. Le plafond aux poutres sombres est comme le miroir obscur du plancher. Elle se sent cruellement seule, cernée par quatre murs, quelques caisses et une commode autour du lit minable. Un cadre étouffant qui ne devient respirable que lorsque Bob entre silencieusement pour s'asseoir au pied du lit.

Maussade, il fixe un coin crasseux où les fils tissés par une araignée relient un carton taché d'eau et bourré de reliques au mât cassé d'un drapeau de l'Air Force.

Elle bouge, se rapproche de lui. Lui passe un bras autour du cou. Il observe l'araignée qui part lentement à l'assaut des ténèbres.

— Je me demande si elle sait où elle va. Si elle pense qu'il y a réellement quelque chose au bout de son fil.

— Demain, Lena nous attendra devant le bar d'Errol. Si on décide d'y aller, ça doit être à ce moment.

— Ç'a été dur de la revoir ?

Elle pèse ses mots avant de lui répondre.

— Je sais pas. J'essayais tellement de me servir d'elle... de ses sentiments pour moi... je sais pas.

— Si on veut aller jusqu'au bout, il faut qu'on pense comme si on ne faisait qu'un. Tu comprends ?

— J'ai déjà du mal à être une quand je suis toute seule.

Le lendemain matin. Case est assise sur le plateau du Dakota. Tout est prêt. Les haut-parleurs du Passeur laissent échapper du blues anglais tandis que Bob sort de la maison en vérifiant son revolver.

La journée s'annonce monstrueusement chaude. Le Passeur se tient dans son coin, en compagnie de ses chiens. Perdu dans la musique, griffant des accords sur sa guitare invisible portée par le vent.

Bob le regarde quand Case lui tend une bière.

— Pour nous porter chance, dit-elle.

Bob la décapsule, la lève à la santé de la jeune femme et boit quelques gorgées.

— C'est sa putain de façon de nous souhaiter bon voyage, ajoute-t-elle en indiquant le Passeur.

— Un instant à chérir, ironise Bob.

Balançant sa guitare fantôme sur son épaule, le Passeur s'approche de la camionnette.

— Ç'a été une sacrée aventure, Passeur, l'interpelle Case.

Il hoche la tête. Jette un coup d'œil à Bob.

— Je vous reverrai, tous les deux. Au moins une fois, probablement. Pour le baisser de rideau, comme on dit.

Sur ces mots, il replie les bras sur sa poitrine et ferme les yeux, tel un cadavre dans son cercueil.

Un dimanche silencieux. Le soleil à marée haute frappe la rive morte du trottoir où Lena attend, adossée au mur en crépi noir et rose du House of Usher.

Une enfant-sorcière vêtue de couleurs criardes. Qui se balance lentement contre le mur pour tromper l'attente. En espérant que Case ne se montrera pas ou qu'elle ne tardera plus.

Un pick-up bleu pâle débouche dans la rue déserte. Ralentit.

Lena voit Case. Aperçoit Bob pour la première fois. Des pensées malsaines, jalouses, se bousculent dans sa tête. Le véhicule effectue un demi-tour et vient se ranger devant elle.

Lena regarde ses mains. Elles tremblent.

Case descend. Bob reste au volant. Mal à l'aise, Case fait les présentations. Deux visages portant sa marque sur la joue s'affrontent avec animosité, sans rien dire.

— Vous avez la came ?

— À l'arrière, répond Bob.

Lena s'intéresse au plateau découvert. Le coffre à outils est fermé. Comprenant ce qui se passe dans la tête de son ancienne amante, Case décide de prendre un risque.

— Cyrus a demandé que tu la voies ?

Lena hésite.

— Non, pas besoin, répond-elle enfin.

Elle regarde Case, puis Bob. Revient à Case, gênée.

— Tu serais pas débile au point de te pointer si tu l'avais pas. Du moins, j'espère. Non ? Bien, allons-y.

— Où est Cyrus ? questionne Bob.

Lena ne daigne même pas le regarder et répond à Case :

— Tout droit, puis la 14 plein sud.

— Jusqu'où ? demande Bob.

— Contente-toi de suivre cette putain de 14.

Elle fait signe à Case de monter la première.

— Je prends la fenêtre.

Ils traversent le Mojave en direction du sud. Trois visages qui regardent devant eux, au travers d'un pare-brise inondé de soleil, trois reflets dénués de couleur dans la vitre. Bob allume une cigarette, en offre une à Lena. Dans le pare-brise, les yeux noirs et houleux de la fille se tournent de l'autre côté.

— On n'est pas obligés de s'entendre, toi et moi, fait Bob.

— De toute façon, on va pas se fréquenter assez longtemps pour que ça ait de l'importance, blaireau.

— Du calme, intervient Case.

— Ben voyons, raille Lena.

Elle se laisse aller contre l'appuie-tête, ferme les yeux. Case lance un coup d'œil à Bob. Un contact d'une fraction de seconde pour se rassurer tous les deux.

— Où on va, Lena ?

— On reste sur la 14 jusqu'à Palmdale.

Case regarde dans le rétro latéral pour s'assurer que personne ne les suit.

À Palmdale, Lena leur fait prendre la 138, vers l'est. Le vent souffle par les vitres grandes ouvertes. La chaleur est épuisante. Ils entament la longue montée tortueuse qui mène à la forêt nationale de San Bernardino. L'un des coins favoris des skieurs et des cadavres. Dans l'habitacle, l'atmosphère tourne au duel sans que personne desserre les dents. Le sol devient plus dur et quelques pins commencent à apparaître au milieu des collines.

C'est l'heure de la dose de Lena et ils s'arrêtent à la station-service de Cajon Junction. Bob se gare dans l'herbe, au bout du parking. Il va faire quelques pas, ouvrant l'œil au cas où il s'agirait d'un piège. Case reste à côté de Lena.

Dans le Dakota, Lena dégage une jambe de son jean noir.

— Tu te souviens quand on parlait d'acheter un café quelque part ?

— Oui, répond Case. Le vrai chic radical, hein ? Ça nous aura permis de passer les pires moments. Et ça reste une bonne idée.

Elle regarde Lena tapoter la peau grise de sa cuisse, surfant à la recherche d'une veine. Puis Lena prépare une cuillère d'héroïne. S'interrompt brusquement. Vérifie que Bob se trouve trop loin pour l'entendre.

— Fichons le camp, suggère-t-elle. Rien que toi et moi. Qu'ils aillent tous se faire foutre.

Case ouvre la bouche, reste muette. Lena, pendue à sa réponse, scrute ses traits. Attend. Sent la tristesse s'abattre sur elle quand les yeux de Case se dérobent. La main de Lena remonte sous sa chemise, vient se poser sur son cœur. La gorge serrée, elle se sent un instant incapable de parler. Puis elle laisse libre cours à la colère qui bouillonne dans ses tripes.

— T'en sortiras pas, crache-t-elle, les yeux rendus fous par ces rêves amorphes qui refusent de se concrétiser. Y a pas que lui, moi et Gutter. Y en a d'autres. Une meute entière. Tu comprends pas, Case ? Il te tient à la gorge. Il est déjà dans le poulailler et son ventre crie famine. Il va vous bouffer, toi et ton putain de blaireau !

Elle donne un violent coup de pied au tableau de bord. Vidée, Case se laisse aller contre la portière. Au-delà de la station-service, une longue pente au fond de laquelle un interminable train de marchandises remonte le canyon de Cajon. Le bruit étouffé des roues sur les rails fait penser au cliquetis des chaînes d'esclaves évadés.

— Laisse tomber. Taille la route vers Palm Springs, reprend Lena.

Case hoche la tête.

De longues secondes s'écoulent. Lena murmure le nom de Case.

— Non, la prévient Case.

Lena se recroqueville. Elle fait chauffer l'aiguille. Une série de bulles remonte dans le cuilleron d'inox. Case la regarde. La scène marque au fer sa conscience. Deux doigts croisés, extase et désespoir, qui ont signé son annihilation personnelle. Elle détourne les yeux.

— On finira tous par y avoir droit, de toute façon, souffle Lena.

57

Lena dodeline de la tête comme tout camé au pays des rêves pendant qu'ils roulent vers l'est sur la 10. Jouant les serre-livres, ils la maintiennent entre eux à l'avant. Ses yeux sont comme deux petites flaques d'eau sur le ciment brûlant après le passage de la tempête.

Case observe la main de Lena, à moitié posée sur sa propre

cuisse, et voit l'endroit où le baiser de l'aiguille du Passeur a inscrit une date dans la chair : 21/12/95.

Bob conduit toujours. Case remarque qu'il bouge nerveusement la mâchoire en vérifiant dans le rétroviseur que tout va bien.

— Finissons-en, dit-il à l'attention de Case.

Entre Banning et Beaumont, Lena commence à émerger du sommeil des camés. Aussitôt, elle s'éloigne de Bob autant qu'elle le peut. La chaleur est étouffante, ils ont l'impression de respirer au milieu d'une décharge. Le silence leur ronge les nerfs à tous, jusqu'à ce que Case décide d'y mettre un terme.

— Faut qu'on trouve Cyrus, Lena. Il le faut absolument. Qu'on le chope avant qu'il nous chope.

Le rire de Lena se transforme en grimace.

— Pas la peine. C'est lui qui vous trouvera.

Case essaye de lui tirer les vers du nez en tournant autour du pot, mais Bob décide de lui rentrer dedans.

— Laisse-moi te dire quelque chose, petite conne. À ton avis, quel genre d'aiguille on t'enfoncera dans le bras si je te livre aux flics pour ce que tu as fait Via Princessa ?

Lena se raidit, se redresse sur le siège.

— Via Princessa..., répète-t-il avec un calme extraordinaire.

Case prend la main de Lena avant qu'elle ouvre la bouche, et chacun peut voir la date gravée dans sa chair.

— Il faut qu'on sache, Lena.

Dans un moment de panique contrôlée, Lena fixe le capot bombé et la route qu'il avale à grande vitesse. Son estomac se rebelle.

— Gare ce putain de pick-up, exige-t-elle enfin.

Bob n'en a cure.

— Gare-toi, bordel de merde ! hurle-t-elle.

Pour mieux faire passer le message, elle se saisit du volant et le tourne violemment. Le Dakota coupe brusquement la file des véhicules lents et les pneus d'un camping-car brûlent l'asphalte pour éviter la collision. Accompagné d'un coup de klaxon rageur, le pick-up dérape dans le gravier, creusant de longues traînées dans le bas-côté, et finit par buter sur un rocher.

Lena bondit hors du pick-up, mais Bob et Case la poursuivent. Au loin, les montagnes pelées encadrent l'autoroute sur des kilomètres. Blanc chauve et brun cramé. Une immense place forte au sein de laquelle les ossements montent à travers les âges une garde éternelle.

Lena fait volte-face, revient vers eux d'un air menaçant.

— Bien le bonjour du caniveau, persifle-t-elle. Vous vouliez me jeter à l'égout, hein ? À vous de faire le spectacle.

Elle se tourne vers Case, le cœur brisé.

— Je te l'ai dit. Je t'ai suppliée, même. Mais t'as de la mélasse à la place du cerveau. Cyrus est au courant. Il sait ce que t'es venue faire ici.

Puis elle se tourne vers Bob. Pointe le bras sur lui, pouce levé. L'agite par à-coups, comme si elle crevait un abcès avec un poignard.

— Et toi, petit papa ? Hein ? Hein, petit papa ?

Bob fait un pas prudent dans sa direction.

— Quoi ?

— Cyrus sait. Que t'es le père de la fille. Que t'essayes de la retrouver.

La gorge de Bob se serre. Il s'accroche au moindre mot de Lena.

— Et il sait aussi que vous avez rien récupéré dans cette bicoque. Il sait que vous lui avez monté le coup pour l'approcher. Ça va être un vrai massacre, et vous vous êtes quand même montrés. Pourquoi, Case ? Pourquoi ?

Lena tape du pied. Son ombre sur le rocher ressemble à une marionnette prise de spasmes.

— Merde ! Merde ! hurle-t-elle.

Elle se tire les cheveux, serre ses petits poings, se frappe la poitrine, les jambes. Un moteur alimenté par le démon pour s'autodétruire.

— Est-elle encore en vie ?

Lena se tourne vers Bob.

— Est-ce qu'elle est vivante ? Ma petite fille. Est-ce qu'elle vit toujours ?

— C'est plus une petite fille, persifle Lena.

Il n'en faut pas davantage. La terre entière semble s'évaporer au moment où Bob bondit sur elle. Il la serre à la gorge. Case saute sur lui pour lui faire lâcher prise avant qu'il ne la tue.

Ses doigts se referment sur les muscles du cou, les broient contre la colonne vertébrale. Plusieurs voitures passent et ralentissent devant le feu d'artifice de poings, de bottes et de crachats. Aucune ne s'arrête.

— Est-ce qu'elle est toujours en vie ? hurle Bob.

Case tente de le ceinturer pour le tirer en arrière. Dans la poussière qui l'enveloppe, Lena parvient à articuler deux syllabes desséchées.

— Elle... vit...

Mais Bob refuse de la libérer. Il continue de l'étrangler jusqu'à ce que le cri de Case finisse par percer le mur de rage qui l'isole.

— Les voitures ralentissent. Qu'est-ce qui se passera si l'une d'elles s'arrête ?

Quand il comprend enfin ce qu'elle cherche à lui dire, il lâche Lena.

Elle essaye de s'éloigner en rampant, hoquetante.

La poitrine de Bob se déforme à chaque goulée d'air qu'il inspire.

Case suit Lena, qui a atteint des rochers et tente péniblement de s'asseoir. Elle cherche à l'aider, mais Lena bat des bras comme un oiseau pour l'en empêcher. Elle se met à pleurer. Case se penche.

— Qu'est-ce que tu fous avec cette petite conne ? s'emporte Bob.

Lena n'arrive pas à respirer et ses sanglots n'arrangent rien. À nouveau, Case essaye de l'entourer de ses bras. Épuisée, Lena ne résiste plus.

— Lena. Écoute-moi, ma fille. Tu nous dis la vérité, pas vrai ?

— La gamine est vivante.

— Lena.

— Elle est vivante.

Du revers de la main, Bob essuie la salive qui coule de sa bouche.

— Sûr qu'elle ment pour sauver son cul, cette connasse.

— Va te faire foutre, blaireau !

— Lena. Cyrus... où est-il ? Où est Cyrus ?

Lena ne peut pas ou ne veut pas répondre.

— S'il sait qu'on le mène en bateau, qu'est-ce qu'il va nous faire ? Où il est ?

— Quelle bande de nuls vous faites, tous les deux.

Bob s'accroupit et écarte sa chemise pour que Lena voie l'arme glissée dans sa ceinture.

— Traînons-la dans les fourrés et...

— Arrête ! s'écrie Case.

— Tu comprends pas, blaireau. Le mauvais œil est sur vous, et méchant ! Plus méchant qu'un grizzly enragé. Et si vous êtes pas à Palm Springs à dix-huit heures, quand Cyrus va appeler...

— S'il sait qu'on n'a pas la came, qu'est-ce qui se passe au juste ?

— Je sais pas.

Case la dévisage sans masquer ses doutes.

— Cyrus, c'est le marionnettiste. Et tu sais bien qu'il m'a rien dit. Surtout pas à moi. Il sait que je pourrais le trahir. C'est pour ça qu'il m'a envoyée, moi. Il s'amuse avec toi.

— Elle ment. Elle en sait davantage.

Case réfléchit longuement.

— Je sais pas pourquoi tu fais la pute pour ce connard, lâche Lena.

— Je fais pas la...

— Tu n'as pas à justifier tes actes auprès de cette dégé...

— Le grand méchant loup va te planter ses crocs dans le cul, mouton !

— Nous n'avons pas besoin de toi. Tu pourrais aussi bien mourir ici qu'ailleurs.

Lena bondit sur ses pieds. Écarte les bras comme une crucifiée.

— Vas-y ! Fais-le, ton exorcisme ! Alors ? Espèce de minable !

Elle les fixe tous les deux, avec des yeux de fauve.

— Vous croyez que Cyrus vous tient pas, tous les deux ? dit-elle en tendant le doigt vers Case. Il sait que c'est toi qui as amené les flics à sa planque d'Escondido. Il va vous mettre en laisse avant de vous buter.

Elle s'approche de Bob. Lève lentement le bras, comme un Monsieur Loyal annonçant la prochaine attraction. Sous la date tatouée du meurtre de Via Princessa, une mosaïque hallucinante reproduisant la marque de Cyrus. Elle laisse Bob l'examiner de près. Puis se met à chantonner, d'une petite voix cruelle :

— Il sait quand tu dors. Il...

Case la pousse en direction du pick-up avant que Bob n'explose à nouveau.

— Remonte dans cette putain de bagnole ! Tout de suite !

Bob n'a qu'une envie : éteindre le feu qui brûle dans les yeux de Lena.

— Tuons-la maintenant.

— Non, refuse Case.

Il se tourne vers elle, la regarde méchamment.

— Ce serait pas parce qu'elle fait partie de tes groupies, des fois ?

— Ne dis pas ça ! Ne me rabaisse pas de la sorte !

— C'est une putain de tueuse et...

— On est tous des putains de tueurs, ici. À moins que tu l'aies oublié ?

Bob recule d'un pas. Ils s'affrontent du regard dans la poussière.

— Je te le demande encore une fois, insiste Case. Réglons cette histoire une bonne fois pour toutes.

Bob réfléchit, essaye de déterminer où cette idée les mène.

— D'accord ? le supplie-t-elle.

— D'accord, concède-t-il d'une voix presque inaudible.

Lena les observe de loin. Même quand ils s'affrontent, ils sont plus proches qu'éloignés. Alors, elle se penche dans l'habitacle du Dakota et laisse la main appuyée sur le klaxon. Leur casse les oreilles en rajoutant quelques insultes de son cru, morceaux choisis destinés à leur rappeler que ce n'est pas leur haine qui tire les ficelles, mais celle d'un autre.

58

Maureen languit au lit, ravagée par la migraine. Elle résonne au fond des os. Des tempes à la tête. Comme si son sang, parsemé de petits nœuds, était tiré le long de ses veines par une corde.

Les points blancs se multiplient sur l'écran de ses paupières closes. Du fond de sa chambre obscure et climatisée, elle entend la sonnette de l'entrée. Une querelle explose dès que la porte s'ouvre. Elle reconnaît la voix d'Arthur.

La porte est violemment claquée, puis les bruits remontent le tunnel du couloir avant de s'éloigner dans le salon.

Un choc sourd. Une main contre un mur, peut-être. Maureen s'assoit dans son lit. Écoute. Se lève. Se penche par l'entrebâillement de la porte dans le bruissement soyeux de son pyjama.

Une masse de sons violents en provenance du salon. Deux voix. De plus en plus agressives, mais toujours incompréhensibles. Maureen s'engage dans le couloir.

Elle négocie un premier virage, puis un second, pour traverser la pseudo-hacienda de plain-pied. L'épaisse moquette masque son approche et les paroles se détachent avec plus de netteté, comme la bande-son d'un film au début de la bobine.

— Cyrus m'a appelé, fait Arthur. Il a dit que tu l'avais payé pour aller dans la maison.

— Et tu vas croire ce psychopathe ?

— Pourquoi me mentirait-il ?

— Parce qu'il veut se venger de nous pour Furnace Creek en t'embobinant et en te montant contre moi. Il voudrait qu'on se bouffe mutuellement.

— Pas la peine de me raconter des conneries, d'accord, John Lee ?

Maureen arrive au salon juste à l'instant où Arthur pousse John Lee et où celui-ci vient heurter son précieux bar. Elle s'élance dans la pièce.

— Qu'est-ce qui se passe, ici ? Arrêtez ! Arthur !

Elle s'interpose entre les deux hommes au moment où John Lee parvient à s'extirper des tabourets de bar qu'il a renversés. Arthur a les poings serrés.

John Lee remet un tabouret en place d'un geste véhément.

— Cyrus fait des nœuds avec ton ciboulot.

— Avec le mien ? Il a dit que c'était toi qui l'avais payé pour tuer Sam parce qu'il baisait Maureen. Et comment il aurait su ça, hein ? Comment ? Dis-le-moi !

Un terrible bruit de succion remonte du fond de la gorge de Maureen. La douleur qu'elle ressent derrière les yeux s'intensifie brutalement, au point de la brûler.

— Si c'est un menteur, comment savait-il ça ? persiste Arthur.

— Je n'y comprends rien, s'entend dire Maureen.

Elle se tourne vers son mari, qu'elle trouve menaçant et ne manifestant pas le moindre repentir.

— Qui est ce Cyrus ?

Aucun des deux hommes n'a l'intention de lui répondre.

— Qui est ce Cyrus ? répète-t-elle.

— Allez, vas-y, le gros dur, persifle John Lee. Raconte-lui notre petit secret.

Arthur s'élance sur John Lee, mais ce dernier, sur ses gardes, lance sur lui un tabouret. Arthur chancelle mais garde l'équilibre, et fonce, fou de rage.

— Allez, Arthur. Dis à notre « amie » la vérité sur ce Cyrus. Explique-lui comment vous avez eu cette propriété dans une affaire de succession. « Parce qu'une femme était morte, non ? Morte, oui. Enfin, je veux dire qu'elle avait été assassinée. C'est bien ça ? »

Son débit est étrangement rythmé.

Arthur se raidit.

Maureen regarde fixement son mari, refusant de comprendre.

— John Lee. Mon dieu. Est-ce que tu...

— C'était nous, chérie. Pas moi. Nous ! C'est nous qui étions dans le désert quand la vieille négresse y a eu droit. Ton partenaire essayait de la convaincre de vendre. Et Cyrus, celui dont nous parlons, lui a fait la peau. C'était le petit connard qu'elle avait élevé. Il l'a butée parce qu'elle refusait de vendre. Et nous, on s'est dit que ce serait mieux si on s'en allait sans rien voir.

— C'est vrai, Arthur ? C'est vrai ?

John Lee lui lance un regard indéchiffrable. Arthur recule devant la vérité. Opine de la tête.

Maureen se détourne, désorientée.

— Tu voudrais me faire porter le chapeau pour l'avoir ramené dans notre vie, hein ? Tu n'y arriveras pas, affirme John Lee.

Le crépuscule bleuit la pièce. Les minces chances qui restent de faire la paix s'échappent dans de longues secondes de silence. Maureen se laisse tomber sur le canapé. Poings fermés serrés contre les tempes. Elle entend l'appel du sang, de veine en veine. Se met à pleurer en prenant conscience de l'échec total de tout ce qui l'entoure.

— Voyons, chérie, ne le prends pas si mal, ricane John Lee telle une hyène. On en mettait juste un peu de côté pour notre retraite dorée.

Maureen hurle. Un cri strident, haineux et désespéré pour qu'il se taise un instant, pour qu'elle puisse goûter la démence dans laquelle elle se sent enfermée.

Une fois encore, John Lee se tourne vers Arthur. Pour lui répéter sans détour qu'il n'a pas loué les services de Cyrus pour commettre un crime. Et qu'il ignore comment, quand ou par qui Cyrus a pu être informé des rendez-vous secrets de Maureen et de Sam.

Son arrogance reprend le dessus. Sa faculté de flic à tout contrôler. À dégager cette impression d'indignation qui permet de répondre aux accusations des citoyens. Tournant le dos à Arthur, il prend un verre et une bouteille de whisky.

Mais Arthur n'a pas raconté tout ce que Cyrus lui a dit, en particulier que John Lee a mis son propre téléphone sur écoute. Et les phrases surprenantes que John Lee a récitées comme de mémoire s'expliquent soudain. Arthur ignore la part de vérité contenue dans tout mensonge. Et inversement. Il a depuis longtemps perdu la faculté d'évaluer de tels concepts. Mais il est une chose qu'il sait...

— Tu as mis ton téléphone sur écoute, pas vrai ?

John Lee laisse tomber trois glaçons dans son verre.

— Cyrus t'a dit ça, aussi ?

Les yeux de Maureen se rouvrent entre les piliers de ses deux poings fermés.

— Notre téléphone est sur écoute ? fait-elle.

— Si c'est le cas, c'est ce... dingue qui en est responsable, répond John Lee.

— Conneries, rétorque Arthur.

— N'espère pas m'avoir avec ta mentalité de maçon, Arthur. J'habite ici, tu te souviens ? Et n'oublie pas. Si Cyrus enregistre tout ce qui se dit sur cette ligne, il sait que ton garçon est sur ses traces.

— Notre téléphone est sur écoute, répète Maureen.

— C'est un petit malin. Réfléchis. Tu devrais contacter Bob. Appelle-le. Fais-le revenir. Et ça n'est pas pour lui. Tu ne voudrais pas que Cyrus soit attrapé. On ferait un chouette trio dans le journal, non ?

— Notre téléphone...

— La ferme, connasse de perroquet !

John Lee se verse un whisky et secoue la tête en pensant aux stupides répétitions de sa femme. Il sait désormais qu'il a l'avantage, même si les faits sont sortis au grand jour. Il le lit sur le visage d'Arthur. Ce dernier préfère traiter la disparition de Gabi comme un problème mineur pour garantir sa survie. John Lee décide de le presser un peu plus.

— Cyrus a parlé de Gabi ?

Arthur secoue la tête.

— Je n'ai pas eu l'occasion de le lui demander.

— Je n'aime pas avoir à te dire ça, Arthur, mais il nous a bien eus. Tous. La gamine est morte. J'en parierais ma chemise.

— La ferme ! hurle Arthur.

Son visage devient écarlate. Ses lèvres bleues et durcies. Il ne veut pas y penser. L'imaginer. Il voudrait que tout cela n'existe pas.

En sirotant son verre, John Lee répète ce qu'il vient de dire. Martèle lentement ses affirmations. Maureen le regarde du canapé. Mais ce n'est pas un homme qu'elle voit. Pas vraiment. Une silhouette, oui. Une forme. Quelque chose d'humain ? Possible.

Puis elle se laisse glisser dans ce petit coin fou du cerveau où chacun d'entre nous sombre de temps à autre. La souffrance qu'elle ressentait a disparu pour ne laisser que le sang qui tambourine au niveau de son oreille, tel un cœur arraché de la poitrine mais continuant de battre à l'intérieur d'une boîte à musique.

Elle se lève. John Lee continue de démolir Arthur, détail après détail. Maureen aperçoit le holster de son mari, rangé dans sa veste.

Elle marche dans cette direction. Les secondes qui suivent se déroulent aussi lentement qu'une perfusion de Valium. John Lee se tourne vers elle, et quand elle a droit, en gros plan, à ce ricanement moqueur qu'elle a appris à détester au fil des années, le carcan des lois qui contraignent s'abolit.

Si quelqu'un avait garé sa voiture de l'autre côté de la vallée, dans l'impasse de la forêt nationale, pour observer la maison à l'aide de jumelles, comme John Lee l'a si souvent fait dans le passé, le voyeur aurait vu ce dernier se défendre avec sauvagerie. Arracher le pistolet de la main de Maureen avant que celle-ci ne parvienne à l'extraire de la veste.

Le témoin oculaire aurait assisté à la confusion qui s'est ensuivie, Arthur intervenant et tirant les bras des deux époux. Le tabouret qui se dérobe sous lui alors que la lutte le repousse contre le bar, la chute des trois protagonistes. Et leurs ombres dansant sur le plafond alors qu'ils rampent vers le pistolet. Cela aussi, le spectateur l'aurait remarqué.

Par contre, il n'aurait pas pu suivre la fin de l'affrontement. À peine aurait-il vu la fumée s'élevant tel un point d'exclamation entre le canapé et le bar. L'immobilisation soudaine des ombres. Et cette fumée venant se fondre au plafond avant que le système d'aération, en quelques secondes, ne la disperse à tout jamais.

Il n'aurait distingué que cela. Rien de plus.

59

Bob et Case s'enferment avec Lena dans un motel de Cathedral City, à mi-chemin entre Palm Springs et Rancho Mirage. Une cour entourée par des bâtiments formant un U. Kitsch et bien équipé. Avec des roues de diligence peintes sur les murs et des miroirs des années cinquante agrémentés de cornes de bœuf auxquelles on peut pendre son chapeau, ou son holster quand on en porte un. De l'autre côté de la rue, une étendue de sable nue sur laquelle se dresse un panneau publicitaire vantant les mérites du parc aquatique Oasis. Plus loin, la ligne noire et austère d'Edom Hill et Indio, sur laquelle d'insolites lueurs évoquent des vaisseaux spatiaux volant au ras de l'horizon.

Bob est assis dans l'encadrement de la porte ouverte, adossé au chambranle. Cigarette au bec, il contemple le paysage en attendant le coup de fil de Cyrus. Bras croisés sur la poitrine afin que personne ne remarque le pistolet qu'il porte. Il a l'intention que tout se passe bien dans ce bled propre sur lui, où camionneurs et familles unies se croisent indifféremment dans la cour du motel.

Lena est assise aussi, mais sur l'un des lits. Elle se remet tout juste de sa deuxième dose. La télévision est allumée, mais elle passe son temps à observer Bob en coin pendant que Case prend une douche. De temps en temps, il remarque son manège et la fixe suffisamment longtemps pour s'assurer que, si elle a des idées sournoises en tête, celles-ci restent des idées.

L'écran du téléviseur fournit quasiment le seul éclairage de la chambre quand Case sort de la salle de bains, cheveux mouillés et seulement vêtue de sous-vêtements et d'un T-shirt.

Lena la regarde s'accroupir et emprunter une cigarette à Bob. Ils parlent à voix basse pour que leur « invitée » ne les entende pas.

Au dehors, maman et papa ours et leurs trois petits oursons traversent la cour de gravier. Les gamins possèdent tous une sorte de jouet lumineux et en gloussant ils aspergent le ciel nocturne de rayons de blancheur. Bob les regarde suivre leurs parents de la démarche incertaine des enfants.

Case va s'asseoir au bord du lit, à côté des pieds de Lena. Quelques minutes s'écoulent en silence, et la présence de Case ne fait qu'augmenter la nervosité de Lena.

Puis Case se tourne vers elle.

— Tu sais où se trouve Cyrus, fait-elle dans un murmure presque inaudible.

Lena bouge légèrement et les oreillers suivent le mouvement dans un bruissement de housses.

— Tu le sais, Lena.

Elle hausse les épaules. Fait de son mieux pour ne pas trahir ses émotions.

— Il faut que tu nous aides.

— Nous, nous. C'est si délicieusement romantique, raille-t-elle.

— Je veux dire...

— Je sais exactement ce que tu...

— Je veux dire, nous tous.

Les heures s'égrènent jusqu'à ce que la chambre ne recèle plus que trois paires d'yeux hagards et un téléviseur.

Le téléphone sonne.

Bob se lève d'un bond.

Case saisit le combiné posé sur la table, à côté de sa chaise.

Lena se rapproche du bord du lit.

Case se lève. Son ancien maître est au bout du fil.

— Tu es revenue pour finir dans le ventre de la bête ? demande-t-il.

Elle hoche la tête à l'attention de Bob, se tourne vers Lena.

— Je regrette, lui dit-elle.

Lena se lève telle une créature traquée. Voit Bob fermer la porte d'entrée sans un bruit. Ses yeux reviennent à Case. Font lentement la navette entre elle et Bob.

— On sait que t'es au courant, Cyrus, révèle Case.

— Saloperie de merde ! s'écrie Lena.

Case serre le téléphone contre son oreille. S'éloigne de Lena, qui essaye de se saisir du combiné, mais Bob l'en empêche.

— Silence, lui ordonne-t-il.

— Lena nous a tout dit, mec. Jusqu'au dernier mot.

Lena se rue de nouveau sur le portable, mais Bob la saisit par les bras et la projette sur le lit.

— Tu es dans le coup avec nous, maintenant, la prévient-il. Toi aussi.

— On veut récupérer la fille, tu m'entends, Cyrus ?

— Bande de cons ! hurle Lena.

— Cyrus ? Cyrus ? On veut la fille.

Bob immobilise Lena et la bâillonne d'une main avant qu'elle ne pousse un autre cri. La soulève du sol.

— Cyrus ! Cyrus !

— Tu te souviens des éoliennes d'Energy Road ? répond-il. Là où t'as essayé de te foutre en l'air ?

— Comment veux-tu que j'oublie un des plus grands moments de ma vie ?

— Amènes-y l'argent.

— Quel argent ? demande-t-elle sans comprendre.

— Pourquoi crois-tu que j'aie fait l'effort de venir jusqu'ici ?

— C'est toi le magicien. À toi de me le dire.

— Et toi, t'es toujours qu'un larbin. Tu le sais ?

— Ouais. Et ?

— J'ai dit à Errol Grey que la came serait livrée ce soir. Et qu'il fallait qu'il ait l'argent avec lui. Vous avez pas l'argent, et crois bien que ça me désole. Mais tu connais assez les règles pour savoir quoi faire. Je vous veux à Energy Road, demain à la première heure. J'ai bien dit la première. Et avec l'argent.

— Qu'est-ce qu'on utilise comme monnaie d'échange ?

— Vos deux vies, je crois bien.

Case regarde Bob, troublée.

— Quoi ? chuchote-t-il.

Elle lui fait signe de se taire. Va dans la salle de bains, ferme la porte derrière elle. Se recroqueville dans un coin de la pièce blanche.

— De toute façon, j'ai plus besoin de la fille, poursuit Cyrus. Vous pouvez la récupérer. J'en ai tiré tout ce qu'on pouvait. Tu te rappelles comment je suis quand je me trouve une petite mignonne à la peau de bébé, hein ? Je lui fourrerai peut-être même dans la chatte de quoi se payer un ticket de bus . Qu'est-ce que t'en dis ?

— Cyrus...

Il raccroche.

Case reste pelotonnée dans le coin. Ses yeux font le tour de la petite pièce qui pue le désinfectant et ressemble à une cellule. Viennent se poser sur le rideau de douche en plastique orné de lis transparents. Éloquent. Finalement, elle fixe le sol en se souvenant des heures qu'elle a passées à ramper sur le carrelage pour essayer d'échapper à la drogue.

Elle retourne dans la chambre. Lena est assise sur une chaise, tête à peine maintenue par son cou rachitique, regard rivé sur le tapis comme si sa surface élimée recelait un message secret. Bob monte la garde à côté d'elle, revolver en main.

— Que s'est-il passé ? veut-il savoir.

— Errol a une baraque à Rancho Mirage. Il attend Cyrus pour faire l'échange avec lui. On apporte l'argent à Cyrus, il nous rend la fille.

— Merde.

— Je sais.

— Il veut qu'on tue Errol Grey et qu'on récupère l'argent.

— En plein dans le mille.

— Et merde ! Comment pouvons-nous avoir la certitude que Gabi...

— Elle est vivante, crache Lena. Je vous l'ai dit, non ? Mais vous voulez pas me...

— Parce que tu es une putain de menteuse.

La tête de Lena retombe. Bob se tourne de nouveau vers Case.

— Alors ?

Case réfléchit quelques instants. Puis va ouvrir le sac à main de Lena. En sort son héroïne et ses jouets de camée. Rejoint son ancienne amie. S'agenouille devant elle. Lena observe son manège sans ouvrir la bouche.

— Tu m'as tuée, finit-elle par dire. C'est pour ça que t'as empêché ce connard de blaireau de m'étrangler ? Pour pouvoir me flinguer toi-même ? Merde. Maintenant, je peux plus retourner là-bas.

— Je sais.

— Mais j'ai nulle part ailleurs où aller, fait Lena, dont le menton ressemble à un accordéon de chair racorni. Et vous pouvez pas vous mesurer à lui.

— C'est pourtant ce qu'on fait.

Lena ne peut retenir un sourire.

— Ouais. Et regardez-vous, tous les deux.

— Ferme-la, pétasse, s'emporte Bob.

Case tend la seringue à Lena. Puis l'héroïne. Défait le ceinturon de Lena, se le noue autour du bras pour faire ressortir les veines.

— Hé, s'inquiète Bob. Qu'est-ce que tu fabriques ?

— Laisse-moi faire, répond Case. Fais chauffer la cuillère, Lena. File-moi une dose. Allez, vas-y. Je suis tellement faible que j'ai voulu le faire moi-même des dizaines de fois. Surtout depuis notre petite fête au Mexique. Mais tu le sais aussi bien que moi, pas vrai ? Allez ! Shoote-moi !

Lena continue de bouder sur sa chaise.

— On a empli nos veines si souvent en multipliant les actes dégradants, pas vrai ? Et je parle pas que de la came. Toutes ces conneries qui te montent à la tête, hein ? Allez. Jusqu'à se casser le dos, puis le cœur. Jusqu'à ce qu'il reste plus qu'un putain de pantin. Allez. Regarde-moi crever !

Lena ne peut savoir s'il s'agit juste d'un accès de rage mauvaise ou si Case veut lui dire quelque chose de manière voilée.

— Allez ! hurle Case, puis sa voix se teinte de tristesse. Je ne peux plus être que deux personnes, maintenant. Qui je suis à l'instant, ou qui je serai quand tu m'auras embrassée une bonne fois pour toutes avec ta seringue. Fais-le. Fais-le ! Je t'ai volé ta vie, ce soir. Je viens de te tuer. Tu comprends ce que je te dis ? C'est toi qui rampes aujourd'hui dans le fossé d'irrigation où Cyrus m'a laissée pour morte.

L'horreur ne pourrait mieux s'exprimer que dans les yeux hagards de Lena, repliée dans son coin faiblement éclairé.

— Où est-il ? redemande Case.

À partir de maintenant, la moindre inspiration a son importance.

Par-dessus l'épaule de Case, Lena regarde Bob, qui garde silencieusement la porte.

— Où est-il ?

Lena sait qu'elle n'a aucune chance de s'enfuir. Le flingue de Case... où l'a-t-elle rangé ?

— Lena ?

Dans son jean. De l'autre côté de la pièce.

— Où... est-... il ?

Elle n'est pas sûre d'avoir le courage d'essayer.

— Tu piges pas ? T'es juste une camée des rues, maintenant, s'écrie Case en lui empoignant la tête. Où est-il ?

Lena baisse les yeux, incapable d'affronter le regard de Case.

— J'ai pas le cran de m'envoler, avoue-t-elle. Je peux tout juste ramper.

Case en a assez entendu. Elle lâche le visage de Lena. Se met debout. Toise longuement le corps desséché et l'âme qui se cache derrière une peau peinturlurée.

— Fiche le camp, décide-t-elle soudain en prenant Lena par le bras et en la conduisant à la porte. Va-t'en.

— Hé, attends un peu, proteste Bob.

— Laisse-la partir, lui répond Case en poussant rudement Lena dans le dos. Et toi, file.

Lena essaye de récupérer son sac à main et son attirail de droguée, mais Case s'y refuse.

— Non. Tu vas nue, droit dans la gueule du loup. Tout comme nous.

Bob saisit Lena.

— Un moment, Case. On passe les menottes à cette connasse,

on la laisse ici et on se casse. On appelle les flics après. Suffit de leur dire ce qu'on a sur elle. Je connais des gens qui...

Case pose la main sur celle de Bob.

— Je t'en prie, Bob.

Sa voix est si désemparée que Bob lâche Lena. Case ouvre la porte. Lena fixe en tremblant sa bouée de sauvetage, l'héroïne qu'elle doit laisser derrière elle. Case la pousse de nouveau pour la faire sortir.

— Case, supplie Lena.

Nouvelle bourrade. Lena se ratatine sur elle-même. Ses bottes raclent le gravier. Case la pousse jusqu'au pick-up, puis au-delà, dans la clarté lunaire de la cour.

— Case...

Elle tourne le dos à Lena. Qui reste là, pendant quelques instants pathétiques, à essayer de racheter une maigre partie de son existence.

Bob suit la scène de la porte. Lena court vers Case. Lui prend le bras. Elles discutent un moment. L'ombre projetée par un balcon lui interdit de distinguer leurs visages. Quand elles ont fini, Case acquiesce d'un signe.

Elle revient dans la chambre. Regarde une dernière fois Lena et ferme la porte.

— Alors ? s'enquiert Bob.

— Rien.

— Qu'a-t-elle dit ? Je t'ai vue hocher la tête.

Case se laisse tomber sur le lit.

— Rien qui puisse nous servir pour le moment.

60

Arthur reste assis sur le canapé durant de longues heures, à fixer le corps de John Lee. À observer les minces filets de sang qui coulent lentement sur le plancher.

Maureen s'est effondrée sur le sol des toilettes, dans le noir. Son courage l'a abandonnée maintenant que l'adrénaline est retombée. Sa main droite, celle qui a pressé la détente, est posée sur la cuvette en émail, dont la fraîcheur lui fait du bien. Elle est couverte de cognac noir, le sang de John Lee. Voudrait se débarrasser de cette robe, de ce sang. Mais se lever, c'est trop.

Arthur émerge de la nuit. Se laisse glisser à côté d'elle.

— Je ne crois pas que quiconque ait entendu le coup de feu.

— On le saurait, depuis le temps...

— Mais on ne sait jamais.

— Est-ce qu'ils pourront croire que c'était...

— Avec toute la merde qu'on traîne derrière nous ?

— Oh, mon Dieu, Arthur...

Elle détourne les yeux, les pose sur les taches de sang qui poissent sa main. Remonte le long de son bras. S'arrête à la marque de brûlure laissée par le départ du coup.

— Il faut que tu saches une chose, dit Arthur.

Elle est trop épuisée pour répondre.

— Ce n'est pas Cyrus qui a tué la vieille, dans le désert. Oh, il lui avait tiré dessus, pas de doute. Parce qu'elle refusait de nous céder sa propriété. John Lee avait fait pression sur le gosse en lui promettant un pourcentage sur la vente. C'était un camé, vois-tu, et John Lee le fournissait en drogue qu'il confisquait aux dealers. Et le gamin est devenu dingue quand elle n'a rien voulu savoir. Nous sommes allés dans sa caravane..., poursuit-il d'une voix éraillée. Elle était encore en vie. À peine, mais... John Lee... a terminé le travail. En faisant croire à un... meurtre rituel...

Il s'étrangle en prononçant ces mots.

Maureen refuse de le regarder en face. Elle ne veut pas savoir quelle est la part de mensonge dans tout ça. Elle s'en moque. Sait que la vérité se situe entre ce qu'il vient de lui dire et ce qu'une balle a réellement conclu.

— Que fait-on, maintenant ? demande-t-elle.

— On essaye de survivre.

Ils enroulent le corps dans une bâche. Un linceul parsemé de taches lavande, souvenir du jour où Maureen a peint à l'éponge un mur de la cuisine. Puis ils le transportent dans la maison obscure. Devant les fenêtres où les maisons des voisins scintillent dans de petits cadres de clarté lunaire. Arthur tient la poitrine, Maureen les jambes. Il marche à reculons, jambes arquées, jusqu'à la porte communiquant avec le garage. Elle le suit, voûtée comme une femme de ménage éreintée. Le souffle court derrière un cadavre mou.

61

Bob et Case sont assis à la table de leur chambre de motel. Ils emplissent de petits sacs de sucre et de farine avant de les sceller à l'aide de ruban adhésif gris. De nombreuses briques sont déjà empilées devant eux, assez pour remplir deux sacs de voyage. Le prix d'un échange. Ou d'une vie.

— Entrer, ça sera facile, explique Case. Ils nous fouilleront sans égards, c'est tout. Bien sûr, en voyant que c'est nous, Errol risque de péter un plomb. De vouloir se servir de son flingue. Ou alors, il la jouera cool. Mais c'est pour ressortir avec le fric que ça coince, quand ils auront vu cette merde. Surtout si on est pas armés.

Bob a le coude sur la table, pouce pressé contre ses dents du haut.

— Ils devraient se détendre après nous avoir fouillés, poursuit-elle. Remarque, je pourrais toujours me glisser le couteau dans la chatte, mais je passerais un sale moment en le sortant

Bob fixe, comme hypnotisé, la surface de table qui les sépare.

— C'était de l'humour noir, précise Case.

Paupières plissées, Bob lève les yeux sans laisser paraître qu'il a entendu.

— Il y a des ex-flics qui bossent pour lui, pas vrai ?

— Ouais. Du moins, il y en avait.

— Les flics ont une technique pour fouiller les gens. Et toutes les techniques ont leurs faiblesses. Il suffit de les exploiter.

La lune a presque dépassé l'ourlet noir de la nuit quand ils s'engagent dans les collines parfumées au sud-ouest de Rancho Mirage. La longue route sinueuse serpente devant les rares portails de quelques propriétés isolées.

Sur la banquette, entre eux deux, le plus petit de leurs sacs remplis de drogue bidon. Cylindrique et doté de deux larges poignées en arc de cercle. Le fond est renforcé par du carton rigide et repose sur quatre boutons argentés. Bob s'est aperçu qu'il y avait suffisamment d'espace pour scotcher le semi-automatique de Case sous le sac sans qu'il soit déformé.

Il vérifie une nouvelle fois le ruban adhésif et le pistolet.

Case lâche le volant d'une main et secoue le bras pour évacuer la tension.

— À partir d'ici, plus de maisons, commente-t-elle.

Ils attaquent le dernier kilomètre. Les phares illuminent les buissons sauvages. À chaque virage, le double pinceau de lumière fait scintiller le désert rocailleux. Des bouées de diamant sur une mer d'encre.

— Gare-toi là, dit Bob.

Case ralentit et quitte la route dans un doux chuintement de terre aride.

Bob regarde derrière eux le chemin parcouru.

— Ça va ? s'enquiert Case.

— Cyrus a fait de nous ses putes, pas vrai ?

— Qu'est-ce que tu veux dire ?

— Que sommes-nous en train de faire, hein ? Cette nuit, nous jouons les chiens de chasse.

Elle se laisse aller contre le dossier. Croise les bras sur sa veste en daim. Son ombre à paupière violette lui donne l'air sournois d'un faucon prêt à fondre sur sa proie.

— En regardant derrière nous, j'ai soudain revu la maison de Via Princessa. C'était à peu près la même colline, mais pas aussi haute. Gabi guettait la route à la nuit tombée. Chaque soir, je passais devant. Je me garais et j'allumais mes phares. Ma façon de lui souhaiter bonne nuit.

Il se penche, le front sur le tableau de bord.

— Tu n'as rien à me répondre, hein ? fait-il.

— Bien sûr que si. Tu sais ce que je pense ? Quelqu'un te jette une corde pour t'empêcher de te noyer, et toi, tu la refuses sous prétexte que la couleur te plaît pas. Pour moi, ce qu'on fait ce soir, c'est du contrôle des foules, comme dit Cyrus.

Une maison de béton et de verre, fragile enveloppe conçue comme une version dépouillée d'architecture contemporaine. Avec de grandes baies vitrées coulissantes qui donnent sur la vallée de Coachella.

Ils se garent. Éteignent les phares. Par une des fenêtres, Case repère les deux gorilles rencontrés au bar.

Elle prend le gros sac, rangé à l'arrière du pick-up. Bob se réserve le plus petit, sous lequel le pistolet est scotché. Ici, en haut, le vent souffle et tout n'est que craquements.

Dès qu'ils commencent à remonter l'allée poudreuse, les gardes du corps traversent le salon en direction de la porte d'entrée.

Recouverte de chrome, celle-ci se trouve derrière un portique à ciel ouvert défendu par une grille. Case appuie sur la sonnette. La grille s'ouvre automatiquement. Case et Bob s'observent.

— C'est l'heure d'entrer dans le ventre de la bête, fait-elle à mi-voix.

La grille se referme en douceur derrière eux. Ils se trouvent dans une alcôve délimitée par des murs de trois mètres de haut. Une demi-lune de ciment ornée de deux projecteurs roses de part et d'autre de la porte, qui donnent à l'ensemble un air de hall d'exposition.

Ils attendent. Air sec, silence et nerfs tendus à l'extrême. Sous la lumière rose bonbon de décorateur.

— Posez les sacs, je vous prie, entendent-ils dans leur dos. Et levez les mains.

Bob et Case se tournent et se trouvent confrontés à l'œil songeur d'un Blackhawk calibre .41.

Ils obtempèrent. Le gorille de la grille appelle son partenaire. La porte d'entrée s'ouvre et il les rejoint, son pistolet tenu d'une main de fer.

La fouille commence. Les porte-flingues sont des pros. Ils bossent vite et bien, trouvent le poignard que Case a glissé dans sa botte. L'un d'eux tape accidentellement dans le petit sac, qui racle contre l'allée. Ni Bob ni Case n'y jettent un œil, de peur de se trahir.

Ensuite, les gorilles ouvrent les deux sacs pour s'assurer qu'il n'y a pas de mauvaise surprise à l'intérieur. Tout se déroule sans accroc. Une fois l'inspection terminée, les sacs sont refermés.

Tenus en joue, Case et Bob attendent pendant que le type de la porte disparaît dans l'entrée carrelée de blanc pour appeler Errol. Il revient aussitôt et les invite d'un signe du doigt à le suivre. Bob et Case se baissent pour reprendre chacun un sac. Le gorille de derrière s'est déjà emparé de celui de Case, mais il a une fraction de seconde de retard pour le plus petit.

— Lâche, ordonne-t-il.

Bob refuse.

— T'as pas encore payé, Johnny, rétorque Case.

— Et si je le faisais maintenant ? menace l'autre en agitant son pistolet.

— Laisse tomber, Case, intervient Bob.

Elle le regarde. Il a les mâchoires serrées jusqu'à la gorge.

— Tout va bien.

Il regarde brièvement vers le bas. Les yeux de Case suivent le mouvement. Bob tend le sac au porte-flingue après lui avoir fait effectuer un demi-tour. Le pistolet, qui était scotché à l'arrière, se trouve maintenant devant et peut-être encore à portée de main.

Le gorille de la porte leur ordonne d'entrer. Case passe en tête du cortège pour l'empêcher de voir le sac. Encadrés par les deux types, ils pénètrent dans la maison à la queue leu leu.

L'entrée débouche dans un large couloir tapissé de papier mauve décoré de coiffes indiennes. Ils passent devant une fontaine de rocaille noire allant du sol au plafond sous un éclairage subtil.

Arrivent dans un salon en contrebas. Cuir gris et objets d'art indiens.

Tout au long du déplacement, Bob veille à rester à portée de main du sac. Case inspecte le décor, à la recherche d'une possible arme de fortune. Ils attendent le moment d'agir, espérant qu'il se présentera avant que leur seule chance ne s'évanouisse.

Case tourne la tête vers Bob. Ni mystère ni sentiment dans ce regard.

La partie s'achève avant même d'avoir commencé, au moment où Errol se lève de son canapé en cuir moelleux et découvre à qui il a affaire.

C'est foutu. La poisse, puissance dix. Errol se rue vers eux, effaçant les marches de brique rouge comme si elles n'existaient pas, robe de chambre volant au vent pour exposer ses jambes musclées et bronzées. Hurle qu'il va les tuer tous les deux. Mais, Dieu soit loué, pense Bob, il glisse.

Pendant le moment très compréhensible où le gorille de tête se penche pour éviter à son employeur de s'exploser le nez contre le joli carrelage italien, Bob se saisit du sac. Dans un réflexe d'autodéfense, le second porte-flingue lève le sac devant lui pour arrêter la charge de Bob, qui tâtonne sous le fond, ses doigts cherchant frénétiquement la détente tel un mille-pattes en folie.

Son index la trouve enfin.

Appuie.

La balle traverse le bassin du type et fait naître un minuscule geyser de poussière au niveau du mur. Avec juste une petite touche de sang. Les doigts lâchent le sac et Bob s'en saisit, effectue un demi-tour avec. Une main sur les poignées, l'autre crispée sur la crosse incurvée du pistolet.

— Tire-toi de là ! hurle-t-il à l'adresse de Case.

Elle se jette au sol.

L'autre cerbère a juste le temps de relever les yeux que le second coup de feu le fait culbuter à la renverse, battant des bras, une jambe tendue, la tête basculant bizarrement contre la poitrine. Il tombe sur le canapé, son crâne heurte la table basse. Le plateau de verre explose en mille fragments acérés comme des dents de requin.

Bob arrache le pistolet de sous le sac. Derrière lui, le premier garde gît au sol, immobile.

Errol est étalé sur le carrelage, robe de chambre ouverte. À leur merci. Case se relève, s'éloigne de lui. Errol ne bouge pas.

— D'accord, d'accord, fait-il en tremblant. Prenez le fric.

Sa main se referme convulsivement dans le vide, son dos tente de se fondre dans le sol, comme pour éviter la balle inéluctable.

— Prenez le fric, prenez-le...

— Fais-lui faire le grand voyage, siffle Case.

Bob la regarde, choqué.

— Flingue-le ! hurle-t-elle.

Errol les supplie de lui laisser la vie sauve. Bob fait un pas en avant et lève son arme. Inconsciemment, Errol se met à uriner.

Bob fixe la mare qui s'étend sur le carrelage, traversant la soie damassée de la robe de chambre.

Le puzzle est presque achevé et les pièces s'imbriquent les unes dans les autres jusqu'à ce qu'il ne reste plus que celle qui manque. Le trou noir, le vide implacable perpétuellement en jeu.

LE MORT ET LE RITE D'INCARNATION

62

Une mince feuille de papier coloré revient dans le ciel. Une lueur incertaine. Case et Bob roulent vers le nord, engagés dans une course contre la montre avec leurs sacs d'argent. Avec le passé à l'est, l'avenir à l'ouest. La radio déverse ses informations et ils attendent que l'on annonce le meurtre.

La partie chrétienne du Mojave s'orne de panneaux d'affichage au cadre de pierre, conçus par les mormons pour propager la bonne parole biblique. En noir et blanc sur fond rosé de soleil levant. LA CONNAISSANCE S'ACCOMPAGNE DE DOULEUR. AGIS COMME SI TU AVAIS LA FOI ET ELLE VIENDRA À TOI. HUMILIE-TOI ET JE GUÉRIRAI LA TERRE.

Les messages défilent de la route. Figés dans leur certitude. Mais il n'existe qu'une seule vérité et Case et Bob se dirigent droit dessus. Tels Achab et Lincoln, avec dans leur détermination une farouche intolérance.

Case fixe la route en silence. Concentrée sur les inquiétantes poches de couleur bleutée encadrant la route encore déserte.

— À quoi penses-tu ? lui demande Bob.

Elle lui répond sans le regarder. Chaque mot lui vient avec difficulté.

— À Gabi. À moi. À ce qu'on a subi, toutes les deux. À toi. Au chemin que tu as parcouru pour rencontrer cette souffrance. Et à ce que tu deviendras. Je pense au trou qui existe au centre de mon cœur. Ce trou qui est celui du centre de l'univers, le mien, le nôtre à tous. Je pense à Lena, à Errol et à... lui. À toutes ces veines massacrées au cours de toutes ces années. Et aux deux sœurs jumelles : démence et méchanceté. Qui jaillissent de la nuit, comme sur un tableau que j'ai vu, un jour. Les deux sœurs, oui. Traquant un pauvre con courant sur la route en robe de chambre rouge.

Elle se penche, pose les mains sur les genoux. Écoute les derniers sons de sa propre voix.

— Ce que je dis a un sens pour toi ? T'as une idée de ce que je raconte ?

Il se souvient du jour où ils se sont arrêtés pour déjeuner en pleine chaleur. Un repas graisseux et, en guise de dessert, une prise de bec pour un article de journal évoquant le meurtre de la jeune Polly Klaas. Et ces *maquiladoras* rieuses et parfumées à outrance. Il se souvient, oui...

— Nous chassons tous Léviathan à notre façon, répond-il.

Energy Road est une portion de route de moins de deux kilomètres de long qui rejoint la 178 au niveau de la vallée de Salt Wells. Une terre sans pitié côtoie la frontière du comté d'Inyo. Des *playas* cramées par le soleil entre China Lake, les monts de Panamint et la Vallée de la Mort.

Le jour se lève à peine quand ils débouchent sur le long tronçon désert. Au loin, une frise en terre cuite de centaines d'éoliennes argentées se détache du fond de montagnes noires et brunes comme autant de lances de chevaliers vainement dressées contre le vent. Au milieu d'un essaim de câbles électriques montés sur chevalets, qui s'élancent dans les profondeurs obscures du pays blanc.

Le sentier de terre vient s'arrêter au pied des immenses pales mobiles et silencieuses. Bob et Case descendent de voiture. À cinquante mètres d'eux, au milieu des monolithes d'acier, Cyrus.

On pourrait voir en lui le gardien solitaire des lieux. Un vigile presque inhumain émergeant des grands draps écarlates du soleil qui se lève dans son dos. Un lieu isolé balayé par le vent, et le sable immobile. Case et Bob s'approchent de lui, portant chacun un sac rempli d'argent.

Ils s'arrêtent à quelques mètres. Les deux hommes enfin face à face. Bob compare l'adversaire qu'il a devant lui à celui qu'il s'était imaginé. Les éclairs tatoués sur les joues de Cyrus se déforment sous l'effet d'un rictus.

— Tu t'es bien rincé l'œil ? se moque-t-il.

— Où est ma fille ?

— Tu vas pouvoir la ramener chez toi, ton héritière.

Case s'accroupit. Ouvre le sac pour montrer l'argent.

— Où est-elle ? demande-t-elle à son tour.

Cyrus ne daigne même pas la regarder. Il passe à côté d'eux, avance en direction du Dakota. Case et Bob échangent un coup d'œil.

Arrivé près du pick-up, Cyrus remarque le bidon d'essence sur la plate-forme.

— Vous avez suffisamment d'essence ? demande-t-il en tapotant le bidon. Hmm. On dirait que oui.

Sa petite inspection achevée, il s'intéresse à l'habitacle. Repère le téléphone portable. L'attrape, le leur montre et le brise d'un geste vif contre le capot de la camionnette.

Satisfait, il revient vers eux, leur indique une traînée de cailloux pouvant, de loin, passer pour une petite route s'enfonçant dans les collines.

— Ton héritière est de l'autre côté de cette butte. Quand vous la verrez, lâchez le fric et prenez la gamine. Fastoche.

Il passe devant eux. S'arrête et se tourne vers Bob. Les deux hommes sont à moins de trente centimètres l'un de l'autre. Leur haine pèse sur le silence.

— Quand tu rentreras chez toi, demande à Arthur et à John Lee qui a tué la vieille garce. Fais-le, oui. Demande-leur qui lui a mis la première balle dans le cou. Qui l'a vue, mourante, griffer le sol. Et qui s'est amusé à lui découper l'intérieur, à cette poivrote. Après la seconde balle. Demande-le.

Son regard est aussi impitoyable et hypnotisant que celui qu'on attribue à la camarde.

— Demande à John Lee qui m'a payé. Pour aller Via Princessa. Faire la peau du négro et de sa salope en porcelaine. Demande-le.

Chaque phrase semble plonger Bob dans un nouvel abîme d'horreur.

— Demande à Arthur si je ne l'ai pas appelé. Amuse-toi un peu avec eux. Et demande à John Lee qui a mis sur écoute le téléphone de sa gonzesse. Vous vous tuerez mieux entre vous que je ne pourrais le faire moi.

Case voit Bob encaisser la succession de chocs. C'est un putain de cauchemar, à moins d'un kilomètre de l'endroit où elle a avalé suffisamment de somnifères pour endormir tous les mauvais présages. Des machines de guerre labourent l'intérieur de sa cage thoracique. Tout est si calme et immobile, cependant. Surtout les deux hommes. Pas un mot plus haut que l'autre. Deux hommes d'affaires parlant immobilier ou assurance vie.

Tout est en train de ressortir, songe-t-elle. Tout ce venin noir avec lequel Bob va devoir vivre. Et pourtant, il écoute, stoïque certes, mais pas immunisé. Case perçoit la rage qui suinte par tous ses pores à chaque nouveau coup.

— Je comprends maintenant pourquoi tu es encore en vie, reprend Cyrus en dévisageant Bob. Tu as un peu de moi en toi.

Assez d'acidité dans le ton pour mordre Bob Machin-Chose. Juste assez, oui. Mais Bob refuse de réagir. Il déglutit péniblement, sa pomme d'Adam remonte et descend comme la culasse d'un automatique.

— Une dernière chose et tu pourras y aller, susurre Cyrus en jouant négligemment avec les scalps ornant son pantalon. Je t'ai envahi. Je serai toujours la plus grande part de ton existence. À toi, mais aussi à John Lee et à Arthur. Et à ton petit lot de chair rosé, là-bas. À partir d'aujourd'hui, chaque instant de votre existence sera déterminé par ce que j'ai charcuté en vous. Votre subconscient m'appartient. *Vous* m'appartenez. Et maintenant, file.

Bob reste quelques instants immobile, pour faire comprendre à Cyrus qu'il n'est pas maître de la fin de ce cauchemar. Puis il se dirige vers le pick-up. Case le suit.

— Pas toi, l'interpelle Cyrus. Attends un peu.

Bob interroge Case du regard. Elle lui fait signe de continuer. Bob avertit Cyrus d'un coup d'œil, puis repart.

Cyrus se dirige vers Case. S'approche tout près d'elle, comme pour un baiser. Elle cambre le dos.

— Quoi qu'il arrive aujourd'hui, tu vas faire le grand voyage. Ta tête est mise à prix. Tous les loups ont été alertés. Ils vont sortir du caniveau pour t'avoir. Tu ne trouveras plus jamais le sommeil. Je le sais. Commence à trembler, mouton. Ils seront bientôt là.

Un long silence. Autour d'eux, les ombres noires des bras des éoliennes, découpées par le soleil levant, tournent comme des faux.

— Et je te dépècerai vive, reprend Cyrus. Je t'arracherai la chatte et je la boufferai sous tes yeux.

63

Ils gravissent la route de caillasse qui monte dans les collines, comme ils en ont reçu l'instruction. Cyrus les observe jusqu'à ce qu'ils ne soient plus qu'un nuage de poussière entre deux pentes garnies de scories.

Le pick-up est violemment secoué par les nids-de-poule et les crevasses. Ils franchissent les méandres cahoteux jusqu'à un promontoire d'où la route redescend dans une large cuvette. Et contemplent des kilomètres de néant

— Il cherche à nous pousser jusqu'au trou noir, dit Bob.

— Il nous reste de l'eau ?

Bob se retourne, compte deux bouteilles derrière la banquette.

— Assez pour se souvenir du goût qu'elle a.

La descente est terrible. Une heure d'enfer rocailleux. Lorsque le sol se transforme enfin en sable, le silencieux du pot d'échappement est percé et la transmission branlante. Quant aux amortisseurs, ils font le bruit d'un dingue atterrissant sur le trottoir après avoir sauté du douzième. Ils passent devant un message peint à même la roche : PAS D'ESSENCE NI DE STATION-SERVICE PENDANT DES MILLES, CONNARDS.

Une pointe d'humour local pour conducteurs égarés.

Case ne cesse de se retourner, comme si Cyrus risquait à tout moment d'apparaître dans leur dos. Mais elle sait ce qu'il en est. Ça va être l'horrible longue marche. L'interminable va-te-faire-foutre jusqu'à la mort.

Sur le plat, le sol devient lunaire. Une *playa* immuable. La camionnette entame son petit trot vers le nord-est, suivie par un mince plumeau de poussière. Le thermomètre commence à s'affoler. L'espace d'un instant, ils croient distinguer quelque chose à l'horizon. Une parabole blanche qui frémit. Puis, plus rien. L'arrière d'un fourgon traversant en oblique les vagues de chaleur qui déforment tout, peut-être ?

Ils s'arrêtent pour se repérer. Attendent. Mais quoi qu'ils aient pu voir, l'horizon l'a avalé.

— Pourquoi est-ce qu'il fait ça ? Pourquoi nous faire aller si loin ? Il va nous rendre Gabi ?

Case répond d'une voix cassée par la chaleur.

— C'est la chasse, Coyote, et le gibier, c'est nous. Ça, oui. Il va nous forcer à avancer, encore et encore, poursuit-elle, la bouche sèche. Et puis, quelque part, il va nous rendre Gabi en échange du pognon. Ce fric pour lequel il nous a fallu tuer. Mais à ce moment, il sera trop tard pour aller chercher de l'aide. Et il lâchera les loups. Ils vont nous saigner, Coyote. Aussi simple... qu'une gorge tranchée.

Midi.

La poussière soulevée par les roues s'est insinuée par les vitres ouvertes, leur déposant des traînées noires sur le visage. Droit devant, le paysage change de nouveau.

D'énormes pierres levées jaillissent du puits de la terre. La jauge d'essence baisse, l'aiguille du thermomètre monte. Au milieu d'une étrange composition naturelle de formations de calcaire qui se dressent comme des pierres tombales ou des remparts.

Ils tracent une interminable ligne droite.

Case humidifie un mouchoir qu'elle passe sur le visage et la nuque de Bob. Puis elle fait de même pour elle.

Et ils se replongent dans leur silence déterminé.

Deux heures plus tard, ils perçoivent le battement de cœur rapide des pneus alors qu'il traversent un pont construit un bon siècle auparavant. Des traverses de chemin de fer jetées sur un ravin peu profond pour livrer le passage aux chariots transportant le sable du désert.

Les pics qui flanquent la *playa* carbonisée sont nés de fissures tectoniques quand cette étendue était un lac, il a y cent mille ans de cela. Leur ombre de cadrans solaires pointe désormais vers l'après-midi. Un terrifiant sentiment de désespoir est en train de s'abattre sur Bob et Case.

Case ouvre le sac posé sur le siège avant. En sort quelques paquets de billets, qu'elle glisse dans la boîte à gants.

— Qu'est-ce que tu fais ?

Elle hausse les épaules malgré la fatigue.

— Je me suis dit... qu'ils prendront pas le temps de compter... s'ils se montrent, bien sûr.

— Ils seront là.

— Oui. Mais on aura peut-être besoin d'argent plus tard. Toi, du moins. Moi, je crois pas qu'il me reste grand-chose vers quoi retourner.

Au-delà des monuments de calcaire, ils ont enfin atteint le point où le sol n'est plus qu'un long linceul de sel aride. Morbide et plat. Dénudé comme au centre d'un holocauste nucléaire ou en cette période devonienne où la terre a été catapultée hors du mystère et où tout a été chamboulé. Une apocalypse javellisée. Le vrai visage du père et de la mère, de la mort. Brillant comme un bouclier. La potion des sorcières, ou le chaudron de Dieu. La dissolution ultime, ou le reflet de la lumière immaculée. Donnez-lui le nom que vous voulez, son existence est indéniable.

Le capot bleu bruni du Dakota est une proue véloce. Un

aveuglant mirage incandescent qui fonce sur l'océan de sel. Ils baissent leurs visages marqués pour ne pas être éblouis. Tanguant comme des marins dans le flux et le reflux du pick-up.

— Attends...

Éreinté, Bob se tourne vers Case.

— Là, dit-elle en tendant le doigt. J'ai vu quelque chose.

Ils stoppent. Ouvrent l'œil. Au loin, derrière la muraille de chaleur, les monts de Panamint, où Charlie et sa Hole Patrol[1] ont cherché une mer d'or dans le ventre de la roche et, plus loin encore, les vallées arides que les Indiens appelaient Tomesha, « le sol en feu ».

Ils ne sont que des virgules orphelines sur un horizon qui leur joue peut-être des tours.

— La chaleur a dû me griller le cerveau, dit Case.

Bob lui offre un peu d'eau.

Ils restent assis là, avec le soleil qui creuse des trous dans les orbites enfoncées de leurs yeux épuisés, et soudain une tache minuscule apparaît de nouveau à la frange du monde. Vision ondulante de silhouette arabe. Un guerrier métallique enveloppé de poussière blanche.

— Regarde, fait Case. C'est eux. Je le sens.

Leur fatigue se dissipe au fur et à mesure que le spectre de sable frémissant révèle un fourgon blanc fonçant vers eux à cent à l'heure.

Ils descendent du pick-up.

À quinze cents mètres de distance, le véhicule commence à décrire une large courbe.

— On y est, annonce Case.

Elle se saisit du fusil, Bob des sacs d'argent. À cent mètres d'eux, le fourgon achève sa manœuvre et entame une lente marche arrière vers le Dakota.

Il s'arrête à cinquante mètres. La porte arrière s'ouvre brusquement et voilà Gutter et deux jeunes loups que Case n'a jamais vus. Ils s'écartent assez pour exposer Gabi dans la lumière. Elle a les yeux bandés, les mains attachées dans le dos. Ils la poussent

1. Référence à Charlie Manson et à ses disciples.

dehors. Elle tombe lourdement, sur la figure. En la voyant, Bob, bouleversé, crie son nom. Elle relève la tête comme un oiseau apeuré en entendant la voix de son père. Il l'appelle de nouveau. Elle lui répond d'un sanglot plaintif et désespéré qui se fraye un chemin dans le sable.

Un des jeunes loups est descendu derrière elle. Tirant violemment les cheveux de l'adolescente, il lui colle un petit Luger contre la nuque.

Le drame de l'échange se noue lentement. Gutter hurle à Case et Bob d'approcher avec l'argent. Ils avancent. Case garde Gutter dans sa ligne de mire.

Ils ne sont plus qu'à dix mètres de Gabi quand Gutter crie :

— Lancez les sacs !

Gabi continue d'appeler son père en pleurnichant. Bob regarde Case.

— Je vais le faire.

Elle acquiesce.

Il envoie les sacs, qui atterrissent avec un bruit sourd. Gutter se précipite, met un genou à terre et les ouvre en hâte. Sans accorder la moindre attention au fusil qui suit le moindre de ses mouvements. Il prend les paquets de billets, les palpe. Plus pour frimer et juger du volume que pour les compter. Il referme les sacs. Se lève avec un sourire malfaisant. Recule tranquillement.

— Remonte, Stick, fait-il.

Le gosse au Luger a une tonsure en forme de tête de crapaud sur le crâne. Son visage efféminé est plutôt mignon. Lâchant Gabi, il retourne au véhicule, frotte deux ou trois fois sa braguette du bout des doigts en fixant Case.

Bob s'élance. S'agenouille au côté de sa fille. Tire sur le bandeau qui l'aveugle.

Le fusil de Case est braqué sur le carré de noirceur à l'intérieur du fourgon.

— Comment vous allez rentrez chez vous ? s'écrie Gutter d'un air moqueur alors que le fourgon redémarre.

Son index pointé indique le sud, derrière Case. La porte se referme en claquant.

En voyant son père pour la première fois, Gabi est désorientée. Et il a l'air si différent, avec sa moustache, ses tatouages et la cicatrice à son cou, qu'elle prend peur. Mais quand elle entend de nouveau sa voix, sent les bras protecteurs autour d'elle et voit pleurer ces yeux qui lui rappellent un monde qu'elle croyait révolu, elle craque. D'un seul coup, serrant son père frénétiquement. Le dos de Bob, ses épaules, ses bras, elle ne sait où fixer ses mains. Enfouit sa tête dans la poitrine paternelle pour se repaître de son contact et en tirer la certitude qu'elle est vivante et libre.

Case regarde l'endroit d'où ils sont venus, appelle Bob. Sans lâcher Gabi, il lève vers elle des yeux emplis de larmes et la voit pointer le fusil.

À plusieurs kilomètres de là, au milieu des pics de calcaire, brille une fusée de détresse. Une traînée de blancheur décrivant une lente courbe en direction d'un soleil de plomb.

Gabi se met à se balancer telle une enfant et bafouille :

— Lui...

Case se rapproche et s'agenouille à côté d'elle.

— Cyrus ? demande Bob.

— Obligé, répond Case.

64

Ils attendent pendant que le soleil se couche. Hors de portée, les collines rocailleuses libèrent la chaleur emmagasinée durant la journée tels les charbons mourants d'un feu, leur peau grise refroidissant au fur et à mesure que progresse le glaçage bleu foncé de la nuit.

Bob a soulevé le capot pour vérifier contacts et Durit. S'assurer que tout tiendra le coup pour la grande course à tombeau ouvert qui s'annonce sur la plaine.

Gabi est assise dans le pick-up, emmitouflée dans une des chemises de son père. L'excitation de la liberté a cédé la place à un épuisement total qui la laisse l'esprit vide et les yeux vacants. Case est assise à côté d'elle. Elle a déjà vu cette expression sur une galerie de visages de camés en cure de désintox.

Le soleil est une suite de flashes orange et or au travers d'un ciel nuageux. Dans un rare instant de semi-lucidité, Gabi remarque Case.

— Je te connais, murmure-t-elle.

— Moi ? répond Case en regardant le visage crasseux de poupée de chiffons.

— Je t'ai vue au Mexique.

Le rappel affreux fait grimacer Case.

— J'étais à l'arrière de la camionnette, poursuit Gabi. La porte était tordue et, parfois, quand j'étais seule, je pouvais regarder dehors. J'ai vu quand Cyrus t'a frappée. Et quand ils t'ont traînée dans ce champ. Pour te violer...

Case caresse le bras de Gabi du bout du doigt. Remonte le long des marques violacées laissées par l'aiguille.

— J'ai pensé à toi, dit Gabi.

Elle lève les yeux, comme si elle craignait que son père entende ce qu'elle va dire. Elle regarde au-delà du tableau de bord.

— Je ne veux pas que mon père souffre.

Instant lamentable. L'absurde et innocente réticence des blessés.

— J'ai pensé à toi, répète Gabi. Quand ils me faisaient la même chose.

Case ressent le grand spasme d'horreur qui envahit le corps de Gabi. Elle ne le connaît que trop bien. La sensation replonge dans ses oubliettes personnelles, transperçant son cœur et son esprit.

— Ils avaient pris l'habitude de parler de toi. Et je me suis dit que si je pouvais être comme toi, comme quelqu'un qu'ils craignaient et détestaient, comme... tu sais. Je me suis dis, peut-être que je pourrais continuer à vivre. Je pouvais me fixer là-dessus. Alors j'ai fait semblant. J'ai fermé les yeux et je...

Elle s'interrompt en voyant son père bouger derrière le capot relevé. Craint qu'il s'approche d'elles et reprend en le voyant disparaître de nouveau :

— Tu sais ce que je veux dire ? Ce n'est pas que je ne pensais plus à mon père, non. Pas au début. Mais... après. Plus tard. Il m'a fallu autre chose. Et j'avais peur... qu'il me déteste.

Gabi se recroqueville au creux de l'épaule osseuse de Case. Qui se sent infiniment proche de cette incarnation d'enfance dévastée. Un instant, elle se prend presque à faire un vœu, mais elle sait que cela ne servirait à rien. Et elle se hait d'avoir cette certitude.

— Je ne me sens pas bien, se plaint Gabi. J'ai mal partout.

Au crépuscule, Case et Bob évoquent leur situation à l'arrière du Dakota. En plus de tous les problèmes auxquels ils doivent faire face, ils ont avec eux une gamine qui commence à éprouver les premiers tourments du manque. Perchée sur le plateau de la camionnette, Case enfonce les mains dans les poches de sa veste en daim. Bob fait les cent pas, lançant de fréquents coups d'œil à Gabi par la lunette arrière. L'adolescente sommeille, la tête contre la vitre. Le vent nocturne vient de se lever. La lumière disparaît rapidement, les montagnes sont déjà noires.

— Si nous allons au nord ou à l'est, nous ne trouverons rien, commente Bob en tendant le bras. Rien. La Vallée de la Mort sur des dizaines de kilomètres. Au sud, peut-être. Il y a le centre d'armement de China Lake. Mais c'est loin, et je n'y suis jamais allé.

Il racle sa botte par terre, laissant une trace nette dans le sable.

— Le plus court chemin reste celui par où nous sommes arrivés.

— Trona se trouve par là, intervient Case.

— Oui. On apercevra peut-être des lueurs à l'horizon. Y aura plus qu'à foncer.

— On ne peut pas rester ici.

— Je sais.

— Quand la nuit sera complètement tombée, ils vont nous fondre dessus.

Il hoche la tête.

— Il y a des postes d'alerte incendie sur les collines, se rappelle-t-il. On pourrait peut-être tenter d'en rejoindre un. Il y a des gens, là-bas.

— Ouais. Mais tu sais où ils sont, exactement ?

— Non, mais on pourrait prendre une direction au hasard. Aller aussi loin que possible. S'ils nous attaquent, on fait sauter le Dakota. L'essence devrait faire un beau feu de joie.

Il plonge la main dans sa veste en toile pour en sortir une cigarette.

— Tu comptes sur les hélicoptères de secours ?

Il allume sa cigarette, hausse les épaules.

— La chance est mince, mais... si les rangers aperçoivent les flammes, les hélicos décolleront rapidement.

— S'ils les voient.

— Oui.

— Est-ce qu'ils arriveront assez tôt ?

— Je n'en ai pas la moindre idée, Case. Pas la moindre.

— S'ils arrivent pas, on aura perdu le pick-up. On se retrouvera à pied.

— De toute façon, ils seront sur nous, à ce moment-là.

— Ouais. T'as raison, Coyote.

Leur situation est peu enviable, dans tous les cas de figure. Bob s'assoit à côté de Case. Tous deux font la paire : maussades, à bout d'espoir. Case se penche vers l'arrière pour attraper la flasque dans laquelle ils ont versé le fond d'eau de leurs deux bidons. Elle la secoue, la débouche, boit, la tend à Bob. Qui pour la prendre lui donne à tenir sa cigarette. Une fois ce simple rituel accompli, ils se tournent vers le sud et les ténèbres innommables qui continuent de descendre lentement. Il lui rend la flasque, et elle la cigarette. Case pose la flasque sur ses genoux, passe les doigts sur sa surface métallique.

Elle regarde la cabine du pick-up. Gabi n'est plus qu'une ombre. Sa tête bouge nerveusement.

Nous devons tous accomplir des choses dont la logique nous rend incapables. Case dresse la liste de ses échecs. Là-bas, dans cette contrée forgée par mille énigmes, mille koans, où tout est mis à nu, elle sait que le Seigneur de l'anarchie attend. Tuant le temps en affûtant ses dents. Prêt à se jeter sur eux douze mois par an, à la tête de ses bons petits gars pervertis. Bonnes vacances de la part des macchabées, mon enfant. La mort arrivera tôt, ce soir. Et Case sait bien qu'on ne vaut que ce qu'on vaut mort.

— Si on utilisait ces buissons ? propose-t-elle. Laisse-moi suffisamment d'essence pour allumer un feu. Ça les attirera. Vous deux, filez avec le pick-up.

Bob la dévisage, sachant très bien ce qu'elle lui offre. Se tourne vers Gabi, toujours agitée. Le plus grand désordre règne en lui. Un cauchemar dont aucune nuit ne viendra à bout.

— Je peux le faire, insiste Case.

Les yeux de Bob sont emplis de fatigue et de douleur. Il se remet debout. En dépit de l'obscurité qui gagne, Case peut lire ses sentiments pour elle à la tendresse de son expression.

— Nous rentrerons à la maison ensemble ou nous périrons ensemble ici, décide-t-il. En route.

Il se dirige vers la portière conducteur, mais Case bondit sur ses pieds et l'arrête en lui attrapant le bras.

— Merci, souffle-t-elle.

— Pourquoi ? demande-t-il en tournant lentement la tête.

— De m'accorder une telle valeur.

65

Ils progressent dans le désert sans faiblir. Phares éteints. Calée entre Bob, qui conduit, et Case, Gabi ressemble à une sculpture en bois pétrifié. L'heure de sa dose est passée depuis longtemps et elle est en nage. Un fusil est posé entre sa jambe et celle de Case. Sa main tient celle de la jeune femme.

Chaque trou, chaque relief les projette contre le toit tels des rivets et ils retombent avec violence sur le siège. Gabi pousse un petit cri à chaque fois.

— Ça va aller, bébé, la rassure Bob.

Une éruption de flammes électriques déchire la nuit. Une lance d'une blancheur éblouissante filant vers eux.

Gabi se baisse en hurlant. Case s'appuie contre le tableau de bord, bras tendus. Bob s'agrippe au volant.

La fusée de détresse heurte le pare-brise de plein fouet. Se transforme en pluie d'étincelles de phosphore qui les aveugle. Bob perd le contrôle du pick-up et voit Stick jaillir des ténèbres, pressant la détente de son Luger. Et Gutter apparaît, chargeant par l'avant. Bob braque sèchement à droite sans ralentir.

Gabi se laisse glisser au sol en geignant. Bob accélère, dans l'espoir de distancer leurs poursuivants. Le paysage défile si rapidement qu'il est impossible de réagir aux inégalités de la piste. Le Dakota souffre, mais les coups de feu s'éloignent. Le pont fait de traverses surgit subitement de la nuit, de biais.

Bob essaye de redresser les roues tout en freinant, mais il est déjà trop tard. L'angle et la vitesse sont trop grands. Les pneus gauches patinent dans le vide pendant une fraction de seconde et le Dakota pique du nez dans le ravin. Il percute durement le sol, trois mètres plus bas, reste un instant à la verticale puis retombe dans la pente dans une explosion de sable.

Hébétée et tailladée par les éclats de verre, Case sort du pick-up en titubant. Bob doit marteler sa portière de coups de pied pour qu'elle cède dans un grincement de défaite. Il empoigne sa fille tandis que Case prend les armes. L'accélérateur est coincé et le moteur hurle, les pneus avant creusant une double ornière dans le sol meuble.

Ils essayent de se ressaisir dans l'obscurité, en préparation du combat à venir. Accroupis au bord du ravin, à côté de Gabi ramassée en position fœtale et qui marmonne des propos incohérents. Case et Bob observent la plaine. Sombre et silencieuse, comme l'île sacrée des morts.

Ils se regardent, le souffle court, luttant pour remettre de l'ordre dans leurs pensées. Une intense énergie psychique passe de l'un à l'autre.

— Éloigne Gabi, décide soudain Bob. Trouve un endroit où

la mettre à l'abri, plus loin dans le ravin. Je vais faire sauter le Dakota.

Case attrape Gabi et la force, la secouant rudement. Bob part en courant, monte sur le pont au moment où Case s'écrie : « Allons ! Viens ! » Il s'agenouille, constate entre les pylônes que Case entraîne Gabi dans les profondeurs du fossé, l'obligeant à retrouver dans son allure un semblant d'ordre.

Bob se lève, arme le fusil. Attend que Case et Gabi soient à l'abri.

Dans le goulet sinueux et érodé, les deux jeunes femmes butent sur un bout de conduit d'écoulement presque assez large pour s'y tenir debout. Tirant Gabi par la main, Case s'engage dans le tunnel de ciment de six mètres de long et plaque l'adolescente au sol.

Bob entend Case lui crier d'y aller. Il vise le réservoir d'essence, tire.

L'explosion qui jaillit en direction du ciel le projette en arrière, le catapulte dans le sable. Suit une rafale de flammes hautes comme des geysers, qui viennent lécher la charpente du pont. L'air qui souffle en dessous aspire le feu au contact des traverses.

Dans sa veine de ciment, Case observe les flammes enfiévrées et la fumée noirâtre qu'elles dégagent. Puis elle se tourne. Le conduit est accessible des deux côtés.

Elle enjambe Gabi, assise contre la paroi incurvée.

— Il faut que je remonte, lui dit-elle.

Glacée, Gabi tremble comme une feuille. Se cramponne à la veste de Case pour l'empêcher de partir.

— Écoute-moi, Gabi. Écoute-moi.

L'adolescente secoue la tête de gauche à droite, ne voulant rien entendre.

Case sort son pistolet, tente de forcer les doigts de Gabi à s'en saisir et crie :

— Écoute-moi ! Écoute, on a déjà fait ça, Gabi. Toi et moi. On l'a déjà fait.

Gabi fixe ce visage à nu. Spartiate dans la colère calculée qu'il voue à ses ennemis. Un roc aussi solide, aussi fiable que la mort.

— Écoute-moi. Pense à moi, maintenant. Sois moi. Prends ce pistolet. Prends-le. Repense à ce moment où tu les as vus me traîner dans le champ par la porte de ce putain de fourgon. C'était moi et toi, d'accord ? Et quand ils se sont amusés avec toi, c'était toi et moi, d'accord ?

Les doigts se desserrent à peine et Case parvient à pousser la crosse de l'arme dans la paume de Gabi.

— On a déjà fait ça, toutes les deux. Oh, oui. Quand j'ai descendu Granny Boy. Moi, toi. Quand j'ai fait sauter le caisson à ce petit con. On l'a fait ensemble. Toutes les deux. Tu comprends ?

La voix de Case prend la cadence incantatoire de la mort. Tranchante comme le couteau qui éviscère sa victime.

— On l'a déjà fait. On a bousillé leur vie, tout comme ils ont bousillé la tienne. Tu m'entends ? On l'a déjà fait. Et on va recommencer. Maintenant. Toi et moi.

La main de Gabi ne cesse de trembler autour de l'arme et Case se demande si l'adolescente tiendra le coup. Mais elle n'a plus le temps.

— Il faut que je remonte. S'ils arrivent...

Case arme le chien et Gabi sursaute.

— Tiens-le à deux mains. Toi, moi. S'ils arrivent, tue-les. Toi, moi. Toi, moi. Ensemble. Presse la détente, c'est tout. Et continue d'appuyer.

Case s'élance dans la fumée étouffante en appelant Bob. Un mur de flammes blanches jaillit du Dakota, à l'assaut du ciel nocturne. Elle entend Bob qui lui répond, se tourne pour l'apercevoir à l'extrémité du pont, où des larmes de feu s'insinuent entre les pylônes de bois.

Ils se rejoignent au bord du ravin, à l'aplomb de l'épave agonisante. Les flammes montent à plus de trente mètres du sol, environnées d'épaisses volutes de fumée.

— Où as-tu mis Gabi ?

— Dans la buse de drainage, là-bas. Elle a mon arme.

Bob hoche la tête. Les cendres viennent se coller à son visage maculé de sueur. Case et lui tentent de percer les ténèbres.

Un bruit claque dans la nuit du désert. Ils regardent de l'autre côté du ravin. Était-ce une voix d'homme ou le feu qui déchire le tableau de bord en plastique ?

— Ce salaud prend son pied en voyant ça, murmure Case, des éclairs dans les yeux. Ça doit le faire bander de penser à...

Un concert de hurlements fantomatiques issus de recoins sombres des deux côtés du fossé. Un clan d'épaves humaines aux cheveux rasés ou en épi, de méchants garçons à la peau récurée et d'adeptes du sacrifice humain.

Bob et Case s'aplatissent au sol. Case laisse tomber son fusil, se débarrasse de sa veste. Bob scrute l'obscurité, guettant d'où viendra la première attaque. Se tourne vers Case. Elle a pris son poignard, dont elle se sert pour tracer une longue ligne sur la face interne de son bras droit.

— Qu'est-ce que tu fous ? Case !

Elle passe au bras gauche, laissant une double traînée de sang sur sa chair blanche. Bob lui saisit le poignet.

— Case ! Qu'est-ce qui te prend ?

Le visage de la jeune femme est devenu un masque de mort en entendant le cri de guerre des loups de Cyrus.

— Une petite poussée d'adrénaline en prévision du grand voyage, explique-t-elle.

Bob pose la tête sur la crosse de son fusil planté dans le sol. Ferme les yeux. Cherche désespérément son Dieu, en priant l'image du Christ crucifié de leur sauver la vie. Quand il rouvre les yeux, Case le fixe durement, comme si elle était entrée dans sa tête pour en extraire cette pensée. Sa seule réponse à une supplique aussi inutile : actionner la culasse du fusil pour amener la première cartouche dans la chambre.

Alors qu'ils se font face, la légion des affreux continue de hurler ses promesses de mort. Menaces démentes et fanatiques. Puis le silence retombe brusquement, il n'y a plus que le vent nocturne et les flammes qui continuent de rugir. Pendant quelques secondes, il n'y a plus que le feu, les cendres, le sol couleur fumée et le froid qui montre les dents.

Bob perçoit le frémisement de l'attaque imminente. Il entend la lente respiration de ces vautours camés cachés en bordure du cercle de lumière et prêts à les rayer de la carte.

— On est plus qu'à un baiser de là, Coyote, chuchote Case. Un putain de baiser.

Bob s'essuie les yeux du revers de la main.

Un coup de feu déchire les ténèbres. Un autre. Et un troisième, enchaîné. D'abord éloignés, puis plus proches. De quelque part dans la nuit, ils accourent. Et leur course foule le sable de tous côtés.

Bob et Case s'écartent pour défendre les deux côtés du ravin. La bataille s'engage dans une coulée de terreur glacée. Un esprit follet bondit par-dessus l'épave en flammes, jambes en avant. Une forme beuglante qu'une décharge du fusil de Bob fait disparaître dans une explosion écarlate.

Le punk dévale la pente et Case se rue sur lui, projetant du sable en tous sens, un demi-battement de cœur derrière la carcasse tourbillonnante. Dès que le corps s'arrête en venant buter contre un tuyau, Case lui tire dans la tête, atomisant ses yeux et son nez, pour être sûre qu'il est bien mort.

Dans la ronde de formes indistinctes, Bob se retrouve face à face avec un braillard écervelé élevé aux hormones. Jeune, noir, et défoncé aux stéroïdes. Bob tire au travers de la fumée, le rate. Son agresseur se volatilise derrière un mur de cendres.

Case s'accroupit, les flammes venant lécher ses bottes. Aperçoit une silhouette bigarrée, presse la détente, encore et encore. Une jambe explose.

Une ombre fugitive. Un fragment d'humanité bondissant dans le fossé.

Bob voit filer quelqu'un à côté de lui. Réagit aussitôt pour l'achever. Animé par la rage du désespoir. Il saute par-dessus une buse, découvre un gamin qui se relève. Quatorze ans, tout au plus. Au coin d'une rue, on passerait à côté sans le remarquer, mais glissez-lui un gros calibre à la main et scarifiez son visage en l'honneur du Sentier, et vous voilà en présence d'un jeune Capone satanique pressé de descendre son premier être humain.

Le dieu du gosse réalise son vœu en lui envoyant Bob

Machin-Chose. Manque de chance, Bob est le plus rapide. La cage thoracique du tueur en herbe explose dans une dentelle rouge constellée de fragments d'os. Il retombe sur le dos. Alors que Bob s'approche, il aperçoit du coin de l'œil le Noir courant au bord du ravin. Un à la fois, Coyote. Le gamin s'étrangle dans son sang, un poumon percé. Bob arrive pour clore le chapitre.

Les impacts se multiplient autour de Case. Des petites fontaines de sable blanc. Elle essaye de s'enfuir en direction de la fumée dégagée par les traverses du pont. Tire sur une fille galopant en haut du ravin, la rate. Essaye de nouveau alors que sa cible passe dans un souffle de clarté lunaire. Encore raté.

La fumée lui brûle les yeux. Elle continue de se replier. Un fusil tonne dans son dos. Elle fait volte-face, se retrouve presque nez à nez avec l'adolescent à demi décapité que Bob vient d'expédier dans le néant.

Case a le souffle court. La chemise trempée de Bob colle à sa poitrine, couverte du sang du gosse, tout comme son visage. De l'enfer à l'autre bout de l'univers, l'adrénaline les a réunis.

— T'es vivant ? hurle-t-elle.

— Je suis vivant, répond-il sur le même ton.

La meute se resserre. Case et Bob savent qu'ils n'ont plus la moindre chance de rejoindre le haut du fossé. Pas avant le dénouement, quel qu'il soit. Ils se postent de manière à couvrir les deux extrémités du pont. Et la danse commence. Des ombres innombrables jaillissent des flammes telles des lances chauffées à blanc. Images fragmentées. Hurlantes. Fendant les ténèbres infernales.

Case et Bob se retrouvent au contact, au milieu des flammes et de la fumée étouffante. Ils tirent à bout portant, sans savoir ce qu'ils visent.

Un cri aigu de femme. Une clavicule fracassée dans une chute. Case, un goût de fer dans la bouche. La peau nappée de sang. Bob, le dos sanguinolent. Des silhouettes d'encre chancelant sur le sable balayé par le feu.

L'un des montants du pont se tord bruyamment. Sa section centrale carbonisée se brise dans une pluie de cendres grises, cauchemardesque averse d'étincelles de cobalt.

La folie gagne. Les premières batailles sont toujours livrées pour le sang ou la patrie, les dernières pour la légende.

La tête de Cyrus bouge aussi lentement que celle d'un moine aux vêpres, derrière ses lunettes à infrarouge. Il observe les ondes de chaleur humaines, prises dans une brutale hécatombe sur fond embrasé de pont et de pick-up naufragés. Et puis, au loin, il voit jaillir de la noirceur des monts de Panamint une lune chasseresse, filant à une trentaine de mètres du sol et fondant droit sur eux.

Au milieu de la mêlée, Bob voit Gutter qui rampe tel un serpent au fond du ravin, vers le conduit où Gabi est cachée. Il se précipite, image criante du désespoir. Le visage réduit à une bouche béante hurlant le nom de sa fille.

Dans son tunnel de ciment, à moitié asphyxiée par l'air irrespirable, Gabi attend la mort. Elle entend la voix brouillée de son père au moment où la fumée se déchire pour lui révéler un visage aussi surpris qu'elle.

Un grand œil d'halogène blanc porté par le vent flotte au-dessus du désert. Soulève le sable par vagues dans l'obscurité. Dégageant les bords du ravin, les pales salvatrices de l'hélicoptère font jaillir une véritable tempête de feu dans le fossé. Et avant que Bob puisse se frayer un chemin entre les montants noircis pour atteindre le conduit tronqué, un coup de feu retentit, marié à un long cri.

De l'autre côté du pont, la carrosserie du Dakota se tord et commence à fondre, la puanteur toxique du plastique sature l'air. Case fouille l'assemblée de cadavres comme un vampire dopé aux amphétamines, espérant trouver Cyrus. Pliée en deux, armée de son pistolet et de son poignard, elle inspecte chaque ombre, chaque corps.

Elle entend l'écho d'une voix sortir d'un haut-parleur, couvert par le raffut des pales, et Bob qui crie le nom de Gabi. Mais elle poursuit sa traque telle une louve blanche blessée et prête à faire couler le sang.

66

Le matin venu, un large cordon de police interdit l'accès au pont. Les flics maintiennent les charognards de la presse hors de portée de zoom. C'est donc aux hélicos de la station de télé locale d'obtenir le meilleur scoop et le gros plan le plus croustillant.

La maison d'Arthur aussi est en quarantaine. Les rues de Paradise Hills qui y mènent sont devenues un labyrinthe de véhicules dont les occupants ont réussi à soudoyer le gardien et de voisins accueillant d'autres voisins pour commenter l'affaire en buvant du café. Les journalistes de télé se font coiffer et retoucher leur maquillage pour se montrer à leur avantage au moment de débiter leurs salades, les dents d'une blancheur de chiottes.

Une succession de formules toutes faites détaillent le peu de choses qu'ils savent du sauvetage de Gabi et de l'aventure de Bob et de Case. Décrivent vaguement Cyrus et expliquent d'un ton provocateur qu'il a réussi à s'échapper sans laisser de traces. Dans le même temps, les premiers rapports faisant état de la disparition de John Lee depuis deux jours commencent à remonter à la surface.

Dans la maison se presse une foule de policiers du service de John Lee, d'experts en tous genres, d'agents du FBI et de spécialistes des portraits-robots. Tous essayent de remettre les faits dans l'ordre, en partant de la nuit du crime à Via Princessa pour finir par la bataille du désert, plusieurs mois plus tard.

Gabi est dans la chambre du fond, sous sédatifs et soignée pour ses carences alimentaires. L'hôpital l'a libérée après un examen superficiel, jugeant que sa vie privée serait mieux protégée chez elle. Autant que possible, on essaie de cacher aux journalistes qu'elle a été forcée de prendre de la drogue.

Bob referme la porte de la chambre et se rend dans le salon, où Case est soumise à un long interrogatoire. Lorsqu'il passe devant les policiers agglutinés, il remarque que tous, officiers et agents, l'observent avec une sorte de sombre fascination. Et aussi une touche de solennité et de malaise dans le regard.

Dans une chambre au décor gris et orange clair, Arthur et Maureen s'entretiennent avec deux directeurs du bureau du shérif et un inspecteur criminel du district. Maureen explique que John Lee a reçu un coup de téléphone deux soirs plus tôt. Qu'il s'agissait soi-disant d'une piste permettant de retrouver Gabi. Il a quitté la maison après minuit. En précisant seulement à Maureen qu'il lui faudrait s'enfoncer loin dans le désert et qu'il ne rentrerait que tard le lendemain. Arthur, l'ami anxieux dans l'affliction, prend le relais, racontant que Maureen, inquiète, l'a appelé. Il est venu. À son arrivée, ils ont appelé toutes leurs connaissances dans l'espoir de retrouver John Lee. Puis les hôpitaux. Et enfin, les autorités.

Bob écoute et observe, de la porte. Interrompt la conversation en demandant aux policiers s'il peut leur emprunter Arthur et Maureen pendant quelques minutes. Les représentants de la loi accèdent poliment à sa requête et les deux autres le suivent jusqu'à la cave. Tout a l'air normal de prime abord, mais Arthur et Maureen ont un moment d'hésitation lorsque Bob ferme la porte à clé derrière eux.

Il leur fait traverser une salle de jeux et passer à côté d'une relique de table de billard croulant sous de nombreux cartons de souvenirs venus de Via Princessa. Il reconnaît quelques photos de Gabi dans des cadres argentés. S'arrête et passe du temps à les regarder.

— Qu'y a-t-il, Bob ? demande Arthur.

Bob fouille le carton, trouve un sweater qu'il avait acheté à Sarah longtemps avant leur divorce. Ses bottes de cow-boy bleues. Des peignes qu'elle portait dans ses cheveux. Il s'attarde sur ces objets. Son menton se creuse.

— Ils ont déjà accumulé la poussière et la moisissure des momies, fait-il en relevant les yeux. Non ?

— Bob..., risque Maureen.

Il garde le silence. Les conduit au fond du sous-sol, dans une ancienne salle de télévision qui sert désormais de débarras. Seule l'éclaire une lampe à pied, que Bob allume. L'air conditionné ne fonctionne plus depuis si longtemps que la pièce sent le renfermé.

Quand ils sont tous entrés, Bob ferme la porte. S'y adosse.

— La vérité, Arthur.

Arthur signifie d'un haussement d'épaules qu'il ne comprend pas. Maureen s'assoit sur l'accoudoir d'un fauteuil rembourré.

— Qu'as-tu fait à John Lee, Arthur ?

Maureen croise les bras.

— Bob ! Comment peux-tu...

Il la fait taire d'un regard, aussi efficace qu'une douche froide. Déchiffre dans son attitude une illusion de calme et de contrôle enrobant une raideur terrifiée.

— Toi aussi, hein ?

La pièce est petite et Bob, en deux enjambées, domine Maureen de toute sa taille. Elle a les yeux à hauteur de sa boucle de ceinture.

— Je suppose que tu sais tout ? dit-il.

Elle ne lève pas les yeux.

— Est-ce qu'Arthur t'a dit que John Lee et lui étaient présents quand la vieille femme s'est fait assassiner ? Que Cyrus était là ? Il t'en a parlé, dis ?

Il pose la même question à Arthur, revient à Maureen en élevant le ton.

— Et pourquoi tu ne me demandes pas de quelle vieille femme je parle, hein, Maureen ?

Arthur l'enjoint nerveusement de baisser le ton.

— Je sais tout au sujet de la vieille, concède Maureen.

Arthur inspire profondément.

— Maureen...

— Ah, merde, jure-t-elle. Le monde est dirigé par une poignée de types sans cervelle.

— Elle sait que tu étais là, Arthur, mais sait-elle que John Lee et toi avez aidé la victime à mourir ?

Maureen et Arthur le fixent brusquement.

— Je n'ai rien à voir dans cette affaire, proteste Arthur.

— Ce n'est pas ce que Cyrus prétend.

— Et maintenant, c'est lui que tu crois, hein ?

— Il m'a moins menti que d'autres.

— Fais attention à ce que tu avances, menace Arthur.

Bob s'approche de lui à le toucher. Nullement intimidé par sa stature.

— Par ta faute, nous avons là-haut une petite fille qui...

Maureen sent que Bob va démolir Arthur. D'un mouvement vif, elle s'interpose entre eux.

— Arrêtez. S'il te plaît, Bobby. On pourrait t'entendre, à l'étage. S'il te plaît.

— Et on ne voudrait surtout pas ça, n'est-ce pas ? raille Bob avant de continuer : C'est Gabi qui paye ta manie de « faire attention ». Surveille tes paroles avec moi, Arthur. Je suis sérieux. J'ai le goût du sang depuis peu et je ne suis pas sûr d'être rassasié.

— D'accord.

— Qu'est-il arrivé à John Lee, Maureen ?

— Je crois qu'il vaudrait mieux remonter et...

Bob éteint la lumière. Attrape Maureen. Son visage lui fait l'effet d'un masque de braqueur à la senteur d'huile de bain.

— Ce sera peut-être plus facile dans le noir, dit-il.

— Je t'en prie, Bobby. Lâche-moi. Rallume et lâche-moi.

— Allons, du moment que nous ne pouvons pas nous voir...

— Tu me fais mal.

Arthur rallume. Maureen ne parvient plus à se contrôler.

— Regarde tes bras, Maureen. Tu trembles comme une feuille. Ton corps m'a déjà presque tout avoué. Plus qu'un petit effort. Toi qui aimes tant aller jusqu'au bout.

— Laisse-la tranquille, Bob.

— Va te faire foutre.

Maureen se fige face à la colère de Bob.

— Il a payé pour faire tuer Sam, dit-elle. John Lee. Tu le savais, ça ? Il a payé pour le faire tuer et, au final, Sarah est morte aussi et Gabi a été enlevée. Voilà qui est le coupable, à mon sens. Et je vais te dire : je ne regrette qu'une chose, que ce qui est arrivé à John Lee n'ait pas eu lieu plus tôt. En novembre dernier, par exemple. Cela te convient ?

— Tu as l'art des demi-vérités.

— La vie n'a que faire de la vérité, Bobby. Ce n'est qu'un échange de trivialités.

— Vraiment ?

— Bien sûr, intervient suavement Arthur. Demande à Errol Grey.

Bob fait volte-face. Son visage est gris cendre, mais la fureur empourpre ses joues.

— Tu crois que c'est terminé, cette affaire avec Cyrus ? poursuit Arthur.

— Seigneur, j'ai besoin d'un verre, se plaint Maureen. Tout ça devient vraiment trop merdique.

Elle tente de quitter la pièce, mais Arthur la retient.

— Il a rappelé, il y a deux heures de cela. Pendant que tu étais avec Gabi. Tu vois à quel point il est cinglé ? Appeler chez moi alors que les flics sont là ! Tu m'imagines, assis dans le salon, à l'écouter sans rien montrer ? Et ce qu'il m'a dit ! Il m'a raconté, pour Errol Grey. Comment la camée et toi êtes allés récupérer son fric. Comment vous avez buté Grey. Je suis censé y croire, ou non ? À toi de me le dire.

— J'imagine que c'est aussi vrai que toi et John Lee tuant la vieille femme.

— Tant de venin..., marmonne Maureen.

Arthur la force poliment à s'asseoir. Inspire profondément à plusieurs reprises.

— Personne n'est propre, fils. Personne. On devrait te donner une médaille pour ce que tu as fait en ramenant Gabi, c'est vrai. J'ai déconné dans le passé, et John Lee aussi. Mais nous n'avons pas touché la vieille. Elle était déjà morte lorsque nous sommes entrés dans cette caravane. Morte et découpée. Et on est repartis. On s'en est lavé les mains et on a laissé ce petit con s'en tirer. Voilà la vérité.

La lèvre supérieure d'Arthur tremblote et Bob s'en rend compte. Puis Arthur prend les mains de Maureen, qui froissent nerveusement sa robe. Les serre.

— Tu es un putain de menteur, Arthur. Je ne parviens pas à

mettre toutes les pièces en place et je n'y arriverai sans doute jamais. Mais je sais que John Lee et toi êtes directement impliqués dans la mort de cette vieille femme et qu'elle a perdu la vie parce que tu n'arrivais pas à la convaincre de vendre. Et Cyrus était là, lui aussi. C'est vous qui avez fait de lui ce qu'il est devenu en vous servant de lui. Un pauvre camé que John Lee avait sous la main.

Il se tourne vers Maureen.

— John Lee a fait tuer Sam parce que tu baisais avec lui. Il a chargé Cyrus du sale boulot, mais Cyrus n'était plus le paumé d'autrefois et il a retourné l'affaire à son avantage. Il a tué Sarah et enlevé Gabi pour se venger de John Lee et d'Arthur.

Il accorde de nouveau son attention à Arthur.

— Alors, comment je m'en tire ? L'un de vous a-t-il l'intention de me révéler quelques bribes de vérité ? Je brûle ? Vous voulez essayer de me faire croire que je me trompe en versant quelques larmes ?

Ses yeux vont de l'un à l'autre.

— Mais quoi que vous puissiez dire, je sais. Là où ça compte. Dans mon cœur. Vous êtes des putains de menteurs, tous les deux.

— Tout le monde ment, rétorque Arthur. Tout le monde triche, subit des échecs. Nous avons tous de vilaines taches à l'âme et au cœur. D'accord. Peut-être que je devrais monter me livrer. Et Maureen aussi. Et toi. Peut-être vaudrait-il mieux que Gabi se retrouve sans parents.

Son ton de voix est parfait, à la limite du courroux du juste.

— Tu nous as amenés ici pour nous faire porter la responsabilité de toute cette histoire, n'est-ce pas ? La culpabilité, la faute. Pour trouver la cause de tout. Non, ne te détourne pas. Nous savons tous que j'ai raison. Mais qui es-tu pour nous juger ? Qui ? Cette prérogative ne revient qu'au juge ultime. Et il n'y en a qu'un seul...

— Seigneur..., fait Bob.

— Il n'y en a qu'un seul.

Bob cherche à s'en aller, écœuré. Arthur lui prend les deux bras.

— Un seul, oui, persiste-t-il. Et il nous jugera. Nous tous. J'ai essayé de réparer mes erreurs, et je continuerai. Je ferai de mon mieux pour cela. Chaque jour, je prie pour que du bien découle de mes actes. C'est vrai. Et je suis persuadé que tout ce que tu as fait sur la route n'est pas sans honte. Toi aussi, tu dois cacher quelques vilaines actions dans ton âme et dans ton cœur. Des échecs qui sont des crimes, et inversement. Mais la véritable beauté du monde tient dans son pardon ultime. Oui. Le pardon ultime. Même pour nos pires crimes.

Bob se dégage.

— Et n'oublie pas ceci, ajoute encore Arthur. Si tous les détails sordides de cette affaire venaient à remonter à la surface, qui souffrirait le plus ? Moi ? Maureen ? Toi ? Non. L'enfant.

Bob passe devant Arthur d'un pas raide, ouvre la porte.

— L'enfant, Bob. Souviens-t'en. C'est l'enfant qui souffrira.

67

Dans la cuisine, Bob se sert un café. Allume une cigarette à même la gazinière. Se tient près de la porte, seul, à fumer. Maureen et Arthur passent devant lui. Engagent la conversation avec deux agents fédéraux. Leur numéro est rôdé à la perfection. L'épouse anxieuse et le meilleur ami du chef de la police disparu. Même les larmes arrivent au bon moment.

Ils voient Bob les fixer sans aménité. Lui rendent la pareille sans que personne remarque leur manège.

Bob préfère reporter son attention vers la salle à manger, où le long interrogatoire de Case se poursuit. Elle lui tourne le dos, assise à table, entourée par un conseil d'administration entièrement constitué de flics en civil. Il les regarde observer Case tandis qu'elle leur raconte en détail ce qui s'est passé. Difficile d'être plus en opposition avec les conventions.

Case se montre rapide, précise et franche, n'oubliant pas la moindre goutte de sang. Elle parle avec des mouvements de bras amples et vulgaires, tel un chat sauvage prêt à bondir sur sa proie. Même son viol au Mexique est décrit avec une sauvagerie nue à l'intention de ce pitoyable alignement de chemises blanches qui l'écoutent avec une patience impassible et choquée. Les espionner revient à se demander où se trouve le monde réel. Sur quel côté de la table faut-il parier pour savoir qui a les meilleures chances de survie ? Bob est certain que ces types ne parviendront jamais à attraper Cyrus.

Il écoute Case raconter les derniers jours : les chambres de motel, Lena, le piège tendu par Cyrus, qui les a forcés à lui amener de l'argent en échange de la fille. On se rapproche de Palm Springs et d'Errol Grey.

Errol, affalé sur le carrelage, le visage caché entre les mains. Ces mains trempées de sa propre urine. Bob se penche tel un vautour possédé. Aucune fausse compassion chrétienne alors qu'il applique le canon de son flingue derrière l'oreille de sa victime. Impossible de prétendre qu'il est un barbare pour qui le mal est une force pernicieuse dont il faut s'accommoder. Il sent l'envie de tuer enfler dans son sang, surgie des tréfonds bouillonnants dont il aurait juré autrefois que sa foi et la civilisation le protégeaient. Malgré les cris d'Errol, il s'entend murmurer : « Ne bouge pas et tout sera vite terminé. »

Une fois ressorti, il lave ses mains ensanglantées dans un sable couleur d'inox sous le clair de lune.

Alors qu'il fixe le fond de sa tasse de café, Case s'interrompt et se tourne vers lui. Quelques secondes s'écoulent en silence. Le regard de la jeune femme se fait compréhensif, puis rebelle. Elle revient aux policiers attablés comme si elle témoignait pour l'histoire. S'accorde un moment de réflexion puis se met à mentir avec une candeur à vous glacer les sangs.

Elle décrit un affrontement à l'intérieur de la maison et les derniers instants d'Errol. La seule part de vérité est ironique, à savoir que trois hommes ont perdu la vie. Sinon, le massacre est entièrement dû à la folie dangereuse d'Errol.

Le ciel crépusculaire a repris une couleur de blessures, mais la foule devant le domicile d'Arthur ne s'est toujours pas dispersée. Les journalistes se ruent sur tout policier entrant ou sortant de la maison. Bob suit cette démence derrière le rideau de la chambre où son enfant dort.

On frappe discrètement à la porte.

— Entrez, fait-il à mi-voix.

Case obtempère, refermant derrière elle sans un bruit. Le crépuscule est là, bleu pastel au travers des rideaux. Le reste de la pièce est plongé dans l'obscurité. Case s'arrête à côté du lit. Observe Gabi. Ses yeux se nourrissent de l'atmosphère de l'instant, comme pour croire au réconfort qu'il affiche, mais elle sait que de nombreux démons rôdent derrière la sérénité de ce visage endormi. Et qu'il faudra bien les affronter.

Elle vient se coller contre Bob pour voir elle aussi ce qui se passe au-dehors.

— Quel bande de bouffons, commente-t-elle.

Il se tourne vers elle.

— Au sujet de ce que tu as fait tout à l'heure... merci.

— Dis à tous ces connards d'aller se faire foutre, Coyote. Laisse-les retourner à leur vie de merde et de télé.

— Il faut vraiment que je te parle.

— Moi aussi, répond-elle avec un dernier regard à l'adresse de Gabi.

À la faveur de la nuit, ils se faufilent par le portail en bois du mur crépi à l'arrière de la propriété d'Arthur. Émergent face à une dense barrière de chênes bleus, l'orée de la forêt nationale d'Angeles. Alors qu'ils traversent les collines noires, Bob explique ce qui s'est passé au sous-sol entre Maureen, Arthur et lui.

En peu de temps, ils parviennent dans le champ où ils ont parlé la première fois que Case est venue chez lui.

— Qu'est-ce que tu veux, Coyote ?

Il réfléchit à l'héritage de violence que lui a légué la vie.

— Tu aimerais les crucifier, pas vrai ? poursuit-elle. Les brûler au bûcher. Putains de moutons cachés derrière leurs faux-semblants. Le Gros et sa pétasse maquillée à outrance. Tu voudrais faire en sorte qu'ils n'aient plus jamais le droit d'approcher Gabi.

Il sait qu'elle l'appâte en lui donnant juste assez de latitude pour qu'il morde à l'hameçon. Il se tourne vers les longs canyons obscurs parsemés de maisons scintillantes. Le monde où il est pris n'a rien d'imaginaire.

— Fais attention. Cyrus veut te transformer en accro de la guerre. Ne te sens pas trop chez toi dans les terres mortes, Coyote. Tu dois d'abord penser à Gabi.

— Tu me connais assez bien.

— Seulement assez ?

— J'aimerais les faire tomber de leur piédestal, oui. Mais qui suis-je, comparé à eux ?

Une question que Case s'est posée bien souvent à son propre sujet. Et à laquelle elle s'est forcée à répondre. Viscéralement.

— Toi ?

— Moi.

— Laisse-moi te le dire. S'il y avait un centre à tout ce bordel qu'ils ont créé, ce serait toi, Coyote. Toi. C'est toi qui as su quitter ton univers pour faire ce qui devait être fait. Qui as eu le courage d'assumer tes actes et leurs conséquences.

Case incline la tête sur le côté. Sa voix se fait songeuse.

— Toi encore qui as vu de la valeur là où il n'y avait probablement rien.

Il sait ce qu'elle veut dire, lui prend le bras pour lui faire comprendre qu'elle se trompe.

— Tu ne sais pas ? Tu ne vois pas ? C'est toi, le père, maintenant. Et tu dois agir. Merde.

Il perçoit les sombres passions qui agitent Case et la forcent à détourner le regard. Les yeux de la jeune femme se perdent vers le sud puis remontent les pentes de Paradise Hills pour finir par se poser sur l'explosion de lumière qui entoure la maison d'Arthur. Gabi dort au milieu de ce nœud gordien, sous les feux de la rampe.

Le cœur de Case s'emplit soudain de tristesse. Elle découvre avec stupeur qu'elle est encore capable de ressentir une telle émotion et de la supporter. Une révélation sans artifice, surtout maintenant. Maintenant qu'elle ne reverra sans doute jamais cela.

— Il faut que tu redescendes cette colline, dit-elle à Bob. Que tu rentres chez toi pour faire face à ce gros con et à sa reine des garces. Et soyons réalistes, la loi fonctionne à deux vitesses. Je te dis pas d'avoir recours aux tours de passe-passe, non. Mais je crois que tu devrais simplement laisser filer.

Il est outré par cette suggestion.

— Ouais. Tu m'as bien entendue.

Le venin du soldat court dans les veines de Bob pour aller empoisonner son âme.

— Je sais ce qu'il y a dans tes yeux, explique Case. Je le sens d'ici.

— Et qu'allons-nous dire à Gabi ?

— Qu'est-ce que tu voudrais lui dire qu'elle a pas déjà vécu, Coyote ? Elle a connu le pire de la fange. Mais si tu veux mon avis, personne ne peut cacher l'avenir. C'est impossible. Il a une vie propre. C'est comme vouloir triompher de la came. Elle est toujours là, à guetter le moindre faux pas. Le Diable attend sans cesse, oui. Mais ce choix-là, tu devras le faire seul.

— Comment ça, seul ? Où seras-tu, toi ? Je pensais que...

— Je pars. C'est ce que j'avais à te dire. Ce soir. Je m'en vais.

Il sent s'effriter les remparts qu'il s'est construits.

— Pour où ?

— Je pars, c'est tout.

— Mais il y a des sujets que nous n'avons pas abordés.

— Il vaut mieux ne pas le faire.

Elle recule, mais il la retient par le bras. Il essaye de lire son expression pour comprendre la tourmente qui fait rage en elle. Le défi caché derrière les ténèbres bleutées et ventées vers lesquelles elle se tourne. Dans le silence, les obscurs caillots de néant qu'il sent en lui oppressent son thorax et remontent dans sa gorge. Mais il identifie autre chose dans les yeux de Case. Il a enfin compris.

— Tu sais où le trouver, pas vrai ?

Ce qu'on lit maintenant dans ce regard ressemble à l'éclat des lumières au bord de la route, la nuit.

— Lena te l'a dit. Au motel. Elle t'a au moins dit ça. Quand vous avez discuté dehors. Je me disais bien que...

Case garde le silence.

— Tu sais où il est. Non. Si elle te l'avait révélé, nous y serions allés sans perdre une seconde. Alors, l'endroit où il va se rendre, c'est ça ? Ou celui où il pourrait se trouver ? Tu sais, n'est-ce pas ? Ou tu as une idée. Dis-moi au moins ça.

Ils restent côte à côte, comme deux poumons maintenant la même conscience en vie.

— C'est pas terminé, dit Case.

Elle l'embrasse avec passion et désespoir, incapable de faire la distinction entre ces deux émotions.

— Même si je ne crois pas à toute ta merde, je serais prête à jouer les Marie-Madeleine pour toi. C'est vrai. Je te ferais peut-être saigner un peu, mais je t'offrirais autant en échange. Tu peux me croire. Mais rends-moi un service, Coyote. Laisse-moi partir.

Il n'en a pas la moindre envie, mais il le fait, obéissant à la loi intangible de l'instant. Elle recule dans le noir. Un pas, deux. Trois.

— Prends bien garde à toi, d'accord ?

Elle hoche la tête.

— Tu vas avoir besoin d'argent, poursuit-il. J'emprunterai ce que je pourrai en hypothéquant ma maison. Je vendrai tous mes putains de meubles. Je t'enverrai ça par la Western Union. Au centre-ville de Los Angeles. Tu en auras assez. Aussi longtemps que nécessaire.

Il entend l'herbe crisser sous les bottes de Case.

— Si tu as besoin de quoi que ce soit, contacte-moi. Pour tout, je serai là. Case ?

Elle se fond tel du mercure liquide dans l'arc ascendant des collines enténébrées, devient une silhouette noire dans une noirceur plus grande encore. Puis il entend :

— Méfie-toi des blaireaux, Coyote.

68

Un corbeau s'est posté sur un signal de stop à l'entrée de la route d'Encantada Cuesta, un lambeau de chair rouge pendant des deux côtés du bec.

À l'extrémité de la voie, cinq cents mètres plus loin, la côte de la mer de Salton. Et un petit ranch isolé avec un poulailler dans l'épave d'une Dodge Caravan sans roues.

Selon Lena, c'est là que Cyrus pourrait venir se cacher pour un temps. Case sait qu'il y a déjà été accueilli à bras ouverts, tout comme elle, à l'époque. Et elle connaît plusieurs pauvres diables qui ont fini enterrés sous la fiente de poulet pour s'être égarés dans le coin.

Au sud d'Encantada Cuesta, la route part en direction de l'est et de l'ouest, rejoignant respectivement les villes de Niland et de Calipatria après de longs kilomètres de dunes ensablées.

Cette partie de la Californie est aussi rude que repoussante. Les émigrants couverts de cloques et de cicatrices du début du siècle ont fini par se poser là en voyant qu'ils n'étaient les bienvenus nulle part ailleurs.

Les rares habitations sont des constructions de parpaings mal ajustés aux balustrades en aggloméré, ou encore de vastes parcelles uniquement occupées par un mobile home et un petit carré de jardin qui ne reste vert que si on l'arrose en permanence. Un bidonville, mais qui de loin n'en a pas l'air, parce que disséminé sur une grande étendue de sable et de gravier. Une plaisanterie locale voudrait qu'une canette de bière perde ses bulles rien qu'en voyant ce bled.

Dans la pente, à deux pâtés de maisons du ranch transformé en clapier, Case trouve une bicoque partiellement brûlée et aux ouvertures colmatées à l'aide de planches. Il y a également un garage et un abri, eux aussi barricadés. À l'étage du garage, une mezzanine. La propriété est protégée par une clôture anti-cyclone rongée par la rouille. Elle est à vendre, mais personne ne vient jamais la visiter.

Case se glisse à l'intérieur et s'installe dans le grenier. Brise quelques planches et rampe sous l'avant-toit pour pouvoir surveiller à la jumelle le ranch Encantada, par-delà les toits qui l'en séparent.

Elle passe chaque jour, chaque nuit dans l'atmosphère atroce de cette alcôve surchauffée, dans une poussière omniprésente que pas le moindre courant d'air ne vient remuer. Plusieurs semaines s'écoulent, par quarante-cinq degrés en moyenne. Sans autre compagnie qu'une radio. C'est un peu comme si Case mesurait sa volonté à celle de Cyrus en attendant patiemment qu'il se montre. À supposer qu'il veuille bien le faire.

Le ranch appartient à un agent des douanes nommé Bill Mooney et à sa sœur Carol. Mooney a aidé Cyrus à franchir la frontière mexicaine avec Gabi. Plus tard, ils ont rencontré la sœur, une sorte de sorcière. Avant de repartir pour le Mojave, Cyrus a laissé Carol et Bill s'amuser un petit quart d'heure avec Gabi défoncée à l'héroïne. Après ça, au moment du départ, Lena a entendu Cyrus et Carol prévoir qu'il pourrait venir là pour se faire oublier quelque temps, au cas où.

Dans ces catacombes en hauteur, l'aridité et la puanteur des algues de la mer de Salton empêchent Case de respirer. Le bois fétide et couvert de toiles d'araignée brûle sans dégager la moindre flamme tellement il fait chaud. Le toit de tôle ondulée, sans isolation, transforme l'endroit en véritable four. Case a beau boire autant qu'elle peut, elle se sent constamment menacée de déshydratation. Ramper hors de cette cage qui tient davantage du cercueil et aller vomir sur le toit de l'appentis attenant au garage est devenu un thème récurrent.

Plus de la moitié de l'été est déjà passée et pas une personne de passage ne l'a remarquée. Elle vit de l'argent que Bob lui a envoyé à L.A. Elle a acheté un pick-up en triste état qu'elle gare à trois kilomètres de là, sur le parking d'un supermarché. Une nuit par semaine, elle sort furtivement de sa cachette pour aller prendre une douche dans un motel. En enterrant systématiquement, comme un chat, le tabouret pliant sur lequel elle passe ses journées en bordure de la petite allée reliant l'appentis au garage. Elle s'immobilise sans un bruit lorsque des gosses viennent s'amuser dans le terrain désert, comme cela leur arrive parfois. Ne parle jamais à personne. Surveille les individus pathétiques qui vont et viennent dans les parages du ranch. Chaque fois qu'un véhicule s'engage sur le chemin poussiéreux, elle passe en mode alerte rouge. En vain.

L'été devient un trou noir dans son existence. Une succession de journées sous un éclairage à claire-voie et de nuits mortelles sans ciel. Parfois, elle se réveille pour constater que les chauves-souris la dévisagent depuis les solives brisées et les chevrons dénudés sur lesquels elles ont trouvé refuge. Des créatures démoniaques de dentelle noire, aux dents blanches tranchantes comme un rasoir sur des gencives rose vif.

La radio lui parle interminablement de ce chaudron d'insanité appelé monde extérieur. Un jet qui s'est écrasé au large de Long Island et dont les témoins du drame affirment qu'il aurait été abattu par un missile. La découverte possible de la vie sur Mars. Une nouvelle pilule facilitant l'avortement, un nouveau combat. La condamnation du meurtrier de Polly Klaas et l'insulte démente qu'il jette à la face du monde, à savoir que les dernières paroles prononcées par la fillette auraient été qu'elle avait été molestée par son père. Mais pas un mot au sujet de Cyrus.

Elle souffre terriblement de son insupportable solitude. Pense souvent à Bob et Gabi. Se repasse les conversations qu'elle a eues avec Bob, ajoutant ou soustrayant des instants à demi figés. Elle sait que la folie qui la gagne prend naissance dans son désespoir. Elle a l'impression que la vie lui suce la moelle des os, la transformant lentement en une coquille vide que le vent pourrait emporter et réduire à néant.

Vague de chaleur après vague de chaleur, elle observe les hydroglisseurs qui glissent sur la surface lustrée de la mer de Salton, ramassant dans leurs filets les pélicans tués par les pesticides et le sélénium qui viennent finir leur route dans cette décharge aquatique de soixante-dix kilomètres de long. Et les enfants qui nagent au large d'une côte inondée de déchets. La nature perpétuellement souillée.

Abritée derrière quelques planches brisées, elle contemple la dernière éclipse de lune du millénaire. Parfois, elle se prend à pleurer. Elle ne s'y autorise que de nuit, pour ne pas faire de bruit. Et encore, elle enfouit la tête dans une chemise ayant appartenu à Bob pour que personne n'entende ses sanglots. Elle a l'impression d'essayer une nouvelle fois d'échapper à l'emprise de l'héroïne.

Et puis, une nuit, dans le calme absolu de l'été indien, une fourgonnette grise déglinguée remonte lentement Encantada Cuesta. Dans la lueur brune du soir, elle s'arrête devant le ranch. Une courte distance sépare la portière de la véranda, et Case se démène pour trouver un meilleur poste d'observation, arrache quelques planches afin de pouvoir observer la volée de marches qui mènent à l'entrée.

Aucune marge d'erreur. Elle cesse de respirer pour immobiliser les jumelles. Le temps d'un battement de cœur, une silhouette qui ne lui est que trop familière quitte la zone d'ombre pour étreindre Carol Mooney.

Le sang de Case se réveille dans ses veines.

Elle ourdit son plan sous une lune tête de mort qui trace son chemin à la lueur diffuse des étoiles, d'un méridien à l'autre. N'aperçoit le visage de Cyrus qu'une seule fois, ombre furtive se profilant un instant derrière un ventilateur encastré dans la fenêtre. Tout est prêt dans sa tête, sauf un détail : quand. En semaine, de préférence, quand Bill Mooney travaille à la frontière. Ainsi, il ne restera plus que Cyrus et Carol à tuer. Mais laisser au léopard le temps de se retourner, c'est dormir du sommeil des morts. Le troisième jour, elle s'assoit en tailleur dans un coin, attendant le crépuscule. Regarde le soleil se coucher par un interstice entre les planches. L'œil unique des millénaires, hypnotique, centré sur un instant de temps absolu. Puis, quand l'heure du crime arrive enfin, elle se sent prise d'un désir atavique d'en finir. Son regard se pose sur le serpent ornant son épaule. Ourabouris. Elle se souvient du jour où elle se l'est fait tatouer dans le désert, le jour où elle a commencé à planifier sa fuite. Et elle murmure, pour elle-même, pour Bob, pour Gabi et pour son pistolet :

— C'est l'heure de la Faucheuse.

Les yeux de Cyrus s'ouvrent dans les ténèbres. Il tend l'oreille. Quelque part, le chant mécanique et plaintif d'un portable flotte dans l'air immobile. Un bruit de moteur que l'on allume retentit sur une route lointaine. Un roulement de marée de poubelles enfle dans la nuit.

Il se lève, nu comme un ver. Sa silhouette émaciée est blanche dans l'ombre du couloir. Par une porte entrebâillée, il voit Carol allongée sur le côté, endormie.

Il remonte le couloir en s'étirant tel un félin. Pénètre dans les toilettes. Dans le noir, son urine résonne dans le fond de la cuvette. Un jet incurvé qui s'interrompt brusquement quand il sent la caresse d'un canon de pistolet sur sa nuque.

— Détends-toi, susurre Case en lui frôlant les cheveux de son arme. T'arrête pas en si bon chemin.

Il finit de pisser.

— Je vais reculer et tu vas en faire autant, lui ordonne Case. Bien, maintenant, je vais tourner, et toi aussi.

Après quoi ils avancent dans le couloir. Elle voit la tête de Cyrus se tourner subrepticement vers la chambre de Carol.

— Oublie ça, dit-elle en lui montrant un couteau.

Il remarque la décoloration de la lame argentée dans la main gantée.

Elle le force à descendre l'escalier pour rejoindre le salon. Le pousse dans un fauteuil à bascule poussiéreux au dossier rembourré. Allume une petite lampe à côté de lui. Reste à distance, bras tendu, flingue pointé sur la tempe de Cyrus.

L'ampoule éblouit mais ne porte pas loin. Elle n'éclaire que leurs deux visages séparés par le pistolet.

— Pourquoi ce putain de cinéma, gamine ? Pourquoi tu m'as pas buté pendant que je pissais ?

— Parce que j'aime regarder, lâche-t-elle, narquoise. Tu devrais le savoir, non ?

Il la dévisage comme si elle sortait tout droit d'une décharge.

— On est au cœur du vrai pays. Alors, vas-y, larbin. Renvoie-moi chez moi.

Elle se penche pour qu'il sente le métal appuyer contre sa tempe. Comme un talon de botte.

— Tu as semé une longue danse macabre derrière toi.

Il continue de la fixer, dieu méprisant taillé dans la moelle blanche de ses victimes.

— Le Sentier gaucher nous attend tous.

— Va te faire foutre.

— Tu n'es qu'une ombre que je laisse derrière moi. Une note en bas de page pour les cultes à venir.

L'essence de leurs deux vies fait enfin surface.

— Pourquoi tu ne me descends pas, hein, pourquoi ? Je sais. Tu veux voir si le coq a des pattes d'argile. Pas vrai ? Larbin jusqu'au bout. Le prince doit tomber et toutes ces conneries. Mais ça n'arrivera pas. Retourne à tes putains de rêves de junkie, Manque-une-case.

Les yeux de Cyrus suivent lentement le cheminement du courage de Case.

— Dis-le. C'est ça que tu veux. La nouvelle came dont tu as besoin pour ton bras. Pas vrai ? Ma faiblesse te servirait de fondation pour te reconstruire. Une pierre New Age que tu porterais autour du cou pour te protéger des mauvais esprits. Conneries ! C'est juste un moyen d'échapper à ta culpabilité. Parce qu'il faudrait pas que tu l'oublies, connasse : tu m'as aidé. T'es un petit soldat, de ta caboche défoncée jusqu'au clito. Et si tu t'attends à ce que je craque, oublie-le. Je ne suis pas comme ces blaireaux pour qui tu fais le tapin. Je ne joue pas un rôle, moi. Je suis ma liberté. Je la porte sur moi. Regarde mon visage. Allons, fais-le. Vois par toi-même.

Sa tranquillité est exaspérante. Comme s'il dispensait une sagesse issue du fond des âges.

— Tu n'as rien, poursuit-il. Tu n'es rien. Il n'y a rien en toi, gamine, rien du tout. Et tu le sais. Tu essayes de te racheter avec une balle. Mais tu n'es qu'un trou dans lequel l'humanité vient chier.

Elle vise soigneusement dans le noir.

— Tu vas faire le grand voyage, lui annonce-t-elle. Et un peu de moi s'en va avec toi.

Au fond de la longue caverne des années, tous ses accès de cafard, toutes ces prisons au vitriol qu'elle s'est elle-même créées remontent du fleuve secret de son inconscient pour venir contracter son bras tendu.

Les éclairs décorant les joues de Cyrus se transforment en lances. Ses traits se crispent. Un chef-d'œuvre hurlant semble se ratatiner vers l'intérieur, comme un immeuble crachant des flammes avant de s'effondrer. Au moment où l'acier et la pierre implosent sous l'effet de la chaleur intense qui les dévore.

Hannah observe un vol de grands oiseaux traversant le ciel. Des flèches argentées fendant les nuages. Elle sirote sa bière, pieds nus sur la balustrade. Grille au soleil pour passer le temps.

Elle laisse son regard dériver le long des dunes, sous lesquelles le sol murmure le nom de tous les morts qui le hantent. Les cancans des défunts, qui se moquent des voitures rapides passant non loin et des rêves d'avenir qu'elles véhiculent.

Elle sait que le garçon constitue une source d'ennuis. Que sa tragédie personnelle n'explique pas sa perversité. Qu'il ne veut pas franchir la frontière séparant l'explication de l'excuse. Sans importance. Elle le laissera absorber ce qu'il voudra faire sien.

Elle ramasse une poignée de sable. La regarde. Éclate de rire tel un corbeau à moitié saoul.

Cyrus ne la quitte pas des yeux. Il déteste les aphorismes vagabonds de cette femme. Sans savoir pourquoi.

Case se penche pour murmurer un mot dans l'amas d'ossements sanguinolents qui était autrefois Cyrus :

— Ourabouris.

LE FOU

69

Pour Bob, l'été se fond dans les scènes déroutantes et un isolement désespérant. Il doit continuer à vivre, en acceptant d'être la pâture des reportages de cinq minutes et des articles de faits divers. Tout cela en voyant, par le biais des informations, Arthur et Maureen surmonter la tragédie avec grâce, stoïcisme et « sincérité ». On note un regain d'intérêt pour les meurtres de Via Princessa. Pas seulement des photos, mais aussi des éditoriaux qui se renvoient la balle, ragots contre potins, revendiquant le ranch comme symbole ultime de la guerre à venir entre le bien chrétien et le mal païen. Et les lois et la morale du pays en dépendent. Rien que ça.

Tout ce cirque devient une absurdité difficilement supportable alors que Bob essaye de restaurer la vie de sa fille. Tous deux doivent endurer les abominables cauchemars et la lutte interne qui accompagne chacune des heures d'éveil de Gabi. Il joue désormais le rôle de père et de mère, ce qui l'a forcé à reconsidérer sa vision du monde.

Il emmène Gabi à ses séances de thérapie. Ils passent des heures à essayer d'exorciser la démence à force de paroles. Bob se concentre sur les valeurs simples de la vie, qui ont été pour elle bafouée : l'amour, la tendresse, le besoin de contact humain. Il s'aperçoit que c'est dans le monde ordonné qui précède l'aube qu'il se sent le plus en phase avec la vie.

Il regarde le soleil et pense à Case. Essaie d'imaginer où elle se trouve.

Parfois, la destruction qu'ils ont subie le submerge et il cherche un endroit reculé où se cacher et laisser libre cours à ses larmes. Il arrive que Gabi le voie dans cet état, et alors, il n'est plus père et mère, mais seulement une victime de plus de cette épreuve de ténèbres, qui ouvre son cœur traumatisé à une femme-enfant.

Même Gabi parle de Case. De temps en temps, elle dit à son père que les choses seraient plus faciles pour elle si elle pouvait parler avec Case. Des sujets que celle-ci comprendrait mieux que quiconque, des épreuves qu'elle saurait l'aider à surmonter.

L'âme de Bob a été saccagée, et rien ne lui permet de prétendre qu'il en sera un jour autrement. Il le perçoit surtout quand Arthur et Maureen lui rendent visite et qu'il doit se forcer à supporter leur présence. Quand il sort et découvre quelqu'un en train de photographier sa maison ou Gabi. Ou encore quand il regarde, nu dans la salle de bains, les cicatrices qui ornent son cou et sa poitrine, la fresque inachevée que le Passeur a gravée sur sa peau. Il se pose souvent des questions au sujet du dernier lancer de pièces, celui qu'il n'a jamais accompli. Qu'aurait-il révélé ? Mais ses interrogations reviennent toujours à la marque que Case a laissée sur sa joue.

On lui propose de reprendre son poste au bureau du shérif. En lui rappelant, aussi poliment que possible, que les tatouages faciaux contreviennent au règlement. Il devra faire disparaître le sien. Il préfère donner sa démission.

Il lit dans un journal une phrase qu'il souligne et découpe pour la fixer au mur de son bureau, à côté des collages capturant les idées qui le préoccupent depuis son retour : « L'homme moderne est la seule entité qui semble tourner le dos à tout ce qui a un sens. »

Il se demande comment il doit être jugé à la lumière de cette réflexion. A-t-il échoué en laissant les mensonges devenir partie intégrante de la vérité vivante ? Mais il voit bien vite la véritable raison de cette introspection : la culpabilité.

Ce n'est guère différent de ce qui s'est passé la nuit où Gabi est entrée dans sa chambre en pleurant toutes les larmes de son corps pour lui demander si ce qui s'était produit Via Princessa était de sa faute. Si elle avait réagi plus rapidement en remarquant quelque chose dans les collines, ou si elle n'avait pas laissé la porte-fenêtre ouverte — et elle n'est même pas sûre de l'avoir fait —, toute cette dévastation aurait-elle pu être évitée ? En l'entendant endosser le blâme, il a eu l'impression que c'était le cauchemar qui avait créé le rêveur, plutôt que l'inverse.

Il l'a serrée contre lui jusqu'à ce qu'elle ait fini de sangloter, en essayant de la convaincre qu'elle n'y était pour rien.

Il déambule, seul en compagnie de ses pensées, la nuit de la dernière éclipse de lune du millénaire. Arpente le champ dans lequel Case et lui ont discuté, un demi-litre de tequila à la main.

Ce lopin de terre est un peu devenu son second foyer. Il boit et marche, marche et boit. La culpabilité ne le dévorera pas. La vérité non plus. Et la mécanique démente du monde, encore moins.

Les ironies amères se multiplient. Arthur est rebaptisé sur les fonts baptismaux de l'église qu'il a aidé à bâtir, à la fin de la messe inaugurale. Lorsque la voiture de John Lee est découverte dans un cul-de-sac du canyon de Dove Springs, la police conclut que rien ne permet de déterminer s'il est mort, ni l'endroit où il se trouve s'il est toujours en vie. Maureen fonde une association pour les enfants victimes de crimes. Au fil des mois, l'attitude d'Arthur et de Maureen à l'égard de Gabi devient nerveuse et caricaturale, comme si le seul fait de la voir leur rappelait l'insupportable réalité de ce qu'ils sont. Bien vite, ils abrègent leurs visites et ne viennent plus que pour la forme.

L'étoile noire attachée au nom de Bob ne disparaîtra peut-être jamais, et il ne fait rien pour la chasser. Pas après avoir dû la payer si cher. Il fait les cent pas du sommet à la base de la colline érodée, le regard rivé au sol vert-noir. La même foi qui l'a entraîné sur les routes en compagnie d'une ancienne junkie pour retrouver sa fille enlevée l'aide désormais à tenir. Elle n'a plus la même teinte à ses yeux, c'est tout. Il s'accroupit, ramasse un peu de terre humide.

Une nuit, ses yeux s'ouvrent brusquement. On frappe à la porte et il voit une voiture de police dans l'allée. Il redoute d'aller ouvrir, craignant des mauvaises nouvelles concernant Case.

Lorsque l'aube se lève, il franchit un barrage de police dressé au bout d'Encantada Cuesta. Remonte la route, fou d'appréhension. Se gare devant le ranch. Le médecin légiste est là. La criminelle aussi. Pas d'ambulance de la morgue. Du moins, pas encore.

Il sort sa carte obsolète de shérif adjoint et la présente au sergent en faction.

— Je cherche le lieutenant Anderson, explique-t-il. Il m'a appelé la nuit dernière au sujet d'un meurtre, et...

Un lueur s'allume dans l'œil du sergent lorsque celui-ci lit le nom indiqué sur la carte. Il hausse les sourcils, curieux.

— Vous êtes le type d'Antelope Valley, pas vrai ? Celui qu'est allé récupérer sa fille ?

— Oui.

— Merde alors. Beau boulot, mec.

Le lieutenant Anderson est grand et émacié. Il porte un costume marron, aussi quelconque que ses traits pâles. Il n'a pas encore trente ans, mais son dos est déjà voûté. Il guide Bob jusqu'à la maison.

— Quel malheur, ce qui est arrivé au capitaine de votre service, dit-il pour faire la conversation. Disparaître de cette façon...

— Oui, c'est vraiment dommage, acquiesce Bob.

— Je parie que c'est le fils de pute qu'on a retrouvé là qui l'a eu.

— Vous avez sûrement raison, fait Bob, persuadé que le sort s'acharne contre lui.

— La propriétaire des lieux a été tuée, elle aussi. Gorge tranchée. Vu comment elle était allongée, je doute qu'elle ait compris ce qui lui arrivait. Son frère est agent des douanes. Il travaillait la nuit dernière, mais semble avoir disparu depuis qu'on lui a annoncé le meurtre.

Une fois la véranda franchie, l'entrée débouche directement dans la cuisine. En piètre état. Carrelage bleu fendillé et bois blanc taché.

— Bref, on a reçu un coup de téléphone bizarre, reprend le lieutenant. Une femme qui nous disait de venir à cette adresse.

Qu'un meurtre avait eu lieu. Puis elle nous a donné votre nom en disant que vous pourriez identifier le type comme étant le ravisseur de votre fille.

Bob suit Anderson dans la salle à manger. Deux rangées de plantes en pot sont disposées le long des murs et du lierre pousse autour des fenêtres. La pièce empeste le tabac et l'encens. Dans chacun des quatre coins, une urne peinte, d'une forme étrange.

— La femme a appelé d'ici. Vous le croyez, ça ?

Bob sent son estomac se nouer lorsqu'ils passent de la salle à manger au salon communicant. Toute une équipe armée d'appareils photo mitraille le moindre recoin en cherchant des empreintes.

Bob avance dans la pièce éclairée par trois fenêtres, s'arrête brusquement.

La traque est terminée.

Cyrus est toujours assis dans le fauteuil défoncé où Case lui a troué la peau. Une carte a été fixée à sa poitrine. Le dernier arcane du tarot. Le Fou. La tête de Cyrus est inclinée sur le côté, comme si un ami invisible était en train de lui chuchoter un secret à l'oreille. Ses yeux — ce qu'il en reste — sont ouverts. Le côté droit de sa tête ressemble à un réverbère explosé. Un amas de matière cervicale virant au gris en séchant et de sang bruni.

La réalité crue ne ressemble à rien de ce que Bob imaginait. Elle est simple, silencieuse. Il s'approche. Un petit ventilateur pulse l'air derrière lui. Il contemple ce qui était autrefois cet homme. Nulle expression dans ses yeux ou sur son visage. Et surtout pas cette expression de défaite dont il comptait se repaître au dernier souffle de son ennemi.

— C'est lui ? demande le lieutenant Anderson.

Bob ne répond pas. Il savoure le plaisir atroce de voir ce salopard vidé de son sang. Une poussée d'adrénaline qui emplit ses veines d'un poison aussi noir que justifié. Et pourtant, il reste aussi calme que le policier.

— Oui, dit-il enfin. C'est bien lui.

— La femme. Celle qui nous a appelés. Avez-vous la moindre idée de qui elle peut être ?

Elle l'a fait, songe Bob. Elle a commis le sacrifice ultime. En s'offrant comme meurtrière.

— Monsieur Hightower ?

Bob garde le silence. Fixe la carte agrafée à la poitrine de Cyrus. Se rappelle le soir de sa rencontre avec Case, dans l'appartement de cette dernière, quand ils ont pour la première fois évoqué le meurtre de Via Princessa. Essaye de se représenter ce qui s'est passé dans cette pièce. Les ultimes instants de Cyrus.

— Monsieur Hightower. Cette femme nous a donné votre nom et votre adresse. Savez-vous ce qui a pu motiver son geste ?

— Ce n'est pas à moi de dire ce qu'il y a dans l'esprit des gens, répond-il sans regarder Anderson. Pas après ce que j'ai vu.

— Et vous n'avez pas la moindre idée de son identité ?

— Une idée ? Non.

— La femme qui vous a aidé à retrouver votre fille...

— Oui, que lui voulez-vous ?

— Pensez-vous qu'elle pourrait avoir quelque chose à voir avec ce qui s'est passé ici ?

Bob s'accorde le temps de la réflexion.

— Elle est partie il y a bien longtemps, j'en ai peur, dit-il enfin.

Le lieutenant le regarde d'un air soupçonneux.

— Et vous ne savez pas qui a bien pu tuer ce type ?

— Si, bien sûr. La femme vous l'a dit.

— Je ne comprends pas, fait l'autre en fronçant les sourcils.

Bob indique le mur d'un signe de la tête.

— Voyez vous-même.

Le policier se tourne vers le mur, que la lumière venue des fenêtres découpe en trois blocs vides de dimensions parfaitement identiques. Tracés avec le sang de Cyrus, sur le blanc écaillé des murs, se détachent les mots : DIEU EST UNE BALLE.

— Vous vous foutez de ma gueule, Hightower ? demande Anderson.

L'attention de Bob est tout absorbée par l'aphorisme sanglant. Il repense à la soirée à Hinkley, dans le grill où Case lui a montré une balle avant de lui livrer deux longues minutes de sa philosophie sur qui détenait véritablement le pouvoir dans ce monde.

— Vous vous foutez de moi ? répète le lieutenant.

Peut-être qu'elle a raison, se dit Bob. Peut-être que le monde est plus propre à sa manière. Meilleur, même. Ou peut-être qu'il fonctionne comme elle le dit, tout simplement. Et si Dieu était vraiment une balle ? Si la parabole ultime était portée par une cartouche à la chemise rutilante et à la tête rainurée ?

Mais peut-être qu'elle joue les coyotes, elle aussi. En faisant croire que le meurtre est l'œuvre d'une secte afin que les représentants de la loi fouillent le désert à la recherche d'une aberration de la nature, un autre Cyrus en devenir. Peut-être qu'elle est assez maligne pour avoir brouillé sa piste. À moins qu'elle n'ait choisi de laisser la porte ouverte aux plus folles spéculations. Peut-être que...

Bob tourne les talons et passe devant le lieutenant. Celui-ci l'arrête.

— Vous allez me répondre, Hightower ?

Mais Bob n'a rien à lui dire. Il s'en va sans se retourner.

LE CALICE ET LA LANCE

70

Au cœur de l'Arizona, le long du Mogollon Rim, Case s'est arrêtée dans un relais routier bondé à l'heure du dîner. Elle boit un café, seule. Contemple par la fenêtre, au-delà de la longue rangée de camions, un pays de gorges profondes torturées par un coucher de soleil brûlant. Défilés taillés par le passage du temps, rendus si rouges qu'il semble que le sol lui-même s'est mis à saigner. C'est cette contrée que Coronado a baptisé *el despoblado*[1], « les terres sauvages et hurlantes ».

De nouveau sur la route. Derrière ses phares laiteux, enchaînant les virages noirs de minuit, vitres ouvertes pour faire entrer un peu d'air dans l'habitacle au milieu de cette fournaise gigantesque et silencieuse, elle entend la voix de Cyrus à la radio alors qu'elle attend le tournant idéal. Celui qui ne vient jamais. « Il s'est fait sauter le caisson dans sa voiture... »

Rien ne peut survivre seul. Ni le mal ni le bien. Et pourtant, elle ne parvient pas à surmonter les privations qu'elle s'est imposées. Chaque téléphone la tente, mais elle a peur de décrocher. Pas d'autre solution que de conduire, encore et toujours, jusqu'à ce que son besoin s'épuise. La rose cherchant ses épines, l'épine cherchant sa rose.

En octobre, des incendies se déclenchent de Malibu à Ventura Hills. Le sol brûle de nouveau dans un processus de création et de changement. Bob est assis sur les marches de sa cuisine. C'est

1. L'inhabité. *(N.d.T.)*

le dernier samedi du mois. Il regarde la pleine lune qui laisse goutter son sang blanc sur sa partenaire la terre.

Il fume et boit de la tequila. Le téléphone sonne mais il s'en fiche. Il serre les dents contre la noirceur en lui, qui le ronge. Mais les sonneries se poursuivent inlassablement.

Que ce ne soit pas comme les autres fois, pense-t-il. Un journaliste à la recherche d'une formule lapidaire. Ou les malades qui se réveillent à la nuit tombée pour parler meurtre, flingues, ou religion, ou encore évoquer le Sentier...

Il aurait bien voulu faire changer le numéro, mais il n'a jamais réussi à dépasser son vœu du jour. Du lendemain, de la semaine prochaine et de l'année à venir.

Il traverse la cuisine au rythme prudent de l'araignée. Il y a une seconde de silence lorsqu'il décroche et il jurerait entendre le ronronnement de l'autoroute en bruit de fond.

L'étouffant vent de Californie qui a alimenté les incendies lui brûle les narines et les poumons lorsqu'il inspire profondément.

— Case ? fait-il.

De longues secondes.

— Salut, Coyote, répond-elle.

Durant l'hiver, les tombes de Sam et de Sarah sont profanées. Les pierres tombales sont souillées par un « C » barré d'un éclair, peint au pistolet. Le même symbole apparaît sur les portes et les murs de la maison de Via Princessa, toujours vide au sommet de la colline surplombant l'autoroute d'Antelope.

D'aucuns prétendent qu'il s'agit de l'œuvre de jeunes vandales. D'autres, d'un avertissement lancé par une secte.

Une journaliste appelle Bob pour lui demander ses commentaires, mais elle s'aperçoit que le numéro n'est plus attribué. Prenant sa voiture, elle se rend sur place pour apprendre de la bouche des nouveaux propriétaires que Bob et Gabi ont déménagé sans laisser d'adresse. Elle contacte alors Arthur et Maureen, mais aucun d'eux ne sait où Bob et Gabi sont partis.

REMERCIEMENTS

Ce livre est la somme de nombreuses vies. Sans jamais l'oublier, je souhaiterais remercier tous ceux qui m'ont aidé à bâtir, façonner et polir ce manuscrit, et ma personnalité dans le même temps.

Citons tout d'abord Sonny Mehta, qui se trouve au centre de cette expérience. C'est lui qui a lancé ce livre sur les rails et m'a librement fait part de son savoir-faire, de son talent et de son engagement. Sarah McGrath, qui a relu le manuscrit bien plus longuement que d'habitude pour l'amener à son stade actuel. Patricia Johnson, Paul Bogaards, Paul Kozlowski et Bill Loverd, de Knopf, pour l'aide sincère qu'ils m'ont apportée. Jenny Minton, pour m'avoir poussé dans la bonne direction.

Note d'ordre personnel : à Deirdre Stefanie et à l'immense et regretté Brutarian... à Eddie le Sourd... à G.G. et L.S... à mes amis toujours en cavale... à Felis Andrews-Pope... au Passeur, qui m'a guidé au cœur d'une Amérique que les cartes ignorent, depuis les coins polymorphes du désert californien jusqu'aux cimetières oubliés du Mexique... et enfin, à mon ami et agent, David Hale Smith, qui en fait toujours plus qu'il ne le dit et avec le maximum d'attention possible pour mon travail. Père de famille dévoué au sens éthique infaillible, il a tout mon respect et toute mon admiration. Je tiens tout particulièrement à le remercier, ainsi que Shelly Lewis et Seth Robertson, ses associés de DHS Literary, Inc. Je définirai toujours la chance que j'ai eue de rencontrer David comme « un cadeau exceptionnel du destin ».

Impression réalisée sur CAMERON par
BRODARD ET TAUPIN

La Flèche
en janvier 2004

Imprimé en France
Dépôt légal : 41465 – 01/04
N° d'édition 01
N° d'impression : 22078
ISBN : 2-7024-3178-X

SATAN DANS LE DÉSERT